古典文獻研究輯刊

十四編

曾 永 義 主編

第 10 冊

《水滸傳》中的山東鏡像研究（上）

杜貴晨・王守亮 等著

國家圖書館出版品預行編目資料

《水滸傳》中的山東鏡像研究（上）／杜貴晨‧王守亮 等著
— 初版 — 新北市：花木蘭文化出版社，2016〔民 105〕
目 8+208 面；19×26 公分
（古典文學研究輯刊 十四編；第 10 冊）
ISBN 978-986-404-810-6（精裝）
1. 水滸傳 2. 研究考訂
820.8   105014955

ISBN-978-986-404-810-6

9 789864 048106

古典文學研究輯刊
十四編 第 十 冊   ISBN：978-986-404-810-6

《水滸傳》中的山東鏡像研究（上）

作　　者　杜貴晨‧王守亮等
主　　編　曾永義
總 編 輯　杜潔祥
副總編輯　楊嘉樂
編　　輯　許郁翎、王筑　美術編輯　陳逸婷
出　　版　花木蘭文化出版社
社　　長　高小娟
聯絡地址　235 新北市中和區中安街七二號十三樓
　　　　　電話：02-2923-1455／傳真：02-2923-1452
網　　址　http://www.huamulan.tw 信箱 hml810518@gmail.com
印　　刷　普羅文化出版廣告事業
初　　版　2016 年 9 月
全書字數　337288 字
定　　價　十四編 21 冊（精裝）新台幣 36,000 元

版權所有‧請勿翻印

《水滸傳》中的山東鏡像研究(上)

杜貴晨・王守亮　等著

作者簡介

　　杜貴晨（1950～）男。山東寧陽人。1982 年畢業於中國人民大學語文系。短暫任全國人大常委會法工委辦公室秘書。先後執教於曲阜師範大學、河北大學，現爲山東師範大學文學院教授，碩士、博士生導師及博士後合作導師。主要研究中國古典文學，兼及文學理論。出版有《傳統文化與古典小說》《齊魯文化與明清小說》《數理批評與小說考論》等專著和《小豆棚（校注）》《明詩選》等 10 餘種，以及主編《紅樓夢百家言》（叢書）等；在《中國社會科學》《文學評論》《文學遺產》《北京大學學報》等刊發表論文 200 餘篇；提出並倡導「文學數理批評」理論和「羅（貫中）學」研究，揭蔽泰山與《西遊記》關係和泰山別稱「太行山」之秘。兼任山東省水滸研究會（創會）會長，中國三國演義學會副會長，山東省古典文學學會副會長兼秘書長，山東財經大學文學與新聞傳播學院教授等。

　　王守亮（1971～），山東昌樂人。文學博士學位。齊魯工業大學副教授。主要研究方向爲中國古代小說與傳統文化，在《東嶽論叢》、《青海社會科學》、《山東師範大學學報》、《弘道》（中國香港）等刊發表學術論文 30 餘篇。兼任山東省水滸研究會常務理事、副秘書長等。

提　　要

　　《水滸傳》寫宋江等「三十六天罡，七十二地煞」，共百零八個好漢，匯聚「八百里梁山水泊」，攻州掠縣，對抗官府，直至「招安」下山「與國家出力」，活動的中心在山東。書中有關山東地理、人物、風俗、故事等引人關注，學術界多有《水滸傳》所寫有關山東地理、人物、風俗、故事等有無虛實的探索考證。影視改編和山東「水滸故里」的旅遊景點建設取資《水滸傳》，亦不免涉及相關具體描寫的全面認識與把握。本書針對這種情況，全面梳理《水滸傳》所寫山東地理、人物、風俗、故事等，類說其內容特點，力辨其有無虛實，擇評其思想藝術之優劣得失，時有精鑒，期爲閱讀、研究、改編和各種形式利用推廣《水滸傳》之助，是解析《水滸傳》的一部有特色的專著。

目
次

上　冊
前　言 ……………………………………………… 1
第一章　《水滸傳》中的「梁山」（上）…………… 3
　第一節　梁山、宋江與「水滸」………………… 3
　　一、水泊「梁山」獨擅名 ……………………… 3
　　二、從「良山」到「梁山」…………………… 5
　　三、梁山泊之「險不在山而在水」…………… 6
　　四、梁山寨始於五代 …………………………… 10
　　五、宋江與梁山 ………………………………… 12
　　六、「水滸」與梁山 …………………………… 16
　第二節　《水滸傳》中的梁山寨 ………………… 19
　　一、梁山寨的形勢 ……………………………… 19
　　二、梁山寨的格局 ……………………………… 23
　　三、梁山寨的酒店 ……………………………… 26
　　四、梁山寨的經濟 ……………………………… 30
第二章　《水滸傳》中的「梁山」（下）…………… 35
　第一節　《水滸傳》中的「梁山泊好漢」……… 35
　　一、「梁山泊好漢」的籍貫 …………………… 36
　　二、「梁山泊好漢」的出身 …………………… 41
　　三、「梁山泊好漢」的落草 …………………… 44
　　四、「梁山泊好漢」的匯聚 …………………… 48
　　五、「梁山泊好漢」的分工 …………………… 51
　　六、「梁山泊好漢」的家屬 …………………… 54
　第二節　《水滸傳》中的梁山寨大事 …………… 57
　　一、火併王倫 …………………………………… 57
　　二、晁蓋之死 …………………………………… 61
　　三、天降石碣和七次排座次 …………………… 62
　　四、菊花之會和五次「反征剿」……………… 66
　　五、三次「招安」和「分金大買市」………… 69
　第三節　《水滸傳》中的梁山寨風俗 …………… 71
　　一、入夥 ………………………………………… 72
　　二、迎送 ………………………………………… 77
　　三、婚喪之禮 …………………………………… 83
　　四、節慶和祭祀 ………………………………… 86

第三章 《水滸傳》中的鄆城縣（上）……………… 89

第一節 《水滸傳》中的鄆城城鄉 ……… 90

一、鄆城縣的沿革 ………………… 90

二、東溪村、紅葉樹和靈官殿 ……… 92

三、宋家村、還道村和玄女廟 ……… 93

第二節 《水滸傳》中的鄆城好漢 ……… 95

一、承前啓後的梁山寨主──晁蓋 ……… 95

二、駁雜矛盾的首席軍師──吳用 ……… 107

三、對照鮮明的鄆城雙雄──朱全與雷橫 ……… 112

四、默默奉獻的宋氏家人──宋清及宋太公 … 116

第三節 《水滸傳》中的鄆城故事 ……… 122

一、晁蓋認義東溪村 ……………… 122

二、宋江飛馬救晁蓋 ……………… 124

三、宋江怒殺閻婆惜 ……………… 126

四、還道村夢受天書 ……………… 128

六、宋公明衣錦還鄉 ……………… 131

七、雷橫枷打白秀英 ……………… 132

第四節 《水滸傳》中的鄆城風俗 ……… 135

一、官吏、市民和農人 …………… 135

二、服飾、飲食和民居 …………… 136

三、婚姻、喪葬和娛樂 …………… 140

第四章 《水滸傳》中的鄆城縣（下）……………… 145

第一節 宋江其人及文學演繹 ……… 146

一、史有其人的義軍領袖 ………… 146

二、文學形象的嬗變軌跡 ………… 147

第二節 鄆城小吏的坎坷人生 ……… 150

一、逼上梁山的心路歷程 ………… 150

二、義無反顧的招安之旅 ………… 154

第三節 「及時雨」的草莽底色 ……… 159

一、平民英雄的傳奇色彩 ………… 159

二、堪託生死的江湖之義 ………… 163

第四節 「黑三郎」的士人氣質 ……… 167

一、忠孝爲本、五常俱備 ………… 167

二、登高能賦的雅士才華 ………… 169

第五章　《水滸傳》中的濟州⋯⋯⋯⋯⋯⋯⋯ 173

　第一節　《水滸傳》中的濟州城鄉⋯⋯ 174

　　一、黃泥岡⋯⋯⋯⋯⋯⋯⋯⋯⋯⋯ 174

　　二、石碣村⋯⋯⋯⋯⋯⋯⋯⋯⋯⋯ 175

　　三、文廟⋯⋯⋯⋯⋯⋯⋯⋯⋯⋯⋯ 176

　　四、土地廟⋯⋯⋯⋯⋯⋯⋯⋯⋯⋯ 177

　第二節　現身濟州的各色人等⋯⋯⋯⋯ 178

　　一、黃泥岡上巧賣酒的白勝⋯⋯⋯ 178

　　二、濟州漁村豪傑阮氏三雄⋯⋯⋯ 181

　　三、濟州妙手蕭讓、金大堅⋯⋯⋯ 183

　　四、濟州太守張叔夜⋯⋯⋯⋯⋯⋯ 185

　　五、驚魂濟州的權奸高俅和童貫⋯ 186

　　六、與梁山作對的小人物⋯⋯⋯⋯ 188

　第三節　《水滸傳》中的濟州故事⋯⋯ 191

　　一、智取生辰綱⋯⋯⋯⋯⋯⋯⋯⋯ 191

　　二、大戰石碣湖⋯⋯⋯⋯⋯⋯⋯⋯ 192

　　三、兩贏童貫⋯⋯⋯⋯⋯⋯⋯⋯⋯ 193

　　四、三敗高俅⋯⋯⋯⋯⋯⋯⋯⋯⋯ 193

　　五、「全夥受招安」⋯⋯⋯⋯⋯⋯ 197

　第四節　濟州的風土人情⋯⋯⋯⋯⋯⋯ 198

　　一、衣食住行⋯⋯⋯⋯⋯⋯⋯⋯⋯ 198

　　二、風俗習慣⋯⋯⋯⋯⋯⋯⋯⋯⋯ 203

　　三、濟州的造船業⋯⋯⋯⋯⋯⋯⋯ 207

下　冊

第六章　《水滸傳》中的青州府⋯⋯⋯⋯ 209

　第一節　《水滸傳》中的青州山林⋯⋯ 210

　　一、桃花山⋯⋯⋯⋯⋯⋯⋯⋯⋯⋯ 210

　　二、二龍山⋯⋯⋯⋯⋯⋯⋯⋯⋯⋯ 211

　　三、清風山⋯⋯⋯⋯⋯⋯⋯⋯⋯⋯ 212

　　四、白虎山⋯⋯⋯⋯⋯⋯⋯⋯⋯⋯ 213

　　五、對影山⋯⋯⋯⋯⋯⋯⋯⋯⋯⋯ 214

　　六、赤松林⋯⋯⋯⋯⋯⋯⋯⋯⋯⋯ 214

　第二節　《水滸傳》中的青州社會⋯⋯ 215

一、青州府城 …………………………………… 215

二、桃花莊和孔太公莊 ………………………… 216

三、瑞龍鎮和清風鎮 …………………………… 217

四、瓦罐寺和寶珠寺 …………………………… 218

五、元宵花燈與婚喪之俗 ……………………… 219

第三節 《水滸傳》中的青州人物 …………………… 220

一、隸籍青州的各色人等 ……………………… 220

二、宦遊青州的文武官員 ……………………… 222

三、落草青州的異鄉豪傑 ……………………… 223

第四節 《水滸傳》中的青州故事 …………………… 226

一、魯智深大鬧桃花村、火燒瓦罐寺 ………… 226

二、孔太公莊宋江授徒與武松打店 …………… 227

三、宋江與燕順、花榮等的遇合 ……………… 227

四、「三山聚義打青州」 ……………………… 228

五、宋江的青州之行 …………………………… 229

第七章 《水滸傳》中的東平府 …………………………… 235

第一節 《水滸傳》中的東平府城鄉 ………………… 236

一、東平府城 …………………………………… 236

二、李家莊和扈家莊 …………………………… 239

三、安山鎮和荊門鎮 …………………………… 240

四、汶上縣和東平府城 ………………………… 242

第二節 《水滸傳》中的東平府故事 ………………… 242

一、陳文昭輕判武松案 ………………………… 242

二、時遷火燒祝家店 …………………………… 244

三、三打祝家莊 ………………………………… 244

四、孫立「臥底」祝家莊 ……………………… 246

五、李應被賺上梁山 …………………………… 246

六、大破東平府 ………………………………… 247

七、李逵雙獻頭 ………………………………… 248

第三節 《水滸傳》中的東平府人 …………………… 249

一、東平府的各級官吏 ………………………… 249

二、東平府的莊主們及其家人 ………………… 252

三、東平府的莊客與村老 ……………………… 255

四、李瑞蘭等小人物 …………………………… 257

　　　五、現身東平的「梁山泊好漢」…………………258
第八章　《水滸傳》中的陽谷縣………………………259
　第一節　《水滸傳》中的陽谷風貌………………260
　　　一、《水滸傳》中的陽谷城鄉………………260
　　　二、《水滸傳》中的陽谷飲食………………263
　第二節　打虎英雄，義氣烈漢──武松…………270
　　　一、武松形象源流述略…………………………270
　　　二、武松的相貌、綽號及其兵器……………271
　　　三、「武松打虎」與「鬥殺西門慶」…………272
　　　四、武松的人格…………………………………274
　第三節　潘金蓮與西門慶…………………………277
　　　一、被害與害人者──潘金蓮………………278
　　　二、害人終害己的西門慶………………………281
　第四節　《水滸傳》中的其他陽谷縣人物………282
　　　一、厚道的「套中人」武大郎………………282
　　　二、「也會做馬泊六」的王婆………………283
　　　三、「乖覺」的鄆哥…………………………283
　　　四、明哲保身的團頭何九叔…………………285
　　　五、循私玩法的陽谷知縣……………………286
第九章　《水滸傳》中的沂水縣………………………289
　第一節　沂州歷史上的《水滸傳》本事…………289
　　　一、「沂州軍賊王倫」………………………289
　　　二、宋江「餘眾北走龜蒙間」………………291
　第二節　《水滸傳》中的沂水風貌………………292
　　　一、朱富酒店和李鬼剪徑處…………………292
　　　二、李鬼之家和李逵之家……………………292
　　　三、沂嶺和泗州大聖祠堂……………………293
　　　四、沂嶺村曹太公莊…………………………295
　第三節　《水滸傳》中的「黑旋風」李逵………295
　　　一、李逵形象源流考…………………………295
　　　二、「黑旋風」的含義………………………297
　　　三、李逵的形象………………………………299
　第四節　《水滸傳》中的其他沂水人物…………302
　　　一、梁山的耳目和眼線──朱貴………………302

　　二、酒醋釀造專家——朱富 ……………………… 304

　　三、梁山「四大都頭」之一的李雲 …………… 304

　　四、其他沂水縣小人物 …………………………… 305

第十章　《水滸傳》中的高唐州 …………………… 309

　第一節　《水滸傳》中的高唐州風貌 ………… 309

　　一、高唐州城 ……………………………………… 309

　　二、柴皇城和他的花園 ………………………… 310

　第二節　《水滸傳》中的高唐州故事 ………… 312

　　一、「李逵打死殷天錫，柴進失陷高唐州」 … 312

　　二、梁山泊「三打高唐州」 …………………… 313

　　三、「黑旋風探穴救柴進」 …………………… 314

　　四、高唐州故事的意義與傳播 ………………… 314

　第三節　《水滸傳》中的柴氏家族 …………… 316

　　一、柴氏家族的護身符——「丹書鐵券」 … 316

　　二、「小旋風柴進」的人生 …………………… 318

　　三、柴皇城的繼室 ……………………………… 320

　第四節　功高位卑的「鼓上蚤」時遷 ……… 321

　　一、「鼓上蚤」的來歷 ………………………… 321

　　二、時遷上山及其七大功勞 …………………… 323

　　三、時遷為何功高而位卑 ……………………… 325

　第五節　高唐州的其它人物 …………………… 326

　　一、現身高唐的「梁山泊好漢」 ……………… 327

　　二、蘭仁和羅真人 ……………………………… 328

　　三、高廉、殷天錫與「飛天神兵」 …………… 329

第十一章　《水滸傳》中的泰安州 ……………… 331

　第一節　《水滸傳》與泰山文化 ……………… 332

　　一、「九天玄女」與「天書」 ………………… 332

　　二、岱嶽廟 ……………………………………… 335

　　三、「泰安州燒香」與「東嶽廟會」 ………… 336

　　四、「泰嶽爭交」 ……………………………… 339

　第二節　《水滸傳》中的泰安州故事 ………… 340

　　一、岱嶽廟戴宗歸神 …………………………… 340

　　二、「燕青智撲擎天柱」 ……………………… 344

　　三、以「泰安州」為誘的三個「賺」局 …… 347

第十二章　《水滸傳》中的登州府············353

　第一節　登州山下的豪傑：解氏兄弟············354

　　一、解氏兄弟的被「逼上梁山」············354

　　二、解氏兄弟與毛太公············355

　第二節　「孫立孫新大劫牢」············357

　　一、「孫立孫新大劫牢」的過程············357

　　二、曲見人情的別樣文字············358

　第三節　孫立故事及其源流············361

第十三章　《水滸傳》中的東昌府與壽張縣············365

　第一節　東昌府之戰············365

　　一、兩打東昌府············365

　　二、張清、龔旺、丁得孫的三人組合············368

　第二節　壽張縣故事············370

　　一、宋江計捉雙槍將············371

　　二、李逵「喬坐衙」、「鬧學堂」············372

第十四章　《水滸傳》中的淩州及其它············375

　第一節　《水滸傳》中的淩州城鄉············375

　　一、「淩州」即陵州············375

　　二、曾頭市············376

　　三、法華寺············377

　第二節　《水滸傳》中的淩州故事············377

　　一、兩打曾頭市············378

　　二、關勝、李逵打淩州············380

　第三節　《水滸傳》中的淩州人············381

　　一、史文恭············381

　　二、曾氏父子············382

　　三、單廷珪、魏定國············383

　　四、其他淩州人物············383

　第四節　《水滸傳》中的「山神廟」與「寇州」············384

　　一、林沖殺仇的「山神廟」············384

　　二、寇州············385

主要參考文獻············387

後　記············393

前　言

　　關於《水滸傳》與山東地域文化關係的研究，本人在與周晴教授合編《〈水滸傳〉與山東資料彙編》（花木蘭文化出版社，2016 年版。以下簡稱《彙編》）的同時，又與王守亮等諸君共同編著了這部《〈水滸傳〉中的山東鏡像研究》。前者彙編古今學者關於《水滸傳》所寫山東地域文化背景的考論，由此以見《水滸傳》成書與山東的密切關係；本書述論《水滸傳》所描寫的山東，由此以見《水滸傳》對山東地域文化的塑造。這也就是說，前者是對《水滸傳》寫山東的尋根，本書是對《水滸傳》寫山東成像的觀照，故題曰「《水滸傳》中的山東鏡像研究」。

　　因此，本書與《彙編》的不同，在於前者作爲古今學者相關研究著作的彙編，專注於《水滸傳》所寫山東地域文化「實」的一面，大體屬於文學本事的考索；本書就《水滸傳》文本描寫及山東的內容述論，揭示《水滸傳》所寫有山東的哪些地域人事、物產風俗等，並隨文有必要的評論，旨在研究《水滸傳》與山東地域文化關係的「虛」的一面，大體屬於文學審美的接受。而兩書都只能是「大體」者，則是由於兩書各所關注的《水滸傳》的「實」或「虛」都不是孤立的存在，即「實」爲「虛」中之實，「虛」爲「實」上之「虛」，二者密不可分。唯是誠如《三國演義》自清以來即有是否「七實三虛」之說，《水滸傳》的「實」與「虛」，也是數百年來讀者專家長期關注並至今還在討論問題。從而本人希望這兩部編著的配合，能夠把《水滸傳》與山東關係之歷史與文學的層面既有分別的照顧，又有合一的觀照，給讀者一個深入解讀《水滸傳》「實」與「虛」問題的較爲方便的參考。

但是，這兩部書特別是本書的編著還有另外的緣起，即在中國大陸近三十多年逐漸興起的名著改編和旅遊景點開發利用中不時體現出來的對名著認識與把握上的誤區：一是以爲既然名著寫到了某人、某地、某事或某種風習確有所根據，那麼有關描寫就一定是眞的，可以一切當眞。二是以爲小說的描寫本屬虛構，後人改編利用可以隨心所欲。這兩個誤區共同導致社會上出現了不少打了名著的招牌，而實際遠離甚至背離名著的造作。其結果不但勞民傷財，而且對名著的傳播與接受也是一種損害。近三十年來《水滸傳》在中國大陸特別是在個別「水滸故里」的遭際就是如此。上述這兩部書的編著是爲了給讀者一個把握《水滸傳》「實」與「虛」的一個較爲方便的參考，就主要針對山東有關《水滸傳》地域文化的開發利用。希望有關方面能夠通過這兩部書所彙集古今學者有關《水滸傳》與山東關係研究成果的瞭解，進一步弄明白這一部書中那些是「虛」，哪些是「實」，那些是「實」上之「虛」，那些是「虛」中之「實」；既高度重視《水滸傳》中「實」的內容之用，又充分欣賞《水滸傳》「虛」的藝術之美，使《水滸傳》的改編和水滸文化的開發利用有正確的方向和健康的發展。

另外，本書的研究也不可能不涉及《水滸傳》思想藝術的評價和前人探討的得失。從而凡所敘述，往往酌加案斷，偶試深入辨析，記錄了我們對《水滸傳》和「水滸學」的最新思考。這使本書雖從特殊角度入手和著眼，但也不失一般《水滸傳》研究之作的特點。

作爲這兩部編著之一，本書的初稿由本人與王守亮副教授共同主持編撰，郭延雲、劉洪強等參著，形成於 2006 年，曾排印在小範圍內贈閱流傳。這次由花木蘭文化出版社正式出版，本人自 2015 年 10 月至今以大約半年的時間對初稿及初稿的修改稿做了部分增刪和全面改定。從而此一版本的問世，本人一方面要尊重和感謝前後參與此書寫作的各位學者，另一方面也要聲明無論因襲初稿原有或增改新出的謬誤與不足，本人都應該承擔首要和更多的責任，請讀者專家不吝賜教。

最後，感謝花木蘭文化出版社印行此書，感謝楊嘉樂女士和許郁翎女士爲出版編輯本書所做的貢獻！

杜貴晨

二〇一六年三月二十七日於泉城歷下

第一章 《水滸傳》中的「梁山」（上）

第一節 梁山、宋江與「水滸」

一、水泊「梁山」獨擅名

我國明清以來，人們一提到梁山，多會想到山東梁山。近代以來，人們又幾乎無不以爲梁山只在山東。其實不然，天下「梁山」多矣！

按臧勵龢編《中國古今地名大辭典》「梁山」條下，以山東梁山打頭，即列有：「即山西離石縣東北之呂梁山」、「在安徽當塗縣及和縣」、「在福建彰浦縣南」、「在陝西韓城縣西，接郃陽縣境」、「在陝西南鄭縣東南」、「在陝西乾縣西北五里」、「在四川梁山縣東北」、「四川昭覺縣之涼山，亦稱梁山」等。我國自古及今，稱「梁山」者共有九處，可謂天下多梁山！

在九家稱梁山的歷史上，最古也曾經名氣最大者，是上列「山西離石縣東北之呂梁山」、「在陝西韓城縣西，接郃陽縣境」、「在陝西乾縣西北五里」三處梁山。前兩處梁山注家各有以爲是《尚書・禹貢》「冀州既載，壺口治梁及岐」之「梁（山）」與《詩經・大雅・韓奕》「奕奕梁山，維禹甸之」之「梁山」者，在古代能與大禹治水的功勳聯繫起來的山自然是名山；後一處梁山注家一致認定是《詩經》所說「民之初生，自土沮漆。……率西水滸，至於岐下」（《大雅・綿》）所經過，也就是《孟子》所稱「大王去邠，逾梁山」（《梁惠王》）之梁山，是儒家學說中有特殊地位的一座名山。

大王即古公亶父，文王的祖父，謚太王。邠古同「豳」，古地名，在今中國陝西省旬邑縣。土即杜，水名；沮通徂，到；漆，水名。西水滸即漆水的

—3—

西岸,從而水滸的意思也就是水邊、河邊。《詩經‧大雅‧綿》載古公亶父的周族,由於受不了北方民族的侵擾,又不願與之以武力相爭,所以率領他的族人,離開了邠,沿著西面漆水的岸,翻越梁山,來到岐山之下,興王霸業,而後有周朝八百年的歷史。這自然是古史上輝煌的一頁,《論語》載孔子曰:「郁郁乎文哉,吾從周。」西周是儒家上古理想社會的楷模,而《史記‧周本紀》稱:「蓋王瑞自太王興。」實是肯定了「大王去邠,逾梁山」的聖明決策與開創功勳,從而梁山也就與儒家先王的聖功偉業和理想社會聯繫在一起,而在古代學者的心目中被賦予了神聖的光環!

乾縣梁山即位於陝西乾縣城以北唐高宗李治與女皇武則天合葬陵墓──乾陵所在的山,如今也稱梁山,但這座因周太王曾經逾越而在儒學中名氣頗大的梁山,已經遠不如壓在它身上的後來之唐高宗與武則天這一對皇帝夫婦的乾陵大名遠揚,更不如千餘年之後因宋江起義而得名之山東梁山的幾近家喻戶曉,婦孺皆知,到了好像普天之下唯山東有梁山的分地!

如果說乾縣之梁山的最早能得大名與後來為乾陵之名所掩,是周太王這前老大王不如後新天子,乃兩家帝王博弈結果的話,那麼近數百年來山東梁山從九家梁山中脫穎而出,後來居上,特別是壓倒了周太王曾經逾越的梁山而獨享其名,實在是由於時移世變,「強盜」一步步戰勝了帝王,導致了山不在高,有「盜」則名!

但是,梁山從帝王之山到「強盜」之山的轉變,除宋江起義的原因之外,還由於唐代乾陵所奪「大王去邠,逾梁山」之帝王之山,有與後世宋江起義所據之梁山相通之處。即大王所逾之梁山,在《詩經》所謂「自土沮漆。……率西水滸,至於岐下」的「水滸」之上;而如上述所及「滸」即水邊的意思,宋江起義所據之梁山,在八百里梁山水泊之中,也可以說是在「水滸」之上。因此,以宋江據梁山起義故事為原型的小說,就有這個方便借用有「逾梁山」情節之「大王去邠」故事中的「水滸」,以成其百回大書之名。

《水滸傳》的作者或其命名者正是這樣做的。他這樣做的用心,是以宋江等被「逼上梁山」比擬於殷商晚期為避外族入侵之禍之「大王去邠,逾梁山」的聖功,以宋江等人故事,媲美周太王蓽路襤褸開創西周治世偉業,弘揚其儒家傳統人格與社會理想!

由此可知,《水滸》「梁山」貌似因「盜」而揚名天下,實是在作者看來,乃因其根本上通於周太王為成就西周偉業而翻越之梁山從而應該得到讚揚!

總之，梁山曾是古聖王之山，更是後世「替天行道」、「全忠仗義」的好漢之山，英雄之山！

這才是山東梁山獨擅「梁山」之名的根由，宋江起義小說以「水滸」題名的眞義！〔註1〕

二、從「良山」到「梁山」

《水滸傳》所寫的梁山在今山東濟寧梁山縣城。我國自古無梁山縣，乃共和國初期因梁山而設，進而看起來很像是因《水滸傳》而設，至少有很大的關係。這樣因爲與一部小說有密切關係而設的縣，中國歷史空前未有，也可能是後無來者的一例！

梁山本名良山。後魏酈道元注，清楊守敬《水經注疏》卷八《濟水》載「濟水又北，逕梁山東」下楊守敬按云：

> 《史記・梁孝王世家》作「良山」，《漢書・孝王傳》作「梁山」。良、梁通。《初學記》七、八引《述征記》：「梁山際清水。」《地形志》：「壽張有梁山。」《括地志》：「山在壽張縣南三十五里。」《一統志》：「在東平州西南五十里，接壽張縣界。」

《史記》卷五八《梁孝王世家》載梁孝王「三十五年冬，復朝。上疏欲留，上弗許。歸國，意忽忽不樂。北獵良山」下：

> 《索隱》曰：《漢書》作「梁山」。《述征記》云「良山際清水」。今壽張縣南有良山，服虔云：「是此山也。」《正義》曰：《括地志》云「梁山在鄆州壽張縣南三十五里」，即獵處也。

《壽張縣志》卷一《方輿志》載：

> 梁山在縣治東南七十里，上有虎頭崖、宋江寨、蓮花臺、石穿洞、黑風洞等跡。舊志云：「漢文帝第二子梁孝王田獵於此山之北，因名梁山。或曰『本名良山。』」《史記》：「孝王北獵良山。」又古邑名曰良，漢縣曰「壽良」，皆以此。

而《漢書・地理志》載「壽良，蚩尤祠在西北沛上。有朐城」下，應劭注曰：「世祖叔父名良，故曰壽張。」世祖即東漢光武帝劉秀。與舊志相參觀，可信梁山本名良山，包括其所在縣本名都稱爲壽良，西漢時因梁孝王曾在良山

〔註 1〕參閱杜貴晨：《〈水滸傳〉名義考辨——兼與王利器、羅爾綱先生商榷》，《明清小說研究》，1990 年第 2 期。

北打獵之故，改名梁山。東漢初又因爲避光武帝的叔父趙孝王劉良之諱，連縣名壽良也改爲壽張了。近世並壽張縣亦廢置，其故地之一部並從舊鄆城、東平所各分出之地，合而成爲今天的梁山縣。

自漢初以降至今兩千餘年來，此一方水土屢經易名，而至今統一爲中華人民共和國所創設的梁山縣建置，梁山的身份除古已有之的好漢之山，英雄之山者外，又是今天七十萬人民之梁山一縣的象徵，更增添了其作爲古今人文之山的榮耀！

三、梁山泊之「險不在山而在水」

然而梁山的作爲古今人文之山的榮耀，很大程度上不是從山之本身得來，而是從它周圍在千百年中特別宋代一大片水鄉澤國得來。因此，說梁山不能不說到梁山泊。

首先，梁山泊又名「梁山濼」、「張澤濼」。「泊」古作「濼」。「濼」有兩個意思和讀音，一爲水名，讀 Luò。濼水源出今山東省濟南市中心的趵突泉公園，故其臨街稱「濼源路」；一音義同「泊」，而宋代以降古人就越來越多把「梁山濼」寫作「梁山泊」了。梁山泊爲古大野澤的一部分。今山東菏澤、聊城、泰安、濟寧四市以及河南臺前相接之廣大地區自古地勢低平，而偏近菏澤之巨野一帶尤爲低窪，爲水聚之地，自上古即得名曰大野澤。大曰「鉅」，所以大野澤又名鉅野澤。今山東省菏澤市巨（鉅）野縣即因濱臨大野澤而得名。《尚書・禹貢》：「大野既豬，東原底平。厥土赤埴墳，草木漸包。」「豬」即瀦。僞孔傳曰「大野，澤名。水所停曰瀦」，亦即水停瀦、瀦積、匯聚；「底」即治理。古今《尚書》學者往往只看到「豬」爲大野澤形成的一面，而沒有能夠與以下「東原底平」三句聯繫起來思考，從而於義未盡，忽略了「大野既豬」與其後「東原」形成和漸成沃野的因果關係。

這也就是說，從「大野既豬」云云還應該和能夠知道的，是此方水土變遷的大略，乃大野澤以今菏澤市巨野縣以北爲中心，水面之大，盛時可東達今泰安東平一帶。即《水經注》引何承天所說：「巨野澤廣大，南導洙、泗，北連清、濟，舊縣故城，正在澤中。」又元代陳得芝《元代奏議集錄》錄王喜《治河圖略》云：「初，禹導濟水，出河之南，東入菏澤，即今之梁山泊也，南通淮泗，北從千乘入海。」但至後來，水位退縮，澤中偏東水下地勢稍高之一部，即面向泰沂山脈之東平、汶上、寧陽一帶遂涸爲平川，從而如《爾

雅》曰：「廣平曰原。」得名東原，繼而曰「東平」，遂有古今「東原」即「東平」之稱。因此，元代王喜《治河圖略》說：「禹導濟水，出河之南，東入菏澤，即今之梁山泊也。」而清胡渭《禹貢錐指》引元于欽《齊乘》「大野澤即梁山泊」的說法並不確切。總之，大野澤得名在前，梁山濼得名在後。不是大野澤即梁山泊，而是梁山泊水域舊為大野澤的一部分，所以《明史·地理志》云：「壽張縣南有梁山濼，故大野澤下游。」

第二，作為古大野澤偏東之一部，梁山之南的一片水域古稱「張澤濼」。但是，後來由於黃河的不斷決口漫灌，漸以擴大到梁山的東、北，對梁山形成包圍或半包圍之勢，也就是梁山成為了擴大後張澤濼水域的中心，而張澤濼也就有了新的名稱曰「梁山泊」。「梁山泊」得名的這一歷史過程可從歷代有關記載推考出來。《舊五代史·五行志》：

> （晉）天福六年九月，河決於滑州，一概東流，……兗州、濮州界皆為水所漂溺，命鴻臚少卿魏玭、將作少監郭廷讓、右金吾衛將軍安灋、右驍衛將軍田峻於滑、濮、澶、鄆四州檢河水所害稼，並撫問遭水百姓。兗州又奏，河水東流，闊七十里。

《舊五代史·晉書·少帝本紀》：

> 開運元年……六月……丙辰，滑州河決，漂注曹、單、濮、鄆等州之境，環梁山河於汶、濟。

《舊五代史·周書·世宗本紀》：

> 顯德元年……十一月……戊戌，詔宰臣李穀監築河堤。先是，鄆州界河決，數州之地，洪流為患，故命穀治之。

《宋史·河渠志》：

> 天禧三年六月乙未，夜，滑州河溢，……漫溢州城，歷澶、濮、曹、鄆，注梁山泊。
>
> （熙寧）十年……七月，河復溢衛州王供及汲縣上下埽、懷州黃沁、滑州韓村；己丑，遂大決於澶州曹村，澶淵北流斷絕，河道南徙，東匯於梁山張澤濼，分為二派，一合南清河入於淮，一合北清河入於海，凡灌郡縣四十五，而濮、齊、鄆、徐尤甚，壞田逾三十萬頃。遣使修閉。
>
> （元豐）五年……八月，河決鄭州原武埽，溢入利津、陽武溝、刀馬河，歸納梁山濼。

《文獻通考》卷二百九十七《物異考三‧水災》：

> 宣和元年五月，大雨，水驟高十丈餘，犯都城，自西北牟辰岡連萬勝門外馬監，居民盡沒。前數日，城中井皆渾，宣和殿後井水溢，蓋水信也。至是，詔都水使者決西城索河堤殺其勢，城南居民冢墓俱被浸，遂壞籍田親耕之稼。水至益猛，直冒安上、南薰諸門城守凡半月。已而入汴，汴渠將溢，於是募人決下流，由城北入五丈河，下通梁山濼，乃平。

北宋詩人蘇轍過彭城（今江蘇徐州）曾有《中秋見月寄子瞻》詩中形容黃河決口之患說：「扁舟明日浮古汴，回首逡巡陵谷變。河吞巨野入長淮，城沒黃流只三版。」而梁山泊恰在黃河決堤之水從「巨野入長淮」的中途。由此可知，五代至宋末（907～1279）近300年中，黃河屢次決口多灌注梁山泊，使梁山周圍長期大水瀦積，成一片澤國水鄉的廣大湖泊，而「梁山濼（泊）」之稱乃大顯於世。

但是，宋以後梁山泊迅速縮小。元代王喜上《治河圖略》論黃河的治理，以濬舊河、導新河為便。其所謂導新河，其一即「從北清河入梁山泊，合御河入海」，理由則是「梁山泊八百里之寬，足以淳蓄其怒波，則下流自然平緩，可保其無患矣」。由此可知，元代黃河早已不經過梁山，梁山泊主要水源已斷，僅是因為水源斷絕未久，規模尚在，「足以淳蓄其怒波」。

王喜生平不詳。《至順鎮江志》卷十六《元‧尉》有「王喜，東平人」，或即其人，當為元初人，那時人還以「梁山泊八百里之寬」。但至元武宗至大三年十一月，河北河南道廉訪司上言倘治河有失，則「今水勢趨下，有復鉅野、梁山之意。蓋河性遷徙無常，苟不為遠計預防，不出數年，曹、濮、濟、鄆蒙害必矣」（〔明〕宋濂等《元史‧河渠志二‧黃河》），語中已以「鉅野、梁山之意」即前代大野澤、梁山泊之一片汪洋，今已不存。然而也還未至於乾涸，所以上引清人胡渭《禹貢錐指》引元于欽著《齊乘》下有云：

> 梁山在壽張縣東南七十里，東平州西南五十里，東接汶上縣。汶水西南流，與濟水會於山之東北，回合而成泊。

又說：

> 南旺湖在汶上縣西南三十五里，會通河之西岸。湖即巨野澤之東偏，縈回百五十餘里，宋時與梁山濼合而為一，周圍三百餘里，亦曰張澤濼。

其說「周圍三百餘里」，已是比「八百里之寬」縮小了大半。但後來又漸以縮小，至《明史‧地理志‧壽張》則曰：

> 壽張　州西。……今治，本王陵店，洪武十三年徙置。南有梁山濼，即故大野澤下流。東北有會通河，又有沙灣，弘治前黃河經此，後堙。

這就是說，明弘治（1488～1505）以前有梁山泊爲「黃河經此」的結果，而由於黃河改道，弘治以後梁山泊或有餘水，但作爲「八百里水泊」的整體，可說就基本上消失了。

但當五代北宋梁山泊盛時，勢如汪洋，一望無際，爲南北水路必經之要地，士人往來，水泊之情狀時見於吟詠，如蘇轍《梁山泊次韻》詩云：

> 近通沂泗麻鹽熟，遠控江淮粳稻秋。粗免塵泥污車腳，莫嫌菱蔓繞船頭。謀夫欲就桑田變，客意終便畫舫遊。愁思錦江千萬里，漁蓑空向夢中求。

又《梁山泊見荷花憶吳興五絕次韻》詩其一云：

> 南國家家漾彩艫，芙蕖遠近日微明。梁山泊裏逢花發，忽憶吳興十里行。

其五云：

> 菰蒲出沒風波際，雁鴨飛鳴霧雨中。應爲高人愛吳越，故於齊魯作南風。（《全宋詩》卷八五四）

這是梁山泊春和景明風平浪靜而詩人也愜意自在時寫出的畫面。一旦風雨兼程而舟輯不利，則就見出梁山泊形勢的兇險來了。陳師道《顏市阻風二首》之二云：

> 萬古梁山泊，今年未搖船。阻風兼著雪，費日亦忘年。世事元相忤，衰懷忍自煎。晚來聲更惡，始覺畏途邊。

這應該是風雪中陸路經梁山泊時艱於旅途的苦況。又《梁山泊》詩云：

> 積陰風易作，隆寒聲益急。百爲定有數，一動必三日。奔隤水勢壯，攫肤波頭立。前行後浪促，突起旁挾射。奔騰萬騎來，倏忽一箭疾。摧殘蒲葦盡，簸蕩魚龍泣。私憂地軸脫，已分梁山沒。向來萬斛重，不作一葉直。舟行兩水間，觸奪聲蟋蟀。路轉帆舉落，舟排冰疊積。經事長一智，中人所知識。千金不垂堂，豈復待一失。窮途得偉觀，老氣猶少色。事定未得忘，嗟來庶可及。（《全宋

詩》卷一一一九）

這是多令時節，梁山泊大浪滔天，南來北往的舟楫「排冰」而渡的情形，真是危機四伏，兇險備至。

詩中的梁山就是這一片汪洋之中的孤島。其峰巒雖然不高，佔地雖然不廣，但在八百里大水環繞之中，突兀特出，勢壓全泊。其在世人中的影響，正如《荀子・勸學》云：「積土成山，風雨興焉；積水成淵，蛟龍生焉。」梁山泊山憑水勢，水助山險，遂使汪洋一丘，成強人出沒、盜俠盤踞之窟穴。後人但見梁山無甚雄奇，遂以為其歷史上不可能藏龍臥虎，實是蔽於今而不知古。清人曹玉珂《過梁山記》云：

> 往讀施耐庵小說，疑當時弄兵璜池者，不過數十百人耳。宋勢雖弱，豈以天下之力不能即奏蕩平。應作者譏宋失政，其人其事，皆理之所必無者。繼讀《續綱目》載「宋江以三十六人轉掠河朔，莫能攖鋒」，又《宣和遺事》備書三十六人姓名。宋龔開有贊，侯蒙有傳，其人既匪誣矣。意梁山者，必峰峻壑深，過於孟門、劍閣，為天下之險，若輩方得憑恃為雄。丁未秋，改令壽張，梁山正在境內，擬莅止之後，必詳審地利，察其土俗，以綢繆於未雨。至壽半月，言邁瑕丘，紆途山麓。正午，停輿騎馬，遊覽其山，塿然一阜，坦首無銳。外有二三小山同，亦斷而不連。村落比密，塍疇交錯，居人以桔橰灌禾，一溪一泉不可得，其險無可恃者，乃其上果有宋江寨焉，於是進父老而問之，對曰：「昔黃河環山夾流，巨浸遠匯山足，即桃花之潭，因以泊名，險不在山而在水也。」（康熙五十六年刊《壽張縣志》卷八《藝文志》引）

四、梁山寨始於五代

梁山泊以黃河決口為水源，所以梁山周圍，時涸為陸地，時匯為巨浸。匯為巨浸時為梁山泊，涸為陸地時則梁山為數個小山頭中最顯突兀之一丘，憑高臨下，易守難攻，以鎮四方。所以一旦戰亂及於此地，梁山便成為此一片澤國水鄉唯一能夠紮寨屯兵之所。《新五代史》卷一《梁太祖本紀上》：

> 乾寧元年二月，王及朱宣戰於漁山，大敗之。二年八月，又敗宣於梁山。十一月又敗之於鉅野。

梁王朱溫「敗（朱）宣於梁山」的這次戰役，詳見《舊五代史》卷二一《龐師古傳》載：

龐師古，曹州南華人，初名從。以中涓從太祖，性端願，未嘗
離左右。及太祖鎮汴，樹置戎伍，始得馬五百匹，即以師古爲偏將，
援陳破蔡，累有戰功。及朱珍以罪誅，遂用師古爲都指揮使。乃渡
淮，餉軍于盧壽，攻滁州，破天長，下高郵，沿淮轉戰，所至克捷。
尋代朱友裕領軍，攻下徐州，斬時溥首以獻。遂移軍伐兖州，入中
都，寨于梁山，敗朱宣之眾，襲至壘下，又破朱瑾于清河。從討汶
陽，與朱瑄、朱瑾及晉將史儼兒戰于故樂亭，大捷而迴。

上引龐師古「入中都」之「中都」，即今山東濟寧汶上縣，春秋末孔子曾爲「中
都宰」之中都；梁山爲汶上的西鄰，「寨于梁山」，即是說於梁山修築營寨
屯兵。

宋代是梁山泊水域最廣、持續最久的時期，因水勢汪洋，港汊縱橫，盜
賊出沒，長時期中是官府最感難治的地方之一。如《宋史》卷三百二十八《蒲
宗孟傳》：

宗孟徙亳、杭、鄆三州。鄆介梁山濼，素多盜，宗孟痛治之。
雖小偷微罪，亦斷其足筋。盜雖爲衰止，而所殺亦不可勝計矣。（此
事又見宋劉延世《孫公談圃》卷下）

卷三百五十三《許幾傳》：

許幾知鄆州。梁山濼多盜，皆漁者窟穴也。幾籍十人爲保，使
晨出夕歸。否則以告，輒窮治，無脫者。

卷三百五十六《任諒傳》：

任諒提點京東刑獄。梁山濼漁者習爲盜，蕩無名籍。諒伍其家，
刻其舟，非是不得輒入。他縣地錯其間者，鑱石爲表。盜發則督吏
名捕，莫敢不盡力，跡無所容。

宋洪邁《夷堅乙志》卷六《蔡侍郎》載：

宣和七年，戶部侍郎蔡居厚罷知青州，以病不赴，……少日而
蔡卒。……夫人慟哭曰：「侍郎去年帥鄆時，有梁山濼賊五百人受
降，既而悉殺之。吾屢諫不聽也。今日及此，痛哉！」

《金史》卷八〇《斜卯阿里傳》：

天會六年（按即宋高宗建炎二年，1128）伐宋主，取陽穀、莘
縣，敗海州兵八萬人，海州降。破賊船萬餘於梁山泊。招降滕陽、
東平、泰山群盜。

同卷《赤盞暉傳》：

> 暉益奮攻，卒破其城。又從攻泗州，克之。還屯汶陽，破賊眾
> 于梁山濼，獲舟千餘。

如上記載中需要說明的，一是其概稱爲「盜」或「賊」，未免有古代官方的偏見，應該具體分析，區別對待；二是某些表述可能有虛報冒功的成分，如《斜卯阿里傳》稱「破賊船萬餘於梁山泊」，「萬餘」之數肯定是誇張了。但無論如何，宋、金時代梁山泊多「盜」是不爭的事實。而梁山泊之盜多曾保據梁山，也自是情理中事，並不因爲史籍記載的有無詳略，而可以作絲毫的懷疑。

總之，晚唐五代至宋金時期，梁山周圍爲陸地時則偶爲官軍據守的山寨；爲巨浸時，梁山泊更是危機四伏，隨時可能爆發劫掠、火併或官民衝突與戰爭的地方。在這樣一個黑道如織、江湖與戰爭文化甚盛的澤國山鄉，歷史上最多被稱「京東盜」、「山東盜」的宋江三十六人「保據於此」，或者宋江三十六人的事跡被移附於此，成爲街談巷議、道聽途說進而說話藝術的題材，豈不是很自然的嗎？

五、宋江與梁山

歷史上的宋江三十六人起事見諸《宋史》或宋人的文獻記載，發生在北宋末政和、宣和年間，或稱「淮南盜」（《宋史・徽宗本紀》），或稱「陷淮陽軍，又犯京東、河北，入楚海州界」、「宋江寇京東……橫行河朔、京東……」（《東都事略》。「河朔」，《宋史・侯蒙傳》作「齊、魏」），或稱「河北劇賊宋江……轉掠京東，徑趨沐陽」（汪應辰《文定集》卷二十三《顯謨閣學士王公墓誌銘》），或稱「宋江……剽掠山東一路」（張守《毗陵集》卷十三《左中奉大夫充秘閣修撰蔣公墓誌銘》），或說「京東賊宋江等出入青、齊、單、濮間」、「宋江擾京東」（方勺《泊宅編》），或曰「盜宋江犯淮陽及京西、河北，至是入海州界」（李燾《續宋編年資治通鑒》卷十八），或曰「宋江起河朔，轉略十郡」（《宋史・張叔夜傳》），或曰「山東盜宋江」、「犯淮陽軍，又犯京東、河北路，入楚州界」（李埴《皇宋十朝綱要》卷十八）等等〔註2〕，涉及不過「淮南」即「淮陽」、「京西」、「京東」即「山東」、「河北」即「河朔」、「齊、

〔註 2〕 本段以上引文皆轉引自朱一玄、劉毓忱編：《水滸傳資料彙編》，南開大學出版社，2002 年第 1 版，第 1～18 頁。

魏」、「青、齊、單、濮」、海州等地。

以上這些稱說中雖然都不直接涉及梁山泊，但綜合其所構成之宋江活動的大範圍，明顯是汴京（今河南開封）周圍偏重於京東的廣大區域。這一區域實際的中心即其活動必經之區域就是梁山泊。而水陸兩棲的宋江等經行梁山泊中，必不會不至梁山，也應該有據守梁山以四出劫掠的情況發生。茲據各種資料綜合分析如下：

一是如上所說，宋江等起事以後雖游擊四方，但是綜觀其活動大範圍的中心是梁山泊。按諸文獻記載，宋江雖有稱「淮南盜」，但他率部「陷淮陽軍，又犯京東、河北，入楚海州界」，或「盜宋江犯淮陽及京西、河北，至是入海州界」的大方向，都是自淮南（今江蘇揚州，宋屬淮南路）入淮陽（今江蘇邳縣，宋屬京東東路），然後由京東或京西至河北，進而「入海州界」。這條路線，如果是由京東去河北，那麼必經梁山泊；如果是繞京西至河北，然後再「入海州界」，也一定要走梁山泊水道。這就是說，無論記載中宋江等到過多少地方，京東梁山泊都是他們必經之地並可能駐留的地方。從而史載雖以宋江為「淮南盜」、「河北劇賊」、「京東盜」等諸稱並行，但他最後與最重要的身份卻是「京東」即「山東盜」，更具體是梁山泊之「盜」。

二是從如上文獻載宋江活動區域看似矛盾的地方，可知宋江活動的中心在梁山泊。這裏先要說明的是，雖然《水滸傳》中說「山東濟州管下一個水鄉，地名梁山泊，方圓八百餘里」〔註3〕（第十一回），而宋代濟州治鉅野（今山東巨野），下轄梁山泊水域東臨卻是鄆州的壽張縣。所以書中也寫了「原來這壽張縣貼著梁山泊最近」（第七十四回），而壽張屬鄆州（北宋宣和元年改東平府，治在今山東東平州城鎮）。所以梁山泊雖在濟州管下，但「貼著壽張」處的水域卻與東平府壽張縣關係最密。然後我們看《東都事略》與《宋史》同是記「（侯）蒙上書言」稱宋江等，一作「橫行河朔、京東」，一作「橫行齊、魏」。這兩處記載似有矛盾，卻實際是不同而通處，客觀上也是指梁山泊。這個道理在於，其中「河朔」與「京東」並列，可以認為是指河北路。「齊」即齊州，今山東濟南，宋屬京東路；「魏」即「安史之亂」前的魏州，後改置為「河朔三鎮」之一的魏博，入宋稱大名府，後改北京，即今河北大名，宋屬河北路。由此可知，「橫行河朔、京東」，一作「橫行齊、魏」

的不同，實是前者以路一級範圍稱，後者以府一級範圍稱，其相通處在其所指具體都為宋河北路毗連京東路之今河北大名與濟南東西相望間梁山泊與泰山毗連一帶地區。這一地區的重鎮為鄆州（治須城即今東平），而鄆州於宣和元年（1119）升為東平府，所以才會有《宋史‧侯蒙傳》載蒙因上書言「不若赦江，使討方臘以自贖」而被「命知東平府」〔註4〕。這個任命無疑是要侯蒙坐鎮東平府，以落實他奏摺中所上招安宋江之策。所以，儘管他「未赴而卒」，但這一任命卻從側面證明了宋江當年，確實如《水滸傳》中所寫，是在「貼著（東平府）壽張縣最近」的梁山泊一帶活動。《水滸傳》把宋江故事的主要發生地寫在梁山泊，不僅出於藝術上的考量，更是以歷史的真實為基礎，並反映著歷史真實。

三是至晚由元人所著的《大宋宣和遺事》，第一次寫明晁蓋、宋江等「同往太行山落草為寇去也」、「前往太行山梁山濼去落草為寇」。這裏「太行山」與「梁山泊」明顯不搭界，似乎古人說話措辭上一個錯誤。對此，歷來多數學者雖然並不直接否定「梁山泊」是山東境內的梁山泊，但是願意相信「太行山」一定就是河北、山西之間的太行山，並由此生出各種奇想，以為《水滸傳》成書之前，曾經有一個演義宋江故事的「太行山系統」本。其實不然。據史料記載，至晚唐宋以降，泰山就有別稱「太行山」之俗。《大宋宣和遺事》所謂「太行山」和「太行山梁山泊」的「太行山」，實是宋代傳來避諱泰山與「京東盜」宋江聯繫在一起而改用的一個別稱〔註5〕。所謂「太行山梁山泊」，則是指梁山水泊和泰山毗連一大片地域。而「梁山濼」即是後來《水滸傳》所寫「山東濟州管下一個水鄉」，乃包括梁山在內今山東梁山縣周圍大片地區。只是由於泰山為自古帝王封禪之山，特別是由於水滸故事發生當宋真宗封禪泰山之後不久，所以宋元詩文除龔開《宋江三十六人畫贊》之外，涉及宋江故事，雖然不及泰山，但也決不及「太行山」。其實是有意避開泰山，又不想從俗說而代之以「太行山」，從而只說梁山泊。如元代陸友仁《題〈宋江三十六人畫贊〉》詩中，既稱「京東宋江三十六，白日橫行大河北」，又曰「我嘗舟過梁山泊，春水方生何渺漠。或云此是石碣村，至今聞之猶慚魄」，就只是說宋江活動的地區為「梁山泊」，和他曾經過的地方為傳說中的

〔註4〕 參見嚴敦易：《水滸傳的演變》，作家出版社，1957年版，第4～5頁。

〔註5〕 杜貴晨：《試說泰山別稱「太行山」——兼及若干小說戲曲之讀誤》，《文學遺產》，2010年第6期。

「石碣村」。總之，《大宋宣和遺事》雖屬野史，陸友仁的詩也稱「或云」，但是他們都相信宋江三十六人曾保據於水泊梁山，也許有我們已無從考見的根據，或從如上我們還可以見到的各種歷史記載推考得來，或錄自故老傳聞的口碑，但是絕不會空穴來風，毫無依傍。

因此之故，明清以來學者大都相信宋江等曾保據梁山泊爲「橫行齊魏」的中心。明末清初著名史學家、《國榷》的作者談遷著《北遊錄·紀程（六）》中就說：

> 南旺匯七十二泉，跨寧陽、濟寧間，即鉅野大澤東涯也。距縣西南三十里，宋時合梁山濼，周三百餘里，即宋江所據梁泊也。

又《北遊錄·後紀程》云：

> 又十里，壽張縣之十里鋪，麻山枕其後，土婦曰釣臺山也。河西梁山，漢梁孝王葬處。今輒稱宋江，則兒童之見也。宋江大小碑二通，近河中十五里，戴家廟閘。

《北遊錄·紀詠下》有《過安山閘舟人望梁山嘖嘖宋江事有感》詩云：

> 么麽狐鼠浪相傳，齊俗椎埋污簡編。漢室梁王游輦後，難將盜跖累當年。

而就前引曹玉珂《過梁山記》，著名學者盧嘉錫《宋江三十六人考實·梁山濼》案云：「本志卷四《職官志》：『曹玉珂，進士，富平人。康熙六年十月任。』記中頗信宋江有據梁山濼事。」〔註6〕

總之，有關文獻雖缺乏明確的記載，但就其各種說法推考和與後世口碑相參照，歷史上宋江三十六人雖活動範圍廣泛，但其活動的主要地方是梁山泊一帶，梁山泊是他們當年縱橫馳騁的主戰場。而水泊梁山是這一伙人浮家泛宅之餘落足山寨之所在，也是可想而定然如此的。從而元代東平人高文秀《黑旋風雙獻功雜劇》中說「寨名水滸，泊號梁山」，後世有「水泊梁山」之稱，決非偶然也！而宋代傳來元代成書的《大宋宣和遺事》和《水滸傳》先後相承，把宋江之「大寨」設在梁山，不僅是藝術上一個高明的選擇，而且是對歷史眞相的藝術性揭蔽，是藝術而具高於歷史文獻記載之眞實性的創造。

〔註6〕 余嘉錫：《宋江三十六人考實·楊家將故事考信錄》，雲南人民出版社，2005年第1版，第86頁。

六、「水滸」與梁山

　　雖然如上所述，只有山東的「水泊梁山」才最適合於被塑造為宋江故事的中心背景地，但是，如果沒有「水滸」這個詞加入進來，恐怕以梁山為背景的宋江故事，也還難得提升到不朽名著的地位，而名揚天下。那麼，「水滸」是如何與「梁山」結緣綴在一起，而使此一梁山在天下梁山中脫穎而出，脫胎換骨而成為一座以後世儒家「忠義」為標榜的儒、道、釋「三教合一」的名山的呢？

　　「水滸」一詞雖然早見於《詩經・大雅・綿》，在古人並不生僻。但是，大約由於其詞性的局限，在中國古代浩瀚典籍中用例不廣，也無多複雜的含義，不過指水邊而已。雖然從來形容水勢浩大可以說無邊無際，但那畢竟只是誇張，事實上如《詩經》云「淇則有岸，隰則有泮」（《衛風・氓》），大地之上凡水之所聚無不是有邊際的，而任何江河湖泊之岸畔就都可以稱之曰「水滸」。故梁山泊有水有山，港汊縱橫，多的是水邊可稱「水滸」的地方，這是宋江三十六人故事可被冠以「水滸」的基本根據和最明顯不過的理由。但是，若僅由於此而稱宋江三十六人故事曰「水滸傳」，那就又太過於空洞而近乎無聊，當然不會是為宋江故事標題者所取義。事實也正是如此，除其廣義之外，作為宋江等人故事之雅名的「水滸」確實別有所指，即上已有所提及的關乎西周開國立「王道」之業的歷史文化內容。

　　按《詩經・大雅・緜》云：

> 緜緜瓜瓞，民之初生，自土沮漆。古公亶父，陶復陶穴，未有家室。

> 古公亶父，來朝走馬。率西水滸，至于岐下。爰及姜女，聿來胥宇。

> 周原膴膴，菫荼如飴。爰始爰謀，爰契我龜。曰止曰時，築室于茲。

> 迺慰迺止，迺左迺右。迺疆迺理，迺宣迺畝。自西徂東，周爰執事。

> 乃召司空，乃召司徒。俾立室家，其繩則直。縮版以載，作廟翼翼。

> 捄之陾陾，度之薨薨。築之登登，削屢馮馮。百堵皆興，鼛鼓弗勝。

廼立皐門，皐門有伉。廼立應門，應門將將。廼立冢土，戎醜
攸行。

肆不殄厥慍，亦不隕厥問。柞棫拔矣，行道兌矣。混夷駾矣，
維其喙矣。

虞芮質厥成，文王蹶厥生。予曰有疏附，予曰有先後。予曰有
奔奏，予曰有禦侮。

以上《緜》詩九章，章六句，全詩敘周大（太）王古公亶父與族人居邠（古同「豳」，地名，在今陝西省旬邑縣，即今彬縣），因不堪北方狄人的侵擾，而率部遷徙至「岐下」（岐山之南，在今陝西省咸陽市岐山縣），在那裏開基立國。後傳至文王，周族強大，孔子稱頌其「三分天下有其二而服事殷，周之德，其可謂至德也已矣」（《論語・泰伯》）。總之，《緜》之為詩，誠如《毛詩序》所說是寫周初「文王之興，本由大王也」，是西周早期的創業史。但是，聯繫到後世孔子對西周文王時代「周之德」的讚揚，《緜》的內容又可以被認為是對西周事殷商恪守君臣名分、行「忠義」之道的描述，至少與周文王「三分天下有其二而服事殷」的「至德」直接有關，從而其祖上大王「去邠，踰梁山，邑於岐山之下居焉」（《孟子・梁惠王下》）的「率西水滸」之路，也就是一條西周初期服事殷商的忠義之路。因此而「水滸」一詞也就獲得「忠義」的內涵，有了可供後人藉以比附的延伸義。《水滸傳》得名「水滸」正由此而來。對此，筆者曾撰《水滸傳》名義考辨——兼與王利器、羅爾綱先生商榷》一文中有具體分析：

宋江故事與「水滸」有微妙聯繫。按史稱宋江為「淮南盜」，是多曾活動於淮河流域。《爾雅・釋水》云：「淮為滸」。宋沈□《鬼董・周寶》：「君盍往淮滸，結壯士掠之？」則宋江為「滸」上之「盜」，與「水滸」一詞可建立某種聯繫；又宋江這支隊伍的根據地是水泊梁山，《詩》中古公亶父之周族「至於岐下」，亦曾「逾梁山」（見前引《孟子・梁惠王下》），二山同名，可助成這種聯繫。因此，《水滸傳》之書名雖為妙手偶得，亦非無因而至。何況，古公亶父之周族「率西水滸」，與宋江等離鄉井、歸水泊，同是「逼上梁山」；古公亶父之周族「至於岐下」，建設家邦，與宋江等經營梁山，「八方共域，異姓一家」，同是構造自己的「樂園」，是各自生活理想的實現；古公亶父之周族反對狄人的侵略，卻臣服於商，與宋

江等只反貪官、不反皇帝，同是不悖忠義。種種相似，使以「水滸」名《傳》取譬古公亶父「率西水滸」的故事，順理成章。〔註7〕

如上引稱「逼上梁山」之說雖有嫌於人云亦云，還可以斟酌，但是上述有關宋江故事能取「水滸」以名傳的理由，我至今堅信不疑。至於宋江三十六人故事取「水滸」為書名的意義，筆者在上引文章中也曾論述道：

如果拙見可以成立，則《水滸傳》書名的寓意，應有以下四個方面：一、以宋江等百零八人被逼上梁山，擬之於古公亶父被迫遷岐，表示對壓迫者的憎恨和對人民「反貪官」起義的同情；二、以宋江等暫居水泊，專等招安，擬之於古公亶父遷岐前後都臣服於商，頌揚宋江等人「不反皇帝」的忠義；三、把宋江等人的活動地擬之於古公亶父遷岐所循之「西水滸」，暗示宋江等人上梁山是走向「忠義」的道路；四、概括水泊梁山的地理形勢。筆者認為，這四個方面與《水滸傳》的實際描寫是非常一致的。〔註8〕

總之，「水滸」一詞本出《詩經》，天生與「梁山」之名號和儒家尊王忠君之義相聯繫。宋江故事作為主要發生在山東梁山泊背景的說話文本，在其主旨被文人改造為「替天行道」、「忠義雙全」的同時，也就有了與《詩經》「水滸」故事相似、相近、相通的方面，從而在寫定者的藝術想像中擦出二者如一的火花，而有了「水滸傳」的題名。它不簡單是一個書名的問題，而是宋江三十六人故事流衍傳播至文人手中意義發生質變的一個標誌，是一個關於「強盜」的民間故事文本向主流意識形態靠攏的表現。儘管羅貫中等人的這種自作多情並未能如願贏得後世封建朝廷准其「流行無限」，仍不時受到過查禁銷毀，但《水滸傳》寫宋江等人結局畢竟大都為朝廷而死，魯迅先生稱「終於是奴才」〔註9〕，肯定要比寫如李逵所說真的「殺去東京，奪了鳥位」（第四十一回）溫良馴順得多，從而使《水滸傳》多了一層保護，經幾百年坎坷而流傳了下來。

〔註7〕 杜貴晨：《水滸傳》名義考辨——兼與王利器、羅爾綱先生商榷》，《傳統文化與古典小說》，河北大學出版社，2001年第1版，第250～251頁。

〔註8〕 杜貴晨：《水滸傳》名義考辨——兼與王利器、羅爾綱先生商榷》，《傳統文化與古典小說》，河北大學出版社，2001年第1版，第250～251頁。

〔註9〕 魯迅：《流氓的變遷》，《魯迅全集》（4），人民文學出版社，2005年第1版，第155頁。

第二節 《水滸傳》中的梁山寨

水泊梁山有「大寨」和「小寨」。「大寨」即主寨，爲梁山諸寨之中心，爲宋江等領導中樞居住與議事的場所；小寨若干，分佈於梁山四圍，爲大寨之犄角、屛障和耳目，並互爲聯絡，與大寨成眾星拱月之勢。進一步總說並分述如下。

一、梁山寨的形勢

梁山大寨位於蓼兒窪內、宛子城中。《水滸傳》第一回曾說：「有分教：一朝皇帝，夜眠不穩，晝食忘餐。直使宛子城中藏猛虎，蓼兒窪內聚飛龍。」宛子城、蓼兒窪究竟在何處？小說直到第十一回才有所交代，柴進給走投無路的林沖推薦一個去處，「是山東濟州管下一個水鄉，地名梁山泊，方圓八百餘里，中間是宛子城、蓼兒窪。如今有三個好漢在那裏紮寨」；第三十五回又寫宋江對新入夥的青州好漢確認說：「自這南方有個去處，地名喚作梁山泊。方圓八百餘里。中間宛子城、蓼兒窪。」如此看來，梁山泊是濟州管下的一片水鄉，梁山是突兀其中的一座山頭，其上有城垣曰宛子城，宛子城所在的地方曰蓼兒窪，梁山大寨就在蓼兒窪的宛子城中。

宛子城是梁山大寨外圍的城垣。第四十四回宋江等調配將領，給陶宗旺的差使就是總監「整理宛子城垣」；看來陶宗旺幹的不錯，所以同回寫戴宗勸說裴宣等到梁山入夥，就極言「中間宛子城如何雄壯」。宛子城同時也是一道關口：第五十一回梁山再調整分工，「解珍、解寶守把山前第一關。杜遷、宋萬守把宛子城第二關。劉唐、穆弘守把大寨口第三關。」宛子城與水面相距甚遠。第五十五回凌振炮轟梁山，吳學究就說：「這個不妨。我山寨四面都是水泊，港汊甚多，宛子城離水又遠，縱有飛天炮，如何能勾打得到城邊？」宛子城是好漢們活動的核心區域。第七十七回梁山軍馬大敗童貫後凱旋歸寨，「鞍上將都敲金鐙，步下卒齊唱凱歌，紛紛盡入梁山泊，個個同回宛子城。」

蓼兒窪應是指山寨之下梁山泊的某個水域。因爲第十回寫道：「蓼兒窪內，前後擺數千支戰艦艨艟；水滸寨中，左右列百十個英雄好漢」；第十九回阮小五唱漁歌也道：「打魚一世蓼兒窪，不種青苗不種麻。酷吏贓官都殺盡，忠心報答趙官家。」《水滸傳》中還有一處蓼兒窪。即第一百回寫宋江「到楚州爲安撫，兼管總領兵馬。到任之後……出郭遊玩。原來楚州南門外有個去

處，地名喚做蓼兒窪。其山四面都是水港，中有高山一座。其山秀麗，松柏森然，甚有風水，和梁山泊無異。雖然是個小去處，其內山峰環繞，龍虎踞盤，曲折峰巒，坡階臺砌，四圍港汊，前後湖蕩，儼然似水滸寨一般。宋江看了，心中甚喜。自己想道：『我若死此處，堪為陰宅。』」後來他被害身死之後，果然也就安葬在這裏。顯然，楚州的所謂「蓼兒窪」是梁山寨周圍形勢的縮影，而梁山下的蓼兒窪則作為八百里梁山泊的一部分屬於濟州。

　　宛子城、蓼兒窪深藏於煙波浩渺的水泊，依傍著峰巒疊嶂的梁山，既借水勢，又得山險，是好漢們安營紮寨的好去處。第七十八回有一段關於梁山營寨的長篇讚語，雖不乏誇飾之語，但也足見山寨之雄壯和威風：

　　　　寨名水滸，泊號梁山。周回港汊數千條，四方周圍八百里。東連海島，西接咸陽，南通大冶金鄉，北跨青齊兗郡。有七十二段港汊，藏千百隻戰艦艨艟；建三十六座雁臺，屯百千萬軍糧馬草。聲聞宇宙，五千驍騎戰爭夫；名達天庭，三十六員英勇將。……

在被逼上梁山的林沖眼裏，這兒「果然是個陷人去處」：

　　　　山排巨浪，水接搖天。亂蘆攢萬萬隊刀槍，怪樹列千千層劍戟。濠邊鹿角，俱將骸骨攢成；寨內碗瓢，盡使骷髏做就。剝下人皮蒙戰鼓，截來頭髮做韁繩。阻當官軍，有無限斷頭港陌；遮攔盜賊，是許多絕徑林巒。鵝卵石疊疊如山，苦竹槍森森如雨。戰船來往，一周回埋伏有蘆花；深港停藏，四壁下窩盤多草木。斷金亭上愁雲起，聚義廳前殺氣生。（第十一回）

然而正如回前引蘇轍等人的詩詠梁山泊，換一種心情，梁山大寨又是風景旎麗，秀美宜人：

　　　　看看鵝黃著柳，漸漸鴨綠生波。桃腮亂簇紅英，杏臉微開絳蕊。山前花，山後樹，俱各萌芽；洲上蘋，水中蘆，都回生意。穀雨初晴，可是麗人天氣；禁煙才過，正當三月韶華。（第七十三回）

　　　　漫漫煙水，隱隱雲山。不覩日月光明，只見水天一色。紅瑟瑟滿目蓼花，綠依依一洲蘆葉。雙雙鸂鶒，遊戲在沙渚磯頭；對對鴛鴦，睡宿在敗荷汀畔。林巒霜葉，紛紛萬片火龍鱗；堤岸露花，簇簇千雙金獸眼。淡月疏星長夜景，涼風冷露九秋天。（第一百回）

　　梁山寨處於水泊之中，與外界的交通主要是水路。第十一回林沖問道梁山泊，酒保答道：「此間要去梁山泊，雖只數里，卻是水路，全無旱路。若要

去時，須用船去，方才渡得到那裏。」同回林沖下山取「投名狀」也是先「把船渡過去」才來到偏僻小路。

梁山泊縱橫交錯的港汊湖泊和難以辨認水路是山寨的天然屏障。第二十回寫黃安手下回報濟州知府時，「又說梁山泊好漢十分英雄了得，無人近傍得他，難以收捕；抑且水路難認，港汊多雜，以此不能取勝」；第七十八回高俅也說：「梁山泊方圓八百餘里，非仗舟船，不能前進。」

所謂八百里水泊也不全是深水一片，梁山附近還有旱路，只是不能直通山寨。第十二回王倫留楊志不住，「教小嘍囉渡河，送出大路」；第二十回小嘍囉報告：「朱頭領探聽得有一起客商，約有十數人結聯一處，今夜晚間必從旱路經過」；第三十五回「九個好漢，並作一夥，帶了三五百人馬，漸近梁山泊來，尋大路上山」；第四十二回「且說宋江過了渡，到朱貴酒店裏上岸，出大路投鄆城縣來」等等，都可為有旱路的證明。第八十回寫道：「原來梁山泊自古四面八方，茫茫蕩蕩、都是蘆葦野水。近來只有山前這條大路，卻是宋公明方才新築的，舊不曾有。」可見前文所說大路距離梁山甚遠，此路則靠山寨較近些。

《水滸傳》在山寨交通方面有時寫得很含糊。譬如，書中敘事時不時會冒出東西南北好幾個山頭，一直沒說清這些山頭和主峰是連接還是有水面隔斷。再如，第十一回林沖上山時渡過的是茫茫水泊，可第十二回楊志上山下山渡過的都是一條河；並且這河寬度很是有限，王倫站在河對岸的山頂就能喊話制止林沖與楊志的爭鬥。還有，第六十一回盧俊義「慌不擇路，望山僻小徑只顧走」，竟一不小心走到鴨嘴灘頭——鴨嘴灘和金沙灘都在梁山腳下，從外面只有水路可以通行，不知盧員外究竟是怎麼「走」的。

好漢們安營紮寨的水泊梁山屬濟州管轄。除前引柴進、宋江所言，第十三回鄆城新任知縣時文彬也對朱仝、雷橫二位都頭說：「我自到任以來，聞知本府濟州管下所屬水鄉梁山泊，賊盜聚眾打劫，拒敵官軍。」第十五回吳用向晁蓋介紹三阮亦云：「這三個人是弟兄三個，在濟州梁山泊邊石碣村住，日常只打魚為生。」第五十四回身居廟堂的高太尉出班奏曰：「今有濟州梁山泊賊首晁蓋、宋江，累造大惡，打劫城池。」此外，濟州官員在好漢故事中的頻繁出現亦可為旁證，如晁蓋等劫奪生辰綱事發反上梁山，濟州緝捕使臣何濤先被刺字後被割掉雙耳，濟州團練使黃安被活捉上山綁在聚義廳將軍柱上，濟州舊府尹因追捕不利被問罪，新任府尹聞聽不禁自怨倒楣：「蔡太師將

這件勾當抬舉我，卻是此等地面，這般府分！」（第二十回）後來濟州太守張叔夜還多次參與征剿和招安的事宜。

梁山寨與濟州其它地方相距不遠。三阮所居的石碣湖「和梁山泊一望不遠，相通一派之水」（第十五回），「石碣村那裏，一步步近去，便是梁山泊」（第十八回）；晁蓋所居的東溪村與石碣村「只隔得百十里路程」（第十五回），距梁山寨也算很近；第三十六回宋江從宋家村向江州行走了一天到梁山，第四十二回由梁山回鄉也是「次日，趲行到宋家村時卻早」；第三十九回金大堅、蕭讓被戴宗騙出濟州趕往泰安，「約莫也走過了七八十里路」就被劫上梁山。這些描寫都與實際的方位距離大體符合，表明《水滸傳》所寫梁山雖然並不直接就是水泊梁山，但是以水泊梁山爲原型虛構想像出來的。

《水滸傳》寫梁山與各處方位的關係雖然不盡準確，有些地方還可以說比較混亂，但是大都能藉以推算梁山寨的位置。如第十六回寫楊志押送生辰綱，「出得北京城門，取大路投東京進發」，也就是從今河北省邯鄲市大名縣去開封，從五月半走到六月初四日，二十天時間趕到離梁山泊百里左右的黃泥岡；第六十一回盧俊義到「東南方巽地上一千里之外」的泰安州避難，此行「正打從梁山泊邊過」；第六十二回寫盧俊義從梁山「拽開腳步，星夜奔波。行了旬日，到得北京」，這都可作爲依據推算梁山到大名距離和方位。梁山山寨相對位置的其它資訊還有：第十一回「林沖與柴大官人別後，上路行了十數日」從滄州來到朱貴酒店；第三十五回宋江對青州好漢說，「自這南方有個去處，地名喚作梁山泊」；第三十六回宋江「在路約行了半月之上」，來到江州附近的揭陽嶺；第四十六回祝家莊「此間離梁山泊不遠，地方較近。只恐他那裏賊人來借糧」；第七十一回「拿得萊州解燈上東京去的一行人」；第七十三回「兩個因大寬轉梁山泊北，到寨尚有七八十里，巴不到山，離荊門鎮不遠」；同回拿得一夥從鳳翔府上泰安州燒香的客人；第七十四回「原來這壽張縣貼著梁山泊最近」等，都明裏暗裏表明了水泊梁山的方位。

《水滸傳》有關山寨相對位置的表述也有不少「硬傷」。若按實際情況，宋江從鄆城經梁山到江州，楊志押送生辰綱從大名經梁山到東京，盧俊義經梁山到泰安，花榮等從青州向南到梁山落草等等，不是南轅北轍，就是迂迴繞行，皆不合常理。不過，這種明顯的地理錯誤似乎不能完全歸咎於古人地理常識的缺乏，而很可能是《水滸傳》創作過程中出處不同的原始材料和作者將事件向鄆城、梁山一帶靠攏的意圖之間相互妥協的結果。

二、梁山寨的格局

《水滸傳》對山寨的詳細描寫，初見於林沖上山之時。第十一回林沖跟隨朱貴在金沙灘上岸，山寨佈局盡收眼底：

> 林沖看岸上時，兩邊都是合抱的大樹，半山裏一座斷金亭子。再轉將上來，見座大關，關前擺著刀槍劍戟，弓弩戈矛，四邊都是擂木炮石。小嘍囉先去報知。二人進得關來，兩邊夾道遍擺著隊伍旗號。又過了兩座關隘，方才到寨門口。林沖看見四面高山，三關雄壯，團團圍定，中間裏鏡面也似一片平地，可方三五百丈；靠著山口才是正門，兩邊都是耳房。朱貴引著林沖來到聚義廳上。

「火併王倫」以後，隨著梁山事業的蓬勃發展，山寨規模也得到不斷擴大，但王倫時代山寨的基本格局得到延續，主要包括以下幾部分。

（一）聚義廳（忠義堂）

《水滸傳》中的山寨像桃花山、清風山、黃門山、二龍山、飲馬川、少華山多建有聚義廳，這應該是對山寨中心廳堂的通稱。第六十回宋江權居寨主之位，將聚義廳改名為忠義堂，使梁山的這個建築具有了與眾不同的深刻意義。

無論是王倫、晁蓋時的聚義廳，還是宋江時的忠義堂，都是山寨的樞紐和中心。山寨裏的諸多活動，如好漢入夥、排定座次、聚會議事、調整分工、布置任務、論功行賞、宴飲慶賀等，一般都在此進行。水滸故事的許多精彩情節也都與這座大廳有關：在這裏，晁蓋曾半推半就地坐上高位，還曾真心實意地讓位於宋江，更曾經不負責地留下遺囑撒手歸西；在這裏，宋江曾因不願落草而痛哭流涕，也曾因為見到自己的父親——宋太公而笑逐顏開，晁蓋死後更是坐上寨主之位發號施令；在這裏，王倫熱情款待過楊志，徐寧演示過鈎鐮槍的用法，盧俊義將李固、賈氏凌遲處死，公孫勝主持天降石碣的羅天大醮，武松在菊花會上高叫「冷了兄弟們的心」，李逵揮動板斧要砍宋江後又負荊請罪；在這裏，高俅被燕青只一跤攧翻在地裀上，陳太尉、宿太尉主持過招安儀式，徽宗帝夢遊梁山泊聽宋江等細訴衷曲。

聚義廳正廳設有交椅（第十二回林沖上山，就坐了第四把），立有左右兩根將軍柱（第二十回曾綁過黃安，第六十七回綁過李固和賈氏），還有一面大鼓（第六十三回石秀、盧俊義失陷北京城，「宋江聽罷大驚，就忠義堂打鼓集眾」）；兩側還有耳房（第四十四回吳用安排「呂方，郭盛於聚義廳兩邊耳房

安歇」)。大聚義後,宋江命人於堂上要立一面牌額,大書「忠義堂」三字;忠義堂前繡字紅旗二面:一書「山東呼保義」,一書「河北玉麒麟」;外設飛龍飛虎旗,飛熊飛豹旗,青龍白虎旗,朱雀玄武旗,黃鉞白旄,青幡皂蓋,緋纓黑纛;中軍器械外,又有四斗五方旗,三才九曜旗,二十八宿旗,六十四卦旗,周天九宮八卦旗,一百二十四面鎮天旗。

聚義廳最初並無專人看護值守,三打祝家莊後才開始安排「楊雄、石秀守護聚義廳兩側」(第五十一回)。至宋江權居寨主之位改名忠義堂後,常駐人員驟然增多:忠義堂上,依次是宋江、吳學究、公孫勝、花榮、秦明、呂方、郭盛;「忠義堂內,左一帶房中有掌文卷蕭讓、掌賞罰裴宣、掌印信金大堅、掌算錢糧蔣敬,右一帶房中有管炮凌振、管造船孟康、管造衣甲侯健、管築城垣陶宗旺;忠義堂後兩廂房中,管事人員有監造房屋李雲、鐵匠總管湯隆、監造酒醋朱富、監造筵宴宋清、掌管什物杜興、白勝」(第六十回)。大聚義後,「宋江與軍師吳學究、朱武等計議,忠義堂後建築雁臺一座,頂上正面大廳一所,東西各設兩房。正廳供養晁天王靈位;東邊房內,宋江、吳用、呂方、郭盛;西邊房內,盧俊義、公孫勝、孔明、孔亮。第二坡左一帶房內,朱武、黃信、孫立、蕭讓、裴宣;右一帶房內,戴宗、燕青、張清、安道全、皇甫端。忠義堂左邊,掌管錢糧倉廒收放,柴進、李應、蔣敬、凌振;右邊花榮、樊瑞、項充、李袞。……中間有未定執事者,都於雁臺前後駐紮聽調」(第七十一回)。

(二)關隘

自王倫時梁山主寨就外設三道關隘。第十九回晁蓋等人上山,王倫不肯相留,專門安排「眾人關下客館內安歇」,防備之心被林沖看穿;第三十五回青州好漢上山後,花榮和眾人到山前遊玩,走到第三關時一箭射落大雁,打消了晁蓋等人對其高超箭術的懷疑;第五十八回孔亮看見三關雄壯,槍刀劍如林,心下想道:「聽得說梁山泊興旺,不想做下這等大事業!」其它迎來送往,與三關相聯繫的事情還很多。

隨著山寨事業的發展,關隘也得到不斷整修和擴大,管理也日趨嚴格。不僅有陶宗旺監督整修加固,而且由蕭讓設置行移關防文約,負責把守的頭領也逐漸增加。三打祝家莊前,山前三座大關由「杜遷總行守把」(第四十四回),祝家莊之役結束後,三關每關都安排了兩位頭領:解珍、解寶守把山前第一關,杜遷、宋萬守把宛子城第二關,劉唐、穆弘守把大寨口第三關。(第

五十一回）晁蓋死後又重新調整：山前第一關令雷橫、樊瑞守把，第二關令解珍、解寶守把，第三關令項充、李袞守把。（第六十回）大聚義後，山南主道三關而外，又增東、西、北三關，成爲六關。六關首領分別爲：山前南路第一關，解珍、解寶；第二關，魯智深、武松；第三關，朱仝、雷橫。東山一關，史進、劉唐；西山一關，楊雄、石秀；北山一關，穆弘、李逵。（第七十一回）

（三）主寨、旱寨和水寨

梁山最初只有宛子城內主寨和山南水寨，其中的山南水寨是「火併王倫」的所在，很是值得一提。第四十四回吳用令宋萬、白勝去金沙灘下寨，令王矮虎、鄭天壽去鴨嘴灘下寨，至此才又多了兩座。其後山寨迅速擴大，數量不斷增加，負責管理的頭領也不斷調整。其中大的變動有三次：

三打祝家莊後，晁蓋、宋江、吳用居於山頂寨內，花榮、秦明居於山左寨內，林沖、戴宗居於山右寨內，李俊、李逵居於山前，張橫、張順居於山後，呂方、郭盛、孫立、歐鵬、馬麟、鄧飛、楊林、白勝，分調大寨八面安歇；童威、童猛守把金沙灘小寨，鄒淵、鄒潤守把鴨嘴灘小寨，阮家三雄守把山南水寨；黃信、燕順於山前大路下寨，一丈青、王矮虎後山下寨。（第五十一回）

宋江成爲寨主後又有調整，左軍寨內依次是林沖、劉唐、史進、楊雄、石秀、杜遷、宋萬，右軍寨內依次是呼延灼、朱仝、戴宗、穆弘、李逵、歐鵬、穆春，前軍寨內依次是李應、徐寧、魯智深、武松、楊志、馬麟、施恩，後軍寨內依次是柴進、孫立、黃信、韓滔、彭玘、鄧飛、薛永；水軍寨內依次是李俊、阮小二、阮小五、阮小七、張橫、張順、童威、童猛；金沙灘小寨內令燕順、鄭天壽、孔明、孔亮守把，鴨嘴灘小寨內令李忠、周通、鄒淵、鄒潤守把，山後左一個旱寨內令王矮虎、一丈青、曹正，右一個旱寨內令朱武、陳達、楊春守把。（第六十回）

大聚義後，又於六關之外置立八寨，有四旱寨，四水寨：正南旱寨，秦明、索超、歐鵬、鄧飛；正東旱寨，關勝、徐寧、宣贊、郝思文；正西旱寨，林沖、董平、單廷圭、魏定國；正北旱寨，呼延灼、楊志、韓滔、彭玘。東南水寨，李俊、阮小二；西南水寨，張橫、張順；東北水寨，阮小五、童威；西北水寨，阮小七、童猛。（第七十一回）

（四）斷金亭

斷金亭取《周易·繫辭上》「二人同心，其利斷金」之義。《水滸傳》中寫斷金亭有兩處：一處在梁山。第十一回寫林沖雪夜上梁山，「當時小嘍囉把船搖到金沙灘岸邊。朱貴同林沖上了岸。小嘍囉背了包裹，拿了刀仗，兩個好漢上山寨來。那幾個小嘍囉自把船搖去小港裏去了。林沖看岸上時，兩邊都是合抱的大樹，半山裏一座斷金亭子。再轉將上來，見座大關」，可知亭在半山，離山寨的「大關」不遠；一處在飲馬川。第四十四回寫戴宗奉命去「薊州探聽消息，尋取公孫勝還寨」，於路結識了楊林，兩人「前面來到一個去處，四圍都是高山，中間一條驛路。楊林卻自認得，便對戴宗說道：『哥哥，此間地名喚做飲馬川。前面兀那高山裏，常常有大夥在內。近日不知如何。因為山勢秀麗，水繞峰環，以此喚做飲馬川。』」飲馬川的寨主裴宣和鄧飛接待戴宗二人，「酒至半酣，移去後山斷金亭上，看那飲馬川景致吃酒」。但僅此一見，而梁山寨的斷金亭不止一次出現，第七十一回寫大聚義後，還曾為斷金亭換過大牌匾。

《水滸傳》寫水泊梁山大小諸寨自王倫初創，經晁蓋、宋江兩代首領的多次整修擴建，最終成六關八寨的格局，雄踞梁山，威震水泊，是梁山泊好漢縱橫山東，叱吒齊魏的得意之所。但在宋江看來，梁山卻不是久留之地。正如他有詞曰：「天南地北，問乾坤何處可容狂客？借得山東煙水寨，來買鳳城春色。」梁山寨只是他暫且棲身以求做官的跳板。所以在求得朝廷招安下山之後，第八十三回奉命征遼之前，宋江就帶人從東京趕回梁山，祭獻天王，遣散家屬，「山中應有屋宇房舍，任從居民搬拆。三關城垣，忠義等屋，盡行拆毀」，至此三代寨主多年慘淡經營的梁山寨終於走到了它毀滅的盡頭。

三、梁山寨的酒店

水泊梁山在大小寨之外還在山腳下設有專事探聽山下消息和送往迎來的酒店。這樣的酒店早在王倫時就有了，第十一回林沖雪夜上梁山，最先接待他的就是朱貴酒店。書中寫林沖所見：

> 遠遠望見枕溪靠湖一個酒店，被雪漫漫地壓著。但見：銀迷草
> 舍，玉映茅簷。數十株老樹杈枒，三五處小窗關閉。疏荊籬落，渾
> 如膩粉輕鋪；黃土繞牆，卻似鉛華布就。千圍柳絮飄簾幕，萬片鵝

毛舞酒旗。

　　林沖看見，奔入那酒店裏來，揭起蘆簾，拂身入去。到側首看時，都是座頭，揀一處坐下，倚了袞刀，解放包裹，抬了氈笠，把腰刀也掛了。只見一個酒保來問道：「客官打多少酒？」林沖道：「先取兩角酒來。」酒保將個桶兒，打兩角酒，將來放在桌上。林沖又問道：「有甚麼下酒？」酒保道：「有生熟牛肉、肥鵝、嫩雞。」林沖道：「先切二斤熟牛肉來。」酒保去不多時，將來鋪下一大盤牛肉，數般菜蔬，放個大碗，一面篩酒。林沖吃了三四碗酒……

第三十九回寫戴宗去東京送信途經此店，別又有一番景象：

　　早望見前面樹林側首一座傍水臨湖酒肆，戴宗拈指間走到跟前看時，乾乾淨淨，有二十副座頭，盡是紅油桌凳，一帶都是檻窗。戴宗挑著信籠，入到裏面，揀一副穩便座頭，歇下信籠，解下腰裏搭膊，脫下杏黃衫，噴口水，晾在窗欄上。戴宗坐下，只見個酒保來問道：「上下，打幾角酒？要甚麼肉食下酒，或鵝豬羊牛肉？」戴宗道：「酒便不要多，與我做口飯來吃。」酒保又道：「我這裏賣酒賣飯，又有饅頭粉湯。」戴宗道：「我卻不吃葷酒，有甚素湯下飯？」酒保道：「加料麻辣燉豆腐如何？」戴宗道：「最好，最好！」

　　又早在第十五回就已經表明朱貴酒店的具體方位和真正用途，借阮小二之口道：「有個旱地忽律朱貴，見在李家道口開酒店，專一探聽事情。」第十九回又由吳用再次說明：「見今李家道口，有那旱地忽律朱貴在那裏開酒店，招接四方好漢。但要入夥的，須是先投奔他。我們如今安排了船隻，把一應的物件裝在船裏，將些人情送與他引進。」第四十四回楊林也說：「公孫先生又說：李家道口舊有朱貴開酒店在彼，招引上山入夥的人。」

　　第十九回「晁蓋梁山小奪泊」之前，梁山下像朱貴所開這樣的酒店只有一處，後來梁山的事越做越大，這樣的酒店便一個個增加到四處，掌店的頭領也固定為八人。第四十三回宋江不放心回鄉搬取老母的李逵，令其同鄉朱貴前去探聽消息，酒店事務就暫時交割與石勇、侯健。第四十四回吳用安排朱貴仍復掌管梁山東面的酒店，替回石勇、侯健；又令童威、童猛弟兄在西山、李立去山南、石勇去北山各開一處酒店，總共就有了四處酒店，方便四面探聽和迎送客人了。第五十一回宋江令孫新、顧大嫂替回童威、童猛，再令時遷去幫助石勇，樂和去幫助朱貴，鄭天壽去幫助李立，每店都設兩

個頭領。五十八回宋江令重造西路、南路二處酒店，山西路酒店調整爲張青、孫二娘看守，山南路酒店仍令孫新、顧大嫂看守，山東路酒店依舊朱貴、樂和，山北路酒店還是李立、時遷。第七十一回大聚義後宋江最後確定山寨頭領職守，設「四店打聽聲息，邀接來賓頭領八員：東山酒店小尉遲孫新、母大蟲顧大嫂；西山酒店菜園子張青、母夜叉孫二娘；南山酒店旱地忽律朱貴、鬼臉兒杜興；北山酒店催命判官李立、活閃婆王定六。」朱貴、李立、王定六和兩對夫妻本就是開酒店的，再加上做過管家的杜興，開黑店可謂得心應手、人盡其用；其它像樂和、時遷、侯健、童威、童猛、鄭天壽、石勇雖各有所長，但在酒店不得施展，所以很快就被調往他處。不過，眼花繚亂的頻繁調動也使作者有點頭暈，出現了東、西、南、北各店頭領前後不一的情況。

酒店是山寨的附屬設施，負責的頭領地位不高。第十一回柴進向林沖介紹梁山時說，「如今有三個好漢在那裏紮寨。爲頭的喚做白衣秀士王倫，第二個喚做摸著天杜遷，第三個喚做雲裏金剛宋萬」，根本就沒提及朱貴。同回王倫暗自思量心裏話：「我卻是個不及第的秀才，因鳥氣合著杜遷來這裏落草，續後宋萬來，聚集這許多人馬伴當」，朱貴也不在其中。就連朱貴自己也承認，「小人是王頭領手下耳目。……山寨裏教小弟在此間開酒店爲名，專一探聽往來客商經過」。朱貴雖然是梁山最早開闢時的首領之一，元老級的人物，但是自始至終在山寨的位次不高：王倫時山寨頭領有四人，朱貴排第四；林沖上山頭領變五人，他排第五；火併王倫後晁蓋坐了第一把交椅，十一個頭領了，朱貴就排在了第十一位；白勝上山才算有了替他墊底之人，可是直到大聚義排座次，朱貴也只在七十二地煞中位列五十六，一百零八人中居第九十二名。但在酒店的負責人中，朱貴也算待遇較高的了。其它幾位如李立列九十六，孫新第一百名，顧大嫂一百零一，張青一百零二，孫二娘一百零三，王定六一百零四，時遷一百零七，還都不如朱貴。

然而，作爲山寨的眼睛，酒店警惕於外界的風吹草動，隨時向山寨通風報信，作用委實不可小覷。概而言之，水泊梁山的酒店主要有三項功能。

第一，打探往來客商。正如第十一回朱貴所言：「山寨裏教小弟在此間開酒店爲名，專一探聽往來客商經過。但有財帛者，便去山寨裏報知。但是孤單客人到此，無財帛的放他過去；有財帛的來到這裏，輕則蒙汗藥麻翻，重則登時結果，將精肉片爲靶子，肥肉煎油點燈。」果然，第二十回晁蓋等正

飲酒之間，只見小嘍囉報導：「山下朱頭領使人到寨。」晁蓋便喚來問道：「有甚麼事？」小嘍囉說道：「朱頭領探聽得有一起客商，約有十數人結聯一處，今夜晚間必從旱路經過，特來報知。」第三十九回戴宗這個「孤單客人」就在朱貴酒店被「蒙汗藥麻翻」，就要「背入殺人作坊裏去開剝」，幸好朱貴打開書信發現和宋江有舊，立馬用解藥把他救醒。直到大聚義後，第七十一回小嘍囉們「離寨七八里，拿得萊州解燈上東京去的一行人」，第七十三回又「拿得一夥牛子，有七八個車箱，又有幾束哨棒」（從鳳翔府上泰安州燒香的客人），這多半也是酒店麻藥的功效。

　　第二，迎送四方來客。山寨的酒店都備有「分例酒」，同時又設有水亭、響箭和船隻，但凡有好漢上山，先在酒店吃過「分例酒」，再到水亭射響箭為號，召小嘍囉搖船過渡上山；如若情況重大，還要派小嘍囉提前到山寨通報情況。第十一回林沖就是在朱貴酒店吃過「分例酒」，次日清晨由朱貴射箭召小嘍囉開船，在金沙灘上岸後來到山寨。第十九回晁蓋等人來時，朱貴一邊招待眾人，一邊「急寫了一封書呈，備細說眾豪傑入夥來歷緣由，先付與小嘍囉齎了，教去寨裏報知」，次日安排乘船上山。第三十五回青州好漢被林沖截住引到朱貴酒店，檢驗過宋江的推薦信後才把過程走了一遍。第三十九回蕭讓和金大堅、第五十六回徐寧、第五十一回雷橫、第五十二回朱仝都是經朱貴酒店上山。第四十七回楊雄和石秀是經石勇酒店到鴨嘴灘上岸；第四十九回登州一夥好漢也是先到石勇酒店，但沒上山就直接到祝家莊「臥底」去了。第五十八回孔亮上山是經過李立酒店，登岸地點是金沙灘。

　　水泊梁山酒店既是好漢上山前的招待所，也是他們下山時的中轉站。像戴宗下山回江州、宋江下山去鄆城，都是先從金沙灘過渡到朱貴酒店，再上大路離開。不過，酒店的事務繁忙，難免也有疏漏，像第六十七回的韓伯龍，「要來上梁山泊入夥，卻投奔了旱地忽律朱貴……朱貴權且教他在村中賣酒」，卻被李逵一斧子給劈死了。

　　第三，探聽官軍動向。第四十四回吳用建議增設酒店，目的除了「專一探聽吉凶事情，往來義士上山」，還有「如若朝廷調遣官兵捕盜，可以報知如何進兵，好做準備。」第五十八回宋江命令重造西路、南路二處酒店，也是為「招接往來上山好漢，一就探聽飛報軍情。」不過，一方面山寨另有總探聲息頭領戴宗和軍中走報機密步軍頭領樂和、時遷、段景住、白勝等人專門打探軍情，另一方面有些緊急情報也來不及說明是否為酒店提供，所以除第

五十五回石勇、時遷、孫新、顧大嫂被呼延灼拆了店屋，到第五十七回又把呼延灼寨柵拆來重造外，就未見官兵征剿時酒店起作用的任何蹤影。

四、梁山寨的經濟

梁山草創時期就有王倫等數位頭領聚集幾百人馬，至宋江上山鼎盛之時，更是好漢雲集，擁兵「十萬之眾」（第八十一回）。這群人既不事稼穡漁獵，又不務百工商賈，維持日常生活就需一筆浩大的開支，況且他們每日除了聚會宴飲就是攻城略寨，所費貲財更如恒河沙數，經濟來源也是很值得關注的。

王倫為首時梁山的主要經濟來源是搶劫。

第十一回朱貴對林沖說得清楚：「山寨裏教小弟在此間開酒店為名，專一探聽往來客商經過。但有財帛者，便去山寨裏報知。但是孤單客人到此，無財帛的放他過去；有財帛的來到這裏，輕則蒙汗藥麻翻，重則登時結果，將精肉片為把子，肥肉煎油點燈。」同回王倫藉口「糧食缺少，屋宇不整」要趕走林沖，朱貴勸道：「哥哥在上，莫怪小弟多言。山寨中糧食雖少，近村遠鎮，可以去借。山場水泊，木植廣有，便要蓋千間房屋卻也無妨。」所謂糧食「可以去借」，分明就是「去搶」。

林沖上山後也加入了搶劫的行列。還未上山，他取「投名狀」不獲，就想著搶了楊志「一擔財帛可以抵當」（第十一回）；上山後，更是如阮小二所言：「如今新來一個好漢，是東京禁軍教頭，甚麼豹子頭林沖，十分好武藝。這夥人好生了得，都是有本事的。這幾個賊男女聚集了五七百人，打家劫舍，搶擄來往客人。」（第十五回）而且他們不光打劫，還把住梁山泊不准打魚，讓附近漁民苦不堪言。

晁蓋、宋江先後為首領時，山寨經濟來源呈現多樣化趨勢。

其一，好漢們的財產。好漢們上山時，或主動或被動，大多帶上了自己的家私。第二十回寫到晁蓋坐上寨主之位，「當廳賞賜眾小頭目並眾多小嘍囉」，其中就有「自家莊上過活的金銀財帛」。第三十五回也寫到「花榮自到家中，將應有的財物等項，裝載上車」。其它像第四十一回穆弘、第四十二回宋江、第四十三回朱富、第五十回李應、第五十一回雷橫、第五十四回柴進（還有柴皇城的）、第五十六回湯隆、第六十六回盧俊義等好漢，也都有家財被搬上山的記錄。當然，由於各種原因，上山時並未提及家產如何處置的

好漢不少，但像李雲這樣確定「不曾娶老小，亦無家當」（第四十四回）的也不多。

其二，惡勢力的財產。很多貪官污吏、惡霸豪強或者姦佞小人被梁山泊好漢懲處以後，他們的財產也被好漢們搬上山來使用。第二十回晁蓋當廳賞賜眾小頭目並眾多小嘍囉的，主要就是「智取生辰綱」所得梁中書搜刮所得的金珠寶貝。第三十五回殺掉劉高一家老小後，「小嘍囉盡把應有家私，金銀財物寶貨之資，都裝上車子，再有馬匹牛羊，盡數牽了」。其它像第四十一回宋江等殺死黃文炳、第四十九回解珍解寶殺死毛太公、第五十四回把高廉一家處斬於市、第五十八回把慕容知府一家老幼盡皆斬首、第六十九回殺死程太守之後，都是將其家財收拾一空，運上梁山使用。

第七十一回還寫道：「原來泊子裏好漢，但閒便下山，或帶人馬，或只是數個頭領，各自取路去。途次中若是客商車輛人馬，任從經過；若是上任官員，箱裏搜出金銀來時，全家不留。所得之物，解送山寨，納庫公用；其餘些小，就便分了。折莫便是百十里、三二百里，若有錢財廣積，害民的大戶，便引人去，公然搬取上山。誰敢阻當！但打聽得有那欺壓良善，暴富小人，積攢得些家私，不論遠近，令人便去盡數收拾上山。」

其三，其它山寨的財產。其它山寨的好漢在匯聚梁山時，通常也是燒毀山寨，把一應錢糧財物帶上梁山。第三十五回清風山的燕順投奔梁山，就是把「山上都收拾的停當，裝上車子，放起火來，把山寨燒做光地」。同回對影山的郭盛、呂方也「將兩山人馬點起，收拾了財物」，跟隨上山。第四十一回黃門山的摩雲金翅歐鵬等「四籌好漢收拾起財帛金銀等項，帶領了小嘍囉三五百人，便燒毀了寨柵，隨作第六起登程」。第四十四回自飲馬川上梁山的裴宣等「也有三百來人馬，財賦亦有十餘輛車子，糧食草料不算」。其餘像第四十九回的登雲山、第五十八回的桃花山和二龍山、第五十九回的少華山，第六十回的芒碭山等，情況也大體如此。

其四，地方豪強或州府的庫藏。梁山發動過多次攻打村莊或州府的戰役，雖然這些大型軍事行動多以救人或復仇為目的，但也有經濟方面的考量在裏面，這甚至逐漸成為山寨收入的主要來源。第四十七回宋江在討論攻打祝家莊時就說：「即目山寨人馬數多，錢糧缺少。非是我等要去尋他，那廝倒來吹毛求疵，因而正好乘勢去拿那廝。若打得此莊，倒有三五年糧食。」第六十三回吳用道：「兄長放心。小生不才，願獻一計。乘此機會就取北京錢

糧，以供山寨之用。」果然，第五十回打破祝家莊，除得到大量金銀財物、牛羊騾馬外，還「得糧五千萬石」。像第五十四回的高唐、五十八回的青州、五十九回的華州、六十七回的大名和凌州、第六十八回的曾頭市等多處的打破城池，梁山都大小不等有經濟上的收穫。

第六十九回宋江欲依晁蓋遺言讓位給盧俊義遭到眾人的反對，想出的解決之道，就是「如此眾志不定，於心不安。目今山寨錢糧缺少，梁山泊東有兩個州府，卻有錢糧。一處是東平府，一處是東昌府。我們自來不曾攪擾他那裏百姓。今去問他借糧，公然不肯。今寫下兩個鬮兒，我和盧員外各拈一處。如先打破城子的，便做梁山泊主」。結果經過一番苦戰，第六十九回打下東平府後，「便開府庫，盡數取了金銀財帛，大開倉廒，裝載糧米上車」。第七十回打下東昌府也是「便開倉庫，就將錢糧一分發送梁山泊，一分給散居民」。

其五，其它次要收入。除以上四種主要經濟來源，好漢們偶爾也做些老本行。像第二十回晁蓋剛上山就劫掠一夥客商，得到「二十餘輛車子金銀財物，並四五十匹驢騾頭口」；第四十九回解珍、解寶洗劫了毛太公家財不算，還「於路莊戶人家又奪得三五匹好馬」，都是典型的強盜行徑。另外，朝廷招安時也給梁山不少禮物，像第八十二回「賜金牌三十六面，銀牌七十二面，紅錦三十六匹，綠錦七十二匹，黃封御酒一百八瓶，表裏二十四匹」，也是價值不菲的一筆小財。但和戰勝所得相較，這些不過是九牛一毛。

山寨收入用途很多，不僅要滿足好漢們「論秤分金銀，異樣穿綢錦；成甕吃酒，大塊吃肉」（第十五回）的日常生活，還要用於構建房舍亭臺，整修城垣關隘，準備作戰所需馬匹、戰船、旗幟、鎧甲、糧草、槍械等，恐一日所費，不下萬千。此外，無論是好漢上山，還是將士出征，山寨都要頻繁地飲酒接風或設宴餞行，閒來無事更是經常大擺筵席，也是一筆不小的開支。其它像梁山派人去搬取好漢家屬，為招安兩次拜訪李師師，又多次賄賂宿太尉等人，諸般花費也是要立給現錢或者回山寨「報銷」的。

山寨收入的分配有一定規則。第二十回晁蓋派人下山打劫，大獲而歸，忙將大小頭領召集在聚義廳開會，「叫小嘍囉扛抬過許多財物，在廳上一包包打開，將綵帛衣服堆在一邊，行貨等物堆在一邊，金銀寶貝堆在正面。眾頭領看了打劫得許多財物，心中歡喜。便叫掌庫的小頭目，每樣取一半收貯在庫，聽候支用；這一半分做兩分，廳上十一位頭領均分一分，山上山下眾人

均分一分。」宋江帶領人馬攻城略寨，每每將府庫錢糧散給百姓、貪官家私賞給軍校，但大部分還是送上梁山，其分配原則也應與晁蓋相仿。

由梁山的經濟情況可見，所謂「劫富濟貧」、「均分金銀」並非實情。

且不說晁蓋劫取生辰綱沒有「濟貧」，就是好漢們以後多次的「除暴」，也不僅沒有「安良」，反而使百姓不堪其擾。表面上看，梁山的收入更多源自地主豪強和州府庫存，然而，祝家莊這樣以宗族爲紐帶的地方武裝集團，其財物絕非一家一年所積而是整個大家族多年血汗的累積；而州府的庫存亦爲當地百姓賦稅積纍，更是災荒飢饉時賴以活命的保障。雖然第五十回宋江嘉獎鍾離老人指路之功，不僅改變了「要把這祝家莊村坊洗蕩」的打算，還給當地百姓「所有各家，賜糧米一石，以表人心」，贏得「村坊鄉民扶老挈幼，香花燈燭，於路拜謝」；攻下其它城池村寨也不忘分些財物給當地百姓，多次被歌功頌德，但是依書中所寫，梁山泊好漢所到之處，百姓並不曾受到眞正的實惠，更不用說有長遠的好處。即便像第八十二回分金大買市時，「宋江傳令，以一舉十」，但也是「但得府庫之物，納於庫中公用。其餘所得之資，並從均分。發庫內金珠、寶貝、綵段、綾羅、紗絹等項，分散各頭領並軍校人員。另選一分，爲上國進奉。其餘堆集山寨，盡行招人買市十日」，對附近居民也只是做了一次優惠「促銷」而已。

第二章 《水滸傳》中的「梁山」（下）

第一節 《水滸傳》中的「梁山泊好漢」

　　《水滸傳》寫人物眾多，沒有上梁山的如王進也稱得起好漢，但是他既然沒有上梁山，又神龍見首不見尾地一見而沒，所以稱不得「梁山泊好漢」。王倫是梁山的開山之主，但是他被林沖「火併」了，所以不在其數。因此，嚴格意義上的「梁山泊好漢」只是指宋江等「石碣天文所載一百八人」（第九十八回）。只有晁蓋雖爲梁山第二代寨主，卻不在「石碣天文」的「天罡地煞」之數，但是他有「智取生辰綱」和「小奪泊」再造梁山之功，所以世俗讀者一般也把他包括在「梁山泊好漢」之內了，不無道理；又《水滸傳》稱一百八人，始終說「梁山泊好漢」，魯迅稱「山澤健兒」〔註1〕，都是兼顧山與水說的。但是，梁山周圍早就沒有了水泊，所以《水滸傳》「梁山泊好漢」的稱呼，也就省卻了「泊」字，而稱「梁山好漢」。本書不反對從俗稱「梁山好漢」，但仍尊重原著稱「梁山泊好漢」。

　　《水滸傳》與別種小說寫人物很大的不同，是其把梁山泊好漢百零八人既是個個都努力寫活了，又別出心裁地作爲一個群體有概括性的描繪。後者見於袁無涯《忠義水滸全傳》、芥子園《忠義水滸傳》等刻本於梁山「大聚義」後都有一篇駢文「單道梁山的好處」云：

　　　　八方共域，異姓一家。天地顯罡煞之精，人境合傑靈之美。千
　　里面朝夕相見，一寸心死生可同。相貌語言，南北東西雖各別；心

〔註1〕魯迅：《中國小說史略》，人民文學出版社，1973年版，第115頁。

情肝膽，忠誠信義並無差。其人則有帝子神孫，富豪將吏，並三教九流，乃至獵户漁人，屠兒劊子，都一般兒哥弟稱呼，不分貴賤；且又有同胞手足，捉對夫妻，與叔侄郎舅，以及跟隨主僕，爭鬥冤仇，皆一樣的酒筵歡樂，無問親疏。或精靈，或粗鹵，或村樸，或風流，何嘗相礙，果然識性同居；或筆舌，或刀槍，或奔馳，或偷騙，各有偏長，真是隨才器使……

這篇賦一面漾溢著「四海之內皆兄弟也」的友誼之情，一面抒發了古代平均主義的生活理想，讀來令人讚歎，也啟人遐思，乃至有對梁山泊好漢整體作方方面面的考量。

一、「梁山泊好漢」的籍貫

《水滸傳》寫宋江等梁山泊好漢，雖有一定歷史的依傍，但是除了真人真事的成分甚為零星和稀薄之外，還一開始就把這些人的「前世」寫作了「妖魔」。從而作為小說的分析，我們不妨把梁山泊好漢的籍貫從兩個層面上進行考量。

一個是「前世」的層面，即作為《水滸傳》所寫「洪太尉誤走妖魔」的「新神話」〔註2〕人物，宋江等百零八人都是被洪太尉從江西道教祖庭龍虎山「伏魔之殿」放出來的「妖魔」，那個作為道教神山的龍虎山，正是宋江等百零八人「前世」的籍貫。講論《水滸傳》故事和研究《水滸傳》人物，絕口不提這個「新神話」的背景是不合理的，也不會是全面的說明和考量。換言之，江西龍虎山應在《水滸傳》的研究和水滸文化中佔有一個起始的和重要的地位。現在研討《水滸傳》和講求水滸文化的，多不提及，是一個疏忽。而其實除了學術的研討上重視龍虎山是梁山泊好漢的「前世」居住地之外，人們還可以到那裏去看一看，看到底什麼原因，使《水滸傳》的作者或寫定者，把一個《大宋宣和遺事》中本來沒有的「誤走妖魔」龍虎山故事，虛構或挪移來做了梁山泊好漢「前世」的籍貫？這可能是一個有意思的問題。

一個是「今世」即現實的層面，是接續了「洪太尉誤走妖魔」——「石板底下，卻是一個萬丈深淺地穴。只見穴內刮刺刺一聲響亮……只見一道黑

〔註2〕杜貴晨：《〈紅樓夢〉的「新神話」觀照》，《廣東技術師範學院學報》，2011年第2期。

氣,從穴裏滾將起來,⋯⋯直沖上半天裏,空中散作百十道金光,望四面八方去了」(第一回),梁山泊好漢在現實描寫中的籍貫就「南北東西」,幾乎遍佈全國了。當然也有籍貫不明的,這裏權以其第一次出現在哪裏就視其爲哪裏人,也就是他的籍貫吧。

(一)山東三十八人

1. 濟州十三人。北宋濟州領巨野、任城、金鄉、鄆城四縣,治在巨野(今屬山東菏澤)。其中鄆城縣五人:即除晁蓋之外的朱全、雷橫、吳用、宋江、宋清;濟州即巨野二人:蕭讓、金大堅住在濟州城內;不明縣份四人:白勝的安樂村和三阮的石碣村都屬濟州,唯屬縣不明;籍貫不明,第一次出現於此地者二人:杜遷、宋萬在「濟州管下所屬水鄉梁山泊」(第十三回)落草,也算是濟州人了。

2. 青州六人。北宋青州領益都等六縣,治在青州(今屬山東濰坊)。孔明、孔亮是白虎山孔太公莊人,周通佔據桃花山。白虎山、桃花山都在青州地面(第五十七回)。又第六十八回寫「這個青州郁保四,身長一丈,腰闊數圍,綽號險道神將」,他「聚集二百餘人」,劫了段景住購買的馬匹,「解送曾頭市去了(第六十八回)」。花榮、黃信二人籍貫不明,花榮第一次出現是青州清風寨寨主,黃信則是青州兵馬都監。這兩個人也可以算作青州人。

3. 東昌府四人。北宋無東昌府。《水滸傳》寫東昌府用的是明代建置,即今山東聊城。龔旺、丁得孫籍貫不明,第一次出現爲東昌府副將,視即聊城人。時遷是高唐州人。北宋有高唐縣,元朝升置高唐州。元高唐州屬東昌路,入明屬東昌府,所以時遷是東昌府人。鮑旭爲寇州枯樹山強人。《宋史》無寇州,有冠氏縣,屬大名府。元代改冠州,屬東平路。明改冠縣,即今山東聊城的冠縣。這些地方都屬《水滸傳》所稱的東昌府,所以定以上四人爲東昌府人。

4. 淩州二人。北宋無淩州,「淩」通「陵」。北宋陵州屬今四川。此「淩州」爲山東古「陵州」之誤。山東陵州,隋文帝開皇十六年(596)析安德縣置將陵縣,元憲宗三年(1253)改陵州,元至元二年(1265)降爲縣。故地即今山東省德州市陵城區。單延珪、魏定國籍貫不明,書中初見爲淩州團練使,當視爲淩州人。

5. 沂水四人。北宋沂水屬沂州(治在今山東臨沂)。李逵「祖貫是沂州沂水縣百丈村人氏」,流蕩江州做一個「小牢子」(第三十八回);朱貴、朱富都

是沂州沂水縣（今縣，屬臨沂市）人，李逵的同鄉。李雲是沂水縣都頭。梁山泊好漢籍貫如此確鑿又如此集中的縣份，上述鄆城之外，就只有沂水。

6. 萊州三人。北宋萊州屬京東東路，領掖、萊陽、膠水、即墨四縣，治在今萊州。燕順「原是販羊馬客人出身。因為消折了本錢，流落在綠林叢內打劫」，鄒淵、鄒潤「叔侄兩個最好賭……在登雲山臺峪裏聚眾打劫」（第三十二回）。這三位都是萊州人。

7. 登州三人。北宋登州屬京東東路，領蓬萊、黃、牟平、文登四縣，治在今蓬萊。解珍、解寶兄弟是登州山下獵戶，顧大嫂是解氏兄弟的表姐，孫新的老婆，在登州「開張酒店。家裏又殺牛開賭」（第四十九回）。

8. 鄆州即東平府二人。北宋徽宗宣和元年（1119），改鄆州為東平府，領須城、陽谷、中都、東阿、壽張、平陰六縣，治在今山東省泰安市東平縣。李應是鄆州李家莊莊主，一丈青扈三娘是鄆州扈家莊扈太公的女兒，被俘後由宋江安排嫁給了矮腳虎王英。

9. 濮州一人。北宋濮州屬京東東路，領鄄城、雷澤、臨濮、范四縣，治在今山東鄄城。樊瑞「祖貫濮州人氏，幼年學作全真先生……綽號作混世魔王」（第六十回）。

（二）河南十五人

1. 開封府（東京）七人。北宋以開封府為東京，領開封、鄢陵等十四縣，治在今河南開封。曹正是開封府人，韓滔、彭玘都是東京人氏。林沖是東京八十萬禁軍教頭，徐寧是東京金槍班教師，宣贊東京兵馬保義使，應該都是開封人。淩振祖籍燕陵。燕陵似為鄢陵之誤，即今許昌市鄢陵縣。

2. 孟州三人，有施恩、張青和孫二娘。北宋孟州領河陽等六縣，治在今孟州。

3. 河南府二人。楊雄是河南人氏，薛永是河南洛陽人。北宋河南府領河南、洛陽等十五縣，治在今洛陽。

4. 彰德府二人，楊林和張清。彰德府為金人所置，北宋稱相州，治在今河南安陽市。

5. 光州一人，陶宗旺。北宋光州領定城等四縣，治在今河南潢川縣。

（三）河北十三人

1. 大名府六人，其中盧俊義、燕青、石勇、蔡福、蔡慶都是北京大名府土著，索超為大名府留守司正牌軍。北宋以大名府為北京，領元城等十一縣，

治在今大名。

2. 中山府二人，杜興和焦挺。北宋時中山府領安喜等七縣，府治在今保定市定州。

3. 鄴城一人，陳達。鄴城，北宋時稱臨漳縣，屬河北西路相州轄，今邯鄲市臨漳縣。

4. 滄州一人，滄州橫海郡人柴進。橫海郡應為橫海軍，唐朝所置，宋廢除，改稱滄州，領清池等五縣，治在今滄州市。

5. 涿州一人，段景住。北宋時涿州領范陽等四縣，治在今涿州。

6. 真定州一人，孟康。北宋無真定州，有成德軍真定府，領真定等九縣，府治在今石家莊正定。

7. 清河縣一人，武松。北宋清河縣屬河北東路恩州，今屬邢臺市。

（四）山西七人

1. 潞州二人。劉唐是東潞州人，但北宋時潞州無東、西之分，領上黨等八縣，治在今長治市。董平是河東上黨郡人氏，上黨郡沿用的是秦朝舊制，北宋時只有上黨縣，屬潞州。

2. 太原二人。楊志是北宋名將楊業之後，流落關西；呼延灼是北宋名將呼延贊之後，任職汝寧。兩人的祖籍都是河東并州太原（今太原市西南）。

3. 解良一人。蒲州為北周所置，北宋時稱河中府，領臨晉等八縣，治在今運城市永濟。解良應作解梁，北宋時稱臨晉縣，在今運城市臨猗縣。楊春是蒲州解良縣人。

4. 蒲東二人。蒲東即蒲縣，北宋時屬河東路隰縣，今屬山西臨汾。關勝在蒲東任職安家，稱「蒲東關勝」（第六十四回）；但其祖關羽為河東解（今山西運城）人，若如此則應和楊春更近一些。郝思文籍貫不明，在蒲東巡檢司任職。

（五）江蘇八人

1. 建康府四人。石秀、王定六、安道全、馬麟。北宋建康領上元等五縣，治在今南京。

2. 茅州一人，樂和。北宋無茅州。唐高祖武德四年因句容（今屬江蘇鎮江）置茅州，七年廢。

3. 平江一人，鄭天壽。北宋平江府領吳江等五縣，即今蘇州。

4. 沛縣一人，項充。北宋沛縣屬徐州，即今徐州市沛縣。

5. 下邳一人，李袞。北宋下邳縣屬京東東路淮陽軍，今屬徐州。

（六）江西七人

1. 江州六人。戴宗是江州兩院押牢節級，童威、童猛是潯陽江邊人，李立在揭陽嶺，穆弘、穆春在揭陽鎮。北宋江州領德化等五縣，治在今九江市。九江古稱潯陽，附近長江流經段稱潯陽江。揭陽嶺、揭陽鎮可能是虛構出的地名。

2. 洪都一人，侯健。洪都為今江西南昌古稱。北宋南昌為縣，屬江南西路洪州，即今江西省會南昌市。

（七）安徽六人

1. 宿松二人。張橫、張順是小孤山下人。小孤山在今安慶市宿松縣東南六十公里長江中。王英是兩淮人氏。北宋時有淮南東路、淮南西路，兩淮即指此兩路，所領之地多在今安徽省境內。

2. 定遠二人，即李忠、朱武。北宋定遠屬濠州。北宋晚期濠州屬淮南西路，領鍾離、定遠二縣，治在今滁州市鳳陽。定遠縣今屬滁州。

3. 廬州一人，李俊。北宋廬州屬淮南西路，領合肥、慎、舒城三縣。州治在今安徽合肥。

（八）陝西三人

1. 華陰一人。史進是華州府華陰縣史家村人。北宋華陰縣屬華州，即今渭南市華陰縣。

2. 京兆府一人，即裴宣。北宋京兆府領長安等十五縣，治在今西安市。

3. 延安府一人。湯隆之父曾為延安府知寨官，自己在老種經略相公帳前敘用，可算是延安人。北宋延安府領膚施等七縣，治在今陝西延安。

（九）四川二人

1. 開州一人，即秦明。北宋開州領開江、清水二縣，治在今重慶開縣。

2. 嘉陵一人，即郭盛是「西川嘉陵人氏」。西川即四川，嘉陵屬今四川南充市。

（十）湖北二人

1. 黃州一人，即歐鵬。北宋黃州屬淮南西路，領黃岡、黃陂、麻城三縣。州治在今黃岡市。

2. 襄陽一人，即鄧飛。襄陽，今屬湖北。

（十一）湖南二人，即呂方和蔣敬，都是潭州人。北宋潭州領長沙等十

一縣，治在今長沙市。

（十二）海南二人，即瓊州孫立、孫新兄弟。北宋瓊州領瓊山等五縣，治在今瓊山市。

（十三）甘肅一人，即魯智深，關西渭州提轄。北宋渭州領平涼等五縣，治在今平涼。

（十四）天津一人，即公孫勝，薊州人。北宋薊州領漁陽等三縣，治在今薊縣。

（十五）北京一人，即皇甫端，幽州人。北宋幽州領薊、幽等九縣，治在今大興區。

以上除晁蓋之外的一百零八個「梁山泊好漢」的籍貫，包括水滸故事策源地山東在內，東起江蘇、西達陝甘，北到河北、南至海南，涉及多達如今十五個省和直轄市。

二、「梁山泊好漢」的出身

《水滸傳》寫梁山泊好漢既是位列星宿、被遣下凡的上界魔君，又是三教九流、出身各異的世間豪傑，誠所謂「天地顯罡煞之精，人境合傑靈之美」。

梁山泊好漢首先是一夥被分爲三十六天罡、七十二地煞的上界星君。其身份的顯露作三層出落：

《水滸傳》開篇即寫太尉洪信執意打開唐代洞玄國師封鎖的伏魔殿，放走了「殿內鎮鎖著三十六員天罡星，七十二座地煞星，共是一百單八個魔君」，即所謂「千古幽扃一旦開，天罡地煞出泉臺」（第二回）。這便是後來匯聚梁山的一百零八條好漢。

《水滸傳》敘事過半的第七十一回，作者又安排了一場堪稱「誤走妖魔」續篇的「天降石碣」，石碣上「側首一邊是『替天行道』四字，一邊是『忠義雙全』四字」，「前面有天書三十六行，皆是天罡星。背後也有天書七十二行，皆是地煞星」，從而使每個梁山泊好漢的神魔身份都得到了天意公開的確認。

《水滸傳》結末第一百回寫宋徽宗降旨在梁山泊起蓋廟宇，「塑宋公明等三十六員天罡正將；兩廊之內，列朱武爲頭七十二座地煞將軍」。至此，「天罡盡已歸天界，地煞還應入地中」，好漢們的傳奇故事也宣告結束。

雖然在全書多數章回中，梁山泊好漢天罡、地煞的魔君身份並非情節設

計的著力點，但像「天罡地煞下凡塵，託化生身各有因」（第十二回）、「天罡盡數投忠義，地煞齊臨水滸來」（第六十八回）、「三十六天罡臨化地，七十二地煞鬧中原」（第七十回）之類的話語，前後也出現了不下二三十次，表明了作者意圖與做法上都以「誤走妖魔」爲《水滸傳》敘事一貫的線索。

今見資料表明，水滸人物與「天罡地煞」的一一對應關係始於《水滸傳》。無名氏《大宋宣和遺事》即有「天書付天罡院三十六員猛將，使『呼保義』宋江爲帥，廣行忠義，殄滅姦邪」的說法，元雜劇更是不僅提到「三十六大夥，七十二小夥」（《黑旋風雙獻功》），甚至還說「聚義的三十六個英雄漢，哪一個不應天上惡魔星」（《爭報恩三虎下山》）。然而在這些早期水滸材料裏還沒有形成一個完整的「天罡地煞」系統，更沒有與梁山泊好漢逐個具體的對應。直到《水滸傳》第七十一回的「石碣天文」，不僅將好漢們分成了兩夥，而且按「三十六天罡、七十二地煞」逐一排定座次，並顯示了將星曜名稱與人物名號乃至人物性格一一對應的努力。

然而，「天罡地煞」總不過是牽強附會之說，現實描寫中的梁山泊好漢則「有帝子神孫，富豪將吏，並三教九流，乃至獵戶漁人，屠兒劊子」等等，身份職業相當複雜。大體可分爲以下七類：

其一，帝子神孫。最典型的是兩個人：一者柴進，「是大周柴世宗嫡派子孫。自陳橋讓位有德，太祖武德皇帝敕賜與他誓書鐵券在家中」（第九回）；二者關勝，「乃是漢末三分，義勇武安王嫡子派子孫……生的規模與祖上雲長相似。使一口青龍偃月刀，人稱爲大刀關勝」（第六十三回）。其它如楊志爲「三代將門之後，五侯楊令公之孫」（第十二回）；呼延灼「祖乃開國功臣，河東名將呼延贊之後，嫡派子孫」（第五十五回）；又據青州慕容知府說：「花榮是個功臣子。」但沒有具體說花榮之父是哪位功臣。

其二，土豪富商。柴進不但身世顯赫，還是一個大財主，有東、西兩處莊院。此外，晁蓋、李應、史進、穆弘、扈三娘、孔明、孔亮、宋清、穆弘、穆春等，上山之前都是莊園主或莊園主的公子或千金，有多少不等偌大莊園田產和眾多莊客。宋江、朱仝亦是如此，只不過兩人並不操持家業，而是大部分時間在衙門當差。施恩靠著他父親是管營相公與蔣門神爭霸快活林，應當然收入不菲。盧俊義「生於北京，長在豪富」，有「海闊一個家業」（第六十一回），更是大名府數一數二的土豪。

其三，「三教」之徒。吳用、蕭讓是秀才，蔣敬是落科舉子，原本都是儒

家門徒。魯達削髮五臺山，武松出家六和寺，都是佛家弟子。公孫勝是羅眞人的徒弟，道號一清先生；樊瑞本來就會些「神術妖法」，歸順梁山後「就拜公孫勝爲師。宋江立主教公孫勝傳授五雷天心正法與樊瑞。樊瑞大喜」（第六十回）；朱武本就是「神機軍師」，後來「投授樊瑞道法，兩個做了全眞先生，雲遊江湖，去投公孫勝出家，以終天年」；戴宗會「神行法」，結局去了泰安嶽廟陪堂出家，並在那裏歸神。公孫勝等這四個人就都是道教中有法術的人物。

其四，各級將官。恰好天罡、地煞各有十一人。天罡星中有：蒲東巡檢關勝，禁軍槍棒教頭林沖，青州指揮司兵馬統制秦明，汝寧州都統制呼延灼，清風寨知寨花榮，渭州經略府提轄魯智深，東平府兵馬都監董平，東昌府兵馬都監張清，殿帥府制使、大名府管軍提轄楊志，京師金槍班教師徐寧，大名府留守司正牌軍索超。地煞星中有：青州兵馬都監黃信，登州兵馬提轄孫立，兵馬保護使宣贊，關勝的結義兄弟郝思文，陳州團練使韓滔，潁州團練使彭玘，凌州團練使單廷珪，凌州團練使魏定國，雷甲仗庫副使炮手凌振，張清的副將龔旺和丁得孫。

其五，衙門胥吏。天罡星中八人：山東濟州鄆城縣押司宋江，鄆城縣馬兵都頭、當牢節級朱仝，陽谷縣都頭武松，江州兩院押牢節級戴宗和手下牢頭李逵，鄆城縣步兵都頭雷橫，薊州兩院押獄兼充市曹行刑劊子楊雄。地煞星中五人：京兆府六案孔目裴宣，登州牢子樂和，大名府兩院押牢節級兼充行刑劊子蔡福及弟弟小押獄蔡慶，沂水縣都頭李雲。

其六，各行業者。天罡星中阮氏三雄是漁人，解氏兄弟是獵戶，燕青是僕從，張順做過魚牙，李俊撐過船，石秀販賣過羊馬（還賣過柴，當過屠戶）。地煞星中陶宗旺是農民，歐鵬曾是軍戶，湯隆、雷橫是鐵匠，鄭天壽是銀匠，金大堅是金石匠，孟康是造船匠，安道全是醫生，侯健是裁縫，曹正是屠戶，皇甫端是獸醫，杜興是管家（也曾做過買賣），燕順販賣過羊馬，呂方販過生藥，郭盛販過水貨，王英趕過車，朱貴做過生意，朱富、孫新、顧大嫂、王定六開過客店，焦挺以相撲爲生，李忠、薛永以賣藝兼賣藥爲業，等等。雖然其中有的同時或開賭坊，或做私商，並後來有不少占山打劫，但是以上這些人還曾經有過正當職業。

其七，邪路人物。劉唐「自幼飄蕩江湖」（第十四回），白勝是安樂村的「閒漢」（第十六回），馬麟「原是小番子閒漢出身」（第四十一回）、鄒淵、

鄒潤「叔侄兩個最好賭……如今見在登雲山臺峪裏聚眾打劫」（第四十九回），楊林「多在綠林叢中安身」（第四十四回），石勇「日常只靠放賭為生……因賭博上一拳打死了個人，逃走在柴大官人莊上」（第三十五回），張橫、張順是賭徒兼潯陽江上的私渡、私商或賣魚牙子（第三十七回），段景住「平生只靠去北邊地面盜馬」（第六十回），童威、童猛兄弟兩個「專販私鹽」（第三十六回），李立是「賣酒的……只靠做私商道路」（第三十六回）、張青、孫二娘「原是孟州道十字坡賣人肉饅頭的」（第五十七回），時遷做「只做得些偷雞盜狗的勾當」（第四十六回），郁保四「聚集二百餘人」攔路搶劫。再如少華山的朱武、陳達、楊春，梁山的杜遷、宋萬，飲馬川的鄧飛，枯樹山的鮑旭，桃花山的周通，芒碭山的樊瑞、項充、李袞等等，一出場就是強人，落草前做過什麼不得而知。這些人除了劉唐和張橫、張順名列天罡，其他都是「七十二地煞」中人。

梁山泊好漢出身涉及社會各個階層，既顯示了梁山集團廣泛的階級基礎，同時也使利用階級學說判斷梁山集團的性質變得困難。且不說指導思想和實際行動，單看一百單八人，惟有陶宗旺一人是莊戶出身（也早早成了強盜），也足見《水滸傳》主題的「農民起義說」不能成立。而多數人落草之前都有合法且穩定的工作，也使人對《水滸傳》主題所謂的「流民說」產生了懷疑。

另外，雖說梁山泊好漢「都一般兒哥弟稱呼，不分貴賤」，但由以上粗略分類可見，天罡和地煞的前列幾乎被貴族、富豪、宗教人士和軍官、胥吏壟斷，說明和能力、貢獻一樣，血統、財富、身份、信仰等也是影響梁山人物座次前後的重要因素；而直接以強盜面貌出現的好漢幾乎無緣天罡，也似乎告訴我們即便在《水滸傳》的「強盜」的世界裏，占主導地位的還是主流社會的慣常思維。

三、「梁山泊好漢」的落草

《水滸傳》寫梁山泊好漢，雖有「前世」的宿命，但其人生現實的描寫並非生來就是「強盜」。他們各自或結夥，直接或輾轉上梁山「落草」，原因不同，道路各異。大略有以下幾種情形：

（一）因姦人迫害而落草

林沖原為東京八十萬禁軍教頭，因妻子被高衙內看中，便被高俅害得家

破人亡，經柴進介紹上梁山落草。武松為施恩出頭，遭蔣門神、張都監一夥陷害，殺仇亡命，先投二龍山落草。宋江因殺閻婆惜被發配江州，本意服刑期滿後回歸社會，卻因酒後題詩，被黃文炳等誣為謀反死罪，後經晁蓋等「劫法場」救了性命，不得已上山落草。裴宣原是京兆府六案孔目，「為因朝廷除將一員貪濫知府到來，把他尋事，刺配沙門島」（第四十四回），路過飲馬川被救上山落草。解珍、解寶兄弟因自己打死的老虎被毛太公霸佔而與之發生爭執，被後者誣陷入獄並差點喪命。幸得樂和等救出，殺了毛太公一家後投奔梁山。

（二）因救護他人而落草

史進與少華山頭領朱武、楊春、陳達聚會，被人告發後，放火焚毀莊園突圍而去，投奔師父王進不果，只得輾轉回少華山落草。魯智深因救林沖忤了高太尉，被後者派人追捕而逃亡，佔了二龍山落草。花榮、黃信為解救被劉高捉住的宋江，大鬧青州，後來上梁山落草。戴宗、李逵、李俊、李立、張橫、張順、穆弘、穆春、童威、童猛、侯健、薛永等，在江州劫法場救了宋江，並且攻打無為軍為宋江報仇，後來都上梁山落草。朱富為幫朱貴救李逵而上梁山落草。石秀幫楊雄捉姦殺了裴如海、潘巧雲等，投奔梁山落草。樂和、顧大嫂、孫新、孫立等因劫獄救出解氏兄弟後，無法繼續在原地生活而上梁山落草。燕青為救盧俊義，先是殺了解差，後又上梁山搬取救兵，隨之上山落草。

（三）因梁山逼誘而落草

為逼反秦明，花榮和宋江商議先用計將其生俘，而後派小卒假扮他殺人放火攻打青州，害其一家老小被慕容知府殺害，秦明只得歸順。為偽造蔡京家信以救宋江，吳用派戴宗假託刻碑請蕭讓、金大堅到泰安州，又派宋萬等在途中將二人劫上梁山，還把其家眷騙上山來。為逼李應、杜興上山，宋江等派蕭讓等假扮官人將其捉拿，又派人於途中「解救」他們上山，還派人取其家眷並將李家莊燒成白地，二人無奈只得上山落草。為逼朱仝上山，吳用、雷橫、李逵殺了朱仝負責看護的小衙內，使他無法交差，不得已上山。為賺徐寧上山教授鈎鐮槍法，吳用派時遷盜其祖傳「雁翎鎖子甲」，引徐寧來追，再派其表弟湯隆於途中下藥，將徐寧迷倒賺上山來，後又將其家眷騙上山，還穿其衣甲打劫，使其不得不落草為寇。為請安道全給宋江治病，張順殺死

其姘頭並題「殺人者安道全也」，最後迫其上山落草。爲逼盧俊義上山以壯大山寨聲勢，吳用假扮算命先生騙盧出遊，將之劫上梁山款待；同時卻借用藏頭詩慫恿盧俊義家人首告其謀反，使盧俊義下山即被官府捉拿。後盧俊義九死一生，直至梁山打破大名府才將其救上山落草。

（四）因作戰被俘而落草

梁山二打祝家莊時，扈三娘被林沖生擒。後由宋江做主嫁與王英。呼延灼率軍攻打梁山泊時，先是副先鋒彭玘被扈三娘生擒，炮手淩振落水被捉，先鋒韓滔也被劉唐、杜遷拿了，最後呼延灼自己也成了俘虜。關勝率軍攻打梁山泊，被呼延灼設伏活捉，其先鋒宣贊、郝思文則分別被秦明、扈三娘生擒。索超在梁山攻打大名府時被誘入陷坑成了俘虜。淩州之戰，單廷珪被關勝以拖刀計拍下馬來生擒，魏定國被圍在中陵縣也向關勝投降。攻打東平府，東平府兵馬都監董平被絆馬索絆倒後遭擒。攻打東昌府，東昌府副將龔旺被林沖、花榮生俘，丁得孫被呂方、郭盛生擒，張清被林沖趕下水由三阮活捉。這些被俘朝廷將領皆由於宋江做戲般的勸降而入了梁山一夥。

（五）因殺人越貨而落草

吳用、公孫勝、劉唐、阮氏三雄劫生辰綱事發後，隨晁蓋反上梁山；白勝被官府捉拿，越獄後亦上山落草。王英「原是車家出身，爲因半路裏見財起意，就勢劫了客人。事發到官，越獄走了」（第三十二回），上清風山落草。石勇「爲因賭博上一拳打死了個人，逃走在柴大官人莊上」（第三十五回），後隨青州好漢同上梁山。孟康「原因押送花石綱，要造大船，嗔怪這提調官催並責罰，他把本官一時殺了，棄家逃走在江湖上綠林道中安身」（第四十四回），在飲馬川落草。楊雄因殺了與和尚裴如海私通的老婆潘巧雲，投奔梁山落草。雷橫枷打白秀英致死，幸得朱仝私放上梁山落草。孔明、孔亮兄弟「因和本鄉一個財主爭競，把他一門良賤盡都殺了，聚集起五七百人，佔住白虎山，打家劫舍」（第五十七回）。

（六）因他人邀請落草

李忠經過桃花山時被周通劫道，周通鬥他不過，請他上山做了寨主。鄭天壽路過清風山時與王英惡鬥不分勝負，被燕順請上山。湯隆在武岡鎮打鐵，李逵見其對山寨有用，遂邀請他上山入夥。王定六幫張順殺死水賊張旺報仇，張順感念恩義邀其一同上山落草。皇甫端本是獸醫，張清向宋江舉薦，遂邀

之上山落草。

（七）因受人牽連而落草

楊志押送生辰綱被晁蓋等人劫去，不得已與魯智深奪二龍山落草。宋清因宋江在江州的事將被捕入獄，晁蓋等救他上山。李雲押解李逵，途中被朱富麻倒，劫走了人犯，手下被殺，因無法交差而倒隨李逵上梁山落草。柴皇城是柴進的叔父，花園被殷天錫強佔，李逵一怒殺了殷天錫，柴進被控為主使而被打入死牢，後被救上山落草。施恩因武松殺了張都監一家，「官司著落他家追捉凶身」（第五十七回），投二龍山入夥，後上梁山落草。

（八）因生計無著而落草

燕順原是販羊馬客人出身，消折了本錢，佔據清風山落草。呂方「因販生藥到山東，消折了本錢，權且占住這對影山，打家劫舍」；郭盛「因販水銀貨賣，黃河裏遭風翻了船，回鄉不得」，於是來找呂方「比併戟法奪山」（第三十五回）。朱貴「因在江湖上做客，消折了本錢，就於梁山泊落草」（第四十三回）。時遷因「近日沒甚道路，……只做得些偷雞盜狗的勾當」（第四十六回），隨石秀、楊雄上梁山。

（九）因其它緣故落草

少華山頭領朱武、陳達、楊春自稱「累被官司逼迫，不得已上山落草」（第二回）。歐鵬「因惡了本官，逃走在江湖上」（第四十一回），後在黃門山落草。蔡福、蔡慶被威逼利誘照顧盧俊義，梁山人馬攻破大名府後隨眾人上山。郁保四曾與梁山為敵，後隨曾昇一同到宋江寨內講和，被宋江說服落草。

（十）落草原因不明

梁山最初是王倫「因鳥氣合著杜遷來這裏落草，續後宋萬來」（第十一回），杜遷、宋萬因何落草沒有提及。張青、孫二娘夫婦和曹正均對二龍山頭領有過幫助，後來因何入夥亦未言明。楊林「多在綠林叢中安身」（第四十四回），焦挺「到處投人不著」（第六十七回），段景住盜良馬以為上梁山之禮，好像也都沒有什麼明確理由。其它像周通在桃花山，鄧飛在飲馬川，蔣敬、馬麟、陶宗旺在黃門山，鄒淵、鄒潤在登雲山，樊瑞、項充、李袞在芒碭山，鮑旭在枯樹山，落草原因更是不得而知。

上山之前的梁山泊好漢，雖不乏像林沖一樣安分守己之人，或者如魯智

深這般行俠仗義之士，以及燕順之類爲生活所迫者，但也有不少見財起心、意氣殺人之徒和雞鳴狗盜、心向山林之輩，更有大量如關勝、盧俊義等被梁山俘虜或威逼而無奈落草的軍官、胥吏或平民。貪官污吏、姦佞豪強無端欺壓百姓的殘暴與囂張令人切齒，好漢們爲逼人落草而詭計百出、不擇手段的行爲也讓人咋舌。然而，不管安善之民還是不逞之徒，無論「官逼民反」還是「賊逼民反」，盜賊蜂起總是君昏臣佞、姦邪橫行、法紀敗壞、民不聊生所致，是宋王朝「亂自上作」、統治失敗的明證。

四、「梁山泊好漢」的匯聚

好漢匯聚梁山的過程，初如涓涓細流，終似百川歸海，既千回百折，又波瀾壯闊，堪稱一部蕩氣迴腸的英雄史詩。

王倫是具有開創之功的梁山第一人。

王倫「因鳥氣合著杜遷來這裏落草，續後宋萬來」（第十一回），再加上負責開酒店的朱貴，當時梁山上是四籌好漢。後來林沖上山，王倫婉拒之不去、刁難之不成，無奈留他入夥，「從此，五個好漢在梁山泊打家劫舍」（第十二回）。

晁蓋等人上山使好漢隊伍的規模有了突破。生辰綱事發後，晁蓋、吳用、公孫勝、劉唐和三阮殺退官兵投奔梁山，王倫故伎重演欲拒而不納，被義憤填膺的林沖和早有準備的吳用等聯手火併，推晁蓋坐了寨主，「梁山泊自此是十一位好漢坐定」（第二十回）；再加上後來越獄逃難上山的白勝，頭領增加到十二位。

宋江上梁山前的幾次遇險及獲救使梁山泊好漢人數劇增。

宋江因爲殺了閻婆惜，逃走青州避難，先是被捉上清風山，在那裏結識了燕順、王英、鄭天壽；又在清風鎮被劉高捉了，引出花榮、秦明、黃信先後與宋江結識成了一夥。第三十五回兩夥人馬合力從青州救出宋江後，又在去梁山途中收編了對影山的呂方、郭盛，遇到前來送信的石勇。最後一干人等被宋江一封薦書送上梁山，使山寨中的頭領增加到二十一位。在被發配江州途中，宋江遇到李俊、李立、童威、童猛、穆弘、穆春、薛勇、張橫等人，到江州又結識了戴宗、李逵和張順。後來宋江題反詩被捉，第三十九回吳用派戴宗賺金大堅、蕭讓上山欲僞造書信營救宋江，失敗後第四十一回晁蓋率人長途奔襲江州劫了法場；連同打無爲軍時幫忙的侯健，還有途中所遇在黃

門山的歐鵬、蔣敬、馬麟、陶宗旺等人，一同上梁山落草。至此，梁山泊好漢增至四十人。

宋江上山後的幾次重大活動，使好漢向梁山的匯聚達到高潮。

第四十二回宋江下山搬取老父，宋清也隨之上山。第四十四回李逵見宋江取父、公孫勝探母，也要回鄉搬取老母上山快活，結果不僅老母被老虎吃掉，自己也被捉住，得朱貴、朱富相救，連同被此事連累的李雲一同上山。第四十四回戴宗奉命尋訪公孫勝，途中與楊林結拜，又引薦飲馬川好漢裴宣、鄧飛、孟康上山，還結識了石秀。第四十六回石秀助楊雄殺死潘巧雲，和時遷一起投奔梁山。第四十九回，登州獵戶解珍、解寶兄弟被毛太公誣陷下獄，得孫立、孫新、顧大嫂、鄒淵、鄒潤、樂和相救，八人同奔梁山落草。第四十八回宋江二打祝家莊時，林沖活捉了扈三娘；第五十回打下祝家莊後，李應、杜興也被吳用賺上山來。至此，梁山上好漢人數達到六十一人。

第五十一回雷橫因枷打白秀英逃上梁山，曾捨家相助雷橫的朱仝也被吳用等計賺上山。為打高唐救柴進，宋江派戴宗和李逵去薊州請公孫勝，第五十四回李逵在歸途中說動湯隆落草，又於攻破高唐州後下深穴救了柴進。至此，梁山上好漢總數達到六十五人。

宋江指揮人馬與奉命征剿梁山的呼延灼作戰，第五十五回先降其副將彭玘和炮手凌振，第五十六回又派時遷盜甲賺徐寧上山，第五十七回生俘副將韓滔。第五十八回打青州時，宋江設計活捉了呼延灼，二龍山、白虎山、桃花山頭領魯智深、楊志、武松、施恩、曹正、張青、孫二娘、李忠、周通、孔明、孔亮也歸併到梁山。第五十九回打華州時，少華山的史進、朱武、陳達、楊春上山。第六十回芒碭山之役，收服了樊瑞、項充、李袞三人。第六十回段景住的上山引發梁山和曾頭市的矛盾，晁蓋因此中箭身亡。至此，梁山上共有八十八位頭領。

宋江為救盧俊義攻打大名府時，朝廷派關勝、宣贊、郝思文來征剿梁山以解北京之圍。第六十四回宋江回師將關勝等三人活捉。第六十五回宋江再次攻打大名府並捉住了索超。同回張順殺人後栽贓安道全，迫使他同回梁山給宋江治病，還將幫他報仇的王定六介紹上山。第六十六回梁山人馬終於打下北京城，救了盧俊義，盧俊義僕人燕青以及照看盧有功的蔡福、蔡慶兄弟也一起上山。至此，梁山上共有頭領九十八人。

第六十七回關勝主動請纓去淩州勸降單廷珪、魏定國，李逵賭氣下山遇到焦挺，又聯絡了枯樹山的鮑旭同去助戰，最後單、魏二人戰敗投降。第六十八回宋江打破曾頭市，郁保四隨之上山落草。第六十九回宋江與盧俊義分打東平、東昌二府，宋江收服董平拿下東平府後，第七十回又去東昌幫助盧俊義捉住張清、龔旺、丁得孫，張清又舉薦獸醫皇甫端，至此一百零八條好漢完聚梁山。

梁山上除了一百多個頭領，還有為數眾多的小頭目和嘍囉。

王倫主政時，山寨的兵馬已經不少。按照第十一回柴進的說法，這時的梁山「聚集著七八百小嘍囉」。而第十五回阮小二向吳用提及梁山時也說，「這幾個賊男女聚集了五七百人」。火併王倫時，「山前山後共有七八百人，都來廳前參拜了，分立在兩下」（第二十回）。晁蓋上山以後人馬迅速壯大，到青州好漢上山前，已經「聚集著三五千軍馬」（第三十五回）。

宋江上山以後，山寨人數劇增。梁山打祝家莊首發兩隊人馬就達到六千六百人，打高唐州首發七千人，打曾頭市宋江發五路兵馬兩萬二千五百人，打東平、東昌二府宋江與盧俊義各率一萬人馬。第六十九回宋江對董平說：「量你這個寡將，怎當我手下雄兵十萬，猛將千員；汝但早來就降，可以免汝一死！」第八十一回燕青對宿太尉也說：「若得恩相早晚於天子前題奏此事，則梁山泊十萬人之眾，皆感大恩！」可見「雄兵十萬」絕非誇張之辭。

梁山上嘍囉的來源很是廣泛。

其一，為逃避法律制裁而上山的罪犯。正如柴進所言，梁山上「多有做下迷天大罪的人，都投奔那裏躲災避難」（第十一回）。這些人上得梁山來，除個別人有幸躋身頭領行列坐一把交椅，多數還都是一般嘍囉。

其二，跟隨好漢們上山的百姓。像跟隨晁蓋上山的幾十個莊客，跟隨三阮上山的十數個打魚的莊家，跟隨穆弘、穆春的十數個莊客以及跟隨童威、童猛的十數個賣鹽火家等。

其三，被梁山收編的官兵。像大敗黃安時，「生擒活捉得一二百人」（第二十回）；大敗關勝後，「使人招安逃竄敗軍，又得了五七千人馬」（第六十四回）；等等。

其四，別處山寨上的嘍囉。如被宋江介紹上山的清風山上嘍囉和秦明帶來的軍漢「通有三五百人」（第三十五回），飲馬川「也有三百來人馬」（第四十四回）被梁山合併。

　　總之，從一百零八人匯聚梁山的過程看來，宋江對梁山事業的發展壯大可謂厥功至偉。許多江湖好漢與宋江僅一面之緣，卻爲救他而拋家捨業、赴湯蹈火、萬死而不辭；不少朝廷名將被宋江忠義與誠懇所感召，甘願落草在其麾前效力。宋江不僅爲壯大山寨不辭勞頓、東征西討，而且能夠爲救兄弟親援枹鼓、浴血奮戰。山寨的多半頭領都是宋江引薦或勸服，梁山的重大戰役幾乎都是宋江參與或指揮，這不僅使宋江上山後即成爲山寨事實上的領導者，更使他在晁蓋中箭後坐上寨主位置，稱得上是眾望所歸。

五、「梁山泊好漢」的分工

　　梁山山寨人員爲數眾多，來源廣泛，構成複雜，卻能夠「或精靈，或粗鹵，或村樸，或風流，何嘗相礙，果然識性同居；或筆舌，或刀槍，或奔馳，或偷騙，各有偏長，眞是隨才器使」（《水滸傳》一百二十回本第七十一回）。這固然與兄弟們情誼深厚、意氣相投密不可分，同時更得益於山寨領導者的知人善任與合理分工。

　　王倫和晁蓋時期的山寨規模尙小，頭領數目有限，分工還較粗略。

　　梁山草創時期頭領只有五個人，雖然林沖的才能明顯被壓抑，但王倫在山上掌控全局，朱貴在山下打探消息，林沖、杜遷、宋萬以及山前山後大小頭目各有所司，分工也算是明確。待晁蓋上山火併王倫做了寨主後，安排「吳學究做軍師，公孫勝同掌兵權，林教頭等共管山寨」，也只是領導層面有些變化，其它人則「各依舊職，管領山前山後事務，守備寨柵灘頭」（第二十回），這個格局一直維持到宋江上山。

　　隨著宋江上山以及其後數次大規模行動，各路好漢相繼匯聚梁山，山寨分工也隨之進行不斷地調整。這樣的分工調整主要有以下五次。

　　第一次是在宋江上山後。

　　第四十四回吳用安排：朱貴仍復掌管山東酒店；再設三處酒館，令童威、童猛西山開店，令李立山南開店，令石勇北山開店；山前設置三座大關，專令杜遷總行守把；令陶宗旺把總監工，掘港汊，修水路，開河道，整理宛子城垣，築彼山前大路；令蔣敬掌管庫藏倉廒，支出納入；令蕭讓設置行移關防文約、大小頭領號數；令金大堅刊造雕刻一應兵符、印信、牌面等項；令侯健管造衣袍鎧甲、五方旗號等件；令李雲監造梁山泊一應房舍廳堂；令馬麟監管修造大小戰船；令宋萬、白勝去金沙灘下寨；令王矮虎、鄭天壽去鴨

嘴灘下寨；令穆春、朱富管收山寨錢糧；呂方、郭盛於聚義廳兩邊耳房安歇；令宋清專管筵宴。

第二次是在三打祝家莊後。

第五十一回吳用與宋公明商議已定，由宋江安排：令孫新、顧大嫂替回童威、童猛，時遷去幫助石勇，樂和去幫助朱貴，鄭天壽去幫助李立，東南西北四座店，每店內設兩個頭領；一丈青、王矮虎後山下寨並監督馬匹，童威、童猛守把金沙灘小寨，鄒淵、鄒潤守把鴨嘴灘小寨，阮家三雄守把山南水寨，黃信、燕順於山前大路下寨守護；解珍、解寶守把山前第一關，杜遷、宋萬守把宛子城第二關，劉唐、穆弘守把大寨口第三關；孟康仍前監造戰船，李應、杜興、蔣敬總管山寨錢糧金帛，陶宗旺、薛永監築梁山泊內城垣雁臺，侯健專管監造衣袍、鎧甲、旌旗、戰襖，朱富、宋清提調筵宴，穆春、李雲監造屋宇寨柵，蕭讓、金大堅掌管一應賓客書信公文，裴宣專管軍政司；其餘呂方、郭盛、孫立、歐鵬、馬麟、鄧飛、楊林、白勝，分調大寨八面安歇，晁蓋、宋江、吳用居於山頂寨內，花榮、秦明居於山左寨內，林沖、戴宗居於山右寨內，李俊、李逵居於山前，張橫、張順居於山後，楊雄、石秀守護聚義廳兩側。

第三次是在三山聚義打青州後。

第五十八回宋江安排：叫湯隆做鐵匠總管，提督打造諸般軍器，並鐵葉連環等甲；侯健管做旌旗袍服總管，添造三才九曜四斗五方二十八宿等旗，飛龍飛虎飛熊飛豹旗，黃鉞白旄，朱纓皂蓋；山邊四面築起墩臺；重造西路、南路二處酒店，招接往來上山好漢，一就探聽飛報軍情；山西路酒店今令張青、孫二娘夫妻二人原是酒家，前去看守；山南路酒店仍令孫新、顧大嫂夫妻看守；山東路酒店依舊朱貴、樂和；山北路酒店還是李立、時遷看守；三關之人，添造寨柵，分調頭領看守。

第四次是在晁天王歸天之後。

第六十回宋江安排：忠義堂上依次是宋江、吳學究、公孫勝、花榮、秦明、呂方、郭盛；左軍寨內依次是林沖、劉唐、史進、楊雄、石秀、杜遷、宋萬；右軍寨內依次是呼延灼、朱仝、戴宗、穆弘、李逵、歐鵬、穆春；前軍寨內依次是李應、徐寧、魯智深、武松、楊志、馬麟、施恩；後軍寨內依次是柴進、孫立、黃信、韓滔、彭玘、鄧飛、薛永；水軍寨內依次是李俊、阮小二、阮小五、阮小七、張橫、張順、童威、童猛；山前第一關令雷橫、

樊瑞守把，第二關令解珍、解寶守把，第三關令項充、李袞守把；金沙灘小寨內令燕順、鄭天壽、孔明、孔亮守把，鴨嘴灘小寨內令李忠、周通、鄒淵、鄒潤守把，山後左一個旱寨內令王矮虎、一丈青、曹正，右一個旱寨內令朱武、陳達、楊春守把；忠義堂內，左一帶房中有掌文卷蕭讓、掌賞罰裴宣、掌印信金大堅、掌算錢糧蔣敬，右一帶房中有管炮凌振、管造船孟康、管造衣甲侯健、管築城垣陶宗旺；忠義堂後兩廂房中管事人員有監造房屋李雲、鐵匠總管湯隆、監造酒醋朱富、監造筵宴宋清、掌管什物杜興、白勝；山下四路作眼酒店已自定數；楊林、石勇、段景住管北地收買馬匹。

第五次是在天降石碣、梁山大聚義排定座次後。

第七十一回宋江與軍師吳學究、朱武等計議，忠義堂後建築雁臺一座，頂上正面大廳一所，東西各設兩房。正廳供養晁天王靈位；東邊房內，宋江、吳用、呂方、郭盛；西邊房內，盧俊義、公孫勝、孔明、孔亮。第二坡左一帶房內，朱武、黃信、孫立、蕭讓、裴宣；右一帶房內，戴宗、燕青、張清、安道全、皇甫端。忠義堂左邊，掌管錢糧倉廒收放，柴進、李應、蔣敬、凌振；右邊花榮、樊瑞、項充、李袞。山前南路第一關，解珍、解寶守把；第二關，魯智深、武松守把；第三關，朱全、雷橫守把。東山一關，史進、劉唐守把；西山一關，楊雄、石秀守把；北山一關，穆弘、李逵守把。六關之外置立八寨，有四旱寨，四水寨。正南旱寨，秦明、索超、歐鵬、鄧飛；正東旱寨，關勝、徐寧、宣贊、郝思文；正西旱寨，林沖、董平、單廷珪、魏定國；正北旱寨，呼延灼、楊志、韓滔、彭玘。東南水寨，李俊、阮小二；西南水寨，張橫、張順；東北水寨，阮小五、童威；西北水寨，阮小七、童猛。其餘各有執事。

宋江當日大設筵宴，親捧兵符印信，以最終確認眾好漢在山寨上各自的地位與分工。其中，總兵都頭領宋江、盧俊義；掌管機密軍師吳用、公孫勝；掌管錢糧頭領柴進、李應；馬軍五虎將關勝、林沖、秦明、呼延灼、董平；馬軍八驃騎兼先鋒使花榮、徐寧、楊志、索超、張清、朱全、史進、穆弘；馬軍小彪將兼遠探出哨頭領黃信、孫立、宣贊、郝思文、韓滔、彭玘、單廷珪、魏定國、歐鵬、鄧飛、燕順、馬麟、陳達、楊春、楊林、周通；步軍頭領魯智深、武松、劉唐、雷橫、李逵、燕青、楊雄、石秀、解珍、解寶；步軍將校李袞、薛永、施恩、穆春、李忠、鄭天壽、宋萬、杜遷、鄒淵、鄒潤、龔旺、丁得孫、焦挺、石勇；四寨水軍頭領李俊、張橫、張順、阮小二、阮

小五、阮小七、童威、童猛；四店打聽聲息、邀接來賓頭領有東山酒店孫新、顧大嫂，西山酒店張青、孫二娘，南山酒店朱貴、杜興，北山酒店李立、王定六；總探聲息頭領神行太保戴宗；軍中走報機密步軍頭領樂和、時遷、段景住、白勝；守護中軍馬軍驍將呂方、郭盛；守護中軍步軍驍將孔明、孔亮；專掌行刑劊子蔡福、蔡慶；專掌三軍內探事馬軍頭領王英、扈三娘；一同參贊軍務頭領朱武；掌管監造諸事的頭領有掌管行文走檄調兵遣將蕭讓，掌管定功賞罰軍政司裴宣，掌管考算錢糧支出納入蔣敬，掌管專工監造大小戰船孟康，掌管專造一應兵符印信金大堅，掌管專造一應旌旗袍襖侯健，掌管專攻醫獸一應馬匹皇甫端，掌管專治諸疾內外科醫士安道全，掌管監督打造一應軍器鐵甲湯隆，掌管專造一應大小號炮凌振，掌管專一起造修緝房舍李雲，掌管專一屠宰牛馬豬羊牲口曹正，掌管專一排設筵宴宋清，掌管監造供應一切酒醋朱富，掌管專一築梁山泊一應城垣陶宗旺，掌管專一把捧帥字旗郁保四。

梁山泊好漢在山寨的分工充分考慮了好漢們上山前的職業出身和偏好擅長，儘量做到量能授職、隨才器使，務求人盡其用，各展其長。其間也有部分好漢前後擔任過不同的職責，像童威、童猛是水軍頭領，也曾分配在西山開店；石勇也曾開店，也曾與楊林一起前往北地買馬；或者山寨應急安排某種臨時性的工作，如石勇、侯健幫朱貴暫管酒店，雷橫提調監督打造鈎鐮槍等。但是，隨著好漢們的數量與日俱增以及山寨事業的蓬勃發展，山寨分工日趨細化，好漢們就漸漸固定到某個合適的崗位上了，像童威、童猛「大江中伏得水，駕得船，」一個喚做「出洞蛟」，一個叫做「翻江蜃」（第三十六回），還是做水軍頭領比較合適；郁保四「身長一丈，腰闊數圍，綽號險道神」（第六十八回），把捧帥字旗最是恰當；侯健看酒店浪費了他裁縫的專業，雷橫負責打鐵也展示不出和劉唐鬥樸刀的特長，還是各歸其位的好。至最後一次調整時，幾乎每個人的分工都能從其履歷中找到充分的理由，山寨人員與職事的結合已達到最佳狀態。

六、「梁山泊好漢」的家屬

梁山泊好漢除了三位女性之外，多半是光棍。但是，也有不少是帶家屬上山或上山後成家的。所以，梁山泊好漢的家屬也是《水滸傳》寫梁山人物的一道風景線。

　　梁山泊好漢有許多是沒有或沒有寫及家屬的。如晁蓋，既不見他有父母兄弟，又「不娶妻室，終日只是打熬筋骨」（第十四回）。秦明勸降黃信時說，「你又無老小，何不聽我言語，也去山寨入夥，免受那文官的氣？」（第三十四回）李雲被迫上山時也說，「只喜得我又無妻小，不怕吃官司拿了。只得隨你們去休！」（第四十四回）可見都是無牽無掛的人。其餘像朱武、楊春、陳達、魯智深、周通、李忠、楊志、杜遷、宋萬、劉唐、吳用、燕順、鄭天壽、呂方、郭盛、石勇、戴宗、李俊、李立、薛永、侯健、歐鵬、蔣敬、馬麟、陶宗旺、楊林、鄧飛、孟康、裴宣、時遷、杜興、呼延灼、樊瑞、項充、李袞、段景住、郝思文、索超、焦挺、鮑旭、單廷圭、魏定國、郁保四、張清、龔旺、丁得孫等，總共四十八人，都是沒有家屬或未提及有無家屬。

　　有的好漢家屬已然亡故。史進因「母親說他不得，嘔氣死了」（第二回），父親又染病身亡。林沖曾有個美貌賢淑的妻子，結果「被高太尉威逼親事，自縊身死」（第二十回）。武松的哥哥武大郎被潘金蓮灌下砒霜，毒害而死。楊雄的老婆潘巧雲因與和尚私通，被楊雄殺死。盧俊義的老婆賈氏與管家李固私通，還想置盧俊義於死地，後被割腹剜心，凌遲處死。李逵與哥哥李達反目成仇，老母又被老虎吃掉，也成了孤身一人。石秀「因隨叔父來此地販賣羊馬，不期叔父半途亡故」（第四十四回）。湯隆「父親原是延安府知寨官來」，「近年父親在任亡故」（第五十四回）。燕青「自小父母雙亡，盧員外家中養的他大」（第六十一回）。宣贊「因對連珠箭贏了番將，郡王招做女婿。誰想郡主嫌他醜陋，懷恨而亡」（第六十三回）。安道全「拙婦亡過，家中別無親人」（第六十五回），連他「眷顧」的娼妓李巧奴也被張順殺了。

　　有的家屬是隨好漢同時上山的。如「阮小二選兩隻棹船，把娘和老小，家中財賦，都裝下船裏」（第十九回）。「花榮自到家中，將應有的財物等項，裝載上車，搬取妻小妹子」（第三十五回）。「穆弘帶了穆太公並家小人等，將應有家財金寶，裝載車上」（第四十一回）。朱富「叫渾家和兒女上了車子，分付兩個火家跟著」（第四十三回）。孫立「奔出城門去，一直望十里牌來，扶攙樂大娘子上了車兒」（第四十九回）。雷橫「收拾了細軟包裹，引了老母，星夜自投梁山泊入夥去了」（第五十一回）。柴進上山時，宋江叫人「先把柴進兩家老小並奪轉許多家財，共有二十餘輛車子」（第五十四回）護送先

行。施恩因武松牽累「連夜挈家逃走在江湖上」（第五十七回）。「王定六卻和
張順並自父親，一同起身投梁山泊來」（第六十五回）。蔡福、蔡慶上山時，
宋江「另撥房屋叫蔡福、蔡慶安頓老小」（第六十七回）。董平反戈攻入東平
府，「徑奔私衙，殺了程太守一家人口，奪了這女兒」（第六十九回）。張清推
薦皇甫端時說，「可喚此人帶引妻小，一同上山」（第七十回）。

有的家屬則是在好漢上山前後被梁山騙來或請來的。

像蕭讓、金大堅的老小說：「你兩個出門之後，只見這一行人將著轎子
來，說家長只在城外客店里中了暑風，快叫取老小來看救。出得城時，不容
我們下轎，直抬到這裏。」（第三十九回）宋太公對宋江講述上山過程時說：
「又有二百餘人把莊門開了，將我搭扶上轎抬了，教你兄弟四郎收拾了箱籠，
放火燒了莊院。那時不由我問個緣由，徑來到這裏。」（第四十二回）李應的
妻子也說：「你被知府捉了來，隨後又有兩個巡檢引著四個都頭，帶領二百來
土兵，到來抄紮家私。把我們好好地教上車子，將家裏一應箱籠、牛羊、馬
匹、驢騾等項，都拿了去，又把莊院放起火來都燒了。」（第五十回）朱全上
山時老婆孩子早上山數日，其妻子說：「近日有人齎書來說，你已在山寨入夥
了，因此收拾，星夜到此。」（第五十二回）徐寧的妻子則說：「忽見湯叔叔
齎著雁翎甲來說道：『甲便奪得來了，哥哥只是於路染病，將次死在客店裏，
叫嫂嫂和孩兒便來看視。』把我賺上車子。我又不知路徑，迤邐來到這裏。」
（第五十六回）其餘像第五十六回楊林自穎州取到彭玘老小，薛永自東京取
到凌振老小，第五十七回宋江修書使人搬取韓滔老小，第六十七關勝家眷被
薛永取到山寨等，其詳細過程不得而知。

好漢中間也有互為親屬關係的。孫二娘和張青、王英和扈三娘、孫新和
顧大嫂是夫妻；宋江和宋清、童威和童猛、穆春和穆弘、張橫和張順、解珍
和解寶、孫立和孫新、孔明和孔亮、蔡福和蔡慶、阮氏三雄是兄弟；鄒淵、
鄒潤是叔侄兩個；秦明的老婆孩子本被慕容知府殺死，但由宋江做主與花榮
成為郎舅；樂和的姐姐嫁給了孫立，解珍、解寶的表姐嫁給了孫新，孫氏兄
弟和解氏兄弟又是姑舅表親。如果再加上杜興與李應、燕青與盧俊義這樣
的主僕，以及昔日戰場上曾拼得你死我活的對手，真是「又有同胞手足，捉
對夫妻，與叔侄郎舅，以及跟隨主僕，爭鬥冤仇，皆一樣的酒筵歡樂，無問
親疏」。

也有家屬並沒有上山的，如公孫勝就沒有把他的老母請上梁山，反而以

探母爲由長期離開山寨遠遊。另外，白勝和曹正的老婆，孔明、孔亮的父親是否上山也未交代清楚。

　　《水滸傳》寫好漢家屬，著意用墨者少，順筆捎帶者多。具體是哪些家屬能夠露面，往往要視情節發展和人物形象塑造的需要而定。史進氣死老母，意在言其年少頑劣恰需王進教導；阮小五討老母釵兒去賭，意在揭示其因此生活窘迫，正合吳用用計；雷橫、朱仝一起做都頭，是要好的同事，又都是孝子，所以雷橫不忍老母受辱，才會枷打白秀英；而朱仝因「無父母掛念」，才會替雷橫頂罪；寫李逵回沂水搬取母親，與其說爲了顯李逵之孝，不如說爲了寫朱富、李雲的上山與「殺四虎」。如此等等，梁山泊好漢家屬的有無和是否出現及其命運如何等，皆因主要情節發展與人物塑造的需要而設。凡不與此相關者，如朱武、龔旺、丁得孫或爲寨主，或爲副將，也應該是有家室的人，但是寫他們先後上了梁山，始終不曾提到他們的家屬，顯然因人因事而無話則短了。

　　然而，不寫並非一定沒有。按常理如時遷這樣四處流竄、雞鳴狗盜之徒，光杆一個也就罷了。如呼延灼、張清這等武藝高強的將領，上山前即頗有地位，不可能沒有妻室，卻都無寫及，顯係描寫的不夠細密。然而，這只是小說家言有時不堪深究之處。如果因此以呼延灼、張清也屬無妻之族，就必然加重梁山泊好漢多爲光棍和《水滸傳》輕視婚姻家庭的印象。而實際上《水滸傳》作爲江湖人物故事，其寫梁山泊好漢的妻室家屬等基本上只是餘事。以其在這一方面的描寫不足爲全書輕視婚姻家庭的根據，乃忽視了研究對象的特殊性和有時對相關具體描寫缺乏合理的推考，不是看問題的正確方法。

第二節　《水滸傳》中的梁山寨大事

　　《水滸傳》寫梁山泊好漢上山前後四出征戰的故事多，發生於梁山寨中的故事少。但是，對於這支隊伍的命運來說，發生於梁山寨中的故事卻往往更關乎全局，意義也更爲重大。

一、火併王倫

　　第十九回火併王倫是《水滸傳》寫梁山早期發展中內部的「政變」。其結果導致梁山的開山寨主王倫被殺，晁蓋坐上了梁山寨中坐第一把交椅，成爲

梁山事業新的和眞正的起點。

這一回寫生辰綱事發之後，晁蓋等七人避走石碣村，在石碣湖上大敗前來圍捕的官兵，經朱貴介紹，王倫迎晁蓋等人上山來，於聚義廳大擺筵席款待。席間王倫聽晁蓋述說上山原委，對晁蓋等入夥心存疑慮，宴罷即送晁蓋一行到關下客館內安歇。

晁蓋是位粗豪的人，對王倫在於危難之際能夠容許他們上山甚爲感激。但是吳用卻看出王倫實有「不容之意」，同時覺察到林沖對王倫有「不平之氣」和對晁蓋等有「顧眄之心」，遂有使之自相火併以奪取山寨之意。

次日清晨，林沖來訪。林沖本來因爲上山時就受到過王倫的刁難，又看好晁蓋等人好漢氣度，遂在吳用多次言語試探、挑撥之下，主意已定，寧肯與王倫鬧翻，也要留晁蓋等人入夥梁山。林沖走後，王倫派人來請，吳用等身藏兵刃來山南水寨亭上參加筵會。飲酒至午後，王倫派嘍囉捧出五錠大銀，委婉表達了禮送下山的拒絕之意。林沖大怒，與王倫言語相爭。吳用等假意要走，林沖憤而踢翻桌子，取刀向前，在晁蓋等人幫助下將王倫殺死。

殺死王倫之後，林沖自作主張，在水亭扶晁蓋坐了寨主，又同眾人來到大寨聚義廳排定座次。於是晁蓋命人安排家屬，犒賞嘍囉，又椎牛宰馬，祭祀天地神明，慶賀重新聚義。

火併王倫事件中，出力最多的是林沖。林沖與王倫積怨很深。當初林沖被高俅逼得家破人亡、走投無路，無奈持柴進書信來梁山尋一立足之地，卻被王倫百般刁難：先是以白銀紵絲打發，後又索要「投名狀」，並以三日爲限，每次見林沖空手而歸還冷嘲熱諷，甚至說出「若明日再無，不必相見了，便請挪步下山，投別處去」（第十一回）的絕情話來。後來王倫勉強留下這位八十萬禁軍教頭，卻使他僅僅坐第四把交椅。這使得邊石碣村的三阮都「聽得那白衣秀才王倫的手下人，都說道他心地窄狹，安不得人。前番那個東京林沖上山，嘔盡他的氣」（第十五回）。甚至遠在青州地面的曹正，也聽說「王倫那廝心地匾窄，安不得人。說我師父林教頭上山時，受盡他的氣」（第十七回）。由此可見，王倫平日對林沖一定是處處提防，沒少給臉色看、小鞋穿。

晁蓋等人的到來，引爆了林沖內心休眠的火山。林沖在王倫管下的梁山，儘管備受壓抑，但終究有安身之所；即便心懷不滿，可畢竟還力薄勢單。所以，如同當初面對高俅父子步步緊逼的迫害一樣，面對寨主王倫的無處不在

的擠兌，林沖再次本能地選擇了隱忍。然而，當林沖差不多已習慣於梁山生活的時候，晁蓋等人如出一轍的遭遇不禁讓林沖心中怒火再次燃燒。這不僅喚醒了他內心厚重到近乎麻木的屈辱記憶，而且促使他意識到這是新仇舊恨一併了結的天賜良機。「量小非君子，無毒不丈夫」，越能忍者越能恨，忍之愈久，恨之愈深。至忍無可忍之時，水寨之亭便是山神之廟，刃邊王倫即成刀下虞候。

　　林沖此舉並非一時衝動，而是早有謀劃。林沖趕在王倫邀眾人上山前來客館，就是怕晁蓋等主動離開，所以他的話說得雖然含蓄，但是內中意思很明白：「眾豪傑休生見外之心，林沖自有分曉。小可只恐眾豪傑生退去之意，特來早早說知。今日看他如何相待，若這廝語言有理，不似昨日，萬事罷論；倘若這廝今朝有半句話參差時，盡在林沖身上。」顯然決心已定，成竹在胸！在筵席上，「林沖把桌子只一腳，踢在一邊，搶起身來，衣襟底下掣出一把明晃晃的刀來」，顯然是有備而來！火併王倫後，林沖將晁蓋推在交椅上，讓眾人參拜了新寨主，然後「使小嘍囉去大寨裏擺下筵席；一面叫人抬過了王倫屍首；一面又著人去山前山後，喚眾多小頭目，都來大寨裏聚義」，井井有條，明顯是謀定而後動，都是早在計劃之中的。

　　吳用的見微知著和及時煽風點火，推動了林沖「火併王倫」的發生。當林沖來客館拜訪，吳用明知故問，句句點到林沖上梁山後的痛處，引得他大罵王倫，使當時梁山寨中各種矛盾關係一下明朗。在宴會上，吳用又出言相激，還以摸髭鬚爲號指使「晁蓋、劉唐便上亭子來，虛攔住王倫，……阮小二便去幫住杜遷，阮小五幫住宋萬，阮小七幫住朱貴」，使林沖「火併王倫」得以順利進行。火併後「吳用就血泊裏拽過頭把交椅來，便納林沖坐地，叫道：『如有不伏者，將王倫爲例！今日扶林教頭爲山寨之主。』」顯然是在啓發林沖盡快擁立晁蓋。

　　火併王倫，受益最大的是晁蓋。梁山之行是晁蓋有勇無謀的開始。晁蓋自第十四回演了一出「認義」好戲後，不是被吳用智慧左右，就是爲宋江光芒掩蓋，腦袋就再沒有靈光過。東窗事發時不知所措，聞訊逃命時拖拖拉拉；見到王倫空自歡喜，見到林沖只知打岔；火併王倫也只是遵命行事，吳用摸須就上前攔截王倫，林沖按住就坐了寨主之位，無需特別作爲而樂享其成。其後一直到曾頭市中箭，晁蓋除了義氣十足，就是脾氣十足，而謀略籌劃，幾乎一無所有。

晁蓋得做寨主寶座，乃是拜林沖所賜的意外之喜。晁蓋對上梁山本就沒有奢望，能在山寨落腳就是王倫的大恩大德。即便在吳學究敏銳捕捉林沖、王倫怪異表情並向晁蓋點破之後，晁蓋也只是說：「全仗先生妙策良謀，可以容身。」直到林沖來訪、王倫相邀時，晁蓋還問吳用道：「先生，此一會如何？」吳學究笑道：「兄長放心。此一會倒有分做山寨之主。……」此時的晁蓋和眾人一樣才喜出望外！因為，如果林沖不是主動表明立場，而是搖擺不定；如果林沖不是當場火併王倫，而是坐觀其變；如果林沖不是堅辭寨主，而是在吳用假意擁立時順勢坐在交椅上……晁蓋莫說寨主之位，要留在山上沒一番血拼肯定很難。因此，「火併王倫」的關鍵仍然是林沖。

而王倫的被「火併」則是咎由自取。試想如果王倫不是心胸狹隘，故意刁難，而是使林沖上梁山有賓至如歸之感，以林沖的人品斷然不會主動與王倫結怨，當然就不會有「火併」的發生。但在有了王倫的蠢笨、薄情在前，又當晁蓋等面臨被拒絕入夥、將無路可走的關頭，林沖「火併王倫」雖因於舊怨，但是更由於仗義，從而無可避免地走向「梁山小奪泊」的階段性結局。

「梁山小奪泊」中唯一倒楣的就是白衣秀士王倫了。環顧梁山之上，火併王倫後，除了杜遷、宋萬等可能心有餘悸，林沖與晁蓋七人自然皆大歡喜！尤其是晁蓋，不僅有了託身避禍之所，還「黃袍加身」般地被推坐上了山寨第一把交椅，幾乎是「天上餡餅」了！林沖雖依然坐第四位，但怨恨屈辱一掃，終得揚眉吐氣；杜遷、宋萬、朱貴雖是舊朝元老，但對王倫的作為恐怕也早有腹誹，再說王倫已死不可復生，晁某人等又更有本事，可望帶領山寨興旺發達，也只好接受了必須改事新主的現實。至於山寨小頭目和嘍羅們，在梁山本來只是混吃混穿的事，晁蓋代替了王倫，給梁山帶來了劫生辰綱所得的金珠寶貝，還有他的家財，可能人人都會有些好處，當然也是歡迎的，何況不歡迎也無可奈何。於是，一個白衣秀士王倫死了，有滿心歡喜的，有先是不一定歡喜後來也無所謂的，也有根本就無所謂的。只苦了王倫一個，作為梁山開山之主，他的見識不高，氣度不足，本事不濟，結果被自己允許上山的好漢們算計，成了弱肉強食的犧牲品，死在自己一手創立的山寨裏，結束了他「秀才造反，三年不成」的人生悲劇。

王倫的悲劇首先在於心胸區狹、眼光短淺。王倫自己沒本事，看林沖、晁蓋這等英雄豪傑就心生自卑，總想著「倘若被他識破我們手段，他須佔強，

我們如何迎敵人」（第十一回）。換個思路想想，如果王倫在林沖、晁蓋等人危難之際善加籠絡、以德服人，焉能不為己所用？即便只是籠絡得住一個林沖，最後的結局大概也不會如此。

王倫的悲劇還在於胸無城府，頭腦簡單。就品質而言，王倫不是一個壞人，而是直來直去的性情中人。他不喜林沖，就待之傲慢尖刻；敬重楊志，就禮讓謙恭；聽聞晁蓋等英勇，就面有難色，……心裏有什麼，都明明白白寫在臉上；心裏有什麼變化，臉面馬上「刷屏」。但是，這與為人機敏又不是一回事。在正經大事上，這個王倫可真是遲鈍得很！江湖上處處陷阱，殺機四伏，但是王倫除了武藝平平，還對局勢的瞬息萬變和潛在威脅，一是缺乏足夠的警惕，二是完全不做必要的防備。從而一旦事發，無所準備，也措手不及。例如，林沖已經放出了「我其實今日放他不過」的狠話，他還在那裏吹鬍子瞪眼，做大罵人：「你看這畜生！又不醉了，倒把言語來傷觸我，卻不是反失上下！」已經刀架了在脖子上，才想到呼喚：「我的心腹都在那裏？」豈不是無心無腹，糊塗至死！

王倫悲劇的根源在於視梁山為自家後院。對本事稀鬆的王倫而言，獨佔梁山這樣一塊強人眼中的風水寶地，本就是懷璧之罪。他還在別人窮途之時書生意氣地將之禮送下山，顯然是自釀禍端。其實當初連三阮都怕「吃江湖上好漢們笑話」（第十五回），不肯上梁山尋釁，如果不是王倫排除異己、獨霸梁山之心太甚，僅是為江湖義氣所拘，無論是晁蓋還是林沖，就都不會想著主動去殺人奪寨的。

「林沖水寨大並火　晁蓋梁山小奪泊」，不僅是梁山山寨易主，更是梁山事業規模的一大提升和性質的一大改變。自此而後，晁蓋等以「替天行道」為梁山聚義之旨，樹起杏黃旗，廣招天下英雄，逐漸使梁山從濟州一處小有聲聞的盜賊之窟，一變而成為名震天下的好漢匯聚之所，在「忠義」的方向上前進了一大步。

二、晁蓋之死

晁蓋之死事發突然，卻餘波甚長。主要是由於寨主的繼任，不僅引起許多戰事和眾多好漢的上山，而且梁山事業的宗旨與目標也因此有了進一步的改變和提升，是《水滸傳》敘事又一大關鍵。

第六十回，宋江率眾平定芒碭山，收降樊瑞等人，班師凱旋，路遇段景住自來投靠。段景住本欲以所盜良馬作為上山的見面禮，不期路上被「曾家

五虎」劫奪而去；宋江使戴宗去曾頭市打探被劫馬匹消息，回報曾頭市誓與梁山爲敵，種種行爲十分囂張。晁蓋聞聽大怒，不顧宋江等人諫阻，親率二十位頭領和五千人馬前去攻打曾頭市。金沙灘餞行之際，狂風吹折了認軍旗，吳用、宋江認爲此非吉兆，但晁蓋仍不聽苦勸，引兵而去。戰事方啓，晁蓋爲法華寺和尙哄騙，夜襲敵營，被史文恭一箭射中面門，重傷歸山，不治而死。晁蓋臨終遺言「若那個捉得射死我的，便叫他做梁山泊主」。

晁蓋死後，林冲與吳用、公孫勝並眾頭領商議，要立宋公明爲梁山泊主。宋江以晁蓋遺言爲由，只答應權居主位，並主張立即興兵爲天王報仇，因軍師吳用以居喪不可輕動，待百日後不遲諫阻而罷。其間宋江聽從吳用以計賺盧俊義上山，引起三打大名府等故事。第六十八回盧俊義上山後，在第二次曾頭市之戰中活捉史文恭，宋江欲按照晁蓋遺言讓位與他，遭到眾人一致反對，遂提出分打東平、東昌二府以決之的建議。宋江順利打下東平府，又幫助盧俊義打下東昌府，正式坐上寨主之位。

在很多人看來，晁蓋之死很是突兀且莫名其妙，再因了個人或社會情勢的影響，難免會覺得疑竇叢叢，以致衍生種種誤讀。自清初金聖歎評改《水滸傳》，責宋江有「明欺晁蓋」（第四十回）、「之兇惡，能以權術軟禁晁蓋」（第五十一回）等種種陰險之後，至近今《水滸傳》研究中仍有宋江「架空」晁蓋之說頗爲流行。

其實，晁蓋是梁山事業從王倫時代到宋江時代的過渡人物，他的死是「作者」讓他死則不得不死，雖然事出讀者的意料之外，但是總觀全書敘事，又在情理之中；他那「我死之後哪管洪水滔天」的遺言貌似不可理喻，實則也是作者出於凸顯宋江的需要而刻意爲之。古今陰謀「架空」和篡權論者對宋江形象的看法，實在是沒有根據。對此，本書將在第三章第二節第一部分《承前啓後的梁山寨主——晁蓋》中作詳細論述。

三、天降石碣和七次排座次

中國人自古重「禮」，禮有節有儀，延伸到落座的順序就有了「座次」的講究。尤其在等級森嚴的封建社會，大至朝廷公廨議事，小至親朋相聚，私宅宴飲，明裏暗裏有意無意間的「排座次」都是茲事體大的第一要務。這在梁山寨上也是如此。

梁山泊好漢雖多桀驁叛逆、非聖無法，彼此之間也是以義相接、不分親疏貴賤，彼此間對座次也不曾有過明面的爭執，但是從《水滸傳》寫無論王

倫或晁、宋誰主山寨之時，在山的好漢們都有一個座次，並且隨著不斷有新人上山而一不斷重新排列，竟然達七次之多。

第一次是在林沖上山時。林沖經柴進推薦來梁山入夥，不想竟遭到王倫疑忌和刁難。第十二回王倫苦留楊志入夥不成，「自此方才肯教林沖坐第四位，朱貴做第五位」。或許在王倫看來，杜遷、宋萬既是自己嫡系又是山寨元老，讓剛上山的林沖排在同樣是老資格的朱貴前面已經是給足他面子了。然而以林沖的武藝、德性和名望，在彼時的梁山泊居第四位顯然屈尊。尤其是在一個信奉叢林法則的世界裏，王倫論資排輩、嫉賢妒能、任人唯親的排座次方法顯然會埋下隱患。此次排座次雖然主導者王倫算不上好漢，但畢竟是《水滸傳》中梁山上的第一次。

第二次是在「智取生辰綱」前。第十六回晁蓋等七人為謀劃劫取生辰綱之事齊聚東溪村，經過一番謙讓「晁蓋只得坐了第一位。吳用坐了第二位，公孫勝坐了第三位，劉唐坐了第四位，阮小二坐了第五位，阮小五坐第六位，阮小七坐第七位」。晁蓋組織、吳用策劃、公孫勝和劉唐收集情報，基本上都是論功居位；三阮後來參加且只是出力，序齒排班也秩序井然。此次排座次雖不是發生在梁山之上，但卻是梁山泊好漢聚義的開始；再加上晁蓋事前「夢見北斗七星墜在屋脊上」的神秘色彩，更稱得上是梁山大聚義排座次的預演。

第三次是在晁蓋上山火併王倫後。第二十回，林沖以「仗義疏財，智勇足備」推晁蓋為寨主，又認為吳用「執掌兵權，調用將校，須坐第二位」，公孫先生「有鬼神不測之機，呼風喚雨之法，誰能及也」坐第三位，自己被晁蓋等三人扶住坐了第四位，杜遷、宋萬尋思「自身本事低微」，便請劉唐坐了第五位，阮小二坐了第六位，阮小五坐了第七位，阮小七坐了第八位，杜遷坐了第九位，宋萬坐了第十位，朱貴坐了第十一位。無論看地點還是人員，這一次都可謂真正意義上的梁山泊好漢排座次。

第四次是因為青州好漢上山。第三十五回花榮、秦明等青州好漢持宋江書信來到梁山，受到晁蓋等人的熱情接待。在聚義廳落座時，「左邊一帶交椅上，卻是晁蓋、吳用、公孫勝、林沖、劉唐、阮小二、阮小五、阮小七、杜遷、宋萬、朱貴、白勝。……右邊一帶交椅上，卻是花榮、秦明、黃信、燕順、王英、鄭天壽、呂方、郭盛、石勇。列兩行坐下，共是二十一位好漢。」此時好漢們還僅是分賓主落座且自成系統，並沒有統一的座次。

　　第五次是因為江州好漢上山。第四十一回鬧江州、打無為軍後，眾位好漢回到梁山，晁蓋感念宋江救命之恩，便請宋江為山寨之主。宋江以「論年齒兄長也大十歲」再三推晁蓋坐了第一位，宋江坐了第二位，吳學究坐了第三位，公孫勝坐了第四位。左邊一帶是林沖等九人舊頭領，還是原來座次；右邊一帶是花榮等二十七人新頭領，「論年甲次序，互相推讓」坐了下來。這一次雖然延續了按新舊分賓主落座的辦法，宋江還提出「待日後出力多寡，那時另行定奪」的方案，但值得注意的是，其一，晁、宋、吳、公孫四人位次已定，都坐到了中間；其二，右邊的新頭領是左邊舊頭領的三倍之多，宋江帶上山的人馬在山寨已經是多數。

　　第六次是因為晁蓋歸天。第六十回晁天王曾頭市中箭身亡，宋江不忘晁蓋遺言，但禁不住眾人勸進，只得「權居主位，坐了第一把椅子。上首軍師吳用，下首公孫勝。左一帶林沖為頭，右一帶呼延灼居長。眾人參拜了，兩邊坐下。」隨後宋江對山寨事務作了重新分工，雖然各個分寨、關隘的守將都主次分明，但整個山寨還是沒有一個統一的排位。

　　第七次亦即最後一次，是第七十一回《忠義堂石碣受天文，梁山泊英雄排座次》，開篇「詩曰」絕句一首之後寫道：

　　　　話說宋公明一打東平，兩打東昌，回歸山寨忠義堂上，計點大
　　小頭領，共有一百八員，心中大喜。遂對眾兄弟道：「宋江自從鬧了
　　江州上山之後，皆賴託眾弟兄英雄扶助，立我為頭。今者共聚得一
　　百八員頭領，心中甚喜。自從晁蓋哥哥歸天之後，但引兵馬下山，
　　公然保全。此是上天護祐，非人之能。縱有被擄之人，陷於縲線，
　　或是中傷回來，且都無事。被擒捉者，俱得天祐。非我等眾人之能
　　也。今者一百八人，皆在面前聚會，端的古往今來，實為罕有。如
　　今兵刃到處，殺害生靈，無可禳謝大罪。我欲心中建一羅天大醮，
　　報答天地神明眷祐之恩。一則祈保眾弟兄身心安樂；二則惟願朝廷
　　早降恩光，赦免逆天大罪，眾當竭力捐軀，盡忠報國，死而後已；
　　三則上薦晁天王，早生仙界，世世生生，再得相見。就行超度橫亡
　　惡死，火燒水溺，一應無辜被害之人，俱得善道。我欲行此一事，
　　未知眾弟兄意下若何？」眾頭領都稱道：「此是善果好事，哥哥主見
　　不差。」

宋江是得到九天玄女指教並暗地裏學習揣摩天書做事的人，所以他這一番話

說梁山聚義的奇妙：「一百零八員頭領」、「公然保全」，乃屬「天祐」；而建醮祈禳之事，無非爲這一百零八人的過去、現在和未來。接下來天降石碣，天文排定一百零八人位次，既是上蒼對宋江建醮祈禳的回報，又是對從「洪太尉誤走妖魔」以來，天罡地煞散而復聚和慶賀。從而這第七次的排座次作爲先前六次的繼續，有瞻前顧後、繼往開來之效。而「排座次」必爲七次，又在第七十回以後完成，這就明顯是在數理上求合於《周易·復》曰：「七日來復，利有攸往。」〔註3〕由此可見《水滸傳》結構佈局之用心深密，絕非因循舊文隨便連綴起來的。

　　然而明顯與前不同的是，梁山泊好漢第七次的「排座次」，雖因建醮祈禳而起，但是座次的排定非由人爲，而是天降石碣，「寫滿天文」。書中寫道：

　　　　方才取過石碣看時，上面乃是龍章鳳篆，蝌蚪之書，人皆不識。
　　眾道士內有一人，姓何法諱玄通，對宋江說道：「小道家間祖上，留
　　下一冊文書，專能辨驗天書。那上面自古都是蝌蚪文字。以此貧道
　　善能辨認。譯將出來便知端的。」宋江聽了大喜。連忙捧過石碣，
　　教何道士看了。良久，說道：「此石都是義士大名，鑴在上面。側首
　　一邊是『替天行道』四字，一邊是『忠義雙全』四字。頂上皆有星
　　辰南北二斗，下面卻是尊號。若不見責，當以從頭一一敷宣。」宋
　　江道：「幸得高士指迷，拜謝不淺。若蒙先生見教，實感大德。唯恐
　　上天見責之言，請勿藏匿，萬望盡情剖露，休遺片言。」宋江喚過
　　聖手書生蕭讓，用黃紙謄寫。何道士乃言：「前面有天書三十六行，
　　皆是天罡星。背後也有天書七十二行，皆是地煞星。下面注著眾義
　　士的姓名。」觀看良久，教蕭讓從頭至後，盡數抄譽。

接下就是「三十六天罡」、「七十二地煞」排定的座次。宋江即以此吩咐眾頭領曰：「天罡、地煞星辰，都已分定次序。各守其位，各休爭執，不可逆了天言。」可見一部《水滸傳》寫人敘事，雖繪形繪色，如畫如見，入情入理，似乎只是把常人常事誇張放大了，其實不然。《水滸傳》整體骨子裏是一個百零八妖魔造世歷劫的故事，是百零八個妖魔各自造世歷劫故事的串連或「打包」而成的故事。近今讀者專家有把《水滸傳》敘事機械對照「農民起義」過程，以之爲「農民起義的史詩」者，豈非與文學的創作與鑑賞都太過於隔

〔註3〕參考杜貴晨：〈《西遊記》的「七復」模式〉，《河南教育學院學報》，2005年第5期。

膜了！

還要看到的是「石碣天文」與「誤走妖魔」以及「玄女授天書」一脈相承，不僅對梁山泊好漢天罡地煞身份逐一確認，而且對梁山「替天行道」、「全忠仗義」的性質再次提點與確認，還對梁山一百單八人的座次排出了最終順序，意義自然非同尋常。然而所謂「天降石碣」和「誤走妖魔」、「玄女授天書」一樣，不過是作者企圖給故事披上一件宗教神話的外衣，藉以增加點神秘色彩並且傳達一些宿命思想罷了。

在《水滸傳》之前，南宋龔聖與所作《宋江三十六贊》、元代無名氏的《大宋宣和遺事》、明代郎瑛《七修類稿》卷二十五《辨證類·宋江原數》等，都有宋江三十六人（有的含宋江在數內，有的在數外）依次排列的名單，元代水滸戲對好漢們在山上的排名也偶爾提及。雖然上述材料中人物的姓名、綽號、位次頗有差異，但也足以證明「排座次」是水滸故事嬗變過程中一個引人矚目的話題。《水滸傳》雖然將梁山泊好漢的最終座次歸結爲「上蒼分定位數」，但我們還是能夠隱約感覺到此前各種榜單的影響。然而，隨著故事情節的大幅改造，尤其是人物從三十六到一百零八的大幅度擴充，前代水滸人物排名的影響被逐漸稀釋，《水滸傳》作者按照一定原則對梁山泊好漢座次重新洗牌不僅有了可能，而且也很有必要。

從藝術的本質上說，《水滸傳》「石碣天文」中梁山泊好漢的最終位次是作者綜合考慮人物年齡、德性、本領、身份、名聲以及對山寨貢獻等等各種因素的結果。有學者認爲「這些安排正體現了梁山領導核心——宋江、吳用體系的思想和意志」〔註4〕，甚至有人將此作爲宋江排除異己、安插親信進而掌控山寨的罪證，則未免過度闡釋，深求而失諸僞了。當然，或許是產生影響的某些原始材料並未被採納，也可能是作者的考慮本就不夠周詳。總之，試圖對所有座次都給出某種理由的努力，雖鑽研精神可嘉，但是恐怕有不少是徒勞無益。例如魯莽而愚笨的盧俊義爲何排名第二？機敏精幹的時遷爲什麼排在倒數的次席？我們只能見仁見智地揣摩，卻難得逐一給出確切無疑的答案。

四、菊花之會和五次「反征剿」

《水滸傳》寫宋江謹遵不能「不忠不孝」（第三十五回）的父教，牢記九

〔註4〕 曲家源：《水滸傳新論》，中國和平出版社，1995年第1版，第83頁。

天玄女「替天行道，爲主全忠仗義，爲臣輔國安民」（第四十二回）的囑託，雖然身在江湖，但是心存魏闕，朝朝暮暮，一心一意，「望天王降詔，早招安，心方足」（第七十一回）。然而宋江曲線盡忠的「功名富貴」夢想，在梁山只是一部分人的共同願望，而不得不面臨諸如武松、魯智深、李逵等山寨兄弟強烈的反對和朝廷大軍一次又一次征剿的雙重壓力，前者在「菊花會」上突發，後者隨著五次「征剿」和「反征剿」的大戰而漸次達到高潮。

第七十一回寫重陽節近，宋江準備大擺筵席與眾兄弟同賞菊花，但有下山的兄弟們都要招回寨來赴筵，是爲「菊花之會」。當日山寨上下，歡歌笑語；忠義堂裏，觥籌交錯。「宋江大醉，叫取紙筆來。一時乘著酒興，作《滿江紅》一詞。寫畢，令樂和單唱這首詞曲」。正唱至「望天王降詔早招安」一句，武松突然叫道：「今日也要招安，明日也要招安去，冷了弟兄們的心！」黑旋風李逵也大叫道：「招安，招安！招甚鳥安！」憤然一腳把桌子踢做粉碎。宋江大怒，要砍李逵腦袋，被眾人勸住。李逵說著「哥哥剮我也不怨，殺我也不恨」的話被押了出去，宋江聽了不覺酒醒進而發悲。宋江責問武松因何說招安「便冷了眾人的心？」魯智深則說，「只今滿朝文武，俱是姦邪，蒙蔽聖聰，就比俺的直裰染做皂了，洗殺怎得乾淨」，如果招安還不如散夥。宋江還是重申希望「有日雲開見日，知我等替天行道，不擾良民，赦罪招安」，眾人雖「皆稱謝不已」，但「當日飲酒，終不暢懷」，最終不歡而散。

自從上梁山以後，宋江始終以招安爲梁山的唯一出路，認爲「赦罪招安，同心報國，竭力施功，有何不美？」故而晁天王歸天之後，他權居寨主之位，第一件事就是「聚義廳今改爲忠義堂」（第六十回），此後更是無日不思招安。然而，招安在梁山始終未能達成共識。即使眾兄弟在招安以及其後的征戰過程中，始終與宋江共甘苦、同進退，並無怨言，但是懷疑招安、反對招安的聲音仍不絕如縷，時時抵觸考驗著宋江招安的政治理想。

招安的另一阻力來自朝廷中當道權奸的阻撓。梁山泊好漢替天行道、除暴安良，自然與地方上的惡霸豪紳、貪官污吏勢不兩立。而地方上的惡勢力無不以朝中權奸爲靠山。他們對日益壯大的梁山「反貪官」勢力恨之入骨又驚懼萬分，所以日施心機，夜施手段，在屢屢阻擋朝臣招安梁山動議的同時，不斷撥弄皇上派兵征剿梁山，演出了本質實爲「貪官」與「反貪官」的朝廷征剿梁山和梁山反征剿的戰爭故事，主要有五次：

第一次「反征剿」——活捉雙鞭呼延灼。第五十四回梁山打高唐救柴進，

殺死了高俅兄弟高廉。高俅奏請朝廷派汝寧郡都統制呼延灼、陳州團練使韓滔、潁州團練使彭玘，領三處八千精兵征剿梁山。第五十五回兩軍對壘，彭玘雖被一丈青用紅綿套索活捉，呼延灼卻靠著連環馬大敗梁山軍，又得凌振施放火炮攻打寨柵。吳用等設計活捉了凌振，第五十六回又派時遷、湯隆等賺徐寧上山教授鈎鐮槍法以破連環馬。第五十七回連環馬被破，韓滔被劉唐、杜遷活捉；呼延灼孤身而逃投奔青州慕容知府，後在宋江打青州時被活捉。

第二次「反征剿」——生擒大刀關勝。第六十三回梁山打大名府救盧俊義，梁中書向岳丈蔡京求援，蔡京派蒲東巡檢關勝、兵馬保義使宣贊連同關勝好友郝思文一起，率山東、河北精銳軍兵一萬五千人前來解圍。第六十四回關勝採用圍魏救趙之法直接攻打梁山，捉住了水軍將領張橫和阮小七。宋江派呼延灼行詐降計，引關勝劫營將其活捉，屬將郝思文、宣贊也被扈三娘和秦明捉住。

第三次「反征剿」——降服水火二將。第六十七回梁山攻破大名府，蔡京慫恿皇上罷黜了主張招安的趙鼎，舉薦凌州團練使單廷珪、魏定國起本州軍馬前去征討。聞聽此事後，關勝主動請纓和宣贊、郝思文前去凌州勸降，卻被單、魏二人殺得大敗。關勝幸得林沖、楊志等接應；宣贊、郝思文均被生俘後押赴東京，路上被李逵等人截住。隨後單廷珪被關勝拖刀計拍落馬下活捉，李逵趁亂攻破凌州，魏定國退守中陵縣，最終也投降。

第四次「反征剿」——兩贏童貫。第七十五回第一次招安失敗後，童貫主動請纓，帶領東京管下八路軍州兵馬都監和京師御林軍兩員良將，共計十萬人馬征剿梁山。第七十六回童貫不聽濟州太守張叔夜良言，貿然率軍到梁山水泊邊駐紮。兩軍對壘之際，宋江擺出九宮八卦陣，秦明一棍打死陳翥，眾人掩殺過來，童貫輸了頭陣，退兵三十里。第七十七回童貫以一字長蛇陣形再次進軍梁山泊，先被張順在水裏殺死幾百人，又中了梁山十面埋伏，馬萬里不敵林沖而死，王義被索超砍於馬下，韓天麟被董平一槍搠死，吳秉彝、李明死於史進、楊志手中，酆美被盧俊義活捉，段鵬舉被李逵斧劈，周信被張清石子打翻落馬又被龔旺、丁得孫戳定咽喉死於馬下，童貫只和畢勝逃命，不敢入濟州，引了敗殘軍馬，連夜投東京去了。

第五次「反征剿」——三敗高俅。第七十八回童貫兵敗後，高俅又自告奮勇，調用十節度共率領精兵一十三萬征剿梁山。高俅與十節度使在濟州匯

合，與宋江軍交戰，陸上荊忠被呼延灼打得腦漿迸流，項元鎮則射中董平手臂；水裏黨世雄被張橫捉上山寨，劉夢龍換裝脫逃。其後梁山伏兵四起，高俅大敗退回濟州。第七十九回兩軍再戰，陸上韓存保墜馬落溪猶且與呼延灼廝殺，後被張清趕到捉住。水軍又中了吳用火攻之計，黨世英被射死水中，李俊捉得劉夢龍，張橫捉得牛邦喜，割下首級送上山來。高俅被屢屢截殺，再次退守濟州。第八十回高俅建造海鰍船已成，又得丘岳、周昂二將支持，水陸兩隊向梁山進發。張順等鑿漏海鰍船底，將高俅活捉上山，童威、童猛解上徐京，李俊、張橫解上王文德，楊雄、石秀解上楊溫，三阮解上李從吉，鄭天壽、薛永、李忠、曹正解上梅展，楊林解獻丘岳首級，李雲、湯隆、杜興解獻葉春、王瑾首級，解珍、解寶擒捉聞參謀並歌兒舞女；只有周昂、王煥、項元鎮、張開等四將領逃脫。高俅在梁山受到宋江極高的禮遇和款待，在承諾替梁山爭取招安後被送下梁山。

　　朝廷的征剿給招安帶來了壓力，但是反征剿的勝利也為招安創造著條件。而且隨著朝廷征剿梁山的規模越來越大，梁山「反征剿」的實力也越來越強，戰果也越發輝煌。這證明了梁山隊伍的迅速壯大和山寨事業的蓬勃發展，尤其「兩贏童貫」、「三敗高俅」，更是梁山軍事實力巔峰狀態的展現。這使得不斷失敗的統治者包括皇上和蠱惑其征剿梁山的權奸們，都不得不認真反思征剿還是招安梁山的問題。

五、三次「招安」和「分金大買市」

　　對於朝廷來說，每一次征剿梁山的失敗，都會進一步突出招安梁山是一個無法迴避的重大政治議題。然而由於各方面因素的影響，朝廷終於允許和好漢們接受招安走下梁山的過程，實際與他們走投無路的被逼上梁山一樣，都是一個曲折而漫長的過程。

　　受招安以盡忠朝廷，建功立業，是宋江決心帶領兄弟走下梁山的一貫主張。早在宋江殺惜流亡途中於瑞龍鎮和武松作別時，就曾經叮囑他有機會一定招安，「博得封妻蔭子，久後青史上留得一個好名」（第三十二回）。宋江在勸凌振、徐寧、呼延灼等共聚大義，以及在華州劫持宿太尉時，也都以「權借水泊裏隨時避難，只待朝廷赦罪招安」（第五十八回）作為辭；「菊花會」上更是因一句「望天王降詔，早招安」（第七十二回）招致李逵等人的激烈抗議。第七十三回宋江借東京看燈之機拜訪李師師，意圖曲線實現招安，碰巧

撞上微服嫖妓的宋徽宗，竟想著「就此告一道招安赦書」回去。

另一方面，招安也一直是朝廷解決梁山問題的選項之一。早在梁山攻打大名府時，「東京蔡太師見說降了關勝，天子之前，更不敢題；只是主張招安，大家無事。因此纍纍寄書與梁中書，教道且留盧俊義、石秀二人性命，好做腳手」（第六十六回）。諫議大夫趙鼎也曾提出建議：「不若降敕赦罪招安，詔取赴闕，命作良臣，以防邊境之害。」（第六十七回）只是由於大名府被打破，蔡京惱羞成怒，唆使皇帝革了趙鼎的官爵，並派兵對梁山進行征剿，招安動議遂胎死腹中。但是，隨著征剿梁山戰事的節節失利，加上宋江千方百計的不斷爭取，招安也不止一次被提上了廟堂決策的議程，計有三次：

第一次招安在童貫征剿梁山之前，即第七十四至第七十五回，寫朝廷商議征剿梁山之事，御史大夫崔靖諫曰梁山泊「替天行道……民心既伏，不可加兵」，不「若降一封丹詔……好言撫諭，招安來降，假此以敵遼兵」。徽宗准奏，差殿前太尉陳宗善齎擎丹詔御酒去梁山招安。但陳太尉既不曉事，跟隨的張幹辦、李虞候又是蔡京、高俅安排的心腹，秉承主子之意，極端仇視梁山，態度踞傲，惹人不耐。途中即遭阮小七以村醪調包，偷喝御酒；上山後宣讀詔書，又有命令梁山「即將應有錢糧、軍器，馬匹、船隻，目下納官，拆毀巢穴，率領赴京，原免本罪。倘或仍昧良心，違戾詔制，天兵一至，齏亂不留」等，惡言惡語，斥責恫嚇，而全無撫慰懷柔之意。因此「宋江已下，皆有怒色。只見黑旋風李逵從梁上跳將下來，就蕭讓手裏奪過詔書，扯的粉碎，便來揪住陳太尉……」第一次招安遂告不成。

第二次招安是在高俅征剿梁山時，即第七十九回至第八十回，寫梁山泊好漢與官軍作戰，雲中雁門節度使韓存保被捉上梁山，宋江備說陳太尉招安不成之由，放其下山。韓存保感梁山忠義，通過御史大夫鄭居忠、尚書余深、太師蔡京將宋江之意奏明朝廷，朝廷再次降詔，使聞煥章赴梁山招安宋江等。但是，由於高俅怕失臉面，從王瑾之計篡改詔書，妄圖將梁山泊好漢賺到濟州城裏，殺掉宋江，將其它將領分調開去。但被吳用識破，當詔書宣告「除宋江，盧俊義等大小人眾所犯過惡，並與赦免」時，示意花榮射死宣詔使臣。於是二次招安又告流產。

第三次招安是在「燕青月夜遇道君」後，即第八十一至第八十二回，寫梁山泊好漢三敗高俅，並將其擒上梁山，宋江為求招安，以德報怨，設宴款

待並解釋二次招安的失敗原由。高俅迫於情勢，承諾促成招安，留聞煥章在梁山爲信，帶著蕭讓、樂和回京。但是，宋江等人懷疑高俅誠意，派燕青通過李師師面見徽宗，詳陳梁山本意，又持聞煥章書信賄賂宿太尉，終於使徽宗醒悟，怒斥童貫、高俅，御筆親寫赦書，命宿太尉再次前往梁山招安。濟州太守張叔夜親往梁山送信，宋江等將宿太尉迎接至忠義堂開讀詔書，連續三日大擺筵席飲酒慶賀，至此招安大功告成。

分金大買市是三次招安的餘響，即第八十二回寫宋江等接受招安以後，「梁山泊大小頭領，俱金鼓細樂，相送太尉下山」，即安排到忠義堂上鳴鼓聚眾，商議「分金」、「買市」和梁山全夥各自出路。所謂「分金」，就是將山寨「但得府庫之物，納於庫中公用。其餘所得之資，並從均分」；這裏所謂「買市」，就是把梁山上分餘之物賣給周圍百姓。宋江對此舉的解釋的具體安排是，「昨因哨聚山林，多擾四方百姓，今……招安歸降，朝暮朝覲。無以酬謝，就本身買市十日」；「買市」期間，「宋江傳令，以一舉十」；至於梁山各色人等的去向，百零八人當然都要赴京覲見受封，而來源各異的軍校則去留聽便——「如願去的，作速上名進發。如不願去的，就這裏報名相辭」，由山寨齎發下山。結果「當下辭去的也有三五千人」。接著「發庫內金珠、寶貝、綵緞、綾羅、紗絹等項，分散各頭領並軍校人員。另選一分，爲上國進奉」。「其餘堆集山寨」者，差人四出告示臨近州郡鄉鎮村坊，賤賣給附近百姓。山寨還「宰下牛羊，醞造酒醴。但到山寨裏買市的人，盡以酒食管待，犒勞從人。至期，四方居民，擔囊負笈，霧集雲屯，俱至山寨。」一連十日，每日如此。

分金大買市是梁山寨發生的最後一件大事，其後宋江帶領軍馬進京朝覲，受到皇帝親自檢閱和賜宴款待。第八十三回宋江與吳用、公孫勝等回到梁山，「一面叫宰殺豬羊牲口，香燭錢馬，祭獻晁天王。然後焚化靈牌，做個會眾的筵席，管待眾將。隨即將各家老小，各各送回原所州縣，……三關城垣，忠義等屋，盡行拆毀。」至此，在山寨中發生的好漢故事全部結束。

第三節　《水滸傳》中的梁山寨風俗

梁山上與入夥有關的習俗自然不爲常人所熟悉，即便是好漢們的迎來送往、婚喪嫁娶、節慶祭祀等日常生活，也有別處難得一見的風情。驚悚的「投

名狀」，血腥的「大火併」，豐盛的「分例酒食」，頻繁的「送路筵席」，隆重的入夥儀式，熱鬧的迎送禮儀，簡化的成婚過程，細緻的喪葬安排，這一切共同構成了魅力獨特的山寨風俗。

一、入夥

《水滸傳》寫梁山泊好漢的匯聚，眾人的結合曰「聚義」或「聚會」。人數少的以數稱，如「七星聚義」；多一些的稱「小聚義」或「小聚會」，如第四十回《梁山泊英雄劫法場，白龍廟英雄小聚義》後，「張順等九人，晁蓋等十七人，宋江、戴宗、李逵，共是二十九人，都入白龍廟聚會。這個喚作白龍廟小聚會」。回目作「聚義」，當是羅貫中的文筆；正文作「聚會」，應是說話人的習語；一百零八人的「大聚會」則爲「大聚義」。第七十一回《忠義堂石碣受天文，梁山泊英雄排座次》寫宋江率眾對天盟誓以後，「眾皆同聲共願，但願生生相會，世世相逢，永無斷阻。當日歃血誓盟，盡醉方散。看官聽說：這裏方才是梁山泊大聚義處」。

對於個人來說，成爲「聚義」或「聚會」的一員即是「入夥」。「入夥」主要指他人「聚義」或「聚會」既成後的加入。但是，正如「聚義」或曰「聚會」不能不基於相近乃至相同的境遇、利益與目標，都是有一定條件的，所以既成之「夥」對後來者的「入夥」，也會設定一個「門檻」即「準入」的條件，乃至某種加入的程序和儀式。《水滸傳》沿襲有關話本，並參酌當時和更早時期江湖「入夥」的故事傳聞，描繪了一個個好漢或「小夥」入「大夥」的「入夥」梁山的場景，成爲古代江湖上「入夥」行爲的風俗畫。

（一）投名狀

入夥要有貢獻，在《水滸傳》稱作「投名狀」。顧名思義，「投名狀」應即今天爲了找工作向招聘單位提交的以「個人簡歷」爲主要內容的信函。但是古代江湖上的「投名狀」，卻不是這樣一篇往往少不了自我吹噓的文件。第十一回寫「林沖雪夜上梁山」，王倫婉拒不成，便向林沖索要「投名狀」：

> 王倫道：「兄弟們不知。他在滄州雖是犯了迷天大罪，今日上山，卻不知心腹。倘或來看虛實，如之奈何？」林沖道：「小人一身犯了死罪，因此來投入夥，何故相疑。」王倫道：「既然如此，你若眞心入夥時，把一個投名狀來。」林沖便道：「小人頗識幾字，乞紙筆來便寫。」朱貴笑道：「教頭，你錯了。但凡好漢們入夥，須要納

投名狀。是教你下山去殺得一個人，將頭獻納，他便無疑心。這個
便謂之投名狀。」林沖道：「這事也不難。林沖便下山去等，只怕沒
人過。」王倫道：「與你三日限。若三日內有投名狀來，便容你入
夥；若三日內沒時，只得休怪。」林沖應承了，自回房中宿歇。悶
悶不已。

由此可知，按原為東京八十萬禁軍教頭的林沖的理解，「投名狀」應是如
今天的名片或求職的申請書之類，所以他自信「頗識幾字，乞紙筆來便寫」。
卻不料王倫所要「投名狀」，是能夠證明與他同為殺人放火之輩的一顆人頭。
而林沖本已忍無可忍在山神廟殺仇，有了陸虞候等三人的命案在身，此時
又無別路可走，加以武藝高強，竟然答應了「這事也不難」。誰知接下來正如
他擔心的，一連兩天去山下不見有過路的人。第三天有了，偏又是武藝不
在他之下的楊志，從而林沖以為不難的「投名狀」竟成了真正的難事！幸而
王倫觀戰（他大概是來看林沖若再取不到投名狀便趕他下山的）不得不佩
服林沖與楊志不分上下的武藝，又對楊志久聞「大名」，所以竟沒有再提「投
名狀」的事，禮送楊志下山後，把林沖留下，埋下了他日後被「火併」的
種子。

「投名狀」雖然難為了林沖，但是按照朱貴的說法，卻也不是王倫臨時
起意的作梗，而是彼時江湖上「入夥」的一個規矩，黑道上的一種「禮數」。
所以不僅林沖入夥需要「投名狀」，而且已經入夥了的，為了證明自己與同
夥的一心一意和在新加入群體中有自己希望的地位，也往往要有所表現。如
第四十九、五十兩回寫宋江二打祝家莊失利，恰好孫立等為了「投大寨（梁
山）入夥，正沒半分功勞」，於是獻計利用自己與祝家莊教頭欒廷玉「是一個
師父教的武藝」，「與欒廷玉那廝最好」這層關係，賺入莊中，裏應外合，
幫助宋江打破了祝家莊，並祝氏一家老幼和欒廷玉都殺了。孫立把做成這
件事作為「投大寨入夥……為進身之報」，實際是換了一種形式與說法的「投
名狀」。

這種「進身之報」性質的「投名狀」在梁山也有對新入夥之人考驗或釋
疑的用心，可見於第五十八回寫呼延灼新降梁山時彼此的對待：

吳用道：「只除教呼延灼將軍賺開城門，唾手可得。更兼絕了呼
延指揮念頭。」宋江聽了，來與呼延灼陪話道：「非是宋江貪劫城池，
實因孔明叔侄陷在縲絏之中。非將軍賺開城門，必不可得。」呼延

灼答道：「小將既蒙兄長收錄，理當效力。」

可見此時吳用想到呼延灼和呼延灼接受宋江、吳用去青州「賺開城門」的安排，雖然因於戰事的需要，但也部分或幾乎完全是「投名狀」的性質。類似情況還有第六十七回寫關勝請纓勸降水火二將，第六十九回寫董平反戈攻破東平府等。雖然這些降將都是在歸順梁山之後才被要求或自報奮勇這樣做的，但是論其性質，都不能不是一種新來乍到者「真心入夥」的證明和「進身之報」，所以也還是一種「投名狀」。

雖然按照如上引朱貴的說法，納獻投名狀應是入夥梁山的規矩，但是好漢們上山之前不是打家劫舍就是殺人放火，投名狀已然在手。即如林沖，雖然不曾帶了陸謙的人頭上山，但是林沖已經表白過「小人一身犯了死罪，因此來投入夥」，而且王倫也相信林沖「在滄州……犯了迷天大罪」，再說柴進的薦書中也有可能寫清楚了。所以，王倫還要林沖交投名狀，看來是規矩，其實是節外生枝，故意刁難。書中也明白寫他不願意接納林沖上山，是出於自知本事不濟，怕壓服不住的「武大郎開店」的心理。後來容不得晁蓋等人，也同樣是「嫉賢妒能」（第十一回）的心理作怪。但是，當同樣是落魄江湖的楊志因與林沖對打而暫上梁山時，王倫反而真心挽留，當然也就完全不提投名狀之事。儘管楊志堅持沒有留在梁山，但是也由此可見，王倫對上山好漢的留與不留，也並非簡單的「嫉賢妒能」可以完全解釋。反而是把王倫一面「熱趕」林沖、「婉拒」晁蓋，與其又一面力邀楊志在梁山共同落草相對照，可以看出這位「落第秀才」除了「嫉賢妒能」的毛病之外，還心智甚不夠成熟和感情用事，是一個沒有主心骨的人，如何能成就更大的事業！

王倫逼要投名狀，雖然給初上梁山的林沖大吃了一番苦頭，但是也為他日後被林沖「火併」在水亭喋血埋下了一個伏筆。這也就是說，林沖在一定意義上是因投名狀的舊怨而火併王倫，但是，當林沖把王倫的頭顱擺在即將成為新寨主的晁蓋面前並力推晁蓋為山寨之主時，誰能說那只是林沖一吐其上梁山以來所受王倫壓抑之氣，而不是他向晁蓋這位新的寨主貢獻的一份「進身之報」，其實是又一個投名狀呢？綠林交道之崎嶇，江湖風波之險惡，由此可見一斑。

（二）引薦

水泊梁山作為好漢們的託身之地，事關生死安危，自然戒備森嚴，非親

非友，難得一窺。至於上山入夥，更是需要有人引薦，實際是向梁山以親恩友情和誠信擔保其介紹的人對梁山是可靠和有益的。這導致了四方好漢一有緩急，便可能想到上梁山，但是若無人引薦，也不敢貿然而來，從而常常都要有一個引薦上山的人。第十一回朱貴對林沖說：「雖然如此，必有個人薦兄長來入夥。」第十八回晁蓋對吳用說：「這一論正合吾意。只恐怕他們不肯收留我們。」第三十五回秦明對宋江說：「只是沒人引進，他如何肯便納我們？」燕順也說：「若無仁兄去時，他那裏如何肯收留我們？」第四十四回李雲對朱富說：「賢弟，只怕他那裏不肯收留我麼？」第四十六回楊雄對時遷說：「我卻不合是公人，只恐他疑心，不肯安著我們。」第六十七回焦挺道：「我多時要投奔大寨入夥，卻沒條門路。」如此看來，比較「投名狀」也許可有可無，熟人引薦卻一般是不可缺少。

　　引薦入夥之人要麼與山寨有恩或交情深厚，要麼江湖上名氣很大，值得信任。柴進之所以能推薦林沖上山，乃因「王倫當初不得地之時，與杜遷投奔柴進，多得柴進留在莊子上住了幾時；臨起身又齎發盤纏銀兩」（第十一回）；宋江對帶領青州好漢上梁山信心滿滿，是由於他曾經救過當下寨主晁蓋等人的性命。由熟識的山寨頭領做引薦人，上山入夥可能更方便些。第四十六回石秀笑道：「我教哥哥一發放心，前者哥哥認義兄弟那一日，先在酒店裏和我吃酒的那兩個人，一個是梁山泊神行太保戴宗，一個是錦豹子楊林。他與兄弟十兩一錠銀子，尚兀自在包裏。因此可去投託他。」第四十九回鄒淵道：「他手下見有我的三個相識在彼：一個是錦豹子楊林，一個是火眼狻猊鄧飛，一個是石將軍石勇，都在那裏入夥了多時。我們救了你兩個兄弟，都一發上梁山泊投奔入夥去，如何？」連李逵都能帶幾個好漢上山，像未上山之前的及時雨宋江、日行八百的戴宗等，早就名滿江湖，做上梁山的引薦人就更有分量了。

　　當然，也不是有人引薦就一定能夠順利入夥。林沖持了柴進的推薦信上山，卻遇上王倫那般小心眼的寨主，入夥的事就弄得一波三折；楊林雖然有公孫勝的親筆信介紹，但還「只是不敢擅進，誠恐不納」（第四十六回）。更有甚者如倒楣的韓伯龍，「投奔了旱地忽律朱貴，要他引見宋江」（第六十七回），還沒見著就被李逵劈死。相反，沒有引薦之人也並非一定不能入夥。第十八回寫吳用就說：「我等有的是金銀，送獻些與他，便入了夥。」他固然沒有料到梁山上的王倫「只懷妬賢嫉能之心，但恐眾豪傑勢力相壓。夜來因見

兄長所說眾位殺死官兵一節，他便有些不然，就懷不肯相留的模樣」（第十九回）。但金銀是最好的敲門磚也是人之常情，江湖上也大體行得通的。所以，晁蓋、吳用等商量投奔梁山要經手朱貴引薦，首先想到的是「將些人情送與他引進」。另有段景住也是「江湖上只聞及時雨大名，無路可見」，也要盜得大金王子騎坐的照夜玉獅子馬，「欲將此馬前來進獻與頭領，權表我進身之意」（第六十回）。看來入夥的「進身之意」，確實有的要投名狀，有的要推薦信，然而即使這兩者都沒有，除了遇上王倫那廝之外，只要「獻些」金銀或「將些人情」，或有什麼名貴稀罕之物進獻，也是能夠被痛快接納的。總之，除了投名狀、引薦人等主要是入夥在「政治」上的審查可有可無之外，「進獻」的有無多寡才是能否被接納入夥的決定因素。由此可見，綠林江湖雖與市井官場對立，但也決非單純乾淨之地，其風俗人情不可能不是與市井官場藕斷絲連、沾親帶故的了。

（三）入夥儀式

《水滸傳》寫梁山泊好漢入夥，如今天的迎新會，往往都有一定的儀式。梁山上的入夥儀式，通常由焚香設誓、排位落座、嘍囉參拜、宴飲慶祝等部分組成。譬如第二十回「火併王倫」之後：

> 林沖等一行人請晁蓋上了轎馬，都投大寨裏來。到得聚義廳前，下了馬，都上廳來。眾人扶晁天王去正中第一位交椅上坐定，中間焚起一爐香來。……杜遷坐了第九位，宋萬坐了第十位，朱貴坐了第十一位。梁山泊自此是十一位好漢坐定。山前山後共有七八百人，都來廳前參拜了，分立在兩下。

其後好漢們入夥的程序大同小異。但絕不呆板，如第三十五回寫花榮等諸好漢上梁山入夥時排位落座的過程，即因為花榮射雁而有所推遲：

> 晁蓋為頭，與九個好漢相見了，迎上關來……中間焚起一爐香來，各設了誓。當日大吹大擂，殺牛宰馬筵席。一面叫新到火伴，廳下參拜了，自和小頭目管待筵席。……花榮尋思道：「晁蓋卻才意思，不信我射斷絨縧。何不今日就此施逞些手段，教他們眾人看，日後敬伏我？」……自此梁山泊無一個不欽敬花榮。……次日，山寨中再備筵席，議定坐次。……杜遷、宋萬、朱貴、白勝，一行共是二十一個頭領坐定。慶賀筵宴已畢，義聚梁山泊。

還有第四十一回寫江州劫法場以後，宋江不得已只好留在梁山正式入夥，排

座的位次也有點小問題：

> 到得關下，軍師吳學究等六人把了接風酒，都到聚義廳上，焚
> 起一爐好香。……再三推晁蓋坐了第一位，宋江坐了第二位，吳學
> 究坐了第三位，公孫勝坐了第四位。宋江道：「休分功勞高下，梁山
> 泊一行舊頭領，去左邊主位上坐。新到頭領，去右邊客位上坐。待
> 日後出力多寡，那時另行定奪。」……共是四十人頭領坐下了。大
> 吹大擂，且吃慶喜筵席。……晁蓋叫眾多小嘍囉參拜了新頭領李俊
> 等，都參見了。連日山寨裏殺牛宰馬，作慶賀筵席，不在話下。

如上引可見，梁山上很講究好漢們的排座的位次，每回都要「議定」，如晁蓋
和宋江之間，還要「再三推」才得決定。而一時決定不了，則按先後上山分
爲舊、新左右兩邊落座，同時約定看「日後出力多寡」即功勞的大小，另行
調整排座的位次。看來梁山上不僅講究，還十分計較，一定要把內部的等級
上下分個清楚明白。而座次「定奪」即區分的標準是「出力多寡」。但是看來
這件事做得並不十分合理，如盧俊義、關勝，入夥既晚，又都不是於梁山立
有大功的人，卻坐了那樣高位，就不是很好理解的。但是，「石碣天文」一降，
宋江說破百零八人聚義的因果，乃其雖爲「鄙猥小吏，原來上應星魁。眾多
弟兄，也原來都是一會之人。今者上天顯應，合當聚義。今已數足，上蒼分
定位數，爲大小二等。天罡、地煞星辰，都已分定次序，眾頭領各守其位，
各休爭執，不可逆了天言」。如此一切委之於天命，所以眾人也只好皆道：「天
地之意，物理數定，誰敢違拗！」從而上述不是很好理解的排位，其實已不
必深究，說不定是他前世的因緣呢！

二、迎送

　　《水滸傳》寫梁山場面浩大，與四面八方朝野人士交往頻繁，既不時有
好漢上山入夥，又不斷有頭領領兵下山征戰，還有幾次朝廷命官上山招安，
因此迎來送往，好不熱鬧！從而全書主要是第八十二回之前的描寫中，便不
時閃現彼時各種不同迎送禮節的風俗畫。

（一）分例酒食

　　水泊梁山在山下設有四處實爲暗哨和接待站的客店，所謂內有「四店打
聽聲息、邀接來賓頭領八員」（第七十一回），是山寨迎送四方來賓的重要場
所。《水滸傳》寫這四處客店的日常營生，最多是爲來梁山入夥的人安排分例

酒食，最早見於第十一回寫朱貴認得是豹子頭林沖，又有柴進舉薦來梁山入夥，「隨即叫酒保安排分例酒來相待」：

> 林沖道：「何故重賜分例酒食？拜擾不當。」朱貴道：「山寨中留下分例酒食，但有好漢經過，必教小弟相待。既是兄長來此入夥，怎敢有失祗應。」隨即安排魚肉盤饌酒肴，到來相待。兩個在水亭上吃了半夜酒。

這裏水泊梁山的所謂「分例酒食」，實是爲過往同夥或同類免費提供的標準餐，乃江湖上的一種「特供」。這種「分例酒食」，既是解決來客途中乏食的實際需要，也是水泊梁山向過往好漢表達江湖義氣的「公關」手段。

《水滸傳》寫水泊梁山客店的「分例酒食」非止一次，也每有不同。如有時場面頗大，如孫立等青州來的九條好漢，帶了三五百人來，朱貴「便叫放翻兩頭黃牛，散了分例酒食」（第三十五回），是一個歡迎入夥的盛大見面會；有時也不成體統，如蕭讓和金大堅兩個書生，是被誘騙並「橫拖倒拽」捉來上山的，因爲畢竟是要他們來入夥，所以「當時都到旱地忽律朱貴酒店裏，相待了分例酒食，連夜喚船，便送上山來」（第三十九回）。這頓酒食，二人應是吃得莫明其妙，無情無緒。但有時也只好精簡了：第五十六回寫賺金槍手徐寧上山同，被湯隆等人麻翻後經朱貴酒店被轉運到金沙灘上岸，就沒有「分例酒食」的待遇了。

除上述主動或被動來梁山入夥的好漢得享受「分例酒食」的待遇之外，也確實如朱貴說的，「山寨中留下分例酒食，但有好漢經過，必教小弟相待」，並不限於當時就上山入夥的人。如雷橫出差從梁山下路過，朱貴派人上山報告說：「林子前大路上一夥客人經過，小嘍囉出去攔截，數內一個稱是鄆城縣都頭雷橫。朱頭領邀請住了，見在店裏飲分例酒食，先使小校報知。」（第五十一回）並非朱貴知道雷橫與晁蓋等有舊才按排酒食的；又孔亮來梁山求救，李立道：「既是來尋宋頭領，我這裏有分例。」一面就叫火家快去安排分例酒款待。孔亮道：「素不相識，如何見款？」李立道：「客官不知。但是來尋山寨頭領，必然是社火中人故舊交友，豈敢有失祗應。便當去報。」（第五十八回）這裏應該有水泊梁山廣結善緣的「公關」用心，但不能不說也是憑了「四海之內皆兄弟」的義氣。

水泊梁山的分例酒食，本是王倫主掌山寨時的舊制，其後晁、宋二人先後因之。所以由此看來，王倫不僅是梁山大寨的開創者，而且爲後來梁山的

發展奠定了某些重要的觀念與儀規，並看得出他並非全無延攬人才之心，只是畢竟他人品、智慧、武藝等一概平常，僅以一時請頓飯的小恩小惠，哪裏能夠支持得聚集千軍萬馬的梁山大業！但在晁、宋二位後繼者，都沒有因人廢事，而是相沿了王倫治寨時「分例酒食」的規矩，倒是更應該點贊的。

（二）迎賓儀式

《水滸傳》寫好漢們上梁山之路，經山下客店吃過分例酒食，接下來就是上山。上山也有一套程序，在梁山寨方面說就是迎賓的儀式。重要的迎賓式都很隆重，主要有兩次。一次是第十九回寫晁蓋等人劫了生辰綱並大敗追捕的官軍之後，得朱貴引導上梁山「投託入夥」：

> 朱貴見了許多人來，說投託入夥，慌忙迎接。吳用將來歷實說與朱貴聽了，大喜，逐一都相見了。請入廳上坐定，忙叫酒保安排分例酒來管待眾人。隨即取出一張皮靶弓來，搭上一枝響箭，望著那對港蘆葦中射去。響箭到處，早見有小嘍囉搖出一隻船來。朱貴急寫了一封書呈，備細說眾豪傑入夥來歷緣由，先付與小嘍囉齎了，教去寨裏報知。一面又殺羊管待眾好漢。過了一夜。次日早起，朱貴喚一隻大船，請眾多好漢下船，就同帶了晁蓋等來的船隻，一齊望山寨裏來。行了三個時辰，早來到一處水口。只聽的岸上鼓響鑼鳴。晁蓋看時，只見七八個小嘍囉，劃出四隻哨船來。見了朱貴，都聲了喏。自依舊先去了。再說一行人來到金沙灘上岸，便留老小船隻並打魚的人，在此等候。又見數十個小嘍囉下山來，接引到關上。王倫領著一班頭領，出關迎接。

由上引可見，晁蓋等上梁山經過的程序：（1）朱貴在「安排分例酒來管待眾人」的同時，先行寄書頭領報告有客上山；（2）乘船「行了三個時辰，早來到一處水口，只聽的岸上鼓響鑼鳴。晁蓋看時，只見七八個小嘍囉，劃出四隻哨船來。見了朱貴，都聲了喏，自依舊先去了」。從「岸上鼓響鑼鳴」而後有哨船出來看，這「七八個小嘍囉」應該是山上派下第一撥迎接的人，但也有可能是先行打探來人虛實的人，或兼而為之；（3）「一行人來到金沙灘上岸」後，「又見數十個小嘍囉下山來，接引到關上」，這是第二撥接迎了；（4）最後才是「王倫領著一班頭領，出關迎接」。此可謂一報三接。

第二次是第三十五回寫花榮、秦明等青州好漢並於路結交的呂方、郭盛等人上梁山，遇到乘了哨船巡邏的林沖和劉唐盤問身份：

花榮、秦明等都下馬立在岸邊，答應道：「我等眾人非是官軍。有山東及時雨宋公明哥哥書箚在此，特來相投大寨入夥。」林冲聽了道：「既有宋公明兄長的書箚，且請過前面，到朱貴酒店裏，先請書來看了，卻來相請廝會。」……眾人跟著兩個漁人，從大寬轉直到旱地忽律朱貴酒店裏。朱貴見説了，迎接眾人都相見了。便叫放翻兩頭黃牛，散了分例酒食。討書箚看了。先向水亭上放一枝響箭，射過對岸，蘆葦中早搖過一隻快船來。朱貴便喚小嘍羅分付罷，叫把書先齎上山去報知。一面店裏殺宰豬羊，管待九個好漢。把軍馬屯住在四散歇了。第二日辰牌時分，只見軍師吳學究自來朱貴酒店裏迎接眾人。一個個都相見了。敍禮罷，動問備細。早有二三十隻大白棹船來接，吳用、朱貴邀請九位好漢下船，老小車輛人馬行李亦各自都搬在各船上，前望金沙灘來。上得岸，松樹逕裏，眾多好漢隨著晁頭領，全副鼓樂來接。晁蓋為頭，與九個好漢相見了，迎上關來。各自乘馬坐轎，直到聚義廳上。

這一回的迎賓，一面是按照規矩，一面是因為林冲等與來人素不相識，所以請他們先到朱貴酒店查驗薦書、享用「分例酒食」。然後「喚小嘍羅分付罷，叫把書先齎上山去報知」。這封「報知」的書信，不像是朱貴又寫的，而更像是花榮等帶來宋江的薦書。大約因為晁蓋畢竟有「天王」氣概，更加以宋江推薦有力，這一次的迎賓比王倫時接晁蓋上山的禮節雖然簡單了不少，但是「軍師吳學究自來朱貴酒店裏迎接眾人」，「上得岸，松樹逕裏，眾多好漢隨著晁頭領，全副鼓樂來接……迎上關來」，禮遇的規格和親切的程度顯然是更高了。

但同樣是好漢上山，待遇和規格也會有不同。不是重要人物，通常由熟識的個別頭領迎接即可。像第三十九回戴宗上山，「吳用見報，連忙下關迎接」；第四十七回楊雄、石秀上山，「早見戴宗、楊林下山來迎接」；第五十八回孔亮上山，「宋江慌忙下來迎接」，等等，迎接之人都是故友。

對梁山有大恩德或事業發展有關鍵作用的重要人物上山，往往由山寨主要首領集體出迎。例如雷橫曾在晁蓋生辰綱案和宋江殺惜案中對晁、宋等人有過縱放逃命之恩，所以第五十一回他因公差路過梁山，「晁蓋、宋江聽了大喜，隨即與同軍師吳用三個下山迎接」。朱仝比雷橫對晁、宋的救濟之恩情更大更深，所以第五十二回朱仝上山時，「晁蓋、宋江引了大小頭目，打鼓吹笛，

直到金沙灘迎接」。徐寧是大破連環馬助梁山大敗官軍的關鍵之人，又是賺他上山，所以「宋江……和眾頭領下山接著」。盧俊義是宋江夢寐以求的人物，所以第六十二回他被捉上梁山所受到的禮遇規格空前：

> 八個小嘍囉抬過一乘轎來，扶盧員外上轎便行。只見遠遠地早有二三十對紅紗燈籠，照著一簇人馬，動著鼓樂，前來迎接。爲頭宋江、吳用、公孫勝，後面都是眾頭領，一齊下馬。盧俊義慌忙下轎。宋江先跪，後面眾頭領排排地都跪下。

梁山上歡迎來賓必有鼓樂，上引已提及「全副鼓樂來接」的盛況。爲了表達歡迎的熱情，這歡迎的鼓樂有時要到「大吹大擂」的地步，同時安排盛大的宴會。如第十九回王倫迎晁蓋等上山，「宰了兩頭黃牛，十個羊，五個豬，大吹大擂筵席」；第三十五回花榮、秦明等上山，晁蓋也是「當日大吹大擂，殺牛宰馬筵宴」；第四十一回鬧江州、劫法場後，晁蓋、宋江等一起回到梁山，「共是四十人頭領坐下，大吹大擂，且吃慶喜筵席」；第五十回打下祝家莊之後，回到梁山，「正廳上大吹大擂。眾多好漢，飲酒至晚方散。」諸如此類，多是爲歡迎新人兼慶賀勝利而鼓樂喧天，大吃大喝，以耳目聲色和口腹之欲的滿足甚至放縱，張揚了好漢們強悍的生命力、彼此的認可和對個體自由的嚮往。

（三）臨別餞贈

好漢因故暫不願留山或因公私事務下山，當位的寨主通常都會爲之餞行，有的還會贈送金銀路費。第三十六回宋江去江州服刑：

> 眾頭領挽留不住，安排筵宴送行，（晁蓋）取出一盤金銀送與宋江，又將二十兩銀子送與兩個公人。就與宋江挑了包裹，都送下山來。一個個都作別了。吳學究和花榮直送過渡，到大路二十里外，眾頭領回上山去。

第四十二回公孫勝回薊州探母：

> 眾頭領接住，就關下筵席，各各把盞送別。餞行已遍……晁蓋取出一盤黃白之資相送。公孫勝道：「不消許多，但只要三分足矣。」晁蓋定教收了一半，打拴在腰包裏，打個稽首，別了眾人，過金沙灘便行，望薊州去了。

第五十一回雷橫回鄆城交差：

> 眾頭領各以金帛相贈，宋江、晁蓋自不必說。雷橫得了一大包

金銀下山，眾頭領都送至路口作別，把船渡過大路，自回鄆城縣去了。

第六十二回盧俊義返回大名府：

> 宋江又梯己送路。……宋江見盧俊義思歸苦切，便道：「這個容易，來日金沙灘送別。」……一行眾頭領，都送下山。宋江托一盤金銀相送。盧俊義推道：「非是盧某說口，金帛錢財家中頗有，但得到北京盤纏足矣。賜與之物，決不敢受。」宋江等眾頭領直送過金沙灘，作別自回。

不過大多數情況下的送別，只有餞行相送而並不贈送金銀。第五十六回寫「大寨做個送路筵席，當下楊林、薛永、李雲、樂和、湯隆辭別下山去了。次日又送戴宗下山，往來探聽事情」；第六十一回寫「當日忠義堂上做筵席送路，……吳用、李逵別了眾人下山」；第六十七回寫「宋江與眾頭領在金沙灘寨前餞行，關勝三人引兵去了」；第七十四回寫「酒至半酣之後，燕青辭了眾頭領下山。過了金沙灘，取路望泰安州來」應是由於這些都屬於「出差」性質，所以都不見有金銀盤纏相贈。

《水滸傳》寫「送路筵席」本是為了禮貌和人情，多半也收致增進友情、凝聚人心和鼓舞士氣的正面作用。然而，也有如《三國演義》中張飛所說「筵無好筵，會無好會」的情況發生。如第十九回王倫在山南水寨大擺筵席「禮送」晁蓋等人下山，不期卻成了他為自己設的「鴻門宴」，酒席上把性命送掉了；第六十回宋江等在金沙灘為晁蓋餞行，不料「飲酒之間，忽起一陣狂風，正把晁蓋新制的認軍旗，半腰吹折」，預兆了晁蓋打曾頭市中箭身亡。總之，《水滸傳》寫好漢下山的臨別餞贈形式多樣，結果有殊，悲喜之間，不啻冰火兩重天。作一貫看，則可頌江淹《別賦》之語曰：「黯然銷魂者，惟別而已矣！」

（四）結綵山棚

《水滸傳》寫水泊梁山最大的迎送儀式是招安。上已述及，朝廷招安梁山先後三次；第一次即第七十五回陳太尉來山招安時，宋江只是命人「鋪設下太尉幕次，列五色絹段，堂上堂下，搭綵懸花」，又讓「裴宣、蕭讓、呂方、郭盛預前下山，離二十里伏道迎接，水軍頭領準備大船傍岸」，卻不料這一次因為高俅插手從中作梗，宋江等落得空歡喜一場；第二次即第七十九回同樣是因為高俅從中做了手腳招安不成，當然也就沒有相應的儀式描寫；終至於

第八十二回即第三次招安，朝廷派宿太尉前來：

> 宋江聽罷大喜。在忠義堂上，忙傳將令，分撥人員，從梁山泊
> 直抵濟州地面，紮縛起二十四座山棚，上面都是結綵懸花，下面陳
> 設笙簫鼓樂。各處附近州郡，雇倩樂人，分撥於各山棚去處，迎接
> 詔敕。每一座山棚上，撥一個小頭目監管……未及十里，早迎著山
> 棚。宿太尉在馬上看了，見上面結綵懸花，下面笙簫鼓樂，迫道迎
> 接。再行不過數十里，又是結綵山棚。前面望見香煙拂道，宋江、
> 盧俊義跪在面前，背後眾頭領齊齊都跪在地下，迎接恩詔。

在迎送宿太尉過程中，除搭建結綵山棚外，其它規格細節也都不比尋常。首
先是迎賓的陣容強大：來時不僅派吳用、朱武並蕭讓、樂和四個前去濟州打
前站，而且宋江和其它頭領在濟州城外不遠處跪迎；走時也是梁山泊大小頭
領，「渡過金沙灘，俱送過三十里外」。鼓樂齊奏來去分明：來時「三關之上，
三關之下，鼓樂喧天」；去時「俱金鼓細樂，相送太尉下山」。送路筵席自不
曾缺，贈送金銀盤纏也格外豐厚：

> 次日清晨，安排車馬。宋江親捧一盤金珠，到宿太尉幕次內，
> 再拜上獻。宿太尉那裏肯受。宋江再三獻納，方才收了，打挾在衣
> 箱內。拴束行李鞍馬，準備起程。其餘跟來人數，連日自是朱武、
> 樂和管待，依例飲饌，酒量高低，並皆厚贈金銀財帛。眾人皆喜。
> 仍將金寶齎送聞參謀、張太守，二公亦不肯受。宋江堅執奉承，才
> 肯收納。

三、婚喪之禮

梁山泊好漢本就重俠肝義膽而輕兒女私情，梁山上也絕少有婚配之事；
同時，征方臘之前，一百單八將所向披靡，沒有傷亡，故而山寨中也難得一
見喪葬描寫，只有王英的婚禮和晁蓋的葬禮算是特例。

（一）王英娶妻

《水滸傳》寫梁山泊好漢多不貪戀「女色」。如晁蓋「最愛刺槍使棒，亦
自身強力壯，不娶妻室，終日只是打熬筋骨」（第十四回）；「宋江是個好漢，
只愛學使槍棒，於女色上不十分要緊」（第二十一回）；盧俊義「平昔只顧打
熬氣力，不親女色」（第六十二回），等等。晁、宋、盧三位都能坐上山寨第
一、二把交椅，而最貪戀女色的王英，不僅綽號「矮腳虎」，本領平平，而且

打祝家莊時臨陣被女將扈三娘擒了，可見《水滸傳》於英雄和女色的邏輯，是「英雄不好色，好色非英雄」。所以《水滸傳》寫百零八個好漢，幾乎個個令人尊敬，唯有王英一個，宋江笑他「但凡好漢犯了溜骨髓三個字的，好生惹人恥笑」。也就因此，《水滸傳》極少正面寫到好漢們的婚姻大事，讀者於《水滸傳》中能看到的婚禮描寫，就只有第五十一回寫三打祝家莊以後的王英娶妻：

> 次日，又作席面，會請眾頭領作主張。宋江喚王矮虎來說道：「我當初在清風山時，許下你一頭親事，懸懸掛心中，不曾完得此願。今日我父親有個女兒，招你為婿。」宋江自去請出宋太公來，引著一丈青扈三娘到筵前。宋江親自與他陪話，說道：「我這兄弟王英，雖有武藝，不及賢妹。是我當初曾許下他一頭親事，一向未曾成得。今日賢妹你認義我父親了，眾頭領都是媒人，今朝是個良辰吉日，賢妹與王英結為夫婦。」一丈青見宋江義氣深重，推卻不得，兩口兒只得拜謝了。晁蓋等眾人皆喜，都稱賀宋公明真乃有德有義之士。當日盡皆筵宴，飲酒慶賀。

王英的這段姻緣可以上溯到他在清風山打家劫舍時。第三十二回清風寨知寨劉高的老婆被擄上清風山，王英見色起心，欲將她收為壓寨夫人。宋江因劉高和花榮是同僚，便阻止了王英，並承諾「日後宋江揀一個停當好的，在下納財進禮，娶一個伏侍賢弟」。第三十五回忘恩負義的劉高老婆被燕順殺死，宋江再次對王英說：「宋江日後別娶一個好的，教賢弟滿意。」第四十八回兩打祝家莊時，王英故態復萌，在戰鬥中心猿意馬，被扈三娘活捉。隨後林沖活捉扈三娘，宋江命人將她連夜送上梁山交宋太公看管，「眾頭領都只道宋江自要這個女子」；李逵甚至還說，「你又不曾和他妹子成親，便又思量阿舅、丈人」（第四十九回），卻不知宋江是在為兌現給王英的諾言做準備。

普通百姓的婚姻講究「三媒」、「六聘」，就是既要有男、女及中間方三個媒人，還要走納采、問名、納吉、納徵、請期、親迎等六道程序，過程十分繁瑣。王英和扈三娘的婚事在山寨裏舉行，一切都是從簡辦理：所謂「今朝是個良辰吉日」，恐怕是「擇日不如撞日」的結果；「眾頭領都是媒人」，和天地為媒、日月為證也差不多；無需八臺大轎，不用鳳冠霞帔，甚至連入洞房的環節都省略了。

宋江主持的這次婚禮，為他帶來廣泛讚譽，山寨上下「都稱賀宋公明真

乃有德有義之士」。在這件事中，林沖活捉扈三娘的功勞暫且不表；李逵血洗扈家莊，使扈三娘父親以下全家死光，眞是給宋江幫了大忙。因爲按照傳統倫理，父不在則長兄爲父，扈三娘僥倖逃脫的哥哥扈成不知去向，宋江以義兄身份爲她指定婚姻順理成章。如此一來，宋江既兌現了對王英的兩次許諾，又解決了「一丈青」的終身大事，可謂兼得之擧。只是這似乎太便宜了形容猥瑣、下流好色的「矮腳虎」，又未免太委屈了美貌的扈三娘。

（二）晁蓋喪禮

第六十回寫晁蓋中箭而死，山寨這唯一的葬禮也是由宋江主持。舊時喪禮大體有送終、沐浴、易服、報喪、入殮、出殯、超度、守制和祭奠等程序。小說寫晁蓋沒有家人，結義兄弟又都在山寨，自不必報喪；既已落草爲寇，亦不可歸葬祖塋，出殯也就省了；其它環節在晁蓋喪事中一應盡全：

> 宋江等守定在床前啼哭，親手敷貼藥餌，灌下湯散。眾頭領都守在帳前看視。當日夜至三更，晁蓋身體沉重，……便瞑目而死。
> （按：是爲送終）
>
> ……宋江哭罷，便教把香湯沐浴了屍首（按：是爲沐浴），裝殮衣服巾幘，停在聚義廳上。眾頭領都來舉哀祭祀。一面合造內棺外槨，選了吉時盛放，在正廳上建起靈幃，中間設個神主，上寫道：「梁山泊主天王晁公神主」。山寨中頭領，自宋公明以下，都帶重孝；小頭目並眾小嘍囉，亦帶孝頭巾。把那枝誓箭，就供養在靈前。寨內揚起長幡，請附近寺院僧眾上山做功德，追薦晁天王。宋江每日領眾舉哀，無心管理山寨事務。

同回寫宋江權居寨主之位後：

> 異日，宋江聚眾商議，欲要與晁蓋報仇，興兵去打曾頭市。軍師吳用諫道：「哥哥，庶民居喪，尚且不可輕動。哥哥興師，且待百日之後，方可舉兵，未爲遲矣。」宋江依吳學究之言，守住山寨居喪。

第六十八回梁山泊好漢攻陷曾頭市、活捉史文恭：

> 都來參見晁蓋之靈。宋江傳令，教聖手書生蕭讓作了祭文。令大小頭領人人掛孝，個個舉哀。將史文恭剖腹剜心，享祭晁蓋已罷。

第八十三回宋江征遼前最後一次回到梁山寨：

> 一面叫宰殺豬羊牲口，香燭錢馬，祭獻晁天王。然後焚化靈牌，

做個會眾的筵席，管待眾將。

四、節慶和祭祀

（一）菊花會

儒家陰陽學說以九為至陽之數，農曆九月初九，二九相重，故名「重陽」或「重九」。古人有重陽登高和飲酒賞菊的習俗，《水滸傳》第七十一回寫梁山泊好漢竟亦有此雅興，大辦了一場「菊花會」：

> 再說宋江自盟誓之後，一向不曾下山，不覺炎威已過，又早秋涼，重陽節近。宋江便叫宋清安排大筵席，會眾兄弟同賞菊花。喚做菊花之會。但有下山的兄弟們，不拘遠近，都要招回寨來赴筵。至日肉山酒海，先行給散馬、步、水三軍，一應小頭目人等，各令自去打圍兒吃酒。且說忠義堂上遍插菊花，各依次坐，分頭把盞。堂前兩邊篩鑼擊鼓，大吹大擂，笑語喧嘩，觥籌交錯，眾頭領開懷痛飲；馬麟品簫唱曲，燕青彈箏，不覺日暮。

「菊花會」當然是這一群江湖亡命之徒高興的事，宋江作為首領更是興高采烈，兼且大醉，命取紙筆，乘興作《滿江紅》，令樂和唱道是：

> 喜遇重陽，更佳釀今朝新熟。見碧水丹山，黃蘆苦竹。頭上盡教添白髮，鬢邊不可無黃菊。願樽前長敘弟兄情，如金玉。　統豺虎，禦邊幅。號令明，軍威肅。中心願平虜，保民安國。日月常懸忠烈膽，風塵障卻奸邪目。望天王降詔早招安，心方足。

讀者盡知，《水滸傳》寫不少好漢上山，就是為了脫離官府的管束，自由自在，並「論秤分金銀，異樣穿綢錦。成甕吃酒，大塊吃肉」（第十五回）。一旦招安歸了朝廷管轄，這樣的生活便不復享受。而宋江卻是功名心重，酒後吐真言說「望天王降詔早招安，心方足」，豈不是正好掃了梁山上許多兄弟的興頭？所以：

> 樂和唱這個詞，正唱到「望天王降詔，早招安」，只見武松叫道：「今日也要招安，明日也要招安去，冷了弟兄們的心！」黑旋風便睜圓怪眼，大叫道：「招安，招安！招甚鳥安！」只一腳，把桌子踢起，攧做粉碎。

魯智深甚至說出招安不如散夥的狠話。雖經宋江解釋，「眾皆稱謝不已」，但「當日飲酒，終不暢懷」。梁山上唯一節日慶賀的雅事，就這樣樂極生悲了。

（二）羅天大醮

《水滸傳》雖有過多次祭祀晁蓋亡靈的描寫，但在山寨裏祭祀的對象主要還是天地神明。第十五回「七星聚義」地點雖不在梁山寨，但卻是好漢聚義的開始，其中就有詳細的焚香祭祀天地神明並以此設誓的描寫：

> 次日天曉，去後堂前面，列了金錢紙馬，擺了夜來煮的豬羊、燒紙。三阮見晁蓋如此志誠，排列香花燈燭面前，個個說誓道：「……我等六人中，但有私意者，天地誅滅，神明鑒察。」六人都說誓了，燒化錢紙。

山寨聚義時的焚香設誓應該與此相似，只是通常寫得比較簡略罷了。

第七十一回寫打破東昌府後公孫勝主持的「羅天大醮」是山寨中最隆重的一次祭祀，是梁山對天地神靈護祐的一次總的答謝。宋江說得明白：

> 宋江自從鬧了江州，上山之後，皆賴託眾弟兄英雄扶助，立我為頭。今者共聚得一百八員頭領，心中甚喜。自從晁蓋哥哥歸天之後，但引兵馬下山，公然保全，此是上天護祐，非人之能。縱有被擄之人，陷於縲絏，或是中傷回來，且都無事。被擒捉者，俱得天祐，非我等眾人之能也。今者一百八人，皆在面前聚會，端的古往今來，實為罕有！如今兵刃到處，殺害生靈，無可禳謝大罪。我心中欲建一羅天大醮，報答天地神明眷祐之恩。一則祈保眾兄弟身心安樂；二則惟願朝廷早降恩光，赦免逆天大罪，眾當竭力捐軀，盡忠報國，死而後已；三則上薦晁天王早生仙界，世世生生，再得相見。就行超度橫亡惡死，火燒水溺，一應無辜被害之人，俱得善道。

宋江的提議，好漢們無不贊同擁護。於是由軍師吳用總理祭祀的準備：

> 吳用便道：「先請公孫勝一清主行醮事，然後令人下山，四邊邀請得道高士，就帶醮器赴寨。仍使人收買一應香燭紙馬，花果祭儀，素饌淨食，並合用一應對象。」商議選定四月十五日為始，七晝夜好事。山寨廣施錢財，督並干辦。日期已近，向那忠義堂前，掛起長幡四首。堂上紮縛三層高臺，堂內鋪設七寶三清聖像。兩班設二十八宿，十二宮辰，一切主醮星官真宰。堂外仍設監壇崔、盧、鄧、竇神將。擺列已定，設放醮器齊備。請到道眾，連公孫勝共是四十九員。

不久一切就緒，至時公孫勝與眾道士主持法事，宋江率眾頭領拈香拜禱，祭祀一連持續七天：

> 當日公孫勝與那四十八員道眾，都在忠義堂上做醮，每日三
> 朝，至第七日滿散。宋江要求上天報應，特教公孫勝專拜青詞，奏
> 聞天帝，每日三朝。卻好至第七日三更時分，公孫勝在盧皇壇第一
> 層，眾道士在第二層，宋江等眾頭領在第三層，眾小頭目並將校都
> 在壇下，眾皆懇求上蒼，務要拜求報應。

這場「羅天大醮」好像真的感動了上蒼，因為接下來就有天降「石碣天文」，說破百零八人分別為「天罡地煞」下世的因果，為各位好漢排定座次，實際是完成了梁山泊好漢從「誤走妖魔」的前世到今世「梁山泊大聚義」輪迴過程。接下來征遼、打方臘直至「宋公明神聚蓼兒窪」，則是這一輪迴的下半，即「妖魔」經過人世「歷劫」的考驗與鍛鍊，「魔心」盡斷，「道行」完滿而「重登紫府」（第四十二回），成了神仙。

第三章　《水滸傳》中的鄆城縣（上）

鄆城歷史悠久，其得名可上溯到春秋時期。據《春秋左氏傳》記載，魯成公四年（前 587），「冬，城鄆。」〔註1〕此爲鄆城的創始。以後的歷史中，鄆城的名稱和隸屬屢有變動。今縣境內曾先後設黎縣、廩丘、清澤、萬安、鄆城等縣制，經常兼爲州郡駐地。三國時廩丘爲兗州治所。隋開皇十八年（598），萬安縣改爲鄆城縣，屬鄆州；大業二年（606）鄆州改爲東平郡，治鄆城。唐武德四年（621），廢東平郡設鄆州，治鄆城。貞觀八年（634），因鄆地卑濕，州治遷須昌（今東平東北）。後周廣順二年（952）鄆城自鄆州劃歸濟州。北宋時期，鄆城屬京東西路濟州。金代屬山東西路濟州。元代屬中書省濟寧路。明初屬濟寧府，後屬兗州府濟寧州。清雍正時設曹州府，鄆城縣屬之。鄆城縣今屬山東省菏澤市。

《水滸傳》中的鄆城地名在書中前後出現了 99 次，是晁蓋、宋江兩任梁山寨主和吳用、朱仝、雷橫、宋清等梁山泊好漢的故鄉。雖然《水滸傳》全部故事的發源地可以追溯到江西道教祖庭龍虎山的「伏魔之殿」（第一回），但是其現實描寫中晁蓋、宋江、吳用等後來水泊梁山的頭面人物，卻都出自鄆城。有諸如「晁蓋認義東溪村」，「宋江飛馬救晁蓋」、「怒殺閻婆惜」、「還道村受三卷天書」，雷橫「枷打白秀英」等影響頗大、膾炙人口的故事，從而鄆城一地在《水滸傳》和水滸文化中的地位舉足輕重，引人注目。

〔註 1〕 楊伯峻編著：《春秋左傳注》（修訂本），中華書局，1990 年第 2 版，第 817 頁。

第一節 《水滸傳》中的鄆城城鄉

從宋江起義的發生、水滸故事的醞釀到《水滸傳》成書，經歷了宋、元及明初的數百年時間，今天已經很難辨析書中有關鄆城的種種描寫，究竟更多地浸染了哪個時代的色彩。然而，《水滸傳》又的確保存了豐富而珍貴的古代鄆城的自然和人文信息，通過對有關細節的梳理，仍然能夠勾勒出古代鄆城的風貌。正如陸澹安所說：「不管它是宋朝的，是元朝的，或是明朝的，能在一部小說中看到幾百年前的許多風俗習慣，這總是可喜而不應當輕易放過的。」〔註2〕

一、鄆城縣的沿革

在《水滸傳》中，鄆城是濟州管下的一個縣。宋江起義發生在北宋末年，此時的鄆城屬京東西路濟州。《水滸傳》注意到了這一點，關於鄆城的故事正是從「山東濟州鄆城縣新到任一個知縣，姓時名文彬，當日升廳公座」（第十三回）寫起的。第二十四回說賣雪梨的鄆哥是「在鄆州生養的」，第五十回孫立向欒廷玉說總兵府「對調我來此間鄆州守把城池」。這裏的「鄆州」和「鄆城」不能混淆。由前述鄆城的歷史沿革可知，鄆城在後周以前曾隸屬過鄆州；但到北宋末期，鄆城早已劃歸濟州管轄，所以小說中的鄆城和鄆州無涉。

《水滸傳》中的鄆城縣城不在今址。《金史》卷二十五《志第六·地理中》載，大定六年（1166）五月，鄆城「徙治盤溝村以避河決」〔註3〕，即遷至今縣城駐地。《鄆城縣志·古跡》對古縣城有詳細記載：「舊縣城，城東十六里，今舊縣寺尚有遺址。宇文周所置之清澤縣，隋、唐、五代、宋，皆治此。金大定六年（1166）五月圯於水，遂徙今治。」鄆城古縣治在今縣城東張營村一帶。《水滸傳》寫知縣時文彬「當日升廳公座」的縣衙，應該就是今縣城東張營村一帶的鄆城縣舊治。

古鄆城的面貌在《水滸傳》中依稀可見。由時縣令升廳安排朱仝、雷橫兩位都頭「一個出西門，一個出東門，分投巡捕」（第十三回）看來，當時的縣城應有城牆環繞四周。雖然城牆是古代府、州、縣城一般都有的，但是，一方面今已基本不存，偶存者也主要是明清的規制，而《水滸傳》關於鄆城

〔註2〕陸澹安：《說部卮言》，錦繡文章出版社，2009年第1版，第203頁。
〔註3〕〔元〕脫脫等撰：《金史》，中華書局，1975年版，第614頁。

縣城的描寫儘管不夠全面，只是因人因事所及，然而卻至晚也是明初以前並很可能就是宋代的輪廓或剪影，所以彌足珍貴。

《水滸傳》寫鄆城市井以縣衙爲坐標，按方位來說明。縣衙前是居民日常活動的中心：縣衙前正對有一座茶坊，濟州緝捕使臣何濤曾在此苦等宋江（第十八回）；茶坊不遠路邊有一個篦頭鋪，劉唐曾向篦頭待詔確認宋江的身份（第二十回）；不遠僻靜小巷裏還有酒樓一座，宋江、雷橫二人曾躲在僻靜閣兒裏說話（同上）；縣衙前還有早市，「賣湯藥的王公，來到縣前趕早市」（第二十一回），唐牛兒「托一盤子洗淨的糟姜，來縣前趕趁」（同上）。《水滸傳》還寫到縣衙周邊的街巷，如閻婆惜本來「在這縣後一個僻淨巷內權住」（同上），說明縣衙後面是有巷子的；宋江納了閻婆惜爲外室以後，「就縣西巷內，討了一所樓房」（同上）安頓她和她的母親，表明縣衙西面也是有巷子的，巷子的名稱也許就是縣西巷；殺了閻婆惜以後，宋江被閻婆哄騙了出門，一起「去縣東三郎家取具棺材」（同上），也就表明縣衙之東至少有某「三郎家」開的一個棺材鋪。

《水滸傳》寫鄆城縣城的有些處所未說明方位，但是可以從情節的發展略可推知。例如閻婆惜住縣西巷，宋江從閻婆惜的住所出來，「一直要奔回下處來。卻從縣前過」（同上），可知宋江在鄆城縣城的下處也是在縣衙以東；雷橫「因一日行到縣衙東首」（第五十一回），受幫閒李小二的慫恿，去看白秀英表演，又可見這縣衙東首還有各色伎藝人等表演說唱的勾欄。並由此可知，那時的勾欄，不僅東京、臨安那樣的大城市裏多有，即使鄆城這樣不大的縣城也不乏這樣的民間娛樂場所。

《水滸傳》寫及屬於鄆城縣管轄的村莊有東溪村、西溪村、宋家村、還道村等；吳用教書的村莊（第十四回）名稱未知，但由劉唐追雷橫的路程可知它距東溪村五六里，應該也在境內。黃泥岡、石碣村和安樂村與鄆城好漢活動密切相關，可在小說中卻很難判斷是否屬鄆城管轄。第十五回吳用說三阮住在「濟州梁山泊邊石碣村」，第十八回何清說安樂村在濟州「北門外十五里」，同回濟州緝捕使臣何濤對鄆城縣押司宋江稱「敝府管下黃泥岡」，均未提到鄆城縣；何濤到東溪村抓晁蓋，需要先到鄆城縣下公文，抓捕白勝和三阮卻直接出馬，可見白勝所居之安樂村、三阮所住之石碣村以及「吳用智取生辰綱」的黃泥岡不一定屬於鄆城，但是都屬於濟州。

二、東溪村、紅葉樹和靈官殿

　　《大宋宣和遺事》寫花約向官府緝事人有云：「爲頭的是鄆城縣石碣村住，姓晁名蓋。」可知《水滸傳》之前，石碣村在鄆城縣，是晁蓋的老家。但是到了《水滸傳》，卻成了「濟州梁山泊邊石碣村」，不再提鄆城和晁蓋，而是成了三阮的故鄉，晁蓋則被「遷居」到了東溪村。

　　《水滸傳》第十四回寫道：「鄆城縣管下東門外有兩個村坊，一個東溪村，一個西溪村，只隔著一條大溪。」兩個村子隔溪相望，卻鬧起了矛盾：「當初這西溪村常常有鬼，白日迷人下水在溪裏，無可奈何。忽一日，有個僧人經過，村中人備細說知此事。僧人指個去處，教用青石鑿個寶塔，放於所在，鎮住溪邊。其時西溪村的鬼，都趕過東溪村來。那時晁蓋得知了大怒，從溪裏走將過去，把青石寶塔獨自奪了過來東溪邊放下。因此人皆稱他做托塔天王。」

　　《水滸傳》寫東溪村的方位，可以從有關情節中推考出來。第十四回寫劉唐爲追趕從東溪村回縣城的雷橫，「便出莊門，大踏步投南趕來」；第十八回寫宋江欲給晁蓋通風報信，「跳上馬，慢慢地離了縣治。出得東門，打上兩鞭，那馬不剌剌的望東溪村攛將去。沒半個時辰，早到晁蓋莊上」。這兩處情節表明，晁蓋所居住的東溪村應該在縣城東北三四十里位置。據時縣令的說法，東溪村不但臨溪，而且依山，山上生長有一株「別處皆無」（第十三回）的大紅葉樹。鄆城地貌以平原爲主，舊時惟有張營東北約二十公里的梁山支脈獨孤山在境內，方位和里程倒都頗合於小說的記載，只是距梁山主峰只有一里路，應該在水泊之中，不像是東溪村的所在。至於那株大紅葉樹，清代程穆衡在《水滸傳注略》提到有楓、赤檉、赤楊等可能〔註4〕，今人亦有著文探討者〔註5〕，但這樹究竟爲何物仍難斷定。

　　《水滸傳》寫東溪村前建有靈官殿、觀音庵各一座。第十三回雷橫捉劉唐時，他就赤條條躺在村外靈官殿的供桌上；第十八回抓捕晁蓋時，官兵先到村外觀音庵取齊。觀音即觀世音，或稱觀音大士、觀音菩薩等，世上婦孺皆知，無需贅言；靈官殿舊時多有，但今已罕見，需要略作介紹。靈官殿

〔註4〕　朱一玄、劉毓忱編：《水滸傳資料彙編》，南開大學出版社，2002年第1版，第391頁。

〔註5〕　金陵客：《東溪村「大紅葉樹」考》，《直道鑄史──金陵客歷史隨筆》，福建人民出版社，2005年版，第262頁。

以所祀之神王靈官得名。王靈官又稱靈官王元帥、玉樞火府天將，本名王善，曾經師從西蜀道士薩守堅，受道符祕法，是宋代道士林靈素的再傳弟子。還有一種說法稱王靈官原是淮陰地方奉祀的小神，後被薩眞人燒了廟，收編爲自己的部將。〔註6〕王靈官作爲道教所奉雷部、火部天將及護法神，其神殿或附建於大的道教宮觀之內，或如《水滸傳》寫東溪村的這種獨院建築的靈官殿，應是該村爲求靈官庇護而建的，「文革」前山東鄉間多有。靈官殿中王靈官的塑像紅臉虯鬚，金甲紅袍，三目怒視，左手持風火輪，右手舉鞭，殺氣騰騰。這個造型和深更半夜醉臥供桌的「赤髮鬼」劉唐的形貌相映成趣，大約也是《水滸傳》作者寫這廟宇爲靈官廟而不是別的什麼廟的原因吧！

三、宋家村、還道村和玄女廟

　　《水滸傳》寫宋江雖然「祖居鄆城縣宋家村人氏」（第十八回），但是供職爲縣衙的押司，所以多在縣城居住，常住宋家村的是他的老父宋太公和兄弟「鐵扇子」宋清。小說多次寫到宋江犯事後潛回宋家村和官府來宋家村捉拿宋江的情節，然而除了第三十五回提到的「本鄉村口張社長酒店」，小說中宋家村再沒有更多細節。傳說如今鄆城縣城西二十公里的水堡村爲宋江故里，村中甚至還有傳爲宋宅遺跡的「忠心坑」、「宋江井」等。其實歷史上的宋江究竟籍於何鄉實難考辨，有關這些「遺跡」的故事類同小說，不過後人的想像和附會而已。清光緒十九年（癸巳，1893）纂修的《鄆城縣志》曾收有鄆城稟生張瑞瑾所著《宋江非鄆城人辨》，其力駁小說戲曲之說，於宋江避之唯恐不及。但是，孰料今人竟爲號稱宋江故里而史料和遺跡幾無可憑而扼腕歎息呢！

　　相比宋家村而言，《水滸傳》寫其附近的還道村還有些輪廓。第四十二回宋江被趙氏兄弟窮追，連滾帶爬，從宋家村向梁山方向「約莫也走了一個更次」，「看了那個去處，有名喚做還道村。原來團團都是高山峻嶺，山下一遭澗水，中間單單只一條路。入來這村，左來右去走，只是這條路，更沒第二條路。」——而且崇山峻嶺之間還有溪澗。這樣一個環境中的還道村，不僅在古今都是一馬平川的鄆城沒有也不可能有，而且鄆城周邊地方也不見相似的村莊。不過，鄆城及其相鄰的鄄城、陽谷等縣的一些村莊，還眞是有還道

〔註6〕黃海德、李剛：《簡明道教辭典》，四川大學出版社，1991年版，第81頁。

村那種「左來右去走，只是這條路」的奇特佈局。被稱爲宋江故里的水堡村，就是這樣的一個村落。當地的民謠說：「水堡集，眞稀奇，十人來了九人迷。」例如入了這個村子，明明是往西走入小巷，但是出巷的時候卻已經是朝南了，而在巷中行走時卻並沒有轉彎的感覺。鄆城縣水堡村被認爲是宋江故里，就與村子建築佈局的這一特點有些關係。

《水滸傳》寫還道村之意並不在還道村，而是一者借村名點出宋江作爲上天謫降的星主，其造劫歷世的目的在於「還道」，即仍回歸上天爲神；二者是爲了寫還道村最重要的建築九天玄女廟，並照應和突顯玄女對宋江將來「重登紫府」的教導。因此，九天玄女廟是還道村最重要的建築，也最值得介紹。

《水滸傳》寫九天玄女廟，一是現實中的，規模不大，「舊牌額上刻著四個金字道：『玄女之廟』」，有「前殿後殿」，已十分破敗：

> 牆垣頹損，殿宇傾斜。兩廊畫壁長青苔，滿地花磚生碧草。門前小鬼，折臂膊不顯猙獰；殿上判官，無襆頭不成禮數。供床上蜘蛛結網，香爐內螻蟻營窠。狐狸常睡紙爐中，蝙蝠不離神帳裏。料想經年無客過，也知盡日有雲來。

唯一的設置是「殿上一所神廚，宋江揭起帳幔，望裏面探身便鑽入神廚裏。安了短棒，做一堆兒伏在廚內，氣也不敢喘，屁也不敢放」。但是，就在這逃避官軍追捕性命難保之際，宋江卻做了「南柯一夢」，進入到神仙世界的玄女殿，但見：

> 金釘朱戶，碧瓦雕簷。飛龍盤柱戲明珠，雙鳳幃屏鳴曉日。紅泥牆壁，紛紛御柳間宮花；翠靄樓臺，淡淡祥光籠瑞影。窗橫龜背，香風冉冉透黃紗；簾卷蝦鬚，皓月團團懸紫綺。若非天上神仙府，定是人間帝主家。

九天玄女又稱九天玄女娘娘，是我國道教之女神。其傳說見於《黃帝問玄女兵法》、《龍魚河圖》、《黃帝出軍訣》、《黃帝內傳》、《集仙錄》等書，以宋人張君房輯《雲笈七籤》卷一百一十四《九天玄女傳》所載最詳。據載，九天玄女是黃帝之師聖母元君的弟子。黃帝戰蚩尤不勝，憂憤而齋於泰山之下，玄女降臨親授黃帝兵符策書，助其大敗蚩尤並乘龍升仙。今見最早將九天玄女與宋江聯繫起來的是《大宋宣和遺事》，寫宋江殺了閻婆惜和吳偉，逃避追捕，到宋公莊上「屋後九天玄女廟裏躲了」，因此得獲玄女天書。

　　《水滸傳》踵事增華，敷衍生發，書中提及玄女名號者多達十三回二十五次。小說兩次寫在宋江危急時刻九天玄女面授機宜，與玄女助黃帝之事頗相彷彿。九天玄女在《水滸傳》中具有非同尋常的意義。她不僅加強了《水滸傳》的道教色彩，而且體現了全書化「魔」為「神」即彊盜為良的淑世意圖，還作為居高臨下指路者的形象開章回小說同類人物設置模式的先河。〔註7〕小說第九十九回宋江衣錦還鄉，「重建九天玄女娘娘廟宇，兩廊山門，妝飾聖像，彩畫兩廡」，得酬昔日「重修廟宇，再建殿庭」的誓願，也為自己「全忠仗義」、「輔國安民」的天賦使命畫上圓滿句號。

第二節　《水滸傳》中的鄆城好漢

　　《水滸傳》寫百零八人上梁山自鄆城始，晁蓋、宋江等鄆城好漢是梁山泊好漢的基本班底，自「吳用智取生辰綱」起，至「宋江神聚蓼兒窪」結，鄆城是《水滸傳》現實描寫故事的發源地，鄆城好漢是梁山泊好漢的領袖、中堅和先鋒。依次評述如下。

一、承前啓後的梁山寨主——晁蓋

　　《水滸傳》寫晁蓋是鄆城縣東溪村保正即「村長」：「原來那東溪村保正，姓晁名蓋，祖是本縣本鄉富戶。平生仗義疏財，專愛結識天下好漢。但有人來投奔他的，不論好歹，便留在莊上住。若要去時，又將銀兩齎助他起身。最愛刺槍使棒，亦自身強力壯，不娶妻室，終日只是打熬筋骨。」有關晁蓋的故事，除了他曾因雙手挪移青石寶塔鎮鬼而獲「托塔天王」的榮名之外，主要有「認義東溪村」、「智取生辰綱」、「大戰石碣湖」、「梁山小奪泊」等，此後就不再精彩。

　　晁蓋作為水泊梁山第二任寨主，為山寨的發展貢獻良多。首先，晁蓋等人聚義東溪村，開梁山多人聚義、共同結拜之先河。第十六回寫「晁蓋只得坐了第一位。吳用坐了第二位，公孫勝坐了第三位，劉唐坐了第四位，阮小二坐了第五位，阮小五坐第六位，阮小七坐了第七位，卻才聚義飲酒」，儼然就是後來梁山泊好漢排座次的預演。其次，晁蓋率眾智取生辰綱奪梁中書不義之財，事發逃脫之際又在石碣湖大敗追捕的何觀察，上山以後更是完勝前來

〔註7〕杜貴晨：《齊魯文化與明清小說》，齊魯書社，2008年版，第234～236頁。

征剿的黃團練，使得鬥爭的矛頭直接指向貪官污吏，爲梁山「劫富濟貧」、「替天行道」以及與官府大規模作戰（尤其是水戰）開了先例。第三，晁蓋在林沖等人幫助下火併王倫，成爲梁山之主，整頓山寨、約束頭領，突破王倫主政時的狹促格局，廣納天下英雄好漢，爲梁山事業的蓬勃發展奠定了堅實的基礎。正本的水滸故事自鄆城策源，現實的梁山泊好漢從晁蓋開始。正如金聖歎所評，晁蓋可謂一部《水滸傳》中的「提綱挈領之人」〔註8〕。

　　然而，其後晁天王的精彩人生卻因宋江上山頓顯黯淡，不僅寨主之位形同虛設，而且於梁山事業鴻圖大展之際意外身亡，臨終遺言未得實現，甚而被排除在天罡地煞一百零八人之外。如此突兀的人生結局不免使人詫異，甚或引人產生是否「春秋筆法」的聯想。對此，金聖歎曾提出著名的「宋江架空晁蓋」說，不僅在二十世紀七十年代中期「評《水滸》」運動中受到政治領袖的推崇，且至今仍得到某些水滸研究專家的響應〔註9〕。甚至有學者斷言：「晁蓋並不是死於史文恭的毒箭之下，而是死於梁山的權力鬥爭。」〔註10〕學術研究之外，諸多以「笑侃」、「新解」爲標目解讀《水滸傳》的通俗讀物中，以上論點尤爲流行，實乃對《水滸傳》的誤讀。

　　（一）晁蓋是在劫生辰綱事發後被官兵追捕，無奈才率眾投奔梁山的。不料時任寨主王倫不欲接納，晁蓋在林沖等人幫助下火併王倫才得以在梁山立足，並被推舉爲山寨之主。與前任寨主王倫相較，晁蓋在性格氣質、膽識智謀、氣魄胸襟、德行人品等諸多方面都更勝一籌。

　　《水滸傳》於王倫、晁蓋出場之際就給二人作了對照式刻畫，第十四回寫晁蓋道：

　　　　原來那東溪村保正，姓晁名蓋，祖是本縣本鄉富戶，平生仗義疏財，專愛結識天下好漢。但有人來投奔他的，不論好歹，便留在莊上住。若要去時，又將銀兩齎助他起身。最愛刺槍使棒，亦自身強力壯，不娶妻室，終日只是打熬筋骨。

儼然是一位胸懷四海、廣結天下的江湖豪傑！第十一回寫王倫見林沖時的一番思量卻恰相反：

　　　　我卻是個不及第的秀才，因鳥氣合著杜遷來這裏落草，續後宋

〔註8〕陳曦鍾、侯忠義、魯玉川輯校：《水滸傳會評本》，北京大學出版社，1981年版，第258頁。

〔註9〕參見馬幼垣：《架空晁蓋》，馬幼垣《水滸論衡》，三聯書店，2007年版。

〔註10〕陽建雄：《〈水滸傳〉中晁蓋之死因探析》，《東嶽論叢》，2007年第3期。

　　萬來，聚集這許多人馬伴當。我又沒十分本事，杜遷、宋萬武藝也
　　只平常。如今不爭添了這個人，他是京師禁軍教頭，必然好武藝。
　　倘若被他識破我們手段，他須占強，我們如何迎敵人。

分明可見王倫是一個小肚雞腸、蠅營狗苟的窮酸小儒，作爲江湖上老大，去
晁蓋遠甚！

　　《水滸傳》也通過他人之口從側面對王倫、晁蓋優劣作有評價。如第十
四回寫劉唐「打聽得北京大名府梁中書，收買十萬貫金珠寶貝玩器等物，送
上東京，與他丈人蔡太師慶生辰」的消息，首先想到晁蓋：「他是天下聞名的
義士好漢，如今我有一套富貴來與他說知，因此而來。」（第十四回）第十五
回阮氏三雄「聽得那白衣秀士王倫的手下人都說道他心地窄狹，安不得人。
前番那個東京林沖上山，嘔盡他的氣。王倫那廝不肯胡亂著人。因此我弟兄
們看了這般樣，一齊都心懶了」。

　　《水滸傳》更多通過言語行事的描寫使二人優劣形成鮮明對比。如寫王
倫見到林沖、晁蓋等人上山，首先想到的都是懼怕來人奪了自己頭把交椅，
所以百般推託後再贈金婉拒，其思想和行事狹隘單調，酸儒心胸和小人行徑
一看即穿。而晁蓋見到被雷橫當做賊人捆住的劉唐，當機立斷定下認親之
計，再不動聲色與雷橫巧妙周旋，一出雙簧戲將雷都頭騙得團團轉；當得知
劉唐劫奪生辰綱的計劃時，雖然心豔其事，贊爲「壯哉！」但還是說「暫且
待我從長商議，來日說話」，可謂有膽有識又老成沈穩。再如，王倫爲拒林沖
上山「托出五十兩白銀，兩匹紵絲」（第十一回），等晁蓋等人上山時又故伎
重演，拿出「五錠大銀」（第十九回）送客，拿這點銀子就想打發走投無路的
好漢們下山，未免太不識相也太小家子氣了。至於晁蓋則不然，當了寨主以
後，第一件事就是「便教取出打劫得的生辰綱金珠寶貝並自家莊上過活的
金銀財帛，就當廳賞賜眾小頭目並眾多小嘍羅」，眞正是「仗義疏財」！也就
因此使眾人歸心，如「林沖見晁蓋作事寬洪，疏財仗義，安頓各家老小在
山」（第二十回），也想派人到東京搬取娘子上山。還有同樣是面對恩人推薦
上山的江湖豪傑，王倫對林沖推拒不成又限時索取「投名狀」，其間還屢屢
言語相譏，後又力邀楊志上山意圖予以牽制，還自我安慰說：「只是柴進面上
卻不好看，忘了日前之恩，如今也顧他不得。」（第十一回）嫉賢妒能、忘恩
負義的小人嘴臉暴露無遺！而第三十五回寫晁蓋見了持宋江書信上山的花
榮、秦明等九人，不僅殺牛宰羊熱情款待，而且次日就議定座次；對曾經給

他通風報信縱其逃命的宋江更是感恩戴德，不僅在梁山立足甫穩就派劉唐下山探望，以金相贈，其後又多次邀宋江上山，或及時搭救。而一旦宋江不得已上山之後，則誠心推讓寨主之位，尤其是死後還託夢推薦安道全醫治宋江的背瘡，救了宋江一命。由此可見晁蓋爲人之闊大坦蕩，待人之慷慨義氣，處事之有始有終，知恩圖報。因此，《水滸傳》寫晁蓋即使算不上大德大賢，有智有勇，但至少在人格上有君子之風，或有遜於宋江，但是過王倫遠甚！

王倫胸無大志、無德無才，卻嫉賢妒能，如武大郎開店一般，盤踞梁山泊，不僅「打家劫舍，搶擄來往客人」，還把住梁山泊不讓漁民打漁，連阮氏三雄都說「絕了我們的衣飯，因此一言難盡」（第十五回），其它漁戶境況可知！朱貴開的酒店更是「有財帛的來到這裏，輕則蒙汗藥麻翻，重則登時結果，將精肉片爲靶子，肥肉煎油點燈」（第十一回）。可見，王倫主政的梁山只是一幫草寇苟且安身之所。當然，晁蓋等人落草梁山泊也是要以打劫爲生，但第一次打劫晁蓋就分付道：「只可善取金帛財物，切不可傷害客商性命。」（第二十回）較之動輒以無辜商旅的人頭作「投名狀」的王倫，晁蓋已經算得上是一個頗具仁義之心的盜首了。尤其可貴的是，晁蓋入主梁山以後，團結手下頭領，整飭山寨，積極準備抗擊官兵，爲梁山的興旺發達打下了良好基礎。第八十二回終於實現了招安夙願的宋江對眾弟兄說：「自從王倫開創山寨以來，次後晁天王上山建業，如此興旺。我自江州得眾兄弟相救到此，推我爲尊，已經數載。」可見在宋江看來，王倫於山寨開創之功固不可沒，但是山寨「建業」的功勞還非晁蓋莫屬！金聖歎說晁蓋是《水滸傳》一書「提綱挈領之人」，應不僅是在敘事的藝術上，而且是在事理即敘事思想的邏輯上，晁蓋都可以說是《水滸傳》的綱領！雖然沒有宋江的走透消息與晁蓋等，後者有可能被捕，卻未可必然；但是，以宋江之囿于忠君觀念和封建禮法，若沒有晁蓋一二再、再而三出手相救，就根本不會有宋江和梁山後來事業的發展！在百零八人之水泊梁山而言，其被尊爲「梁山始祖天王晁公」（第六十回）乃當之無愧。而相比之下，區區占山爲王、打劫客商的「白衣秀士」王倫不過《水滸傳》寫水泊梁山的引子而已，又何足道哉！

（二）《水滸傳》此回寫晁蓋之死，雖顯突兀，但是作爲小說，也並非不可理解而是順理成章。但是，由於明末清初的金聖歎評改《水滸傳》，硬是說此回「通篇皆用深文曲筆，以明宋江之弒晁蓋」，並列其罪狀云：

　　風吹旗折，吳用獨諫，一也；戴宗私探，匿其回報，二也；五
將死救，餘各自顧，三也；主軍星隕，眾人生還，四也；守定啼哭，
不商療治，五也；晁蓋遺誓，先云莫怪，六也；驟攝大位，布令詳
明，七也；拘牽喪制，不即報仇，八也；大怨未修，逢僧閒話，九
也；置死天王，急生麒麟，十也。〔註11〕

這十大罪狀是金聖歎爲做成《水滸傳》「獨惡宋江」〔註12〕的根據，其實或爲
無中生有，或爲牽強附會、或爲篡改原文的捏造，而均爲「莫須有」之辭，
不值一駁。然而，清及近現代至於今三百年來，卻不乏學者信以爲眞，甚至
有人認爲「金聖歎雖有偏頗和曲解之辭，但從根本上符合《水滸》的要義」，
「『宋排晁』便並非虛妄，它完全可以稱爲《水滸》一個隱含的思想傾向，金
聖歎的評點在於清晰地揭示出這種傾向」〔註13〕等等。在述及《水滸傳》所
寫這兩位鄆城人和水泊梁山後先相承的首領之際，不能不對有關二位人格與
友誼的這一文學疑案作出實事求是的回答。

　　全面把握《水滸傳》中的晁蓋、宋江關係的有關描寫是回答這一問題的
前提。在《水滸傳》中，晁蓋與宋江乃「心腹相交，結義弟兄」（第十八
回），彼此有恩有義，眞情可鑒。第十八回宋江無意間得知生辰綱事發，第一
個念頭即「晁蓋是我心腹弟兄。他如今犯了迷天之罪，我不救他時，捕獲將
去，性命便休了」。於是他一面不動聲色地安排緝捕使臣何濤喝茶以拖延時
間，一面自己抽身而出，快馬加鞭飛奔晁蓋莊上來通風報信，並連聲催促：
「哥哥，三十六計，走爲上計。若不快走時，更待甚麼！」「你們不可擔閣，
倘有些疏失，如之奈何？休怨小弟不來救你。」「哥哥，你休要多說，只顧安
排走路，不要纏障。」「哥哥保重，作急快走！」其心急如焚，溢於言表！宋
江身爲鄆城縣押司，不會不知生辰綱一案干係之重，也一定明瞭此次晁家莊
之行風險之高。然而當此危急關頭，宋江能夠「捨著條性命」、「擔著血海也
似干係」來救晁蓋，豈不是所謂生死之交，義重如山！這就無怪乎晁蓋於十
萬火急之時，仍不忘逐一引見吳用等人給宋江認識，並對眾好漢由衷讚歎宋
江道：「四海之內，名不虛傳。結義得這個兄弟也不枉了。」人物形象自有其

〔註11〕朱一玄、劉毓忱編：《水滸傳資料彙編》，南開大學出版社，2002年版，第344
　　　　頁。
〔註12〕朱一玄、劉毓忱編：《水滸傳資料彙編》，南開大學出版社，2002年版，第247
　　　　頁。
〔註13〕竺洪波：《「宋排晁」：並非虛妄的話題》，《明清小說研究》，2000年第4期。

性格基礎，情節的發展變化也有其內在規律，即單從《水滸傳》寫晁蓋和宋江交往的起點來看，說後來有「宋排晁」之事就完全不合邏輯。

《水滸傳》第十八回「宋公明私放晁天王」後續的故事裏，更是沒有晁、宋不合以致「宋排晁」的任何跡象。宋江不僅對晁蓋等有救命之恩，而且有意無意地在流亡和服刑過程中爲梁山網羅了大批人才，至第四十一回宋江上梁山時，山寨四十位頭領中有二十八位的落草與宋江直接有關。所以此前宋江雖然還沒有上山，卻在實際上已經在爲梁山隊伍的壯大出力做事，厥功甚偉！因此，當第四十一回寫晁蓋道：「賢弟如何這般說！當初若不是賢弟擔那血海般干係，救得我等七人性命上山，如何有今日之眾！你正是山寨之恩主。你不坐，誰坐？」不僅吳用等眾人無言可以解釋爲默認，連宋江也只是以「論年齒，兄長也大十歲。宋江若坐了，豈不自羞」推託。可見宋江上梁山之後，晁蓋推讓宋江坐寨主之位，既是晁蓋本人的誠心誠意，也是宋江於梁山有恩有義有功，客觀上確有登基爲寨主的理由。倘若宋江此時順水推舟接受晁蓋的「禪讓」，也並不爲過。而如果宋江眞有覬覦寨主寶座之心，焉有晁蓋誠心相讓之時寧死不從，卻要背後處心積慮謀奪的道理！

另有宋江上山之後，每有戰事，基本上都是晁蓋坐守山寨，而宋江主動請纓出征，這完全符合主、輔內外分工的道理，哪裏是宋江搶了晁蓋的風頭？爲什麼不看作是宋江甘冒鋒鏑，替晁蓋擔了死於戰陣的風險？縱然宋江這樣做說不上一定和完全是捨己爲人，但是也絕對不可以說是「宋江架空晁蓋」。試想如果宋江早如後來晁蓋下山一戰死了，那麼費盡心機的「架空」豈不是自己竹籃打水一場空？幾乎同樣的是在宋江上山以後，雖然寨中具體事務也多由宋江和吳用決定，晁蓋爲一寨之主，卻形同虛設，但這一方面是晁、宋二人稟賦氣質、能力水平自然展示的必然趨勢，另一方面也是作者有意突出宋江而淡化以至加速晁蓋退場的用意所致，以此爲「宋江架空晁蓋」，實爲不善讀書之過也。

至於晁蓋最終仍死於戰陣，則是其不顧宋江苦勸攻打曾頭市，又不顧林沖直諫夜闖法華寺，結果被史文恭一箭射死，實乃輕動冒進，自取死路，又與宋江何干？晁蓋撒手人寰，宋江初時「守定在床前啼哭，親手敷貼藥餌，灌下湯散」，後又「比似喪考妣一般，哭得發昏」，後又「每日領眾舉哀，無心管理山寨事務」（第六十回），哀戚實甚，可見其待晁蓋之情眞意誠。孔子曰：「居上不寬，爲禮不敬，臨喪不哀，吾何以觀之哉？」其中以「臨喪」而

哀爲君子之行。但金聖歎卻以此爲「明實弑晁蓋」，豈非故意顚倒是非，混淆黑白？

　　更可看出宋江無「架空」、「排晁」、奪位之心者，是在晁蓋死後，雖然眾好漢無不擁戴，但宋江仍權居主位，「三打祝家莊」後謹遵晁蓋遺囑，力排眾議，堅持推盧俊義爲寨主；雖然由於盧俊義不接受和吳用等眾人反對，宋江仍以與盧俊義抓鬮分打東平、東昌以冀仍能夠推盧俊義爲寨主，實現晁蓋的遺囑。此皆以足見宋江於梁山寨主之位心底無私，於死友晁蓋，可謂生死無負，「排晁」云云，完全是無中生有的怪說！晁蓋未能躋身梁山一百單八條好漢之列，在《水滸傳》描寫當是因爲他死在天降石碣之前，與宋江無涉。至於晁蓋乃宋江派人害死的說法更是荒誕不經，不值一駁。

　　從晁蓋的角度看，他對宋江的感恩與親重之情更是牢不可破。《水滸傳》多次寫到晁蓋對宋江飛馬報信的救命之恩念念不忘：梁山奪泊後立足甫穩，晁蓋馬上想到要派劉唐帶著百兩黃金潛入鄆城相謝（第二十回）；宋江鬧青州後返鄉奔喪卻被捉住發配江州，晁蓋派人把住所有可能經過的路口專等宋江，見面即力邀其上山（第三十六回）；宋江在江州臨刑，千鈞一髮之際，晁蓋親率梁山泊好漢大鬧法場，救其性命（第四十一回）；宋江非要下山搬父而被困還道村，又多虧晁蓋親帶人馬再次救其脫離虎口（第四十二回）；尤其是晁蓋死後，還顯靈託夢，推薦良醫，第三次救了宋江的性命（第四十二回）。由此可見，《水滸傳》中的晁蓋是一個胸襟坦蕩、性格直爽的好漢，書中只見他對宋江言聽計從，卻從沒聽到有半句怨言。倘若眞如金聖歎等人所說，二人心存芥蒂而漸生隔閡，以至明爭暗鬥、水火不容，則晁蓋生前隱忍不言尙可理解，死後託夢相救，又怎麼可能？該作何解釋？所以，不管出於何種考慮，所謂「宋排晁」、「宋弑晁」之類的「厚黑學」、「陰謀論」解讀，無疑都是對《水滸傳》所寫晁、宋這一對異姓兄弟情同手足、生死不泯友誼的嚴重褻瀆，也是對《水滸傳》的肆意曲解，極大污蔑，必須予以批駁和澄清。

　　（三）《水滸傳》寫晁蓋之死，也有情節發展內在的邏輯性。晁蓋的命運主要決定於他瑕瑜互見的性格。《水滸傳》寫晁蓋性格爲人的優點與長處，多是與王倫對照顯現出來。如王倫心地窄狹，晁蓋胸襟豁達；王倫吝嗇小氣；晁蓋豪爽大方；王倫忘恩負義，晁蓋知恩圖報；王倫冷酷殘忍，晁蓋熱情仁義；王倫將梁山視作私人領地限制了山寨發展，晁蓋則廣納天下豪傑爲梁山

興旺發達打下良好基礎。

　　然而，《水滸傳》以百零八人之主爲宋江，顯然不能也沒打算將晁蓋塑造成一個完美的人物。譬如「托塔天王」綽號固然使晁蓋顯得威風凜凜，但這名號卻源於他強奪鄰村鎮鬼的石塔，還從此「獨霸在那村坊，江湖上都聞他名字」（第十四回），其實並不十分光彩。晁蓋能結交天下豪傑固然可嘉，但生辰綱事發卻是因爲住店登記時被曾投奔他的何清認了出來，而何清就是緝捕使臣何濤的弟弟，前既不識人，此又被人識，可謂不智。晁蓋認義東溪村、智取生辰綱，固然頗見謀略，但當宋江飛馬報信要他快逃時，他卻驚慌失措沒了主意，被吳用尖刻地批評道：「兄長，你好不精細。」（第十八回）從此晁蓋就變得像個木偶一樣，呆呆愣愣，很少再有精明過人的表現，不是用他的愚蠢證明吳用的智慧，就是用他的魯莽反襯宋江的周全。第十九回吃了王倫一頓飯，晁蓋就心中歡喜，以爲可以久安於此，並說：「不是這王頭領如此錯愛，我等皆已失所，此恩不可忘報！」又被吳用批道：「兄長性直，只是一勇。」第四十七回楊雄、石秀上山求救，晁蓋因時遷偷雞有辱山寨名聲，竟要「孩兒們將這兩個與我斬訖報來」，被吳用評爲「自斬手足之人」，戴宗則稱「絕了賢路」，倒讓備顯沈穩寬宏的宋江做足了人情。第四十一回晁蓋反對宋江攻打無爲軍，結果宋江奇襲無爲軍，一戰成名，自此十戰九與，成爲梁山事實上的領袖。而第六十回晁蓋不顧宋江苦勸和折旗之兆的警示，非要親自下山攻打曾頭市；臨陣又不聽林沖的建議而輕信寺僧之言，結果中了埋伏，被史文恭一箭射死。尤其臨死之際，晁蓋竟輕率地立下「若那個捉得射死我的，便教他做梁山泊主」的遺囑，又讓宋江經受了一次處境與人格上的嚴峻考驗。這充分說明晁蓋身上有其無法克服的弱點，是難以長久地當好山寨之主的。

　　更重要的是，雖然第十五回晁蓋與吳用、劉唐、三阮等六人對天盟誓曰「梁中書在北京害民，詐得錢物，卻把去東京與蔡太師慶生辰，此一等正是不義之財。我等六人中，但有私意者，天地誅滅，神明鑒察」，但他們劫奪「生辰綱」的眞心並不是「劫富濟貧」，而是如吳用說「三阮撞籌」時所說：「取此一套富貴不義之財，大家圖個一世快活。」事實上他們到手的十二擔「金珠寶貝」，也都是自己享用了。同樣，他們反上梁山也不是爲了「替天行道」、「除暴安良」，而是負罪逃亡，社會上不得安身的無奈選擇。上山以後，晁蓋除了報恩和迎敵以外就是飲宴和搶劫，思維還停留在「聚義」和「快活」的

層面上，根本沒有從戰略和路線上為梁山的發展作總體設計，對未來並沒有突破性的考量。這決定了晁蓋不可能帶領好漢們走向未來，梁山的道路還有待於更為傑出的才德之士即後來上山的宋江來做抉擇。

　　說到底，晁蓋的性格和命運還是由其配角身份決定。雖然以現代眼光審視，宋江的愚忠導致了梁山泊好漢幾乎全軍覆滅，其形象的內在矛盾和強梁底色也讓人很難接受，但是，宋江顯然乃《水滸傳》的中心人物和主旨的承載者，作者不遺餘力抓住一切機會將其精心打造成「全忠仗義」、「忠孝兩全」的悲劇性楷模的意圖非常明顯。宋江的落草是如此無奈，而他的報國之志又如此執著，這既是《水滸傳》的核心之所在，又是整個故事推進的動力和線索。所以，除了個別好漢相對獨立的故事外，多數情節中的其他人物都是宋江的配角——晁蓋也不例外。在《水滸傳》中，晁蓋只是梁山從王倫時代到宋江時代的過渡，作者利用晁蓋為全書結構服務的考慮，要遠大於將其塑造成典型人物形象的用心。晁蓋組織七星聚義劫生辰綱閃亮登場後就只剩下兩個任務：一是火併王倫佔據梁山，改變山寨匪巢賊窩的性質；二是接應宋江上山，完成第二次寨主的更替。如此，晁蓋在宋江上山以後形同陪襯、鮮有作為就不難理解了。晁蓋生前幾乎所有活動的最終指向都是宋江：宋江上山前，晁蓋既要犯下滔天大罪讓宋江捨命通風報信，又要派劉唐下山報恩以引起宋江殺惜，還要熱情招待宋江在江州結識的好漢，還要在宋江被發配時邀其上山以顯其寧死不肯落草之志，還要在宋江江州落難時劫法場救其上山，還要在宋江回鄉取父（簡直就是為取天書）時再施援手，真是忙得不亦樂乎；而宋江上山以後，所有征戰幾乎都是宋江出馬，所有好漢幾乎都是奔宋江而來，所有山寨事務幾乎都是宋江定奪，而晁蓋只「是山寨之主，不可輕動」（第五十八回、第六十回）；晁蓋不聽勸告「輕動」一回，結果就送了性命。

　　《水滸傳》中的晁蓋雖然早亡，但較之早期材料中的晁蓋故事，這已是晁氏戲份最多、地位最高、壽命最長的一個版本了。

　　晁蓋其人不見於史籍。最早宋季龔開《宋江三十六贊》中，晁蓋名列第三十四，綽號「鐵天王」，有「毗沙天人，證紫金軀，頑鐵鑄汝，亦出洪爐」〔註14〕的贊詞，文字中頗有貶意。元無名氏《宣和遺事》中，晁蓋「身材疊

〔註14〕　朱一玄、劉毓忱編：《水滸傳資料彙編》，南開大學出版社，2002年版，第24頁。

料，遍體雕青，手內使柄潑鑌鐵大刀，自稱『鐵天王』」〔註15〕，雖是梁山濼主要頭領，但在天書所記三十六人中居最後一名，並且宋江「及到梁山濼上時分，晁蓋已死」〔註16〕。元雜劇如高文秀《黑旋風雙獻功雜劇》等，都異口同聲稱晁蓋「三打祝家莊身亡」〔註17〕，劇情則基本與其人無涉。其後明代郎瑛著《七修類稿》卷二十五《辯證類·宋江原數》中，晁蓋在三十六人裏列宋江後居第二位〔註18〕，但這份名單的來歷和背景語焉不詳。《水滸傳》中的晁蓋雖然早亡，並且不在天罡地煞之列，但其人在整個故事中所佔比重空前提高；生前備受尊崇，死後也極盡哀榮；不僅見證宋江上山，而且挺過祝家莊之役，一直堅持到攻打曾頭市才退出梁山舞臺。

值得注意的是，與上述諸種材料中晁蓋之死的一再推後相應的，是宋江上山時間的一再後延：《宣和遺事》中宋江怒殺閻婆惜後即上梁山，元代水滸戲中宋江是在殺惜後發配江州途中被救上梁山，《水滸傳》中宋江則是放了晁蓋、殺了閻氏、鬧了青州又鬧了江州反反覆覆、幾經曲折不得已才被救上山落草的。如果單從小說創作的角度來看，兩者之間的平行變化無疑是今本《水滸傳》的精心選擇。宋江作為小說精心打造的道德楷模，自然不能動輒上山甚而火併王倫，這工作需要晁蓋來做。同理，宋江被逼無奈曲折上山的過程無處不需要晁蓋：飛馬報信——由晁蓋而起，怒殺婆惜——因晁蓋而變，逼上梁山——以晁蓋而終，如此則晁蓋按《宣和遺事》的時間過早死掉肯定不行。宋江幾經周折證明了自己落草為寇的不得已，同時也為山寨輸送了大批好漢，並且得九天玄女娘娘親賜天書，但他初來乍到、功德未滿，尚需更多貢獻方能眾望所歸，所以晁蓋也不宜按元雜劇的時間較早死掉。但是，經過三打祝家莊、打高唐、打青州、大破呼延灼、掃平芒碭山，宋江戰功赫赫，人緣廣結，已然是梁山事實上的領袖和靈魂，而救護宋江上山後就一直閒置的晁蓋早顯贅餘；況且故事進程過半，排座即在目前，「石碣天文」榜上無名且繼續存活則影響招安的晁蓋，此時不死更待何時！如此看來，作者讓久不

〔註15〕 朱一玄、劉毓忱編：《水滸傳資料彙編》，南開大學出版社，2002年版，第44頁。

〔註16〕 朱一玄、劉毓忱編：《水滸傳資料彙編》，南開大學出版社，2002年版，第47頁。

〔註17〕 朱一玄、劉毓忱編：《水滸傳資料彙編》，南開大學出版社，2002年版，第55頁。

〔註18〕 朱一玄、劉毓忱編：《水滸傳資料彙編》，南開大學出版社，2002年版，第86頁。

下山的晁蓋不顧勸阻和凶兆堅持去打曾頭市，分明是安排他自取死路爲宋江和以後情節的發展騰出位子，排除障礙。但這顯然和所謂「宋排晁」的用心與傾向風馬牛不相及。

（四）晁蓋的臨終遺言是歧見紛出的焦點。有論者以爲：「晁蓋的遺言說明兩個問題，一是他看出宋江的野心，內心對他慣於使用權術不滿，不再願意把第一把交椅讓給他，二是宋江武藝只是平常，根本無法捉到射死晁蓋的悍將史文恭，因此也就當不了梁山泊之主。」〔註19〕也有人認爲，「《水滸傳》作者爲了情節而犧牲人物性格」，「作者這樣寫遺囑的目的並不是出於塑造晁蓋這個人物形象的考慮，而是出於情節的安排。因爲晁蓋死後，緊接著就是請盧俊義上山，還要當第二把手。單憑盧俊義的爲人和武藝，很難這麼快就突擊提幹，而讓他完成晁蓋的遺囑中提出的要求，是讓他當上第二把手的最好方法。」〔註20〕這其實都與《水滸傳》寫晁蓋遺言的意圖相悖。

在堪稱《水滸傳》故事梗概的《大宋宣和遺事》有關部分中，晁蓋亦有遺言：「那時吳加亮向宋江道：『是哥哥晁蓋臨終時分道與我：從政和年間，朝東嶽燒香，得一夢，見寨上會中合得三十六數。若果應數，須是助行忠義，衛護國家。』」〔註21〕而到了《水滸傳》中，晁蓋遺言內容大變：「賢弟保重。若那個捉得射死我的，便叫他做梁山泊主。」《水滸傳》對《宣和遺事》相關情節的改造和擴充是多方面的，但核心還在於一方面竭力抹掉宋江身上的強梁底色，另一方面盡力強化他的「忠義」思想。在這個關鍵點上，《水滸傳》除了將晁蓋遺言的主題由「忠義護國」變成「復仇爲大」，還將情節由「晁蓋東嶽得夢」改爲「宋江玄女廟得夢」，又另外設計了晁蓋託夢以報宋江的故事，從而使晁蓋的形象僅限於「義」，而將「忠」聚焦到宋江一人身上，通過改編凸顯宋江的創作意圖非常明顯。而如前所述，考慮到晁、宋之間的生死之誼以及晁蓋形象的性格弱點和配角地位，雖然這一句話使宋江正式登上寨主之位整整推遲了十回，但顯然不能將晁蓋此舉看成是與宋江爭奪領導權不成的垂死一搏，而應視作其一貫草莽性情的臨終表現。至於晁蓋遺囑引出盧俊義的作用不是沒有，但若僅限於此則未免過於短見。

〔註19〕劉靖安：《試論金本〈水滸〉中的宋江形象》，《水滸爭鳴》（第2輯），長江文藝出版社，1983年版，第331頁。

〔註20〕寧稼雨：《水滸別裁》，中國人民大學出版社，2007年版，第259頁。

〔註21〕朱一玄、劉毓忱編：《水滸傳資料彙編》，南開大學出版社，2002年版，第47頁。

　　《水滸傳》中的晁蓋遺言看似對宋江不利，其實卻是宋江形象塑造達到完滿的最後一關。自古雄才多磨難，宋江更是如此。宋江上山之前歷經磨難，各種瀕於絕境幾近於死者有近十次，不是差點被清風山的燕順剜心下酒（第三十二回），就是幾乎被李立在揭陽嶺麻翻剝皮（第三十六回），抑或被「將膠水刷了頭髮，綰個鵝梨角兒，各插上一朵紅綾子紙花」押赴刑場處斬（第四十回），被追得走投無路或被打得皮開肉綻更是家常便飯；上山後宋江四出征戰，更是刀頭飲血、險境迭出，自不待言，真正所謂九死一生。作者如此頻繁地給宋江製造麻煩，意圖就是將他塑造成儒家所謂「天將降大任於斯人」（《孟子·告子下》）的領袖人物。宋江謹遵晁蓋遺言讓位盧俊義，不僅盧本人不肯接受，連吳用等眾兄弟都以散夥相威脅，這既可見宋江對晁蓋的一片真情，又可見眾人對宋江的擁戴超越了對晁蓋遺言的遵奉。儘管如張錦池先生所言：「君不見那一百零八人，信守晁蓋遺言者，宋江一人而已！……也就產生了作者始料所不及的客觀效果：欲顯宋江之忠厚而近乎偽。」〔註22〕但也畢竟可見作者初衷是「欲顯宋江之忠厚」而非顯其「偽」。而宋江提出分打兩府以定寨主並最後取勝，不僅更進一步顯示他無意於爭做梁山寨主，而且進一步證明他登上寨主之位不僅是眾望所歸，更是天意所屬！可見，晁蓋遺言不過是作者在宋江通往權力核心的坎坷道路上設置的最後一個考驗罷了。

　　總之，從王倫到晁蓋再到宋江，其實就是梁山事業由草創至興旺再至鼎盛的過程。《水滸傳》將晁蓋塑造成為一位豪壯有餘而領袖氣質不足的二代寨主，就是為了確保他可以代替王倫而成為並只能成為向宋江為寨主的暫時的過渡。這在一定程度上使晁蓋相對於宋江，更多是一個「道具性人物」，從而增加了這一人物形象塑造在性格優劣高下方面拿捏的難度，但《水滸傳》基本成功地克服了這一藝術上的困難，通過晁蓋自第十四回出場至第六十回下場的描寫，既成功塑造其本身是一個生動的草莽英雄形象，又更重要是順理成章地促成了宋江的上山和終於成為梁山之主。從另一方面看就是說，上述晁蓋形象描寫漸次清晰的脈絡，不僅為全書中心人物宋江積聚力量留下足夠的時間和空間，而且給全書積涓成河、百川歸海的結構框架奠定了堅實的基礎。如果結合《水滸傳》的創作意圖審視晁、宋關係，則「架空論」無異於空中樓閣，而晁蓋之死非但不可藉以抹黑宋江，反倒是作者刻意美化宋江的

〔註22〕張錦池：《中國古典小說心解》，黑龍江人民出版社，2000年版，第141頁。

明證。

二、駁雜矛盾的首席軍師——吳用

《水滸傳》寫軍師吳用不僅先後擁立了晁蓋、宋江兩任寨主，而且爲梁山事業蓬勃發展屢建功勳，實爲一部「水滸」大戲裏貫穿始終的超級配角。然而，雖然與《三國演義》中諸葛亮同爲運籌帷幄、居功至偉的軍師，吳用卻並未成爲堪稱士人楷模的崇高典型，其人生中充滿儒與俠、智與詐、義與忠的矛盾，這使得人物形象具有了明顯的駁雜性特徵。〔註23〕

（一）吳用形象的駁雜由其名號可見一斑。《水滸傳》中的吳用姓吳名用，表字學究，道號加亮先生，綽號「智多星」，未上山前還有人稱他「教授」，稱謂如此繁複，唯有宋江堪與比肩。

水滸人物的定型有著漫長歷史，繁複的稱謂顯示了吳用形象複雜的流變過程。吳用較早出現於龔開《宋江三十六贊》時稱爲「智多星吳學究」〔註24〕，這裏的「學究」可能非名非字，而是吳用原型的一種身份。《新唐書·選舉志》和《宋史·選舉志》記載，唐代科舉有「學究一經」科目，北宋前期承襲唐五代制度，「學究」也是禮部貢舉十科之一。于愼行《谷山筆塵》載，宋神宗時改革科舉制度，應進士考試經義論策，取中的分爲五等，最後一等「賜同學究出身」〔註25〕。「學究」後來變成讀書人乃至私塾教師的通稱，《水滸傳》中吳用正是以此身份進入讀者視野。第十四回有如此一段肖像描寫：「戴一頂桶子樣抹眉梁頭巾，穿一領皂沿邊麻布寬衫，腰繫一條茶褐鑾帶，下面絲鞋淨襪；生得眉清目秀，面白鬚長。」這裏的吳用分明是一介儒生打扮。同回中素昧平生的劉唐說「不干你秀才事」，向來相熟的雷橫也說「教授不知」，特別是吳用「分付主人家道：『學生來時，說道先生今日有干，權放一日假。』」更是坐實了吳用以教書糊口的落魄秀才身份。《三國演義》中諸葛亮未出茅廬時常以管仲、樂毅自比，且好爲《梁父吟》，所以雖自稱「乃一耕夫耳」（第三十八回），但惟見高臥草堂、童僕伺候，從不見其田間勞作；而帶著一身鄉村泥土氣息的教書先生吳用，則讓讀者實實在在看到一個屈居鄉野的下層文

〔註23〕郭延雲：《論〈水滸傳〉中吳用形象的駁雜性》，《時代文學》（下半月），2011年第3期。

〔註24〕朱一玄、劉毓忱編：《水滸傳資料彙編》，南開大學出版社，2002年版，第20頁。

〔註25〕〔明〕于愼行撰：《谷山筆塵》，中華書局，1984年版，第91頁。

人形象。

　　「吳用」這個名字不見於《宋江三十六贊》和《大宋宣和遺事》等早期水滸資料，大概在與《水滸傳》大約同時的雜劇《梁山七虎鬧銅臺》中首次出現，是吳用系列名號中最爲晚出的一個。俗話說：「梁山泊的軍師——無（吳）用。」這很讓人懷疑吳用這個名字裏是否「寄寓了作者對梁山出路前途的思考」〔註26〕。不過，從另一個角度來看，科舉時代的讀書人大多終生無緣功名利祿，學業無成者又往往因不善農耕商賈而被譏諷。而古典通俗小說裏大量出現的多謀廣識的書生形象，未嘗不是同樣境遇的說書人和寫作者對這種輕視目光的一種反擊。莊子曰：「人皆知有用之用，而莫知無用之用也。」（《莊子·人間世》）無用之用，正爲大用也。像吳用這樣胸藏韜略的下層知識分子，不得志時默默無聞儼然不及中人，然而一得其時即縱橫捭闔，瞬間爆發出耀眼的光輝，怎麼能說「百無一用是書生」（清黃景仁《雜感》詩句）？明郎瑛《七修類稿》之《辯證八》中「嘲學究」條曰：「近世嘲學究云：『我若有道路，不作猢猻王。』」這應也是吳用潛伏鄉野時心靈的告白。

　　《水滸傳》著意將吳用塑造成智慧的化身，這使他讀書人的身份在多粗豪之輩慣於廝殺的梁山上得到很好地保持。不過，吳用還是位武藝超群的俠士，兩軍陣前他「手擎羽扇，腰懸兩條銅鏈」（第七十六回）的古怪打扮恰是其形象兼具「儒」、「俠」的標識。大約與蘇軾《念奴嬌·赤壁懷古》寫周瑜「羽扇綸巾」的儒雅不無關係，後世羽扇成爲小說中儒將指揮作戰所用之物，銅鏈卻是比較罕見的兵器。第十四回吳用甫一出場就能看破雷橫危局，顯示了非同一般的武術見識；而他拿兩條銅鏈將兩位樸刀高手一下分開，更可見他的武功造詣水平不低。原始的吳用形象可能本來就以銅鏈爲兵器，在今本《水滸傳》中因爲情節需要而得到保留。作爲一曲反叛者的頌歌，《水滸傳》尚武任俠的傾向在幾乎所有正面人物身上都有體現。林沖、魯達等軍官出身的自不必說，像保正晁蓋、押司宋江、員外盧俊義這些不同層次的社會精英也都以習武交遊爲人生要務。甚至聖手書生蕭讓、玉臂匠金大堅這樣以文謀食的普通百姓，在梁山附近被王英攔住，也都心中「焦躁，倚仗各人胸中本事，便挺著杆棒，徑奔王矮虎」（第三十九回），所以作者讓吳用懂武術有俠氣也就不奇怪了。在以後的故事裏，儘管我們無緣再見吳用一顯身手，但看

〔註26〕黃文超：《吳用者，無用也——吳用形象塑造意蘊探析》，《南寧師範高等專科學校學報》，2008年第4期。

他結交三阮、戴宗、蕭讓、金大堅等人，再看他劫生辰綱的積極主動和反上梁山的無牽無掛，顯然都於儒甚遠而與俠更近；尤其是最後吳用如侯生自剄以報信陵君一樣，堅定決絕地爲宋江陪葬，更是體現了「士爲知己者死」（《戰國策・趙策一》）的俠義古風。

（二）「智多星」是吳用眾多名號中來源最早也影響最大的一個。龔開《宋江三十六贊》由此綽號演繹贊詞曰：「古人用智，義國安民。惜哉所予，酒色粗人。」〔註 27〕看來龔開很是爲吳用的聰明才智用於「酒色粗人」的勾當感到惋惜。同時期的《大宋宣和遺事》稱其「智多星吳加亮」，「加亮」即高於諸葛亮的意思，《水滸傳》正是有意將吳用塑造成「謀略敢欺諸葛亮，陳平豈敵才能」（第十四回）的謀略人物。因此而寫吳用在百零八人中最突出的性格特點就是「智」。第十四回吳用初見劉唐即窺出其中蹊蹺，第十五回石碣村之行更顯其遊說之才。智取生辰綱時，吳用先後使出「瞞天過海」、「以逸待勞」、「打草驚蛇」、「苦肉計」、「拋磚引玉」、「暗渡陳倉」、「欲擒故縱」等連環計騙過楊志；生辰綱事發後，吳用在梁山又行「假癡不癲」、「隔岸觀火」、「借刀殺人」、「反客爲主」等計謀「火併」了王倫。梁山奪泊後，吳用立即安排「屯糧造船，製辦軍器，安排寨柵城垣，添造房屋，整頓衣袍鎧甲，打造刀槍弓箭，防備迎敵官軍」（第二十回）；李雲、朱富上山後，吳用認爲「目今山寨事業大了，非同舊日」（第四十四回），提出重整山寨、明確分工，充分展現出他知人善任、長於統籌的管理才能。梁山寨待宋江主政以後仍然離不開吳用，吳用的「軍師」地位沒有任何減弱而還有所加強。諸如三打祝家莊、攻破高唐州、大破連環馬、打青州、鬧華州、打大名、打曾頭市、打東平府與東昌府、兩贏童貫、三敗高俅，直至招安及其後征遼、征方臘等歷次大戰過程中頻遭危難，靠了吳用的「智」而扭轉乾坤、化險爲夷者十之八九。

《水滸傳》雖然將「祭風」、「鬥法」等弄神作怪的伎倆交給公孫勝以增加吳用智慧的可信度，但也設計了不少細節表現他的刻薄、姦猾、笨拙與狡詐。對三阮，吳用一邊思量「中了我的計」、「正好用計了」，一邊卻說「你們三位弟兄在這裏，不是我壞心術來誘你們」（第十五回）。對晁蓋，吳用多次當面譏諷他「好不精細」、「只是一勇」（第十八回）。對林冲，吳用曾虛情假意地「就血泊裏拽過頭把交椅來，便納林冲坐地，叫道：『如有不伏者，將王

〔註 27〕朱一玄、劉毓忱編：《水滸傳資料彙編》，南開大學出版社，2002 年版，第 20頁。

倫爲例！今日扶林教頭爲山寨之主。』」（第十九回）對關勝，儘管宋江說不必見疑，吳用卻道：「只恐他心不似兄長之心。」（第六十七回）對盧俊義，吳用怕他做先鋒打曾頭市立功，竟然「立主叫盧員外帶同燕青，引領五百步軍，平川小路聽號」。這和宋江對兄弟們推心置腹的誠懇形成鮮明對比。不僅如此，在陳橋驛校尉殺死辱罵梁山的廟官，他馬上建議處死肇事者以防奸臣借機陷害。當宋江爲征方臘戰死的兄弟痛哭流涕時，他總是勸道：「生死人皆分定，主將何必自傷玉體？且請料理國家大事。」（第九十八回）雖然勢必如此，但吳用之冷靜近乎冷酷！還有，吳用頭一次施計就被何清看出了破綻（第十八回），僞造蔡太師書信也出現誤用印章的疏漏（第四十回），策反盧俊義的藏頭詩寫得很是拙劣（第六十一回），杭州城下的誘敵計竟害了劉唐的性命（第九十五回）。至於爲賺李應而燒了他的莊園（第五十回），爲賺朱全而斧劈小衙內（第五十一回），爲賺盧俊義而害得他家破人亡（第六十二回），這就不是「智」或「奸」、「冷」或「拙」的問題，而是令人齒寒的陰損殘忍！明人張岱稱吳用「諸葛曹瞞，合而爲一」〔註28〕，可謂至評。

（三）吳用與晁蓋的合作只有「義」而沒有涉及「忠」的問題。吳、晁二人「自幼結交」（第十四回），後來同劫生辰綱、火併王倫、大敗官兵，做的都是「滅九族的勾當」（第二十回），可見二人義氣相投，關係非同一般。然而晁蓋畢竟「只是一勇」，僅「圖個一世快活」，顯然與韜略滿胸、心存大志的吳用難以長期共鳴。梁山上名曰晁蓋主政，實則吳用當家，這是無奈的選擇，而非「晁蓋早就被吳用架空」的結果。而吳用與宋江則恰好相反。本來吳、宋二人「雖是住居咫尺，無緣難得見面」（第十八回），但首次交談吳用即說：「我知兄長的意了。」宋江也道：「只有先生便知道宋江的意。」（第三十六回）眞是一見投緣。宋江得天書之時，玄女娘娘特地囑咐：「此三卷之書可以善觀熟視。只可與天機星同觀，其它皆不可見。」（第四十二回）似乎吳用逐漸向宋江靠攏是上天的安排，其實是作者借機強調晁、宋兩位寨主的區別。吳用和晁蓋是腦力和體力的臨時搭配，而和宋江是戰術和戰略的長期結合。宋江在艱難而又悲劇性的「忠義」之旅中執著跋涉時，是吳用智謀的光輝爲他指示路途，使他每每轉危爲安、柳暗花明；吳用的強梁生涯也因爲宋江的「忠義」而變成爲國爲民、流芳百世的正義事業，滿腹才華和抱負

〔註28〕 朱一玄、劉毓忱編：《水滸傳資料彙編》，南開大學出版社，2002 年版，第 445 頁。

終得施展，人生價值得到昇華。由此可明白何以吳用迅速與宋江結成形影不離的新搭檔，而把老朋友晁蓋晾在一邊；也不難理解爲什麼吳用不顧晁天王遺言，對活捉史文恭的盧俊義登上寨主之位極力阻撓；甚至最後吳用千里迢迢趕來宋江墓前自殺都有了合理的解釋。金聖歎說：「宋江只道自家籠罩吳用，吳用卻又實實籠罩宋江。兩個人心裏各各自知，外面又各各只做不知，寫得眞是好看煞人。」〔註29〕此論雖乃污蔑之詞，卻頗得吳、宋依存關係之三昧。

　　然而，吳用的「義」與「忠」並沒有在與宋江的關係中得到統一，反而在招安問題上屢屢衝突。第一次招安時（第七十五回），宋江道：「我們受了招安，得爲國家臣子，不枉吃了許多時磨難，今日方成正果。」吳用卻說：「論吳某的意，這番必然招安不成；縱使招安，也看得俺們如草芥。等這廝引將大軍來到，教他著些毒手，殺得他人亡馬倒，夢裏也怕，那時方受招安，才有些氣度。」宋江道：「你們若如此說時，須壞了『忠義』二字。」但吳用還是傳令：「恁每盡依我行。不如此，行不得。」後來發生的「活閻羅倒船偷御酒，黑旋風扯詔謗徽宗」等事，顯然都是吳用的安排。第二次招安時（第七十九、八十兩回），宋江滿懷期待，吳用則安排諸將做好埋伏，一聽不赦免宋江就讓花榮射死使者，招安又歸失敗。第三次招安時（第八十二回），吳用儘管滿心歡喜，接受招安，但還是建議：「且留眾寶眷在此山寨。待我等朝覲面君之後，承恩已定，那時發遣各家老小還鄉未遲。」分明是預留一手以備不虞。

　　吳用並非反對招安，而是認爲時機未到就招安不能實現梁山兄弟利益的最大化。吳用對招安形勢的冷靜分析和對昏君佞臣的清醒認識，體現出一個謀略家的敏銳和冷靜，但也可見其招安策略的功利性和宋江報國安民理想有根本性衝突，這種衝突在第八十五回遼國歐陽侍郎勸降時表現得更明顯。吳用說：「我想歐陽侍郎所說這一席話，端的是有理。目今宋朝天子，至聖至明，果被蔡京、童貫、高俅、楊戩四個奸臣專權，主上聽信。設使日後縱有功成，必無升賞。我等三番招安，兄長爲尊，止得個先鋒虛職。若論我小子愚意，從其大遼，豈不勝如梁山水寨。只是負了兄長忠義之心。」儘管宋王朝君昏臣佞黑暗無比，但是民族大義之前，吳用欲降敵以求富貴自在，的確

〔註29〕朱一玄、劉毓忱編：《水滸傳資料彙編》，南開大學出版社，2002年版，第222頁。

與宋江愛國惜名、寧死不改其志的境界相差太遠。第九十回破遼無功反受猜忌,「眾將得知,亦皆焦躁,盡有反心,只礙宋江一個。」吳用對宋江說:「仁兄往常千自由,百自在,眾多弟兄亦皆快活。今來受了招安,為國家臣子,不想倒受拘束,不能任用。弟兄們都有怨心。」並且說:「古人云:富與貴,人之所欲;貧與賤,人之所惡。觀形察色,見貌知情。」可見吳用看重的還是個人意義上的成敗得失。有學者認為,《水滸傳》「忽略了吳用由一個封建秩序的叛逆者到重新成為其維護者的思想轉變過程」,顯然這個轉變是不存在的。儘管吳用因襄助宋江而盡展胸中抱負和才華,最後為知己恩義而死得其所,然而他僅是「士為知己者死」的「義士」,而非「死而後已」的「忠臣」。

雖然我們無法確知吳用形象中儒和俠、智與詐、義與忠究竟於何時雜糅在一起,但種種跡象表明,這很可能是由原始材料底色和後期加工痕跡疊加所致。《宣和遺事》本來有吳用(當時叫吳加亮)向宋江轉述晁蓋東嶽進香之夢和「助行忠義」遺言之事,《水滸傳》將這段與「忠」有關的情節從晁蓋故事中完全剝離並歸之於宋江,吳用也隨之變成了李逵一樣只講義氣的朝廷叛逆者。強化宋江之「忠義」的同時突出其它好漢的桀驁,應該是作者基於以下考慮而採取的一種成功策略:好漢們越是離經叛道、桀驁不馴,悲劇性結局越讓人扼腕歎息;而眾好漢反叛的力量越大、招安的結局越是悲慘,越能凸顯宋江執著於「忠義」的重要和難能可貴。作者正是將「忠義」與「叛逆」這看似相悖的元素糅合成一體,充分利用二者之間的張力構建了一個恢弘的悲劇世界。在這樣一個世界裏,宋江對「忠義」的追求因吳用的推動和映襯更顯執著;而吳用形象也因此在淡化強梁底色、凸顯智慧特徵的同時保持甚而加強了叛逆色彩。雖然在這個過程中出現了或大或小的不足和紕漏,但這種天才的大膽構思的確是《水滸傳》持久魅力的源泉之一,也是吳用這個人物形象駁雜性的根本原因所在。

三、對照鮮明的鄆城雙雄——朱全與雷橫

朱全和雷橫曾經都是鄆城縣巡捕都頭,同時登場,以後又經常並肩戰鬥,不僅形象上有很多可以對讀的細節,而且二人的故事往往互相交織共同發展。朱全和雷橫在晁蓋、宋江被追捕時都出手相助,可謂有大功於梁山事業,加以兩人都是「一身好武藝」,所以均位列三十六天罡。朱全星號為「天滿星」,在梁山泊好漢中位列第十二名,是山寨馬軍八驃騎兼先鋒使第六名;

雷橫號爲「天退星」，居第二十五位，爲步軍十員頭領的第四名。而在《宋江三十六贊》和《宣和遺事》的天書三十六將名單中，雷橫位次分別爲第二十二名、第二十名，朱全則分別爲第三十名、第二十一名。由兩人位次的這種調整變化來看，《水滸傳》似有偏愛朱全的傾向。

　　在兩人的情況介紹和詩贊，這種傾向更爲明顯。第十三回寫道，朱全「身長八尺四五，有一部虎鬚髯，長一尺五寸，面如重棗，目若朗星，似關雲長模樣，滿縣人都稱他做美髯公」；雷橫「身長七尺五寸，紫棠色面皮，有一部扇圈鬍鬚。爲他臂力過人，能跳二三丈闊澗，滿縣人都稱他做插翅虎」。在此，雷橫不僅身高矮了一尺，而且相貌、綽號都不如朱全氣派。不僅如此，論出身和心性朱全也勝出一籌：朱全「原是本處富戶，只因他仗義疏財，結識江湖上好漢，學得一身好武藝」；而雷橫「原是本縣打鐵匠人出身，後來開張碓坊，殺牛放賭。雖然仗義，只有些心匾窄。也學得一身好武藝」。

　　朱、雷二人詩贊的基調也不相同，寫朱全突出他貌如關羽從而顯其義：

> 　　義膽忠肝豪傑，胸中武藝精通。超群出眾果英雄。彎弓能射虎，
> 提劍可誅龍。一表堂堂神鬼怕，形容凜凜威風。面如重棗色通紅。
> 雲長重出世，人號美髯公。

寫雷橫則重點顯其勇：

> 　　天上罡星臨世上，就中一個偏能，都頭好漢是雷橫。拽拳神臂
> 健，飛腳電光生。江海英雄當武勇，跳牆過澗身輕，豪雄誰敢與相
> 爭？山東插翅虎，寰海盡聞名。

　　與朱全相比，雷橫顯得粗笨、匾窄而且鹵莽。其心胸和性情在首次亮相時就顯露無遺。前來投奔晁蓋的劉唐醉臥靈官廟，被巡邏的雷橫當做賊人捉住。晁蓋假作認親救了劉唐，因此給了雷橫十兩銀子。不料氣憤不過的劉唐追上雷橫索要銀子，大打出手。幸虧吳用、晁蓋及時勸阻，雷橫才得脫身。這其中，雷橫被晁蓋騙得呆呆愣愣，銀子接得不尷不尬，又被劉唐追得氣急敗壞。這段故事寫得波瀾起伏，煞是好看，雷橫之粗、貪、躁由此可見一斑！

　　雷橫也講義氣，但往往摻雜著個人得失的計較，沒能突破「匾窄」。第十八回中，雷橫有心相助晁蓋卻未能施以援手，因此心內尋思道：「朱全和晁蓋最好，多敢是放了他去，我沒來由做甚麼惡人。我也有心亦要放他，今已去了，只是不見了人情。晁蓋那人也不是好惹的。」後來去捉拿宋江，雷橫也

是同樣思量：「朱仝那人和宋江最好，他怎地顛倒要拿宋太公？這話以定是反說。他若再提起，我落得做人情。」（第二十二回）他想得更多的不是晁蓋、宋江的安危，而是自己的「人情」。

第二十回宋江對劉唐說的一段話也很值得注意：「朱仝那人也有些家私，不用與他，我自與他說知人情便了。雷橫這人，又不知我報與保正，況兼這人貪賭，倘或將些出去賭時，他便惹出事來，不當穩便，金子切不可與他。」宋江與朱、雷二人長期同衙公幹，對他們的心性習慣自然是瞭如指掌，看來雷橫寧肯大戰劉唐五十合也不還那十兩銀子，也不光是因為惱羞成怒了。有趣的是，雷橫最終逼上梁山也是銀子惹的禍。第五十一回，雷橫出差返回途中被邀上梁山，他以家有老母辭謝晁蓋、宋江的挽留，帶著眾頭領贈送的一大包金銀滿載而歸。不料這意外之財還未及享用，就因為在勾欄聽唱拿不出賞錢被人嘲罵，連累老母受辱，雷橫枷劈白秀英，幸得朱仝在押解濟州途中義釋，才收拾細軟帶上老娘投奔梁山。雷橫的鄆城故事始於銀子又結於銀子，作者的埋伏照應之法在表現雷橫性格和命運方面可稱高明！

第二十二回在朱仝指點宋江出逃後有詩一首：「為誅紅粉便逋逃，地窖藏身計亦高。不是朱家施意氣，英雄準擬入天牢。」朱家是西漢初的著名俠士，大量藏匿豪士及亡命之人，和劇孟、郭解並列《史記·游俠列傳》。季布被劉邦追捕時，他託人向劉邦進言赦免了季布。但季布發達以後，朱家終身不肯與之相見。《水滸傳》對朱仝義釋人犯的描寫受到朱家故事的一定影響。同時，《水滸傳》中的好漢形象也有很多《三國演義》中人物的影子，朱仝是比較典型的一個。與吳用、公孫勝各自「分攤」了諸葛亮的智謀和法術不同，朱仝和關勝對關雲長的身高和膚色則是共享的關係。當然，號為「美髯公」並且以「義」聞名的朱仝，比起只承襲祖宗血統和大刀坐騎的關勝來，似乎更像關老爺的嫡派子孫。《水滸傳》仿關公寫朱仝著墨最多的當然是「義釋」了，「義釋晁蓋」、「義釋宋江」、「義釋雷橫」一個套路連演三遍，似乎不如此不足以與「義釋曹操」的關羽相稱。然而，鏡頭回放一般的朱仝「義釋」寫得勉強而且匆忙，雖然強化了人物特徵，但畢竟只是形似而非神肖，讓人懷疑這不過是討巧的偷懶法；倒不如他那長一尺五寸的美鬚髯，惹得小衙內連呼「我只要這鬍子抱」（第五十一回），反倒是神來一筆，使人過目難忘。

真正讓朱仝形象逐漸顯得高大起來的，還是老搭檔「插翅虎」雷橫的映

襯。與雷橫相較，朱仝顯得精細、沈穩，待人和氣而誠篤，是個處處受人歡迎的近乎完美的豪傑。「義釋晁蓋」中兩次寫到他巧妙支開雷橫的細節：入莊前他對要打後門的雷橫說：「賢弟，你不省得。晁蓋莊上有三條活路，我閒常時都看在眼裏了。我去那裏，須認得他的路數，不用火把便見。你還不知他出沒的去處，倘若走漏了事情，不是耍處。」晁蓋逃出村莊，雷橫趕上前來，朱仝回頭叫道：「有三個賊望東小路去了。雷都頭，你可急趕。」（第十八回）「義釋宋江」時，朱仝自己先把住門讓雷橫進去搜，然後讓雷橫把門，自己進到佛堂裏來見藏在地窖的宋江，出來以後還裝模作樣要拿宋太公。雖然朱仝對晁蓋、宋江說怕雷橫「執著，不會做人情」、「不會周全人」，似乎錯怪了雷橫且有邀功之嫌，而且他假公濟私做順水人情並沒有付出多少，但畢竟雷橫真的不是很可靠。而朱仝邊追邊送邊囑咐晁蓋逃向梁山，既給宋江通風報信而且替他上下打點，在一個法紀敗壞、人心澆薄的社會裏，這樣穩重可靠的朋友是多麼難得啊！再看看他毅然為雷橫頂罪而刺配滄州，更是讓人佩服他的義薄雲天。宋江把自家隱秘的藏身之所告訴了他，鄆城新任知縣參他作本縣當牢節級，滄州知府也沒把他發付牢城營而是留在府衙，連四歲的小衙內也只讓他抱著出去耍玩，與總是腹誹別人又被別人提防的雷橫比起來，朱仝真是有如天人。

朱仝故事最讓人感慨的還是第五十一回「誤失小衙內」。朱仝發配滄州時深得知府喜愛，和保姆一樣每日來和小衙內上街閒耍，就等著「天可憐見，一年半載掙扎還鄉，復為良民」。然而樹欲靜而風不止。七月十五日夜，朱仝帶著小衙內看河燈之時，吳用奉晁蓋、宋江之命，與雷橫和李逵突然出現，非要邀請朱仝連夜上山；被朱仝嚴詞拒絕後，竟然叫李逵斧劈小衙內以斷朱仝後路。義憤填膺的朱仝三番五次要和李逵拼命，最後還是被逼無奈上了梁山。李逵一斧將年僅四歲、端嚴美貌、天真可愛的小衙內腦袋劈作兩半，在梁山歷史洗滌不盡的血腥底色中，應該是最慘無人道的一幕；而這天良喪盡的梁山泊手段針對的卻是有大恩於梁山的朱仝！參與施暴的梁山泊好漢中竟然還有雷橫！儘管朱仝在放走晁蓋和宋江的事上沒把雷橫當成心腹兄弟，但雷橫殺人獲罪後，他考慮的只是雷橫罪重當死而老母可憐，所以不顧自己的妻兒，毅然放走雷橫而主動承擔責任，何曾想到雷橫會這樣報答他！難怪朱仝質問雷橫道：「兄弟，你是甚麼言語！你不想我為你母老家寒上放了你去，今日你倒來陷我為不義。」雖然此事不是雷橫主謀，但側身其中即非君子所

堪爲。所以王望如說：「合此回觀之，雷橫負朱全，其相去不只千里。朱全愛友，並愛其友之母，不難配其身以全人；雷橫負友，並負其友之主，竟至深其怨以報德。」〔註30〕所評甚是！此段故事標目爲「美髯公誤失小衙內」，應是作者爲梁山諱而避重就輕，不然朱全何誤之有？有則是交友不愼，被狼反咬一口。

朱、雷二人也有迥異的結局。征方臘歸來，朱全授武節將軍、保定府都統制。朱全在保定府管軍有功，後隨劉光世破了大金，直做到太平軍節度使，是鮮有善終的少數幾個梁山泊好漢之一，可謂好人終有好報。雷橫在上山和招安後的戎馬生涯中確實很勇猛，腰斬高廉、大戰畢勝，立下赫赫戰功。可惜征方臘時，雷橫被方臘手下司行方砍死。他的死訊是通過呼延灼轉述的，具體的情形不得而知。又據宋江回憶，「前日張順與我託夢時，見右邊立著三四個血污衣襟之人」（第九十五回），其中就有雷橫。此時再回望那個半夜裏帶著一隊土兵，手持紅葉，押著宿酒未醒的劉唐，迤邐奔往晁蓋莊上來的雷都頭，不免別有一番滋味。

四、默默奉獻的宋氏家人──宋清及宋太公

在《水滸傳》中，「鐵扇子」宋清是七十二地煞之一，星號爲「地俊星」，位列梁山泊好漢第七十六位，又因家族排行第四，故人亦稱之爲四郎。宋清位居地煞之列，處世低調、事跡平平，在叱吒風雲的梁山群雄中頗顯沉默；宋太公不在梁山泊好漢之列，在小說中出場亦不多，然而這對父子卻不可忽視。

（一）歷代評家對宋清形象褒貶不同，其中持貶斥態度者自清初金聖歎始。對《水滸傳》「令宋清專管筵宴」（第四十四回）的安排，金氏夾批曰：「寫得宋清惟酒食是議，讀之絕倒。……以無數說話描寫大宋機械變詐，幾於食少事煩，卻只以一句話描寫小宋百無一能，只圖口腹。如此結構，眞是錦心繡手。」〔註31〕金氏之論後繼有人。清程穆衡《水滸傳注略》注「鐵扇子」曰：「扇子以鐵爲之，乃無用之廢物。」〔註32〕民國張恨水進一步發揮道：「扇

〔註30〕馬蹄疾：《水滸資料彙編》，中華書局，1980年版，第249頁。

〔註31〕〔元〕施耐庵原著，金聖歎批評：《第五才子書水滸傳》，天津古籍出版社，2006年版，第404頁。

〔註32〕朱一玄、劉毓忱：《水滸傳資料彙編》，南開大學出版社，2002年版，第394頁。

子扇風，必須輕巧可攜，以鐵製之，何堪使用？於其綽號以窺其人，可知矣。
而梁山諸寇，每次分配工作之時，必以宋清司庖廚之事，殆故意便與飯桶爲
伍乎？雖然，與飯桶爲伍，固優差也。與其謂之笑謔，毋寧謂之提攜矣。飯
桶也，何故提攜之？則以其爲首領介弟耳。」〔註33〕如今更有論者將宋清列
爲「梁山十大庸才」之首，認爲「全書中並沒有見過宋清有一場廝打，半句
計謀，只是整日負責安排酒席，整個一司務長的頭銜，可謂酒囊飯袋，能入
天罡地煞之列，無非靠宋江的關係罷了」〔註34〕。

　　爲宋清抱不平者亦不乏其人。王利器在《〈水滸〉英雄的綽號》一文引《三
朝北盟會編》記載，金兵進攻濠州時，知州王進「出入以鐵扇爲蔽，呵喝如
常」，證明「鐵扇子是有蔽護作用的」，以爲宋清保護兄長之功不可沒；並說：
「《水滸後傳》贊宋清像：『順親全弟悌，愧煞守錢奴。』這十個字可作『鐵
扇子』的注腳。」〔註35〕日本學者佐竹靖彥則認爲，「《水滸傳》中兄弟英雄
的綽號大多互相對應」，宋江「呼保義」的綽號與演藝有關，故宋清的綽號「鐵
扇子」之「鐵」意指「伴隨某種感情的高超技能，或是伴隨某種技能的感情，
而不是指鐵做的東西。從這些事實來看，宋清的綽號鐵扇子可以認爲是指在
扇子使用上顯示了其精明的出色的管事人。」〔註36〕其它還有以「鐵扇子」
爲「鐵門板」而喻宋清是「鐵管家」〔註37〕，或借扇子能煽風點火而喻宋清
「亦能權謀」〔註38〕等說法，茲不詳述。

　　上述諸說中，「鐵扇子」即「廢物」的觀點最爲流行。然而此論雖得程穆
衡等考據家推揚，仍斷難成立。一者《水滸傳》人物之綽號取材廣泛，或借
飛禽走獸、草木魚蟲，或借英雄豪傑、鬼怪神靈，或借職官器物、天象星宿
等，多用以突顯人物職業、相貌、性格、本領等方面的特別處，甚至如「活
閻羅」、「雙尾蠍」、「醜郡馬」、「黑旋風」、「沒面目」、「金毛犬」、「笑面虎」
之類，本身也並無多少褒貶。再者，梁山上綽號「鐵笛仙」、「鐵胳膊」、「鐵
叫子」、「鐵面孔目」等以「鐵」著稱者皆爲好漢，緣何到了宋清這裏，「鐵扇

〔註33〕張恨水：《水滸人物論贊》，遼寧教育出版社，1998 年版，第 42 頁。

〔註34〕石繼航：《江湖夜雨品水滸》，中國人民大學出版社，2007 年版，第 68 頁。

〔註35〕王利器：《耐雪堂集》，中國社會科學出版社，1986 年版，第 159 頁。

〔註36〕〔日本〕佐竹靖彥著，韓玉萍譯：《梁山泊〈水滸傳〉一○八名豪傑》，中華
　　　　書局，2005 年版，第 169 頁。

〔註37〕朱健：《野坡散記》，南京師範大學出版社，2009 年版，第 66 頁。

〔註38〕李葆嘉：《水滸一百零八將綽號繹釋》，《明清小說研究》，1991 年第 3 期。

子」就成了「廢物」？而王利器引王進事以證「鐵扇子」因「有蔽護作用」而成爲宋清綽號，也難讓人信服。且不說孤證不立，其中的推理也缺乏必要的邏輯環節。同樣，佐竹靖彥以爲喻宋清「亦能權謀」的解釋也顯牽強，因爲事實是一部《水滸傳》寫宋清處本來不多，關於他「亦能權謀」的描寫更是一無所有。

　　眾多名家對「鐵扇子」的論證都似是而非，但立論似乎都建基於這樣一種思維邏輯：宋清有名號就一定有來歷，有來歷就一定在《水滸傳》中有體現，而這個體現一定和宋江有關。前者自不必說，後二者則不必然。梁山泊好漢的綽號當然和人物形象的某些方面有密切聯繫，可由於很多綽號形成於《水滸傳》成書前，這種原始的聯繫是否被保存在今本小說中則因人而異。若考「鐵扇子」來歷，書中倒眞有些蛛絲馬蹟。容與堂本第二十二回寫道：「宋江、宋清收拾了動身。原來這宋清滿縣人都叫他做鐵扇子。當晚弟兄兩個，拴束包裹。到四更時分起來，洗漱罷，吃了早飯，兩個打扮動身。」這一段話兩次寫到「收拾了動身」很是贅餘，中間插入「滿縣人都叫他做鐵扇子」又極突兀，與這一部分文字筆法嫻熟的總體狀況很不一致。而在此前第十八回早就說過宋江「下有一個兄弟，喚做鐵扇子宋清」，這裏再次提及的語氣竟如同沒有前文一樣，煞是可疑。不僅如此，按照《水滸傳》一般習慣，對初次提及的綽號一般都隨人物出場作簡短解釋，前一次是順筆提及疏於介紹也就罷了，這時隔不遠的後一次分明是擺開架勢要說說宋清的，卻只沒頭沒腦草草一句就換了話題，簡直就是刻意迴避名號的來歷，豈不怪哉？考慮到《水滸傳》成書的複雜過程，這裏似乎存在今本寫定者誤將原材料中敘說「鐵扇子」來歷的一段話遺漏的可能。抑或這「鐵扇子」本來是如吳用腰中銅鏈一樣的特殊兵器，因考慮到宋清在書中孝子悌弟的形象定位，而刻意將這個來歷刪除亦未可知。若眞如此，則不僅「鐵扇子」不但不能從宋江那裏獲得解釋，反倒可能恰恰是因宋江而失去原本的意義。當然，這只是一種基於版本的推測而已。在沒有更多證據以前，任何「索隱」對解讀「鐵扇子」都不會有多少裨益，與其牽強附會地將宋清綽號穿鑿到宋江那裏，還不如承認以目前資料尚難解此題，乾脆付之闕如更切實際。

　　（二）對宋清歧議的焦點雖集中在綽號上，但反映的還是對宋清其人的不同認識。在《水滸傳》中，宋清的一生確實平淡無奇。上山前他安分守己，「自和他父親宋太公在村中務農，守些田園過活」（第十八回）。宋江殺惜

後，張文遠唆使閻婆到官衙去鬧，要將宋清和太公「勾追到官，責限比捕」（第二十二回），太公為安全起見安排宋清陪同哥哥宋江一起流亡。在柴進莊上躲了半年後，宋清回家探父得知官司慢了，「已自家中無事，只要緝捕正身」（第三十二回），才又得以繼續往日安穩的生活。然而好景不長，宋江接太公授意宋清所寫報喪假信返鄉，被官府捉住發配江州；在江州又因吟反詩獲死罪，被晁蓋帶人劫法場救上梁山。鬧江州的消息傳到鄆城，官府派人將宋清和太公看住，「只等江州文書到來」，就「下在牢裏監禁」（第四十二回）。幸虧宋江在晁蓋等人幫助下及時下山搬取家人，才使宋清和太公轉危為安。上山後宋清在山寨「掌管專一排設筵宴」（第七十一回），除征遼時曾「前往東京收買藥餌，就向太醫院關支暑藥」（第八十四回）幾乎無載他事。征方臘凱旋後宋清被授武奕郎，「雖受官爵，只在鄉中務農，奉祀宗親香火」（第九十九回）。宋江被毒死後葬於楚州，宋清因患病只得派人前往祭祀並看視墳塋。後來，「上皇準宣宋江親弟宋清，承襲宋江名爵。不期宋清已感風疾在身，不能為官，上表辭謝，只願鄆城為農。上皇憐其孝道，賜錢十萬貫、田三千畝，以贍其家。待有子嗣，朝廷錄用。後來宋清生一子宋安平，應過科舉，官至秘書學士」（第一百回）。

有論者以為，宋清交際不廣、武功平平，而且沒有獨立人格，除了跟在宋江後面陪坐、拿銀子、辦酒席別無所長。他之所以能在地煞星裏排中等，且獲得排設筵宴這樣有油水的肥差，完全是因為有一個當寨主的好哥哥。此說甚謬。首先，梁山一百單八將，性格突出、形象飽滿、有蓋世武功和長篇傳奇的畢竟是少數，地煞組那些陪主將歸降而落草的副將，還有其它山頭集體投奔梁山的頭領，特別是大聚義前匆匆上山湊數的好漢，刻畫都甚是草草。和他們比較起來，宋清算是出場較早、露臉較多、存活較長的一個了。其二，宋清雖活在宋江陰影下少有表現機會，但絕非碌碌之輩。且不說這「鐵扇子」是否為獨門兵器，單看他說的一句話即可為明證——宋江殺惜後惶惶不知所之時，宋清一語點破迷津：「我只聞江湖上人傳說滄州橫海郡柴大官人名字，說他是大周皇帝嫡派子孫，只不曾拜識，何不只去投奔他？人都說仗義疏財，專一結識天下好漢，救助遭配的人，是個見世的孟嘗君。我兩個只投奔他去。」（第二十二回）宋清在全書一共四五句臺詞，只此一句就足顯其人見識。其三，宋清專管排設宴席並非就是油水很多的「總後勤部長」。梁山泊掌管錢糧的是柴進、李應，掌管考算錢糧支出納入的是神算子蔣敬，掌管專一屠宰牛

馬豬羊牲口的是操刀鬼曹正，掌管監造供應一切酒醋的是笑面虎朱富等，宋清不過是掌管專一排設筵宴，負責安排像菊花會、慶功宴之類而已。其四，宋清在一百零八條好漢排第七十六名，在地煞中也只是居中，前後都沒有多少出類拔萃人物。而宋清曾在宋江流亡途中負責後勤甚是嚴謹，上山後總管頭領飲食恰當其任。若得宋江「提攜」照顧，宋清位次應該更靠前些；也應被任命爲主要頭領負責一方山寨，何必在此伺候別人？

宋清得金聖歎等人惡評，顯然是爲宋江胞弟身份所累的池魚之殃。金氏《讀第五才子書法》曰：「《水滸傳》有大段正經處，只是把宋江深惡痛絕，使人見之，眞有犬彘不食之恨。從來人卻是不曉得。《水滸傳》獨惡宋江，亦是殲厥渠魁之意，其餘便饒恕了。」〔註39〕惡宋江以及江之弟，這才有了「百無一能，只圖口腹」之譏。而張恨水極力貶低宋清也是借題發揮，用宋江提攜飯桶弟弟來諷世，言在此而意在彼，借鍾馗打鬼的意味很濃。宋清綽號得王利器等正面評價，也多少是拜宋江所賜。從宋江入手探尋「鐵扇子」的含義似乎是走錯了門徑，將對宋江的成見和情緒帶進對宋清的評價更難得公允。愛屋及烏或恨屋及烏都有傷說服力，不加辨析人云亦云更只會貽笑大方。

（三）著名《水滸》研究者馬幼垣認爲：「鐵造的扇子，搖起來，風未生，臂先疼，廢物也。上山前的宋清，在父親和哥哥的影子下生活，所作乏善可陳，或足稱爲鐵扇子。上山後，這份日夜勞筋累骨、永無止境的工作，卻證明他是管理大型機構、保障運作不息的管理奇才！」〔註40〕馬氏沿襲程穆衡之「廢物論」對「鐵扇子」所作解釋了無新意，而他對宋清先抑後揚的評價又恰恰與實際相反。雖然梁山豪傑來自五湖四海眾口難調，但畢竟還是以「成甕吃酒，大塊吃肉」（第十五回）爲主，供給起來不算難事。況且宋清只是負責在慶典聚會時排設筵宴，並非包辦山寨所有伙食，談不上什麼「管理大型機構、保障運作不息的管理奇才」。倒是宋清上山前後的其它經歷看似乏善可陳，卻有著非同一般的意義。

宋清平淡無奇的人生經歷對宋江形象塑造乃至整個《水滸傳》的情節和主題的影響不可小覷。宋江命運轉折處屢見宋清身影：第二十二回宋江從地

〔註39〕朱一玄、劉毓忱：《水滸傳資料彙編》，南開大學出版社，2002 年版，第 219 頁。

〔註40〕馬幼垣：《水滸人物之最》，三聯書店，2006 年版，第 66 頁。

窖子裏出來，正是聽從宋清建議而投奔柴進並結識了武松；第三十二回孔太公、花榮通過宋清邀請宋江，才有了清風山遇險和大鬧青州；第三十五回石勇也正是受宋清之託拿著家信找到宋江，才使得宋江上梁山的時間大大推遲，而又有了大鬧江州一段故事。然而，宋清的作用不只在於平日緊跟宋江隨時準備銀子或酒席，也不止在於關鍵時刻出謀劃策或傳遞家書而改變故事進程，重要的是，有宋清參與其中的每一處宋江命運轉折，都一以貫之地指向《水滸傳》主題：宋江殺惜後選擇投柴進而沒有上梁山，說明落草為寇並非他的初衷；而在和武松再次相別於瑞龍鎮時，宋江則首次坦露赦罪招安的心跡；鬧江州後宋江也曾頭腦發熱率眾上山，是父親的喪信使他不僅改變了行程，也恢復了以「忠孝」為本的理智；而發配江州途中被請上梁山時，宋江以死相脅不肯停留更可見其堅定意志。這一切雖非宋清獨力所致，亦非他有意為之，但顯然都和他的存在大有干係。更重要的是，宋清和宋太公的存在使宋江有了一個「父慈，子孝，兄良，弟悌」（《禮記‧禮運》）的家庭背景，進而使所謂「其為人也孝悌而好犯上者鮮矣」（《論語‧學而》）儒家觀念落到了實處，為宋江始終逃避落草而義無反顧地招安的「忠」提供了可靠前提。尤其是宋清之子宋安平「應過科舉，官至秘書學士」，更是宋江回歸社會理想徹底實現的標誌。而《水滸傳》所謂的「義」其實就是家庭血親倫理中的「兄友弟恭」（《史記》卷一《五帝本紀》）擴展而成的「四海之內皆兄弟」（《論語‧顏淵》）。在宋江面前，晁蓋而外的其它梁山泊好漢身上個個都有宋清的影子。

《水滸傳》中的宋清所有活動都指向宋江，哥哥宋江就是宋清存在的一切理由，故而他注定是一個沒有故事的配角。作為一個被設計來專以陪襯主角的過場人物，宋清雖比某些看來主要為湊足一百零八之數而上山的好漢出場多了一些，但留給他的表演空間畢竟有限，宋清老實本分、任勞任怨的孝子悌弟形象能夠被讀者記住已經十分不容易。《水滸傳》中寫一奶同胞十幾對，對兄長盡心盡力能比得上宋清的大概只有武松。尤其是和何濤之弟何清比，宋清是何等的好兄弟！尤為難得的是宋清在得到朝廷封官加爵後還是堅持回家務農、奉祀宗親香火，如此淡薄名利而默默奉獻，古今幾人能歟？以此回望宋清平淡無奇的人生經歷，應該隱約可見一種獨特人格魅力吧。

（四）宋江殺惜後，宋太公獨自應付公差、打點官府，比起雷橫之母來，愛子之情相同，而冷靜、機智則大過之。宋江逃亡中，因怕他「一時被人攛

掇落草去了,做個不忠不孝的人」(第三十五回),宋太公不惜假稱病亡賺宋江回家,使差點兒走上梁山的宋江幡然悔悟。宋江發配江州前,又特意喚他到僻靜處叮囑道:「我知江州是個好地面,魚米之鄉,特地使錢買將那裏去。你可寬心守奈,我自使四郎來望你,盤纏有便人常常寄來。你如今此去,正從梁山泊過。倘或他們下山來劫奪你入夥,切不可依隨他,教人罵做不忠不孝。此一節牢記於心。孩兒,路上慢慢地去。天可憐見,早得回來,父子團圓,弟兄完聚!」(第三十六回)在梁山上,太公認義扈三娘,幫宋江成就了她與王矮虎的姻緣。梁山泊好漢真正歸順朝廷也以送太公等下山回歸故鄉為標誌。直至最後太公死去,宋江兄弟回家只見「莊院田產、家私什物,宋太公存日,整置得齊備,亦如舊時」(第九十九回)。這是一位讓人感到何等親切、尊重的父親!

宋清和宋太公的存在,使宋江有了一個「父慈,子孝,兄良,弟弟」(《禮記·禮運》)的家庭環境,使有子所云「其為人也孝悌,而好犯上者,鮮矣」(《論語·學而》)落到了實處。特別是宋太公多次以「忠義」教子,為宋江前期逃避落草梁山、後期義無反顧地招安提供了可信的思想基礎。後來宋清之子宋安平官至秘書學士,則是宋江回歸社會理想徹底實現的標誌。由此可見,宋氏家人和宋江一樣,都承載著相當分量的「忠義」主題。

宋氏家族的重要成員、《水滸傳》的核心人物——宋江,後文另有專章論述。

第三節　《水滸傳》中的鄆城故事

《水滸傳》中的鄆城故事主要是晁蓋、宋江、雷橫三人的故事,其中晁、雷故事各一,宋江故事有四。當然彼此有前後的聯繫或橫向的穿插。

一、晁蓋認義東溪村

《水滸傳》第十四回「晁蓋認義東溪村」是《水滸傳》中的第一段鄆城故事。鄆城步兵都頭雷橫奉命出東城門巡邏,途經東溪村外靈官廟,捉住了醉臥供桌之上的劉唐,因天色未明,投晁蓋莊上暫歇。晁蓋趁安排酒席招待雷橫的間隙來看劉唐,得知他是投奔自己的遠鄉客人,馬上定下認親計營救劉唐。當雷橫告辭出門時,劉唐突然呼救,自稱是晁蓋的外甥王小三,因貪杯睡在靈官廟被捉。晁蓋也裝作久別初見,當面證實劉唐的外甥身份,卻假

意責打他酗酒爲賊。雷橫信以爲眞，放了劉唐，接了晁蓋十兩謝銀離去。晁蓋安排劉唐且先休息，不料劉唐對雷橫心內不忿，私自挺著樸刀截住雷橫，向他追討銀子。劉、雷二人對罵一番又大戰五十合，幸虧吳用百般勸阻、晁蓋及時趕來才平息。晁蓋遂向吳用詳述劉唐來謀劫生辰綱之事，從而引出「七星小聚義」和「智取生辰綱」的下文來。

故事由知縣時文彬布置朱仝、雷橫巡邏並採大紅葉爲證序幕，構思之精初見端倪。時文彬聞知梁山泊賊盜猖狂故而擔心本縣治安，既承接前文林沖上山而梁山得以壯大，又連接後文三阮不得入水泊捕魚，還隱伏晁蓋、吳用、雷橫、劉唐或早或晚的歸路——最終要聚首梁山泊。而捉放劉唐、七星聚義、劫生辰綱、反上梁山這樣漸次重大以至驚天動地的情節，竟由摘取大紅葉這樣戲劇化的小事引出，如同一根釣絲越拽越長，釣上的竟是個比個大的大魚乃至巨鯨！眞是來如蜿蜒蛇跡，去如霹靂龍騰，頗得曲折紆回、舉重若輕之妙。

整個故事中最引人入勝的部分是晁蓋和劉唐合演的一場雙簧戲。晁蓋聞聽有可疑之人弔在門房，就藉口「此間不好說話」，將雷橫由草堂引入後廳喝酒；席間他又推託淨手悄悄來到門房，與劉唐定計後不動聲色地回到酒席繼續陪酒。這系列動作不僅將一個心有機謀、胸有肝膽、細緻冷靜的晁保正刻畫得栩栩如生，而且使讀者不自覺進入情境，站在晁蓋一方，爲計謀能否順利實現而提心弔膽，進而在後續情節中爲晁蓋遇事之沉著、反應之迅速、設計之精巧、表演之精彩而乍驚乍喜、拍手叫好。晁蓋故意送雷橫到門口，看到劉唐先是讚歎道：「好條大漢！」儼然一副初次相見、毫無瓜葛的口吻；而劉唐呼救時又假裝意外相逢、恍惚認得的樣子：「兀的這廝不是王小三麼？」然後假作疑惑、實爲解疑地對眾人訴說一番，先解劉唐因何認得晁蓋：「乃是家姐的孩兒，從小在這裏過活。」再解眾人爲何不識劉唐：「四五歲時隨家姐夫和家姐上南京去住，一去了十數年。」後解如何辨得劉唐：「這廝十四五歲又來走了一遭」，「小可本也認他不得，爲他鬢邊有這一搭朱砂記，因此影影認得。」眾人半信半疑之際，晁蓋突然發怒：「小三！你如何不徑來見我，卻去村中做賊？」奪過土兵手裏棍棒，劈頭劈臉便打，一下子打斷大家對劉唐身份的懷疑，將思路吸引到劉唐爲何夜臥靈官殿上來。等劉唐解釋後，晁蓋拿起棍來又要打，不過這打的就不是「做賊「而是「貪嗜這口黃湯」、「辱沒殺人」了。

聽到劉唐呼晁蓋爲舅，「衆人吃了一驚。雷橫便問晁蓋道：『這人是誰？如何卻認得保正？』」見晁蓋打劉唐，「雷橫並衆人勸道：『且不要打，聽他說。』」等劉唐解釋完畢晁蓋還是要打，雷橫不僅證明劉唐確未做賊，而且趕緊將他放了，並且道歉說：「保正休怪！早知是令甥，不致如此。甚是得罪！小人們回去。」看來雷橫對晁蓋和劉唐的演出確信無疑！其實這場戲雖然演得絲絲入扣、聲情並茂，但也並非天衣無縫：劉唐若眞是晁蓋的外甥，供桌上被捆時何不說明？彼時不說也就罷了，爲何在娘舅家門房弔半夜而不呼「舅」？然而，一則雷橫只想拿獲劉唐比摘取大紅葉更能表功，無憑無據誣人爲賊自己本就心虛（儘管劉唐此行確是要謀劃一場大案！）；再則事出突然，根本想不到晁蓋會來這麼一手，而二人表演又如此入情入理，也沒理由懷疑其中有什麼蹊蹺；況且雷橫到晁蓋家吃吃喝喝恐怕不是一次，又接了人家十兩銀子，管他誰的外甥誰的舅，和自己有什麼關係呢！

接下來劉唐和雷橫的一場爭鬥也很精彩。整個過程中，劉唐始終打著爲舅父討銀子的旗號，晁蓋來了也怒斥他道：「畜生不得無禮！」雷橫還是以爲他眞是晁蓋的外甥，而吳用卻一眼看出這個外甥的可疑。所以這一節儘管看起來好像另起一事，其實卻是前面晁蓋認義故事的延續。

二、宋江飛馬救晁蓋

《水滸傳》第十八回寫道，楊志押運生辰綱在黃泥岡被晁蓋等人劫走，負責此案的濟州緝捕使臣何濤根據線索捕獲了白勝，奉命帶人拿著公文「徑去鄆城縣投下，著落本縣，立等要捉晁保正並不知姓名六個正賊」。當值押司宋江得知詳情後大驚，他一面將何濤穩在茶館，一面飛馬趕到晁蓋莊上報信，隨即趕回，引領何濤來見知縣。等到何濤與縣尉並朱全、雷橫兩都頭率人來到東溪村時，晁蓋等人燒掉莊園突圍，奔往梁山，後來還派劉唐下山來酬謝宋江，又引出宋江「怒殺閻婆惜」一節。

此段故事多次表現濟州緝捕使臣何濤辦案的精明老道，對宋江形象的刻畫助益頗多。如果再考察一下《宣和遺事》的相關情節，作者通過增刪改易凸顯宋江義氣的意圖更是明顯。

《宣和遺事》中參與偵辦生辰綱一案的是事發地南洛縣的緝事人王平和縣吏張大年，他們從酒店老闆口中得知是晁蓋等人作案，就「行著文字下鄆城縣根捉」。到了《水滸傳》中，事發地改到濟州黃泥岡，辦案人何濤不僅通

過弟弟提供的線索抓到白勝，而且親自「帶領二十個眼明手快的公人，逕去鄆城縣投下，著落本縣，立等要捉晁保正並不知姓名六個正賊」，使情節變得集中連貫而且緊張起來。捉白勝時，何濤以店主人為眼線，選擇「三更時分，叫店主人賺開門來打火」，突入白勝家人贓並獲，顯示出一個辦案高手的細緻利落。去鄆城時，何濤同樣是謹慎周詳：「就帶原解生辰綱的兩個虞候作眼拿人」，「只恐怕走透了消息」，「星夜來到鄆城縣，先把一行公人並兩個虞候都藏在客店裏，只帶一兩個跟著來下公文，逕奔鄆城縣衙門前來」，等等。

但是，精明強幹的何觀察不幸遇到了滿腹義氣和權謀的宋江。《宣和遺事》對宋江為什麼要放晁蓋沒有任何解釋，似乎他雖為公職人員，卻天生對強盜甚有好感。而《水滸傳》寫宋江放晁蓋卻不是無緣無故，而為著兩人是「心腹兄弟」，所以才「捨著條性命」通風報信。他見到晁蓋，連說「哥哥，三十六計，走為上計。若不快走時，更待甚麼！」「哥哥保重，作急快走！」如此等等，心急如焚、叮囑再三的肺腑之言，讓我們感到樸實而誠摯的關切友愛之情。這些細節的增加，不僅突出了宋江之「義」，還為後來眾人攔路相邀上山、千里奔襲劫法場乃至公推宋江為寨主等情節打下堅實的感情基礎。

《宣和遺事》說宋江「接了文字看了，星夜走去石碣村，報與晁蓋幾個，暮夜逃走去也。宋江天曉卻將文字呈押差董平，引手三十人，至石碣村根捕」。《水滸傳》中相應的情節則被改寫得複雜而驚險，宋江的沈穩和機智也給人留下深刻印象。何濤因在茶館等候知縣坐衙才偶遇宋江，待宋江得知何濤來意後，雖然「吃了一驚」，「心內自慌」，但還是答應道：「晁蓋這廝奸頑役戶，本縣內上下人沒一個不怪他。今番做出來了，好教他受！」並且說：「不妨，這事容易。甕中捉鱉，手到拿來。」對於何濤的公文，宋江堅決不肯拆看，還說「這件公事非是小可，勿當輕泄於人」。接著宋江以知縣倦怠少歇、少刻坐廳時來請穩住何濤，又以「略到寒舍分撥了些家務便到」藉故離開，「飛也似跑到下處，先分付伴當去叫直司在茶坊門前伺候」，讓他在知縣坐衙時安撫何濤略待一待；自己卻牽馬從後門出來，「慢慢地離了縣治。出得東門，打上兩鞭，那馬不刺刺的望東溪村攛將去」。見到晁蓋，再三叮囑抓緊逃命，接著飛馬回城，「連忙到茶坊裏來」，「將著實封公文，引著何觀察，直至書案邊，叫左右掛上迴避牌」，向知縣彙報此事。當知縣要派人去捉人

時，宋江又建議「日間去只怕走了消息，只可差人就夜去捉」，爲晁蓋逃跑又爭取了更多時間。《水滸傳》將宋江送信置於何濤坐等的背景下，將周旋時間從《宣和遺事》的一夜壓縮爲不到一個時辰，大大強化了矛盾衝突，使情節始終在扣人心弦的緊張氣氛中推進。

作者在宋江送信和捉拿晁蓋之間留下了半天的空檔，固然凸顯了宋江的機智，但也給下文製造了難題。按《宣和遺事》的說法，「那晁蓋一行人，星夜走了，不知去向。董平只得將晁家莊圍了，突入莊中，把晁蓋的父親晁太公縛了，管押解官。行至中途，遇著一個大漢，身材疊料，遍體雕青，手內使柄潑鑌鐵大刀，自稱『鐵天王』，把晁太公搶去」。《水滸傳》將董平換做朱仝、雷橫，想順勢表現一下二人的義氣，結果讓晁蓋這逃命之人接到宋江報信後，從早上拖拖拉拉直到一更天還沒上路，就不能不說是描寫上的一個漏洞。

三、宋江怒殺閻婆惜

《水滸傳》第二十一回寫「宋江怒殺閻婆惜」，追根還是由於「宋江飛馬救晁蓋」。所以晁蓋在梁山奪泊坐了山寨第一把交椅之後，第二十回寫晁蓋感念宋江捨命相救之恩義，派劉唐帶了百兩黃金到鄆城酬謝宋江。宋江推託不下，只好從劉唐所贈金中取了一條，將之與晁蓋書信一起收入招文袋中，其餘讓劉唐又帶了回去。然後第二十一回寫劉唐回山，宋江路遇家計陷入困境的閻婆母女，出錢幫閻婆葬夫。後又在王婆的撮合下，收了閻婆的女兒閻婆惜做外室。但是由於閻婆惜不滿宋江的不諳風情，而與宋江的同事張文遠勾搭成奸，宋江聽到風聲後立意不再登門。一日晚間，宋江被閻婆纏著又來到婆惜住處，閻氏對宋江態度冷淡並且出言相譏，宋江一宿未眠，天不亮就滿懷怒氣離去。宋江在街上發現裝有金子和晁蓋書信的招文袋忘記隨身攜帶，急忙折回閻氏住所去取。不料書信已經被閻婆惜發現並當成要挾的把柄，宋江百般哀求不成，在搶奪中一怒將她殺死。閻婆見宋江殺了自己的女兒，先是假作不予追究，將宋江騙到縣衙前，隨後一把將他揪住高叫殺人。宋江得唐牛兒相助才脫身而去，從此開始了東躲西藏的逃亡生涯。

《宣和遺事》裏的殺惜故事與《水滸傳》在細節上有很大不同。第一，晁蓋送來的謝禮是金釵一對而不是百兩黃金，宋江收後全都交與閻婆惜。第二，閻婆惜是一名娼妓而不是宋江的外室。第三，閻氏的新歡是吳偉而不是

張文遠，宋江因爭風吃醋將他同閻婆惜一起殺死。第四，宋江殺惜後即題詩於壁，直上梁山，沒有四處逃命。元代水滸戲中，這段故事通常是各劇開場宋江雷同且極爲簡略的一段自白，說他「帶酒殺了閻婆惜，腳踢翻蠟燭臺，沿燒了官府，致傷了人命」（高文秀《黑旋風雙獻功雜劇》）等。

《水滸傳》通過對《宣和遺事》中殺惜故事的加工，不僅使情節變得曲折生動，而且宋江的形象也得到更多美化。例如，《遺事》中晁蓋的謝禮是兩支金釵，宋江照單全收當然不好，留一返一或如數退回也都有失計較；而黃金百兩只取其一，則顯得既不貪財貨又周全體貼，《水滸傳》以此來寫宋江眞是恰到好處。再如，《水滸傳》將閻氏身份由《宣和遺事》中的娼妓變成閻家的女兒、宋江的外室，可又三番五次強調她自小就是「風塵娼妓的性格」，不僅使宋、閻之間的男女關係變得體面，而且暗示閻氏天性卑賤、死不足惜，還能以不是「父母匹配的妻室」爲由，給宋江處理閻氏的紅杏出牆預留下彈性空間。同樣，嫖客吳偉換做同房押司張文遠、爭風吃醋變成被熟人「挖牆腳」，更能讓宋江佔據道德高點，獲得社會輿論的同情。對於殺人這個無法諱飾的血腥情節，《水滸傳》不僅剔除了「水滸戲」中宋江「帶酒」的細節，而且特別強調此事無關男女之情而緣起於兄弟之義，並不惜筆墨詳繪閻婆惜的負恩、薄情、鄙俗、狂悖、欲壑難塡，相對則突出宋江的仁義、寬容、隱忍、低柔、息事寧人，與《宣和遺事》中宋江「一見了吳偉兩個，正在偎倚，便一條忿氣，怒髮衝冠，將起一柄刀，把閻婆惜、吳偉兩個殺了」的描寫所顯示的意義，自然大相徑庭。《宣和遺事》寫宋江殺人後「就壁上寫了四句詩。……詩曰：殺了閻婆惜，寰中顯姓名。要捉凶身者，梁山濼上尋。」《水滸傳》則改成宋江對閻婆坦承：「你女兒忒無禮，被我殺了！」而且說：「我是烈漢，一世也不走，隨你要怎地。」一幅好漢做事好漢當的模樣，即使後來亡命四方也沒有逃上梁山的打算。

顯然，《水滸傳》在襲取《宣和遺事》等故事框架的同時，努力剔除宋江性行不檢、褊狹暴戾、動輒殺人造反等負面因素，將之改變爲樂善好施、寬宏大量、輕視金錢美色、更無意爲賊的正面形象。不僅如此，《水滸傳》細緻眞實地刻畫了宋江從忍氣吞聲、一再退讓，到忍無可忍、讓無可讓，再到怒火中燒、手起刀落的過程，使讀者更覺殺惜純屬意外卻又合情合理。當然，宋江也不是無可指謫：收閻婆惜爲外室就難逃趁人之危、順水推舟之嫌；而「初時宋江夜夜與婆惜一處歇臥，向後漸漸來得慢了」，更有些喜新厭舊；尤

其是他明知閻氏已心有別屬並對他厭惡至極，竟然還想「且看這婆娘怎地，今夜與我情分如何？」都暴露出宋江人性的弱點。正是由於這樣的弱點，在閻氏腳底窩了一夜的宋江不禁惱羞成怒，再加上爭奪招文袋緊張氣氛的助燃，而導致情緒失控中殺了閻婆惜。

閻婆惜不幸成為宋江刀下之鬼。以現代眼光審視閻婆惜，其悲劇性的人生令人同情。然而這也有閻婆惜命運的必然性。書中寫她如花似玉，卻出身貧賤，流落鄆城，加以父親突然亡故，生活逼迫她成為了母親回報宋江恩德的禮物。然而宋江年及三旬，矮胖黃黑，兼之「只愛學使槍棒，於女色上不十分要緊」，與閻婆惜「水也似後生，況兼十八九歲，正在妙齡之際」，無論是主觀還是客觀都有不可調和的差異性。更有甚者，即使是同為外室的金翠蓮，還有趙員外捕風捉影為她大動干戈（第四回），而宋江得知自己包養的女人與別的男子有染後竟然無動於衷！且不要說愛情與婚姻，呵護和尊重，連一點妒忌都得不到的閻婆惜，名為外室實則成了宋江泄欲的對象和母親閻婆謀生的工具。任何道德的主張都難以迴避這場交易於人性之上的悖謬。因此，閻婆惜可以說是一個無辜的被侮辱、被損害者。她唯一的過錯就是不甘心命運擺佈，想找個對自己好一點的男人，真正為自己活著。儘管閻、張之戀被定性為「酒色之徒」與「風塵娼妓」的苟合，但如果不是人欲泯滅的道學家，恐怕都會覺得「眉清目秀，齒白唇紅」，「風流俊俏，更兼品竹彈絲，無有不會」的張文遠與閻氏是更為般配的一對。自從與張文遠相好後，閻婆惜對心愛的小張三就天天想天天盼，竟至懷著和他「兩個做夫妻」的夢想而命喪黃泉。在《水滸傳》眾多符號化的女性形象中，這是一個敢愛敢恨、情感毫不含糊的另類。

四、還道村夢受天書

《水滸傳》寫宋江殺惜之後，得朱全相助逃離鄆城。先後到柴進、孔太公和花榮處避難。大鬧清風寨後，宋江本欲帶領眾好漢同上梁山，途中接到石勇的報喪家書，只好以書信介紹眾人上山，自己則匆匆回鄉。宋江歸家即被官府捉拿，發配江州。他謹遵父命寧死不上梁山，卻因在江州潯陽樓題詩被判死罪，臨刑前被晁蓋等人救上梁山。但宋江在梁山擔心官府追捉家屬，執意隻身返鄉搬取老父，不料遭官兵追捕，慌忙之中逃入鄆城縣還道村玄女廟中，受到九天玄女的庇護和款待，並得賜三卷天書。晁蓋率眾來救，將宋

江連同太公、宋清等一併搬上山來。從此宋江坐了山寨第二把交椅，開始了東征西討、曲線盡忠朝廷的又一段人生旅程。

第四十二回《還道村受三卷天書，宋公明遇九天玄女》故事可分三段。第一段寫宋江被趙能、趙得兄弟帶人追趕，惶急之中躲進玄女廟神廚裏，「一堆兒伏在廚內，氣也不敢喘，屁也不敢放」。四五十個土兵拿著火把照上殿來，卻「一個個都走過了，沒人看著神廚裏」。趙得將火把來神廚內照一照，卻被火煙沖下屋塵眯了眼。土兵正要離開，卻發現廟門上有塵手跡，趙能率人返回又搜神廚，不料用火把照時卻突起一陣惡風，用槍搠時又冒出一陣黑雲。一波三折、倏忽變化的情勢，間以隨之而變的搜捕者的喧囂與逃亡者的暗自思量，真是「風雨如磬，蟲鬼駭逼」（金聖歎評語），扣人心弦！

第二段「忽然一轉，卻作花明草媚，團香削玉之文」（金聖歎評語）。脫卻災厄的宋江被兩個青衣女童從神廚內請出，並帶到一座燈燭熒煌大殿，受到九天玄女款待。席間宋江不僅得飲仙酒，得食仙棗，而且受賜三卷天書和四句天言。歸途中被人推下石橋，醒來竟是南柯一夢。然而仔細看時，卻有「這天書在袖子裏，口中又酒香，棗核在手裏，說與我的言語都記得，不曾忘了一句」。真可謂「有妙必臻，無奇不出」（金聖歎評語）！

第三段黑旋風李逵上場。宋江出得神廟，忽見官兵口呼「神聖救命則個」，連滾帶爬，四處逃命。正納悶時，只見李逵大斧揮舞，眾好漢爭先恐後，風捲殘雲般趕殺過來，原來是晁蓋帶領眾位兄弟下山相救。相見之後，宋江聞聽太公等家人已被接上梁山，不禁以手加額，稱謝不已。

這三段故事組合成一篇絕妙美文。對此，金聖歎於回前評曰：

> 今讀還道村一篇，而獨賞其險妙絕倫。……第一段神廚搜捉，文妙於駁緊。第二段夢受天書，文妙於整麗。第三段群雄策應，便更變駁緊為疏奇，化整麗為錯落。三段文字，凡作三樣筆法，不似他人小兒舞鮑老，只有一副面具也。

元代水滸戲提及宋江殺惜之後的故事相當簡略，說他因為「官軍捉拿甚緊，自首到官，脊杖了八十，疊配江州牢城營。因打梁山過，遇著哥哥晁蓋，打開了枷鎖，為救某上梁山」〔註41〕，根本未提及搬父上山和接受天書的事。《宣和遺事》相對詳細些，對宋太公和九天玄女也都有所涉及：

〔註41〕〔元〕無名氏：《魯智深喜賞黃花峪雜劇》，傅惜華等編：《水滸戲曲集》，上海古籍出版社，1985年版，第80頁。

是時鄆城縣官司得知，帖巡檢王成領大兵弓手，前去宋公莊上捉宋江。爭奈宋江已走在屋後九天玄女廟裏躲了。那王成根捕不獲，只將宋江的父親拿去。宋江見官兵已退，走出廟來，拜謝玄女娘娘；則見香案上一聲響亮，打一看時，有一卷文書在上。……宋江看了人名，末後有一行字寫道：天書付天罡院三十六員猛將使呼保義宋江爲帥，廣行忠義，殄滅姦邪。……宋江爲此，只得帶領朱同、雷橫、并李逵、戴宗、李海等九人，直奔梁山濼上，……宋江把那天書，説與吳加亮等道了一遍。吳加亮和那幾個弟兄，共推讓宋江做強人首領。〔註42〕

《宣和遺事》記晁太公被官府捉拿時，晁蓋還在半路上將他劫走；宋太公同樣爲子所累被擒，宋江竟然直上梁山，連親爹都不要了。還有，《宣和遺事》說宋江是看到天書才「只得」「直奔梁山濼」，似乎本來可以不去落草爲寇，是受到天書指引才如此行事的。與之相較，《水滸傳》將險象環生的還道村之行打造成宋江故事中的關鍵一環：搬取老父成全了宋江的孝心，使他安居山寨而無後顧之憂；玄女授天書則不僅爲其人生奠定了「全忠仗義」的基調，而且使「替天行道」得到上天授權而名副其實。這些對宋江徹底走上梁山、又最終走出梁山都事關重大。

當然，也有學者對宋江遇玄女、得天書故事提出質疑。金聖歎說「宋江遇玄女，是奸雄搗鬼」，「宋江天書，定是自家帶去」〔註43〕王望如也說：「宋朝生出宋江，燕順做不成醒酒湯，黃信解不到青州府，揭陽鎮做不成饅頭餡，潯陽江做不成餛飩，江州做不成法場鬼，豈趙能、趙得所可緝獲。故高臥還道村神女廟之神廚，無端塵飛，無端風起，無端燈昏壁響，以俟李逵等之群雄畢至耳。受天書，遇玄女，此寇萊公之詐也。神道設教英雄欺人，不謂做強盜亦少不得。」〔註44〕等等。時至今日仍有研究者堅持此說，並引朱元璋杜撰《周顛僊人傳》、宋眞宗造作「天書」爲同例。〔註45〕其實，作者早有回

〔註42〕〔元〕無名氏：《宣和遺事》，丁錫根點校：《宋元平話集》，上海古籍出版社，1990年版，第304～305頁。

〔註43〕朱一玄、劉毓忱編：《水滸傳資料彙編》，南開大學出版社，2002年版，第273頁。

〔註44〕馬蹄疾：《水滸資料彙編》，中華書局，1980年版，第245頁。

〔註45〕史瑞玲：《〈水滸傳〉宋江「神道設教」故事嬗變考論》，《濟南教育學院學報》，2000年第3期。

前詩開宗明義：「爲人當以孝爲先，定省須教效聖賢。一念不差方合義，寸心無愧可通天。路通還道非僥倖，神授天書豈偶然。遇宿逢高先降識，宋江元是大羅仙。」意即此段故事一者表宋江至誠之孝，二者顯宋江天命所歸，還暗示二者之間有某種因果的關係。可見視宋江爲大奸大僞之梟雄，對如此曲折生動、富有想像力的故事作「厚黑學」解讀是不合文本意蘊的。

六、宋公明衣錦還鄉

宋江一生爲人，不貪財，不好色，孜孜以求，奮不顧身，可說都是爲聲譽而搏，爲功名而戰。具體目標就是他勸武松所說：「日後但是去邊上一槍一刀，博得個封妻蔭子，久後青史上留得一個好名，也不枉了爲人一世。」這雖然是梁山泊好漢中的不少人，如楊志、盧俊義等共同的想法，但在招安之後，征遼、平方臘僥倖活下來接受朝廷封賞的人中，宋江無疑是最成功的人物。因此，無論爲了「報本反始」（《禮記‧郊特牲》），還是爲了炫耀於鄉人，或者兩者兼而有之，第九十九回特與「魯智深浙江坐化」做一回書，寫了「宋公明衣錦還鄉」。乃曰「有詩爲證」：

> 宋江重賞陞官日，方臘當刑受剮時。善惡到頭終有報，只爭來早與來遲。

> 再說宋江奏請了聖旨，給假回鄉省親。當部下軍將，願爲軍者，報名送發龍猛、虎威二營收操，關給賞賜，馬軍守備。願爲民者，關請銀兩，各各還鄉，爲民當差。部下偏將，亦各請受恩賜，聽除管軍管民，護境爲官，關領誥命，各人赴任，與國安民。

> 宋江分派已了，與衆暫別。自引兄弟宋清，帶領隨行軍健一二百人，挑擔御物行李衣裝賞賜，離了東京，望山東進發。宋江、宋清在馬上衣錦還鄉，回歸故里。離了京師，於路無話。自來到山東鄆城縣宋家村，鄉中故舊，父老親戚，都來迎接。宋江回到莊上，不期宋太公已死，靈柩尚存。宋江、宋清痛哭傷感，不勝哀戚。家眷莊客，都來拜見宋江。莊院田產家私什物，宋太公存日，整置得齊備，亦如舊時。宋江在莊上修設好事，請僧命道，修建功果，薦拔亡過父母宗親。州縣官僚，探望不絕。擇日選時，親扶太公靈柩，高原安葬。是日，本州官員，親鄰父老，賓朋眷屬，盡來送葬已了，不在話下。

宋江思念玄女娘娘，願心未酬，將錢五萬貫，命工匠人等，重
建九天玄女娘娘廟宇。兩廊山門，妝飾聖像，彩畫兩廊，俱已完備。
不覺在鄉日久，誠恐上皇見責，選日除了孝服，又做了幾日道場。
次後設一大會，請當村鄉尊父老，飲宴酌杯，以敘間別之情。次日，
親戚亦皆置筵慶賀，以會故舊之心。不在話下。宋江將莊院交割與
次弟，——宋清雖受官爵，只在鄉中務農，——奉祀宗親香火；將
多餘錢帛，散惠下民。把閒話都打迭起。有詩為證：

　　衣錦還鄉實可誇，承恩又復入京華。戴宗指點迷途破，身退名
全遍海涯。

　這是宋江自被晁蓋救上梁山安心做首領之後唯一一次也是最後一次回至
鄆城縣家中。按接下敘事，「宋江在鄉中住了數月，辭別鄉老故舊，再回東
京來，與眾弟兄相見」云云，最後的結局則是本回末所謂「有分教：宋公明
生為鄆城縣英雄，死作蓼兒窪土地。只教名標史記幾千年，事載丹書百萬載。
正是：凜凜清風生廟宇，堂堂遺像在凌煙。」所以，這一回中「宋公明衣錦
還鄉」只是為他後來成神廟享的序曲和鋪墊，尚未及於宋江人生目標完全的
實現。但是，故事中寫宋江回鄉所做所為，一是安葬父母，二是向九天玄女
還願，三是宴請「鄉尊父老」和接受「親戚」的「置筵慶賀」，四是安頓家事
等。這四件事各都妥帖周到，與前所有關敘事照應，大體顧慰了宋江的人間
掛牽，補足了《水滸傳》寫宋江私人和家庭生活即「修身、齊家」欠缺的一
面，與寫其「治國」、「平天下」的業績一起，標誌了宋江的「功成果滿」，可
以「重登紫府」（第四十二回）了。

七、雷橫枷打白秀英

　第五十一回《插翅虎枷打白秀英，美髯公誤失小衙內》寫到晁蓋、宋江
等正為打下祝家莊慶賀宴飲，忽聞雷橫到東昌府公幹歸途，路過山下，眾人
忙邀之上山，熱情款待。數日後雷橫以家有老母辭謝宋江挽留，攜眾頭領
所贈金銀回到鄆城。一日，雷橫到勾欄看白秀英表演，不料因忘帶賞錢而被
嘲罵，憤而打翻白秀英之父白玉喬。白秀英唆使老相好新任知縣將雷橫枷
號示眾，並毆打前來送飯的雷母，因此被憤怒異常的雷橫一枷打死。雷橫被
押赴濟州，幸虧朱仝途中私自將他放走，才得以收拾細軟同老母連夜上了
梁山。朱仝因此被斷二十脊杖，刺配滄州牢城，又引出下文「美髯公誤失小

衙內」。

　　《水滸傳》敘事不僅跌宕起伏、變化多端，而且環環相扣、針腳綿密，常常「一手順寫一事，便以閒筆波及他事，亦都相時乘便出之」〔註46〕。此節故事，作者在「三打祝家莊」之後先寫雷橫被邀上梁山小住一段逸筆，看似簡單過渡漫不經心，實則暗藏著作者許多用意。且看原文：

　　　　晁蓋動問朱仝消息。雷橫答道：「朱仝見今參做本縣當牢節級，新任知縣好生欣喜。」宋江宛曲把話來說雷橫上山入夥。雷橫推辭：「老母年高，不能相從。待小弟送母終年之後，卻來相投。」雷橫當下拜辭了下山。宋江等再三苦留不住。眾頭領各以金帛相贈，宋江、晁蓋自不必說。雷橫得了一大包金銀下山。

雷橫答晁蓋的本是一句閒話，於此卻是承上啟下的暗骨。首先，「新任知縣」四字不可小覷。原任縣令時文彬清正廉明，斷不會做私通娼妓、徇情枉法的荒唐事。而父母官的更替既讓白氏父女的來歷和張狂有了合理解釋，又使朱仝的職位陞遷變得自然。其二，馬兵都頭換作「當牢節級」，朱仝可以再次利用職務之便將「義釋」進行到底。其三，朱仝得新任知縣「好生欣喜」和下文得滄州知府賞識一脈相承，也為事發後知縣「有心將就出脫他」而沒有處以重刑作了鋪墊。同樣，雷橫婉拒宋江的一句話也預告讀者下文故事與「孝」有關；「得了一大包金銀下山」，則與稍後在勾欄拿不出一文賞錢而受辱相映成趣。而且，作者安排雷橫被梁山泊好漢苦留數日，正使他不能與前來拜會的白秀英謀面，以致陰差陽錯引發衝突和命案。如此種種，真可謂「照應謹密，曲盡苦心」〔註47〕。

　　在一段不露聲色的巧妙鋪墊以後，小說依次敘寫了轟動一時的表演、風雲乍變的衝突、忍無可忍的殺戮以及義薄雲天的善行。在這個過程中，無論是白氏父女還是雷橫，心態都很值得玩味。雷橫與白秀英本無仇怨，也無利益瓜葛，這與宋江殺惜情況迥異——宋江殺惜雖是一時失手，但此前二人早就勢同水火。並且白秀英開場賣藝前亦曾到雷橫處「拜碼頭」，無意觸忤這位負責鄆城治安的都頭；即使雷橫拿不出賞錢，白秀英說「頭醋不釀徹底薄。官人坐當其位，可出個標首」，「官人既是來聽唱，如何不記得帶錢出來？」

〔註46〕陳曦鍾、侯忠義、魯玉川輯校：《水滸傳會評本》，北京大學出版社，1981年版，第158頁。

〔註47〕〔明〕無名氏：《〈水滸傳〉一百迴文字優劣》，轉引自朱一玄、劉毓忱編：《水滸傳資料彙編》，南開大學出版社，2002年版，第186頁。

等等，顯然是將雷橫當成聽白戲的，使出慣用的嘲諷手段激他拿錢而已。況且雷橫雖在衙門裏混事，但「打鐵匠人出身」（第十三回）的他，可能看起來也不像個有頭臉的人物。白玉喬大概萬沒有想到雷橫就是女兒剛剛拜訪未遇的都頭，竟一時指桑罵槐地叫道「我兒，你自沒眼。不看城裏人村裏人，只顧問他討甚麼。且過去自問曉事的恩官告個標首」，直斥雷橫為「村裏人」不「曉事」，實際是做了更進一步的挑釁。

本來這場衝突純粹就是誤會，既有雷橫收了一大包金銀卻身無一文入場高坐聽唱的一時疏忽，又有白氏專訪不遇因而見面不識的陰差陽錯。但是，禮節性的拜訪並不意味著真的畏懼雷都頭虎威，——抱住了父母官的大腿，在鄆城地面上白氏父女還能怕誰？所以當有人說「使不得！這個是本縣雷都頭」，白玉喬正在興頭，哪管他都頭不都頭，接口而道「只怕是驢筋頭」，目空一切的張狂勁頭，仗恃的就是以為新任知縣一定為他父女撐腰。況且有狂父自有浪女，白秀英亦非良善之輩，見父親被打得唇綻齒落，徑到知縣衙誣告「雷橫毆打父親，攪散勾欄，意在欺騙奴家」，「定要把雷橫號令在勾欄門首」，並且非要「把雷橫揪扒在街上」不可。這顯然是抱定了「既是出名奈何了他，只是一怪」的念頭，欲徹底打垮「雷老虎」而出氣立威。其自取滅亡之道，與身首異處的閻婆惜如出一轍。

被當廳責打又項戴重枷、身縛繩索示眾於市井，「插翅虎」一下子變成了「禿毛雞」，威風八面、抓誰是誰的雷都頭這次真是觸了霉頭。然而雷母的出現卻又使局勢急轉直下。愛子心切的老太太怒罵白秀英，白秀英更是豈能忍受？上前只顧掌摑雷母。忍氣吞聲的雷橫見母親被打，是可忍孰不可忍！於是使出打鐵殺牛的勁兒來，「扯起枷來，望著白秀英腦蓋上打將下來」，一下將她「劈開了腦蓋」。「插翅虎」果然不是浪得虛名！

《水滸傳》中最後一個上梁山的鄆城人是美髯公朱仝。朱仝此前已有過私放晁蓋和宋江的義舉，但都與此次私放雷橫一樣，故事情節相對簡單，不再細述。不過較之此前僅僅利用職務之便暗施援手的行為，此次朱仝捨己無悔的義舉更讓人感動。面對「年紀六旬之上，眼睜地只看著這個孩兒」的雷母，朱仝以丟職棄家、黥面杖配為代價救了雷橫一命，比宋江飛馬救晁蓋有過之而無不及。尤其當雷橫出現在斧劈小衙內的現場時，更讓我們為朱仝的誠善淳樸唏噓不已。隨著朱仝的刺配和上山，《水滸傳》中的鄆城故事幾近結束，而在更廣闊的舞臺上，鄆城好漢將繼續演繹他們精彩的人生。

第四節　《水滸傳》中的鄆城風俗

一、官吏、市民和農人

　　《水滸傳》寫到兩任鄆城知縣，其一就是較早在鄆城故事中登場的知縣時文彬。時縣令是全書所寫朝廷命官中罕見的幾個正面人物之一，第十三回有詩贊曰：

> 為官清正，作事廉明。每懷惻隱之心，常有仁慈之念。爭田奪
> 地，辨曲直而後施行；鬥毆相爭，分輕重方才決斷。閒暇撫琴會客，
> 也應分理民情。雖然縣治宰臣官，果是一方民父母。

他的繼任者則與之形成鮮明對照。第五十一回寫到，此人不僅將行院白秀英帶到任上，而且聽信「枕邊風」，不問青紅皂白把都頭雷橫枷號在勾欄前，最終釀成重大命案，把相好女人的性命也賠上了，可說是害人終害己。當然，在一個法紀鬆弛、朝綱敗壞的社會裏，即使清正廉明的時文彬也因為「和宋江最好，有心要出脫他」，將殺惜命案「只要朦朧做在唐牛兒身上，日後自慢慢地出他」（第二十二回），何況白秀英是繼任的這位糊塗知縣的相好呢。

　　「刀筆精通，吏道純熟」（第十八回）的宋江在鄆城縣衙充任押司一職。像宋江這樣在州縣政府中的押司，負責案卷整理或文秘工作。武藝超群的朱仝和雷橫擔任的職務是都頭，「專管擒拿賊盜」（第十三回）。二人所任都頭也不是官職，只是州縣捕快頭目而已。朱仝後來任當牢節級，屬地方獄吏，負責刑獄和解送。除此以外，鄆城故事中出現的小吏還有張文遠所任的貼書、替宋江應付何濤的直司、看押犯人的禁子、牢子等，他們相比押司、都頭的地位更要低一些。

　　胥吏作為宋代官僚系統的補綴，身份低微卑下。他們多為沒能通過科舉或蔭恩等途入仕而有一技之長的當地人，任職通常就是服役。不過胥吏一般精於案牘律法，又熟知地理、人口、賦稅、治安等政情，所以是地方政治運轉不可或缺的幫手。尤其像宋江、朱仝這樣德才兼備的能吏，更是深得主官倚重。可是，無處不在的可乘之機對收入微薄的胥吏造成很大誘惑，另一方面似官實役的身份和黑暗的政治環境又使他們從內心疏遠法紀而看重人情。因此，雷橫會到鄉下白吃白喝還收晁蓋的銀子，這在當時算不上過分；宋江、朱仝明知放走犯人為律法所不容，個人要冒很大風險，但在危急時刻還是放棄了職責而選擇了朋友義氣。

　　《水滸傳》還描寫了鄆城縣城各色人等的下層市民。除上已述及不幸流落鄆城被迫依附宋江的閻氏母女和從東京來的靠賣藝爲生的白氏父女之外，還有像保媒拉纖的王婆，賣湯藥的王公，賣棺材的陳三郎，賣糟醃又常幫閒的唐牛兒，以及茶博士、剃頭待詔等無名氏。他們生活於市井的各個角落，靠各種交際或技藝的手段養家糊口。即使知縣大人的「表子」白秀英，出賣肉體獲得的也只是權力的保護，養活自己還主要是靠賣唱賺取錢物。

　　順便介紹，茶博士和剃頭待詔的名頭很唬人，其實就是茶館招待和理髮師傅。據顧炎武《日知錄》考證，宋代市井間喜以職官稱呼百工雜役，如江南人稱醫生爲「郎中」，北方稱「大夫」，稱財主爲「員外」等。後世因之而廣大，以致明朝洪武年間有「命禮部申禁軍民人等，不得用太孫、大師、太保、待詔、大官、郎中等字爲名稱」〔註48〕的詔令。

　　《水滸傳》寫鄆城的鄉間，既有晁蓋、宋太公這樣的莊園主，也有依附於莊園的莊客。這些人有的是租種莊主田地的佃戶，有的乾脆就像僕人一樣生活在莊園裏，供主人驅使服役。莊主和莊客之間雖有人身依附關係，但是能夠像晁蓋火燒莊園之後，多數莊客隨他逃奔梁山那般生死相依的，恐怕並不多見，而不過是《水滸傳》欲顯晁蓋之得人心的描寫而已。

　　晁蓋這樣的鄉野豪傑不僅獨霸鄉里，而且廣泛結交江湖好漢，自身就是社會治安潛在的威脅。第十四回劉唐說：「曾見山東、河北做私商的，多曾來投奔哥哥，因此劉唐敢說這話。」私商本指販運私貨者，不過在《水滸傳》中，卻常是指在江湖干劫財害命勾當的人。晁蓋居家常常收留結交這樣的人，可見其絕非當地農村和社會的穩定因素。其實，即使負責鄆城一縣治安的雷都頭「原是本縣打鐵匠人出身，後來開張碓坊，殺牛放賭」（第十三回），顯然也本非良善之輩。甚至像吳用這樣的教書先生也並不安分，他一聽晁蓋邀他有事相商，就馬上分付主人家道：「學生來時，說道先生今日有干，權放一日假。」（第十四回）除此以外，像劉唐和公孫勝這樣覬覦財富、伺機而動的社會流動人員，也是鄆城縣相對穩定的下層社會潛在的危機因素。

二、服飾、飲食和民居

　　正如有學者撰文指出：「《水滸傳》的人物眾多，而人物所活動的年代，恰是中國傳統服飾發展最成熟，服飾面料、色彩、配套、甚至佩飾件也都趨

〔註48〕〔清〕顧炎武著：《日知錄校注》，安徽大學出版社，2007 年版，第 1365 頁。

於完整精緻的頂峰。」〔註49〕因此，儘管《水滸傳》中的鄆城人物服飾描寫不像兩軍對壘時那麼集中，但是也有的能寥寥數筆，卻精妙傳神。

《水滸傳》第十三回寫劉唐出場是「赤條條的」，「把些破衣裳團做一塊作枕頭，枕在項下，齁齁的沉睡著了在供卓上」（第十三回），一副流浪漢模樣；但是在他代表晁蓋來鄆城答謝宋江時穿戴就略有了改善：「頭戴白范陽氈笠兒，身穿一領黑綠羅襖，下面腿絣護膝，八搭麻鞋，腰裏跨著一口腰刀」。宋江也曾有過類似穿戴，殺了閻婆惜以後逃亡，他就是「戴著白范陽氈笠兒，上穿白段子衫，繫一條梅紅縱線縧。下面纏腳絣，襯著多耳麻鞋」（第二十二回）上路的。氈笠、麻鞋為行人常束，二人並備無異；黑綠羅襖和白衫紅帶則各有特色：前者頗合劉唐草莽神氣，後者更顯宋江儒雅態度。第五十一回寫白玉喬「裹著磕腦兒頭巾，穿著一領茶褐羅衫，繫一條皂縧，拿把扇子」，則備極猥瑣。所以金聖歎批了四個字曰：「龜形如畫！」

吳用和公孫勝的服飾也與各自的身份密相契合。第十四回寫吳用「戴一頂桶子樣抹眉梁頭巾，穿一領皂沿邊麻布寬衫，腰係一條茶褐鑾帶，下面絲鞋淨襪」，典型一個秀才打扮。公孫勝則「頭綰兩枚鬅鬆雙丫髻，身穿一領巴山短褐袍，腰繫雜色彩絲縧，背上松紋古銅劍。白肉腳襯著多耳麻鞋，錦囊手拿著鼉殼扇子。八字眉一雙杏子眼，四方口一部落腮胡」（第十五回），分明一副江湖術士的狀貌。

《水滸傳》不僅有靜態的服飾描寫，還有動態的服飾穿著過程。第二十一回就有一段對宋江寬衣解帶的描摹：「把頭上巾幘除下，放在桌子上，脫下上蓋衣裳，搭在衣架上。腰裏解下鑾帶，上有一把壓衣刀和招文袋，卻掛在床邊欄干子上。脫去了絲鞋淨襪，便上床去那婆娘腳後睡了。」頭戴腳穿一樣不落且擺放條理，很能看出常年周旋官場、謹小慎微的小吏生涯對宋江生活習慣的影響。宋江僅是脫掉上蓋衣裳和鞋襪就上床，也說明今夜他只是想權且囫圇睡下而再無奢望了。而宋江怒氣衝衝離開後，閻婆惜「脫下上截襖兒，解了下面裙子，袒開胸前，脫下截襯衣」，則明顯流露出閻氏與宋江冷戰一夜終於得到解脫的痛快心情。

飲食方面，由於鄆城故事寫的都是下層百姓的日常飲食活動，所以罕見梁中書或王都尉府上珍饈滿席的豪華宴飲。不過即使是通常的吃飯喝茶，人們也比較注重主客、座次、尊卑等禮儀，顯示出儒家重禮傳統的影響。例如

〔註49〕華梅：《服飾與中國文化》，人民出版社，2001年版，第535頁。

第十四回寫晁蓋招待來「打秋風」的雷橫：

> 晁蓋坐了主位，雷橫坐了客席。兩個坐定，莊客鋪下果品案酒，
> 菜蔬盤饌。莊客一面篩酒，晁蓋又叫置酒與土兵眾人吃。莊客請眾
> 人，都引去廊下客位裏管待。

對於雷橫這樣的重要客人，莊主晁蓋要親自招待，只有去淨手才讓管家代陪
片刻。由於不同等級和身份的客人不能同席，所以雷橫手下土兵就由莊客另
席安排。

人少是這樣，人多更如此。且看第十六回晁家莊七星聚義：

> 眾人道：「今日此一會，應非偶然。須請保正哥哥正面而坐。」
> 晁蓋道：「量小子是個窮主人，又無甚罕物相留好客，怎敢占上。」
> 吳用道：「保正哥哥，依著小生且請坐了。」晁蓋只得坐了第一
> 位。吳用坐了第二位，公孫勝坐了第三位，劉唐坐了第四位，阮
> 小二坐了第五位，阮小五坐第六位，阮小七坐第七位。卻才聚義飲
> 酒。

不僅喝酒如此，喝茶亦然。第十八回寫宋江在茶樓招待何濤，就頗有一
番客套：

> 宋江道：「惶恐！觀察請上坐。」何濤道：「小人是一小弟，安
> 敢占上。」宋江道：「觀察是上司衙門的人，又是遠來之客。」兩個
> 謙讓了一回，宋江坐了主位，何濤坐了客席。……兩個吃了茶，茶
> 盞放在桌子上。宋江道：「觀察到敝縣，不知上司有何公務？」

看來，即便是重要公務，也需遵照禮儀，喝完茶才能談事。

《水滸傳》寫鄆城的酒宴並無高檔，多只是如晁蓋家擺些「果品案酒、
菜蔬盤饌」而已。「菜蔬」即是蔬菜；「案酒」又稱按酒，指下酒的菜肴果品。
〔註50〕提到的案酒之物有閻婆所買「時新果子，鮮魚嫩雞肥鮓之類」（第二十
一回），唐牛兒賣的糟薑等「糟醃」，第二十二回寫宋太公置酒管待官兵還「宰
殺些雞鵝」。提到的具體飲品則有何濤在縣衙前的茶樓上點的泡茶（第十八
回）、王公請宋江喝的醒酒二陳湯（第二十一回）、李小二「撇了雷橫，自出
外面趕碗頭腦」的頭腦（第五十一回）等。

唐牛兒賣的糟薑是一種傳統美食，元人記有比較詳細的糟薑醃製法：「社
（立秋後第五個戊日）前嫩薑，不以多少。去蘆，揩擦淨。用煮酒和糟、鹽

〔註50〕陸澹安編著：《小說詞語彙釋》，中華書局，1964年新1版，第295頁。

拌勻。入磁壇中，上用沙糖一塊。箬葉紮口，泥封頭。」〔註51〕而更早在北宋時，黃庭堅就寫過感謝朋友遙寄糟薑和銀杏的信箚，如今這副名爲《糟薑銀杏帖》的書法精品保存在臺北故宮博物院。〔註52〕

二陳湯是傳統中藥方劑，最早見於宋人編《太平惠民和劑局方》，因其方以中藥所謂「六陳」中的陳皮和半夏爲主，故名。二陳湯燥濕化痰、理氣和中，善治痰症。《水滸傳》所說「醒酒二陳湯」，應是在二陳湯基礎上加入其它中藥製作而成。至於「頭腦酒」，據明人朱國禎《湧幢小品》記載：「凡冬月客到，以肉及雜味置大碗中，注熱酒遞客，名曰頭腦酒，蓋以避寒風也。」〔註53〕可見這是多季待客的一種湯飲。近人陸澹安曾記有山西太原一帶製作「頭腦酒」的方法，「是用羊肉、生薑、煨麵、曲塊、蓮菜、長山藥、酒糟、醃韭八種原料配合而成」，也被稱爲「八寶湯」。〔註54〕元、明二代，這種酒在北方包括山東頗流行，所以除《水滸傳》之外，《金瓶梅》、《醒世姻緣傳》等小說中也都有喝頭腦酒的描寫。

《水滸傳》寫到的鄆城民居主要有兩種，一是鄉間如晁家、宋家這樣的富戶莊園，一是城內閻婆惜所住的樓房。

《水滸傳》寫有不少地主莊園，但寫得比較細緻的是第十四回東溪村的晁蓋莊。晁蓋莊有莊門（「雷橫並土兵押著那漢，來到莊前敲門」）和門樓（「晁蓋……徑來門樓下看時」），旁有門房（「眾土兵先把那漢子弔在門房裏」）；進入園內，向裏先是草堂（「雷橫自引了十數個爲頭的人，到草堂上坐下」），再裏是後廳（「此間不好說話，不如去後廳軒下少坐」），廳廊下能招待二十個土兵喝酒（「莊客請眾人，都引去廊下客位裏管待」），廊下兩側還有客房（「晁蓋叫莊客引劉唐廊下客房裏歇息」）。第十五回又寫到，晁家莊園還有後堂（「六籌好漢正在後堂散福飲酒」），第十六回還提到後堂深處（「一發請進後堂深處見」），後堂附近還有一處小小閣兒。可見後堂一帶建築面積夠大。第十八回又提到一個後園（「和吳用、公孫勝、劉唐在後園葡萄樹下吃酒」），莊園還有一個後門。

城市民居中，第二十一回對縣西巷內閻婆惜所住樓房寫得很是細緻。此

〔註51〕〔元〕無名氏編：《居家必用事類全集》，中國商業出版社，1986年版，第67頁。

〔註52〕黃君：《山谷書法鈎沉錄》，江西教育出版社，2005年版，第105頁。

〔註53〕〔明〕朱國禎：《湧幢小品》，中華書局，1959年版，第398頁。

〔註54〕陸澹安：《說部卮言》，上海錦繡文章出版社，2009年版，第199頁。

樓爲上下兩層，樓下是閻婆住處和竈房，樓上是閻婆惜的居室：

> 原來是一間六椽樓屋，前半間安一副春臺桌凳，後半間鋪著臥房。貼裏安一張三面棱花的床，兩邊都是欄杆，上掛著一頂紅羅幔帳。側首放個衣架，搭著手巾，這邊放著個洗手盆。一張金漆桌子上，放一個錫燈檯，邊廂兩個杌子。正面壁上，掛一幅仕女。對床排著四把一字交椅。

這樣一段室內布置介紹，服從於人物塑造和情節安排的需要，物盡其用，無一處閒筆：春臺上放過桶盤，繡床上有過冷戰，欄杆上掛過鸞帶，衣架上搭過衣裳，桌子上放過頭巾，洗手盆裏洗過臉，錫燈檯上燒過信，杌子和交椅也都坐過人。只剩這仕女圖和紅羅幔帳沒有直接派上用場，不過作爲一場內幃血案的室內背景絕非多餘。

三、婚姻、喪葬和娛樂

《水滸傳》鄆城故事中寫梁山泊好漢的家庭和婚姻都比較簡單。晁蓋「最愛刺槍使棒，亦自身強力壯，不娶妻室，終日只是打熬筋骨。」（第十四回）莊上除了莊客和江湖好漢似乎再沒有別人。吳用好像也是孤身一人，他在鄉村授課，將書齋門一鎖就無牽無掛了。第五十一回雷橫「收拾了細軟包裹，引了老母，星夜自投梁山泊入夥去了」，看來也是沒有老婆孩子的。唯一有正常婚姻家庭的是朱仝，第五十二回宋江勸他安心入夥，說「尊嫂並令郎已取到這裏多日了」；然而朱仝家人口不多，因爲前回書就說他「無父母掛念」。

當然，這並不意味著梁山泊好漢多爲「獨身主義」者或「性變態」。須知《水滸傳》是寫江湖好漢，人物有無家室老小，以及家庭成員的多少等狀況，不是依照世俗認爲的應該和可能而設，而是作者視主題的表現和情節需要而定。元代陳泰在《所安遺集補遺》記他舟行過梁山附近的安山下，當地篙師介紹說：「此安山也。昔宋江事處（按：此句有脫誤）。絕湖爲池，闊九十里，皆葉荷菱芡，相傳以爲宋妻所植。」〔註55〕可知在當時民間傳說裏，宋江是有家室的。然而《水滸傳》第二十一回王婆道：「只聞宋押司家裏在宋家村住，不曾見說他有娘子。在這縣裏做押司，只是客居。常常見他散施棺

〔註55〕朱一玄、劉毓忱編：《水滸傳資料彙編》，南開大學出版社，2002年版，第49頁。

材藥餌，極肯濟人貧苦。敢怕是未有娘子。」然而讀者看來，很可能以爲宋江年及三旬而沒有妻小，一定是性與婚姻的取向上不夠正常。其實未必然。宋江確實「於女色上不十分要緊」，但這應該不是書中不寫他有妻小的原因。《水滸傳》不寫宋江有妻的眞正原因，恐怕不是宋江拒絕娶妻，而是一旦寫他有了妻小，那麼他接受閻婆惜「掛名」外室以至上梁山的事體，就會更加麻煩，不得不寫，寫起來又容易與主題去得遠了。

　　《水滸傳》的鄆城故事中涉及喪葬的內容大都與宋江有關。宋江人稱「及時雨」，他屢屢被人稱頌的善行之一就是「散施棺材藥餌」（第二十一回）。棺木是古代喪葬必備，看看閻婆因此被逼得要賣女兒，即可見喪主對棺木的重視。宋江「散施棺材」的對象不僅有無錢津送、停屍在家的亡人家屬，還有大限不遠而棺木無著的老人，如第二十一回賣湯藥的王公，就差一點領到宋江給他的「棺材本」。按照傳統習俗，趁身體硬朗先做好棺木是舊時年長者的頭等大事，通常這種生前就準備好的棺木稱壽材。像王公這樣垂老之年還需趕早市糊口的窮人，宋江的施捨無疑是莫大的恩典。難怪他會對這位「恩主」如此感戴，立誓道：「老子今世報答不得押司，後世做驢做馬報答官人。」

　　第三十五回也有一段與喪葬習俗有關的情節。宋太公爲防宋江落草爲寇，讓宋清謊報喪信誆使宋江回家。宋江接到石勇轉交的家書，只見：

> 封皮逆封著，又沒平安二字。宋江心內越是疑惑，連忙扯開封皮，從頭讀至一半，後面寫道：「父親於今年正月初頭，因病身故，見今停喪在家，專等哥哥來家遷葬。千萬，千萬！切不可誤！宋清泣血奉書。」

對「封皮逆封」，程穆衡《〈水滸傳〉注略》解釋說，古時「凡封書，右掩左爲順，左掩右爲逆。吉事順，凶事逆」。〔註56〕而書皮上寫「平安」也是古人寫信的慣例，第三十九回蔡九知府寫給蔡京的家信封皮上就寫著「平安家信」等等。明代詩人高啓《得家書》有云：「未讀書中語，憂懷已覺寬。燈前看封篋，題字有平安。」宋清假信的內容是報喪，所以逆封且無平安字樣。按照傳統，子女在父母亡故沒能床前送終即是孝道有虧，死後不能及時趕回送葬更是爲輿論所難容。故而宋江接信之後，捶胸頓足，自責不已，拋下眾人連

_____

〔註56〕朱一玄、劉毓忱編：《水滸傳資料彙編》，南開大學出版社，2002年版，第405頁。

夜歸家奔喪去了。

然而第九十九回還是寫到了太公的葬禮，因爲這一回他是眞的與世長辭了：

> 宋江回到莊上，不期宋太公已死，靈柩尚存。……宋江在莊上修設好事，請僧命道，修建功果，薦拔亡過父母宗親。州縣官僚，探望不絕。擇日選時，親扶太公靈柩，高原安葬。是日，本州官員，親鄰父老，賓朋眷屬，盡來送葬已了，不在話下。

這顯然因爲宋江不再是江湖老大，而是朝廷的命官，所以父以子貴，能在自己的家鄉堂堂正正地舉辦葬禮，盛大隆重，備有哀榮。

關於鄆城縣的娛樂生活，《水滸傳》有兩處截然不同的表述。第二十一回王婆說：「他那閻公，平昔是個好唱的人，自小教得他那女兒婆惜也會唱諸般耍令。年方一十八歲，頗有些顏色。……不想這裏的人不喜風流宴樂，因此不能過活。」然而第五十一回李小二口中的鄆城娛樂場所卻熱鬧得很：「此處近日有個東京新來打踅的行院，色藝雙絕，叫做白秀英。……如今見在勾欄裏，說唱諸般品調。每日有那一般打散，或有戲舞，或有吹彈，或有歌唱，賺得那人山人海價看。」因爲職業的緣故，王婆的說法可信度本就不高；再加上雷橫親眼所見的火爆場面，更說明她的話可能是順口胡謅。不過也存在這樣的可能：閻婆惜打不開市場是因爲沒有靠山，而白秀英則能利用她與知縣的關係一炮打紅。〔註57〕

白秀英演出的場所叫勾欄。勾欄是宋元時期戲曲及其它伎藝在城市中的主要演出場所，又作勾闌、構欄。明代以後，也把妓院稱作勾欄。孟元老《東京夢華錄》記太平車形制時說它「上有箱無蓋，箱如構欄而平」〔註58〕，可見勾欄是一個箱式的四周封閉的空間；白秀英演到精彩處，「合棚價眾人喝綵不絕」，說明這勾欄上面還有棚遮蓋。雷橫來到勾欄外，「只見門首掛著許多金字帳額，旗杆弔著等身靠背」。「帳額」、「靠背」這些高懸的裝飾物，如同酒店的橫幅或幌子，是用以招徠客人的。勾欄內的觀眾席還有等級，尊貴的位置稱「金交椅」、「青龍頭」、「白虎頭」等。金交椅是象徵性地留給皇帝坐的，當然是在舞臺正中最近處。按照古代「左青龍、右白虎」的說法，「青龍

〔註57〕郭延雲：《〈水滸傳〉中的鄆城風俗研究》，《濟南職業學院學報》，2011年第1期。

〔註58〕〔宋〕孟元老：《東京夢華錄》，上海古典文學出版社，1956年第1版，第21頁。

頭」在舞臺的左側下場門附近，「白虎頭」在舞臺右側的上場門附近，都是最
好的位置。〔註59〕雷橫「入到裏面，便去青龍頭上第一位坐了」，所以白秀英
才會向他第一個討賞錢，並且笑道：「頭醋不釅徹底薄。官人坐當其位，可出
個標首。」

《水滸傳》此回寫白秀英當天在勾欄裏的演出甚詳：

> 看戲臺上卻做笑樂院本。……院本下來，只見一個老兒……上
> 來開呵道：……鑼聲響處，那白秀英早上戲臺，參拜四方。拈起鑼
> 棒，如撒豆般點動。拍下一聲界方，念了四句七言詩，便說道：「今
> 日秀英招牌上明寫著這場話本，是一段風流醞藉的格範，喚做『豫
> 章城雙漸趕蘇卿』。」說了開話又唱，唱了又說，合棚價眾人喝綵不
> 絕。那白秀英唱到務頭，這白玉喬按唱道：「雖無買馬博金藝，要動
> 聰明鑒事人。看官喝綵道是過去了，我兒且回一回，下來便是襯交
> 鼓兒的院本。」白秀英拿起盤子指著道：「財門上起，利地上住，吉
> 地上過，旺地上行。手到面前，休教空過。」

從以上描述看來，這段演出應是以白秀英的演唱為主打，前面的「笑樂
院本」是暖場，中間的「襯交鼓兒的院本」是穿插；唱到精彩處，白秀英停
下來向場下聽眾討賞錢，說的都是些捧人做大老官痛快出錢話。整個表演
過程中，白玉喬的角色如同如今演唱會的主持人，起到勾連串場的作用。白
玉喬的所謂「開呵」就是在開場時吆喝，以介紹情況；「按喝」亦即「按呵」
〔註60〕，是在中間打斷演出，使演員當面求賞錢物；正常情況演出結束還應
有「收呵」，可惜這一回因為和雷橫鬥嘴被打得「唇綻齒落」，我們無從知道
通常這樣的「收呵」會說些什麼了。

白秀英表演的是一場「話本」。宋元時代所稱的話本，可以是「說話」，
也可以指有說有唱的「詞話」或諸宮調。曲家源先生認為白秀英表演的是諸
宮調。〔註61〕諸宮調就是李小二所說的「諸般品調」，它有韻有散，有說有唱，
唱的時候有樂器伴奏，唱詞由若干不同宮調的套數聯綴，因此得名，是宋元
時非常流行的說唱文學形式。白秀英表演的故事叫《豫章城雙漸趕蘇卿》。據

〔註59〕劉徐州編著：《趣談中國戲樓》，百花文藝出版社，2004 年版，第 275～276
頁。

〔註60〕黃天驥，康保成主編：《中國古代戲劇形態研究》，河南人民出版社，2009 年
第 1 版，第 148 頁。

〔註61〕曲家源：《〈水滸傳〉中的宋元戲曲形制考》，《晉陽學刊》，1992 年第 4 期。

莊一拂先生考證，宋金時諸宮調有《雙漸豫章城》一種，元雜劇有王實甫《蘇小卿月夜泛茶船》、紀君祥《信安王斷復販茶船》、庚天錫《蘇小卿麗春園》、無名氏《趕蘇卿》、《豫章城人月兩團圓》等多種，都是表演雙漸趕蘇卿的故事，但這些劇本早就散佚無存了。〔註62〕

〔註62〕莊一拂：《古典戲曲存目彙考》（上），上海古籍出版社，1982 年第 1 版，第 89 頁。

第四章 《水滸傳》中的鄆城縣（下）

　　《水滸傳》寫鄆城縣最中心的人物自然是宋江。自元明代以降，宋江作爲《水滸傳》寫水泊梁山一百零八條好漢之首，至今已經成爲鄆城縣歷史上一張永不褪色的名片，爲這個傳說與小說中的「宋江故里」帶來與日俱隆的聲望。從而說宋江必說到鄆城，而說鄆城也往往要說到宋江。

　　然爾，數百年來，從歷史到《水滸傳》小說中的宋江，由於情況複雜，言人人殊，一直是個爭議頗多而且大的人物。晚明思想家李贄對宋江褒獎有加，贊其爲「忠義之烈也」。〔註1〕金聖歎卻以爲「《水滸傳》……只是把宋江深惡痛絕，使人見之，眞有犬豕不食之恨」。〔註2〕建國以後的長時期內，對宋江的評價更是與意識形態和各種運動結緣，忽而尊爲「農民起義領袖」捧上九霄，倏爾又被貶作「野心家」、「投降派」打翻在地。時至今日提起宋江來，讀者專家是非毀譽、愛恨褒貶，仍有雲泥之隔，天壤之別。即使單純從文學視角品評宋江其人，論者也是見仁見智，歧見紛出。宋江究竟是一個怎樣的人物？追本溯源，還需從歷史上的宋江及其文學形象的流變說起。

〔註1〕〔明〕李贄：《忠義水滸傳序》，轉引自朱一玄、劉毓忱編：《水滸傳資料彙編》，南開大學出版社，2002年版，第172頁。

〔註2〕〔清〕金聖歎：《讀第五才子書法》，轉引自朱一玄、劉毓忱編：《水滸傳資料彙編》，南開大學出版社，2002年版，第219頁。

第一節　宋江其人及文學演繹

一、史有其人的義軍領袖

　　與《水滸傳》中的很多完全是杜撰出來的人物不同，歷史上確有宋江其人，事跡見諸史書、筆記、詩文者有數十篇之多。然而這些文字多為隻言片語的零星記載，所記內容又多有牴牾，因而宋江的形象十分模糊。但是綜合考量，細心推究，還是可以勾勒出歷史上真實宋江的大致輪廓。

　　較早記載宋江事跡的南宋王偁《東都事略·徽宗紀》載：「宣和三年二月，……淮南盜宋江陷淮陽軍，又犯京東、河北，入楚海州。夏四月庚寅，童貫以其將辛興宗與方臘戰於青溪，擒之。五月丙申，宋江就擒。」同書卷一百八《張叔夜傳》亦載：「會劇賊宋江剽掠至海，趨海岸，劫巨艦十數。叔夜募死士千人，距十數里，大張旗幟，誘之使戰。密伏壯士匿海旁，約候兵合，即焚其舟。舟即焚，賊大恐，無復鬥志，伏兵乘之，江乃降。」〔註3〕由此可見宋江是北方義軍首領，帶領部屬流動作戰，有較強的戰鬥力，最終為張叔夜所敗。《宋史·張叔夜傳》述張叔夜敗宋江一段與《東都事略》略同，但在「江乃降」之前加「擒其副賊」，似乎暗示宋江之降除因軍事失利，還有兄弟義氣的因素存在。

　　當然，平定這次起義還是靠了宋朝統治者慣用的軟硬兼施手段。《東都事略·侯蒙傳》載：「宋江寇京東，蒙上書陳制賊之計：『宋江以三十六人橫行河朔、京東，官軍數萬，無敢抗者，其材必過人。不若赦過招降，使討方臘以自贖。或足以平東南之亂。』徽宗曰：『蒙居間不忘君，忠臣也。』起知東平府，未赴而卒。」雖然侯蒙未果行，但仍顯示當時統治者確有招安宋江並利用他征討方臘的意圖。如果侯蒙上書與知東平府之間有必然關係，似乎可以推斷東平府轄境應有宋江的長期立足之所，附近號稱方圓八百里的梁山水泊則極有可能是義軍首選；而水泊西南岸的鄆城，自元代就被視作宋江故里可能是有根據的。李埴《皇宋十朝綱要》卷十八亦稱，宣和元年（1119）十二月，朝廷「詔招撫山東盜宋江」；直至宣和三年（1121）二月，「知州張叔夜招撫之，江出降」。〔註4〕《宋史·徽宗紀》也有「命知州張叔夜招降之」的說

〔註3〕　〔宋〕王偁：《東都事略》，轉引自朱一玄、劉毓忱編：《水滸傳資料彙編》，
　　　　　南開大學出版社，2002年第1版，第2～3頁。

〔註4〕　〔宋〕李埴：《皇宋十朝綱要》，朱一玄、劉毓忱編：《水滸傳資料彙編》，南
　　　　　開大學出版社，2002年版，第12頁。

法。北宋末年人李若水在其《忠愍集》卷二的《捕盜偶成》中，對語焉不詳的正史作了有益的補證。詩之起首數句曰：

> 去年宋江起山東，白晝橫戈犯城郭。殺人紛紛剪草如，九重聞
> 之慘不樂。大書黃紙飛敕來，三十六人同拜爵。獰卒肥驂意氣驕，
> 士女駢觀猶驚諤。〔註5〕

這篇洋溢著作者滿腔激憤的時評之詩，使我們相信宋江招安且封官拜爵，不僅是確鑿的史實，而且是當時一件轟動朝野的大事。詩中描寫的招安場面，與《水滸傳》第八十二回寫「梁山泊分金大買市，宋公明全夥受招安」也很有幾分相像。

宋江何時招安、招安後是否參與征方臘之役難有定論。徐夢莘《三朝北盟會編》、楊仲良《通鑒長篇紀事本末》、李埴《皇宋十朝綱要》等均提到平方臘之役有宋江其人，但時間尚有牴牾，是否重名之兩人也未可知。宋人范圭《宋故武功大夫河東第二將折公墓誌銘》的出土更使宋江結局撲朔迷離，銘中記載，宋將折可存率兵平定方臘，「班師過國門，奉御筆：『捕草寇宋江。』不逾月，繼獲，遷武功大夫。」〔註6〕如若歷史上僅一宋江且上述記載均屬實，則宋江可能招安後即被利用來征方臘，凱旋不久又遭鎮壓。〔註7〕這樣的話與《水滸傳》就更接近了。

明代郎瑛《七修類稿》卷二十五《辯證類·宋江原數》言：「史稱宋江三十六人橫行齊魏，官軍莫抗，而侯蒙舉討方臘。周公謹載其名贊於《癸辛雜誌》，羅貫中演為小說，有『替天行道』之言。今揚子、濟寧之地皆為立廟。據是，逆料當時非禮之禮、非義之義，江必有之，自亦異於他賊也。」〔註8〕的確，宋江起義不僅本事得以載之史冊，傳聞更是久布民間，足以說明其人其行不同凡響，傳奇背後必有可堪生發的歷史原型。

二、文學形象的嬗變軌跡

宋江由歷史人物到最終走入《水滸傳》，經歷了長期演化過程。雖然我們

〔註5〕馬泰來：《從李若水的《捕盜偶成》詩論歷史上的宋江》，《中華文史論叢》，上海古籍出版社，1981年第1輯。

〔註6〕朱一玄、劉毓忱編：《水滸傳資料彙編》，南開大學出版社，2002年版，第23頁。

〔註7〕牟潤孫：《折可存墓誌銘考證兼論宋江之結局》，《注史齋叢稿》，中華書局，1987年版，第196頁。

〔註8〕〔明〕郎瑛：《七修類稿》，上海書店出版社，2009年版，第271頁。

無從考察演化脈絡上的每一個細節，但通過對這一期間遺存的化石般的標誌性作品進行比較，依然能夠大致勾勒出宋江作爲文學形象日益清晰的成長軌跡。

宋末元初周密所著《癸辛雜識續集》裏，錄有當時著名畫家龔開所作《宋江三十六贊並序》，應爲迄今所見有關宋江三十六人的姓名、綽號、形貌及性格特徵的最早記錄。龔開說，「宋江事見於街談巷語，不足採著。雖有高如李嵩輩傳寫，士大夫亦不見黜，余年少時壯其人」，認爲他「識性超卓，有過人者」，堪比盜賊之聖柳跖。這都證明宋江作爲具有相當魅力與傳奇色彩的草莽英雄，至遲在南宋已經進入士大夫階層的藝術視野。當然，龔開處宋元易代之際，褒獎宋江「與之盜名而不辭」，無疑是爲抨擊那些亡國之際「畏影而自走，所爲近在一身」的「亂臣賊子」張本。作者甚而高呼：「與其逢聖公之徒，孰若跖與江也？」然而，這並不意味龔開已經將宋江等人視作忠臣義士，他正是因宋江三十六人「其本撥矣」，出於「將使一歸於正，義勇不相戾」的目的，才「人爲一贊，而箴體在焉」。故其題寫的讚語，多是寄寓勸誡之旨而對名號作出的即興發揮。龔開爲「呼保義宋江」作贊詞曰：「不假稱王，而呼保義。豈若狂卓，專犯忌諱？」意即宋江號「呼保義」，沒有像那些「狂卓」之徒動輒稱王，是值得稱讚的。也就是序中所云：「立號既不僭侈，名稱儼然，猶蹈軌轍，雖託之記載可也。」〔註9〕

余嘉錫著《宋江三十六人考實》認爲，「保義郎」是宋代低級武官官名，「宋江以此爲號，蓋言其武勇可爲使臣云爾。」〔註10〕元代水滸戲中還有宋江自稱「順天呼保義」和別人直呼其爲「保義哥哥」的情況。雖然此名號最初何義還有待考證，但是它的產生爲《水滸傳》的「忠義」主題埋下了種子。

《宣和遺事》第四節所記水滸故事長近三千字，私放晁蓋、殺閻婆惜、題反詩、得天書、落草、招安、征方臘等情節一應俱全，是後來《水滸傳》創作的藍本。〔註11〕《宣和遺事》中昏君奸臣誤國的基調深深影響了《水滸傳》，但還遠沒有和宋江故事有機聯繫起來。雖然《宣和遺事》首次出現了

〔註9〕 朱一玄、劉毓忱編：《水滸傳資料彙編》，南開大學出版社，2002年版，第19～20頁。

〔註10〕 余嘉錫：《余嘉錫論學雜著》，中華書局，2007年版，第361頁。

〔註11〕 有學者認爲《宣和遺事》這段故事是對宋時可能存在的話本《宋江》的縮寫。見陳松柏：《水滸傳源流考》，人民文學出版社，2006年第1版，第101頁。

「天書付於罡院三十六員猛將，使呼保義宋江爲帥，廣行忠義，殄滅姦邪」這樣旗幟鮮明的主題宣示，可是對他們吃飽喝足就「各人統率強人，略州劫縣，……放火殺人，劫掠子女玉帛」的強盜行徑也並無諱飾。這種洗刷不盡的歷史原型痕跡與搖擺模糊的審美塑造意圖之間的糾結與游離，是通俗文學演進過程中作品尚不夠成熟的一個標誌。主題的衝突同樣也給人物塑造打上了鮮明的烙印，所以宋江雖然是史書裏勇悍狂俠、縱橫千里的匪首，卻增加了出身押司小吏、終封節度使的傳奇經歷，甚至還有了爭風吃醋怒殺閻婆惜的人生命運波折。

元代水滸戲也是我們考察宋江形象變遷的重要一環。現存劇目中，宋江多爲模式化的串場配角，甚至在《宋公明排九宮八卦陣》中也不是最主要人物。不過，元代水滸戲中的宋江已經有了完整的名、字、號（字公明，綽號及時雨或順天呼保義），有殺惜之後發配江州被晁蓋救上梁山的經歷，也有奉詔征遼、征方臘的內容，連身矮色黑的面貌特徵也具備了。而且宋江已經成爲眾望所歸的正義化身：「杏黃旗上七個字：替天行道宋公明。」（康進之《梁山泊黑旋風負荊》）附近百姓「一向聞得宋江一夥，只殺濫官污吏，並不殺孝子節婦，以此天下馳名，都叫他做呼保義宋公明」（無名氏《爭報恩三虎下山》）。秀才劉慶甫在妻子被蔡衙內搶走後說：「我別處告，近不的他，直往梁山上告宋江哥哥走一遭去。」（無名氏《魯智深喜賞黃花峪》）在《宋公明排九宮八卦陣》裏，宋江更成了「歸眞主」、「扶皇室」的耿忠之臣。

明初皇室周憲王朱有燉撰有水滸戲兩種，與元代雜劇人物風格類似。其後明清與水滸相關的文學作品多或受到《水滸傳》影響，茲不多論。從歷史上的宋江其人到《水滸傳》成書之間，宋江的形象肯定還經歷過其它多種文藝形式的無數次加工、改造和滋養，可惜大浪淘沙，今多已無緣得見了。

在《水滸傳》中，宋江既是推動情節的中心，又是人物塑造的重點，還是全書主題的主要承載者。一部《水滸傳》就是一部宋江史，宋江就是《水滸傳》的靈魂。明代郎瑛著《七修類稿》卷二十三《辯證類·三國宋江演義》也正是以《宋江》爲《水滸傳》的別名。〔註12〕宋江作爲《水滸傳》中經歷最曲折、形象最複雜，同時也是最受爭議的人物，幾乎其坎坷人生中艱難邁出的每一步，都被歷代讀者千百遍審視和挖掘；尤其是他情注招安，雖屢遭奸臣陷害而至死不渝的決絕與執著，更是數百年來聚訟紛紜的焦點。

〔註12〕〔明〕郎瑛：《七修類稿》，上海書店出版社，2009 年版，第 246 頁。

第二節　鄆城小吏的坎坷人生

一、逼上梁山的心路歷程

　　歷史上的宋江是一個勇悍的盜跖式的人物，《水滸傳》中則被塑造成享祀廟食堪比岳飛的忠義典型，其間變化可謂大矣！即使僅就《水滸傳》所寫宋江的命運，也正所謂顛沛流離，頻臨絕境。與這一人物形象塑造同步，小說主題的巨大變化和情節的錯綜繁複在增強故事可讀性的同時，也必然反過來增加把握這一人物性格內涵的難度。當然，一部婦孺皆知的名著必然因其普適性而兼具多重解讀的可能，宋江這樣有著豐厚文化積澱的文學形象也肯定值得多維度審視。然而無論從哪種視角切入，我們都不能脫離《水滸傳》來談宋江，更不能無視宋江的坎坷人生和心路歷程來談宋江所追求招安的忠義之路。

　　《水滸傳》寫宋江是一個世居鄆城、供職縣衙的押司，一方面「刀筆精通，吏道純熟，更兼愛習槍棒，學得武藝多般」，另一方面「年及三旬，有養濟萬人之度量；身軀六尺，懷掃除四海之心機」（第十八回）。渴望發跡變泰、成就功名、獲取富貴是人性使然，這樣一位文武兼備、志在四方的人中俊傑，怎是甘居人下的池中之物？這種追求成長的動力必然使宋江心有所冀，而光宗耀祖的夢想也自然是宋江的人生追求。然而「宋時爲官容易，做吏最難」，「那時做押司的，但犯罪責，輕則刺配遠惡軍州，重則抄紮家產，結果了殘生性命」（第二十二回）。宋江作爲押司的前景，不但無陞遷的可能，反而有隨時擔責獲罪的危險。他甚至不得不提前以公證與老父斷絕關係的方式保全家人，還在家裏挖了藏身地窖以防萬一。

　　但是，意外或無可避免的變故還是接二連三地不期而至。宋江「私放晁蓋」，固然有違國家公務人員職守，但生死一念之間，他的抉擇自是迫不得已。生辰綱乃梁中書搜刮的不義之財，這「一套富貴」（第十四回）的不義性質，決定了晁蓋等「智取生辰綱」和宋江「私放晁蓋」有本質上的正當性。再說關鍵的問題是晁蓋等劫生辰綱乃「智取」而非殺掠，但是假如晁蓋等因此而被捕，卻有可能被科以重罪，晁蓋、吳用二位主謀甚至有賠上性命的可能。在這種情況下，宋江站到了晁蓋一邊，既是站到了朋友一邊，也是站到了民心和正義一邊。他這樣做縱然看起來與其縣衙押司的身份、職責不符，卻與古代「吏爲民役」的境界更爲契合，是在更高一層次上盡到了一個吏

員的責任。毫無疑問，假如宋江不出手相救，使晁蓋等八人身陷囹圄，甚至命喪黃泉，十二擔「金珠寶貝」重歸梁中書、蔡太師，則天理何在？於法又有何補？

　　所以，即使從縣衙爲吏的角度看，「私放晁蓋」的宋江不僅無可責備，而是明於大義，嫻於政理，知乎輕重。書中說他「吏道純熟」者，由此可見一斑。但是，宋江畢竟身在衙門，其「私放晁蓋」的初衷，不過使好友逃命避禍，免遭牢獄之災，卻並不認爲也沒有想到晁蓋等可以因此而投梁山泊並占山爲王，——那與他「忠義」的本心不合。所以，在得知晁蓋等人攜了那「金珠寶貝」反上梁山以後，宋江就犯了思量道：「晁蓋等眾人不想做下這般大事，犯了大罪，劫了生辰綱，殺了做公的，傷了何觀察，又損害了許多官軍人馬，又把黃安活捉上山。如此之罪，是滅九族的勾當！雖是被人逼迫，事非得已，於法度上卻饒不得。倘有疏失，如之奈何？」（第二十回）這固然有對晁蓋等朋友的關切之情，但也可看出宋江實與置朝廷法律於不顧的晁蓋等不同，是個絕無反叛之心而隨時在「忠」與「義」之間權衡輕重的明智之士，所謂「宋公明」者，於此可見一斑。

　　然而宋江命運的眞正危機是他殺死了閻婆惜。「宋江殺惜」事有偶然。因爲如果僅僅是閻婆惜感情上的背叛，「只愛學使槍棒，於女色上不十分要緊」（第二十一回）的宋江不會殺她；又如果被閻婆惜要挾宋江的不是懸繫自己身家性命的書信，宋江也不會苦苦哀求；而閻婆惜若非貪求無厭，逼勒太過，使宋江忍無可忍，也就不會招來殺身之禍。所以，殺死閻婆惜有宋江早就對之嫌怨和當時情勢逼勒的原因，也有一定激情犯罪的因素。然而無論如何，「自幼曾攻經史，長成亦有權謀」的宋江，從此告別了「恰如猛虎臥荒丘，潛伏爪牙忍受」（第三十九回）的縣吏生涯，一步步踏上了「借得山東煙水寨，來買鳳城春色」（第七十二回）的曲折盡忠之途。總之，造反從來不是宋江的人生選項。殺惜以後他沒有逃上梁山，而是藏到自家佛堂的地窖裏，被早知此「窟」的朱仝逮了個正著。朱仝問他作何打算，宋江想到的是滄州橫海郡柴進莊上、青州清風寨花榮處和白虎山孔太公莊上三個逃身之處。對此，連對宋江頗有偏見的王望如也說：「宋江同弟宋清脫兔不投蓼兒窪，而投橫海郡，可知宋江初心原不肯坐梁山第一位也。」〔註13〕在青州瑞龍鎭與武松告別時，

〔註13〕〔清〕王望如：《醉耕堂刻〈出像評點水滸傳〉七十回總評》，轉引自馬蹄疾：《水滸資料彙編》，中華書局，1980 年版，第 235 頁。

宋江語重心長地囑咐他「如得朝廷招安，你便可攛掇魯智深、楊志投降了，日後但是去邊上，一槍一刀，搏得個封妻蔭子，久後青史上留得一個好名，也不枉了爲人一世」（第三十二回）。一席肺腑之言，道出了宋江多少期望、懊悔、失落和無奈。自己戴罪之身還不忘囑咐武松等人早日歸順朝廷，哪是心懷不軌、蓄意謀反之人！

大鬧青州後宋江也曾逸興橫飛，若不是宋太公書信來得及時，怕早就坐上梁山第二把交椅了。稍後發配江州途中，梁山泊好漢力邀他入夥，他卻橫刀自刎，慟哭下跪，死活不肯。甚至曾一起大鬧青州的花榮要與他開枷放鬆一下，他也不肯，反而訓斥道：「賢弟，是甚麼話！此是國家法度，如何敢擅動！」（第三十六回）下了梁山，兩個公人道：「押司，這裏又無外人，一發除了行枷，快活睡一夜，明日早行。」宋江忙不迭道：「說得是。」（第三十七回）遂去了行枷。宋江前後態度變化如此之快，看起來的確有些出爾反爾、反覆無常。無怪王望如譏諷道：「由此觀之，謂宋江不立意做強盜，不信。」〔註14〕

其實個中原委作者借宋江被捕前寬慰太公的話解釋得很清楚：「父親休煩惱。官司見了，倒是有幸。明日孩兒躲在江湖上，撞了一班兒殺人放火的弟兄們，打在網裏，如何能勾見父親面。便斷配在他州外府，也須有程限。日後歸來務農時，也得早晚伏侍父親終身。」（第三十六回）剛剛由於大鬧青州而頭腦發熱的宋江，在深刻體驗喪父之痛的虛驚之後，終於找回了自己，在又一次意外面前顯得異常冷靜，思維也重回慣常軌道：殺惜之罪可以遇赦減刑，做強盜則無異於終身流放！與後者的風險相比，宋江當然寧願接受律法制裁，哪怕被釋後終老戶牖，至少還可以與家人共享天倫。所以，在梁山宋江故作姿態不肯開枷，只是藉此表明堅決的態度，唯恐這群莽漢陷他於「不忠不義」，突出了宋江的智慧而非虛僞。這一波三折不僅寫出了宋江的可敬，同時也能看出他對「前者一時乘興，與眾位來相投」孟浪之舉的後悔，更證明和普天下芸芸眾生一樣，宋江不到萬不得已是斷斷不會鋌而走險的。

然而偏偏造化弄人！與林沖在滄州無異，宋江在江州也是想安心做一個囚徒而不得。第三十八回開篇詩曰：「心安茅屋穩，性定菜羹香。世味薄方

〔註14〕〔清〕王望如：《醉耕堂刻〈出象評點水滸傳〉七十回總評》，轉引自馬蹄疾：《水滸資料彙編》，中華書局，1980 年版，第 243 頁。

好，人情淡最長。」恰是宋江隨遇而安一心等待刑滿歸家的眞實心態。和林沖一樣，宋江是遭人陷害獲罪才不得不投奔梁山，只是宋江之事的由頭是讓人頗費思量的兩首詩詞。有人認爲，宋江於潯陽樓上所題詩詞文理皆失，但反意昭著；黃文炳雖有狗拿耗子之嫌，然終是一條嗅覺靈敏的好狗，未免死得冤屈。宋江於潯陽江樓上所題詩詞確有意圖謀反的嫌疑，加以應得民謠讖語在先，難怪有人爲黃文炳鳴不平。但是，一者宋江遍訪好友不遇，獨飲至醉而興盡悲來，肆言無憚，應是情有可原；二者黃文炳邀功心切，專意深文周納，對宋江窮追不捨，欲置之於死地；三者以言興罪本已是姦佞苛暴行徑，爲賢者不齒，醉後題詩豈能作謀反證據？宋江題詩明明是爲「倘若他日身榮，再來經過，重睹一番，以記歲月，想今日之苦」（第三十九回）。「他年若得報冤仇，血染潯陽江口」（同上），哪裏有什麼冤仇？分明是飲酒過量神志不清，加之長期憋屈壓抑的潛情緒瞬間爆發導致的胡言亂語。〔註15〕所謂「敢笑黃巢不丈夫」，黃文炳爲什麼不能往好處理解，解釋爲宋江嘲笑黃巢不走正途甘心爲賊、不是大丈夫行事？可見其正是故爲陷人於罪的惡毒用心。

正是黃文炳不僅差點要了宋江的命，更徹底粉碎了他哪怕安安穩穩做一個囚徒的幻想，逼他走上了梁山路，焉能不恨他到骨髓！無怪乎他執意要冒險攻打無爲軍，「殺得黃文炳那廝，也與宋江消了這口無窮之恨」（第四十一回）。宋江的「這口無窮之恨」在後來面對被捉住的黃文炳得一吐爲快：「黃文炳！你這廝！我與你往日無冤，近日無仇，你如何只要害我？三回五次，教唆蔡九知府殺我兩個。你既讀聖賢之書，如何要做這等毒害的事？我又不與你有殺父之仇，你如何定要謀我？」（同上）若如林沖一般高俅上山卻不見了身影，不是太上之人所爲，就是被著者故意遺忘，這在對宋江的描寫都是不應該也不可能的。因爲天地可鑒，宋江何曾想過要謀反！他天天做的就是刑滿釋放、回家務農的夢！但最終宋江還是不得不因鬧江州而徹底告別過去，直至被救上山後他回鄉搬取老父，完全抹去了往昔生活的最後一點痕跡。

由此回望宋江上山的過程不禁讓人感慨：一部點燃了無數人英雄夢想和

〔註15〕倒是後來在公堂上宋江屎尿滿身、裝瘋賣傻時說的話有些破綻：「你是甚麼鳥人，敢來問我！我是玉皇大帝的女婿，丈人教我引十萬天兵，來殺你江州人。閻羅大王做先鋒，五道將軍做合後。有一顆金印，重八百餘斤。你也快躲了我。不時，教你們都死。」（第三十九回）思路清晰，不似瘋人語。

江湖豪情的《水滸傳》，卻有如此沉重到不可承受的生命內涵；一句言說著何等瀟灑與叛逆的「反上梁山去也」，包含著主人公多少辛苦悲酸和愛恨情仇！宋江最初是根本無意於上山的，後來他壓抑了自己上山的衝動，也拒絕了晁蓋的邀請，但最終還是被逼無奈上了梁山。恐怕很難說清人生的必然和偶然、主觀和宿命，究竟何者主宰了宋江多舛的命運旅程，也許這才是真實的宋江，這才是真正的名著！

二、義無反顧的招安之旅

孟子曰：「故天將降大任於是人也，必先苦其心志，勞其筋骨，餓其體膚，空乏其身，行拂亂其所為，所以動心忍性，曾益其所不能。」（《孟子·告子下》）這段膾炙人口的名言可謂《水滸傳》寫宋江一生的綱領！極端的磨難不僅沒有改變宋江對傳統生活方式特別是「忠君報國」的信仰，反而賦予了宋江超常的意志品質，同時為宋江積纍了深廣的人脈，為日後取得他人難能的成就奠定了堅實基礎。第四十回開篇感歎道：「有忠有信天顏助，行德行仁後必昌。九死中間還得活，六陰之下必生陽。」對宋江超越磨難、鑄就輝煌充滿期許。逼上梁山的宋江的確沒有隨波逐流，甘心為江湖的老大。他從正常人生軌道被一點點擠出的痛苦，反而強化了宋江重返主流社會並建功立業的堅定決心。為了回歸這個絕大多數人賴以生存的體制，宋江義無反顧地選擇了招安。

宋江的這個基於切膚之痛的選擇卻歷來飽受非議。貶斥者或指責他出賣梁山投降朝廷換取功名利祿，或譏諷他性情執拗膽識淺薄難改小吏肚腸，罵其自私者有之，斥其愚忠者也不乏其人。但是，當時既沒有新的社會理想，《水滸傳》寫宋江不受招安又該如何？這一班生龍活虎、正當壯年的弟兄，難道就一輩子逍遙快意於梁山之上而別無他求？難道就為「圖個一世快活」（第十五回吳用說三阮語），而使子孫世代居於「水滸」之上？所以在作者看來，大丈夫生於世間，自當作一番驚天動地的事業！在梁山上劫富濟貧、反貪除霸固然也算其中的一種，但畢竟脫離社會主流且破壞多於建設；真正要實現「勠力上國，流惠下民，建永世之業，流金石之功」（曹植《與楊德祖書》）的人生理想，最佳的出路還是通過招安回歸當時的社會體制。這是因為招安不僅能夠使宋江擺脫這個「滅九族的勾當」和「反賊」身份，還能為自己和弟兄們換取一個封妻蔭子、青史留名的機會，更能完成他「全忠仗義」、「護國安

民」的人生理想。所以宋江說：「赦罪招安，同心報國，竭力施功，有何不美？」（第七十一回）再者，歷史上的宋江起義結局之一就是招安，《水滸傳》的主題本來就是忠義，所以宋江不是陳勝、吳廣，也不是項羽、劉邦，讓他去推翻宋王朝，不是作者創作的初衷。所以《水滸傳》寫李逵所謂「殺去東京，奪了鳥位，在那裏快活，卻不好」，當即就被戴宗斥曰：「鐵牛，你這廝胡說！」甚至拿「再如此多言插口，先割了你這顆頭來爲令，以警後人」相威脅（第四十一回）。雖說梁山兩贏童貫、三敗高俅戰鬥力很強，北征遼國也勢如破竹、大勝而歸，但一個祝家莊沒有孫立、孫新等人的及時支持都打不下來，打一個曾頭市就折了天王晁蓋還費盡周折，更不用說征方臘損兵折將幾近覆滅了。征遼無功反受猜忌，水軍頭領找吳用商議造反，他們的想法也不過是「把東京劫掠一空，再回梁山泊去」（第九十回）。所以梁山有無足夠實力推翻朝廷也很是可疑的。

　　對宋江來講，招安並不僅是爲了帶領弟兄重返主流社會而被迫接受的一種方式，而是他謹遵九天玄女之教「全忠仗義」、「護國安民」的主動選擇。宋江雖天生江湖豪傑之氣，但常葆忠君愛國之心。上山之前這種描寫雖然不多，但從批評晁蓋有違法度、囑咐武松早日招安上可略見一斑。被迫上山以後，如何實現赦罪招安更成爲宋江殫思竭慮的重點。宋江的忠心天天掛在嘴上，再加上他的招牌動作「逢人便拜，見人便哭，自稱曰：『小吏小吏』，或招曰：『罪人罪人』」，無怪被人疑作「是假道學、眞強盜也」。〔註16〕這當然如同《三國演義》「欲顯劉備之長厚而似僞，狀諸葛之多智而近妖」〔註17〕，與古典通俗小說「過度包裝」的戲劇化傳統有關。但是，若換一個角度看，言爲心聲，豈不正是宋江眞心的自然流露，乃其不自覺而情溢於辭的自我表白嗎？何況宋江不管在山上還是山下、對官員還是孟賊，都言必稱忠義、行必思招安，像唐僧一樣絮絮叨叨不厭其煩，也與手下這般弟兄猴兒一樣的頑劣難化有關。宋江知道，要在水泊梁山這一多爲三阮、李逵等「稟性生來要殺人」的群體中以「忠義」之道「收拾人心」〔註18〕，他自己必要言傳身教，時時刻刻都要十分注意。如上述當梁山上諸好漢面前「不許

〔註16〕〔明〕無名氏：《梁山泊一百單八人優劣》，轉引自朱一玄、劉毓忱編：《水滸傳資料彙編》，南開大學出版社，2002年版，第185頁。

〔註17〕魯迅：《中國小說史略》，人民文學出版社，2006年版，第133頁。

〔註18〕〔明〕無名氏：《梁山泊一百單八人優劣》，轉引自朱一玄、劉毓忱編：《水滸傳資料彙編》，南開大學出版社，2002年版，第185頁。

開枷」式的象徵性宣示，正是會對好漢們起到潛移默化的作用。

當然，在宋江滿懷一腔赤誠而義無反顧地踏上神聖而孤獨的招安之旅時，也深知要實現這於國於己於兄弟都大有好處的宏偉構想，不僅如何使朝廷前來梁山招安是個難題，而且讓其麾下這班視官府為寇讎的兄弟接受招安也是一大難題。對此，晁蓋生前為寨主，宋江難以公開有所作為。但是，第六十回晁蓋一旦身亡，宋江雖然還是「權居主位」，卻已經迫不及待，立馬改「聚義廳」為「忠義堂」。李卓吾評認為這「是梁山泊第一關節，不可草草看過」，所言極是！所謂名不正則言不順，在「義」之前大書一個「忠」字，無疑是高調宣示水泊梁山的事業不僅是「義」，更要有「忠」，而且「義」是為了「忠」。第七十一迴天降石碣後，宋江在菊花會上醉酒填詞，令樂和高唱招安之曲，引來李逵、武松、魯智深激烈反對。宋江動之以情，曉之以理，針對三人不同個性和心態分別予以曉喻規勸，終使「眾皆稱謝不已」。第七十五回首次招安就出現活閻羅倒船偷御酒、黑旋風扯詔謗徽宗之事。宋江雖懊惱萬分，但也只是說「你們眾人也忒性躁」而並未深責，實際是憚於轉化眾人對招安態度的努力欲速則不達，而不得不隱忍了。在努力協調內部立場的同時，宋江一方面不得不以「忠義」和「招安」為號召籠絡人才、壯大山寨，兩贏童貫、三敗高俅，以打促和。另一方面，禮遇陳太尉、釋放高太尉、賄賂宿太尉，陪盡小心，甚至為直接達衷情於聖聽兩度告求李師師，不放棄任何可能招安的機會。古人云：聽其言復觀其行，方可見小人君子。宋江為早日赦罪招安以盡忠報國，真可謂煞費心機。頗有人以宋江對高俅卑躬屈膝為懦弱，用燕青走李師師門路為下流，謂其下作不堪，為英雄所不齒。殊不知大丈夫處事能伸能屈，又有何不可！孔丘亦奉南子之召，韓信尚忍胯下之辱，我們又何必厚責一個滿懷忠義卻羈縻於江湖的忠臣義士呢！況且，為人所不忍為方見宋江之志誠、權變和胸襟寬廣，也更可見朝廷官場是何等暗無天日！竟迫忠臣義士欲「與國家出力」（第五十五回），卻先要向貪官奸臣屈膝！

然而，今日也要招安，明日也要招安，招安又能換來什麼呢？招安以後，轟轟烈烈快意恩仇的梁山事業灰飛煙滅，一百單八條豪情萬丈叱吒風雲的好漢或慘死，或歸隱，或流亡海外……只有個別幸運者能得善終。宋江夢寐以求的招安，竟然以如此悲劇收場！因此，後世讀者多嫌怨宋江之愚忠，害了梁山同夥，也害了他自己，誠然是對的。但是，回溯「梁山泊分金大買市，

宋公明全夥受招安」（第八十二回）的興高采烈，「夾道萬民齊束手，臨軒帝主喜開顏」的光鮮榮耀（第八十二回），宋江何可預料會有這樣的結局？招安就是爲「日後但是去邊上，一槍一刀，博得個封妻蔭子，久後青史上留得一個好名，也不枉了爲人一世」（第三十二回）。雖然奸臣的讒謗如影隨形，不祥的預感揮之不去，但在奉詔徵遼之時，宋江還是爲能夠建功立業的前景而歡欣鼓舞。大破遼國之際，更是爲完勝凱旋而躊躇滿志！但是，由於遼國向宋朝貪官奸臣行賄，朝廷不明，竟然准其乞降，下詔「將軍前所擒之將，盡數釋放還國。原奪一應城池，仍舊給還遼國管領」！這眞是「武夫力而拘諸原，婦人暫而免諸國」（《左傳·僖公三十三年》），宋江「功勳至此，又成虛度」不說，還備受朝廷疑忌和奸臣排擠！待宋江見兄弟們反心復萌而被迫主動征方臘時，期盼的恐怕不是戰功而是早日遠離這是非之地！但是，無論宋江怎樣委曲求全和盡力掙扎，還是沒能擺脫厄運的魔爪。征方臘十損其八，一百單八將僅存二十七人！封官加爵、衣錦還鄉又怎能撫慰宋江內心的傷痛？當預料之中的一杯毒酒悄然下肚，宋江只好料理後事，坦然去迎接貪官奸臣強加的死亡。

宋江爲讀者詬病的重點還不是招安的得失，而是他臨終毒死了對他忠心耿耿的李逵。須知梁山泊好漢被朝廷利用東征西討，早已損兵折將，宋江既已帶累大家遭此下場也就罷了，但當他出於愚忠而甘服毒酒之際，卻還要毒死對他最爲忠誠的李逵，豈非不仁不義！對此，矜於名節、謀事深細的宋江焉能不知？然而應是在作爲作者代言的宋江看來，事有大小，理分輕重：兄弟之義固要講求，但是「忠君」之義更爲重大。而且宋江顧慮的是在他身後，如果李逵還活著則一定造反，梁山之事將死灰復燃，而必然帶累各地尚存的梁山泊好漢隨他再次造反。但是，再次造反的結局，不僅一定使包括李逵在內的梁山泊好漢合夥因招安得到的「建功立業」「青史留名」的光榮化爲泡影，而且會「壞了我梁山泊替天行道忠義之名」。這在宋江是斷然不可以接受的。正是因此，被朝廷下毒的宋江親手毒死了可能爲自己的死而向朝廷復仇的李逵，從對李逵這個人的肉體生命看是不義，但從對李逵和其它死去的梁山泊好漢們的精神生命以及仍舊在世的梁山泊好漢們的全人看，這其實是不義之義的大義。這個道理耐人尋味，但是即使粗魯如李逵對宋江哥哥這種「善意」的表達也似乎有所領悟並無奈地接受了，他只是遺憾地說：「罷，罷，罷！生時伏侍哥哥，死了也只是哥哥部下一個小鬼。」（第一百回）如果

說李逵無牽無掛且天性鹵莽，本就缺失哪怕尊重自己生命的意識，那麼智勝諸葛、上應天機的吳用和官高祿厚、妻嬌子幼的花榮呢？他們不約而同夢見宋江就不遠千里匆忙趕來，自縊於墳前又是爲了什麼？面對如此感人至深、震人心魄的情誼和場景，數百年以後旁觀的我們，怎能囫圇論定這就是「名利之禍」？

雖然李逵、吳用、花榮等人與宋江同死而不辭，但與宋江之死的價值與意義不同：宋江死於「寧肯朝廷負我，我忠心不負朝廷」（第一百回）的「忠」，李逵、吳用、花榮等甘於同死是爲「宋公明恩義難報，交情難捨」（同上）的「義」。宋江之死「忠」，行類屈子；李逵等之死「義」，則是實踐《三國演義》寫「桃園結義」所謂「不求同年同月同日生，只願同年同月同日死」（第一回），遠過於千古流芳的山陽死友之誼。死「忠」與死「義」固然不同，但是如上所論及宋江之死「忠」與毒死李逵都爲的是保全「梁山泊替天行道忠義之名」的不義之義，是對弟兄們最大的「義」；而李逵等甘與宋江同死的「義」，其實又正是對宋江的「忠」，結果是對朝廷的不忠之忠。如此「忠」中有「義」，「義」中有「忠」，「忠」與「義」乃相輔相成，對立統一於《水滸傳》的主題，即袁無涯所說：「《水滸》而忠義也，忠義而《水滸》也。」〔註19〕這就是說，無論宋江以「忠」顯，還是李逵等以「義」見，其根本都合於「忠義二字」（第一百回）。換言之，「《水滸》之精神」乃盡在「忠義」二字！宋江臨終前對李逵說：「我爲人一世，只主張忠義二字，不肯半點欺心。」梁山泊好漢他人程度不同均有所不及，但是就衆頭領畢竟都「專聽哥哥指教」（第四十一回）而言，「忠義」二字可以說是宋江等百零八人共同的或主流的信仰，至少宋江、李逵、吳用等都自覺不自覺地是爲「忠義」信仰而死的。

我們認爲，無論宋江、李逵或吳用、花榮等人的死，都不應該被以任何理由貶低與抹黑。因爲無論在哪一個時代，對任何一顆靈魂來講，都必然存在值得爲之哪怕失去生命的崇高價值；即使這種崇高的信仰轉瞬就被證明是歷史無情的捉弄，但是爲自己的信仰而不惜犧牲一切的虔誠，卻能夠使生命綻放出耀眼的光輝。

〔註19〕 〔明〕楊定見：《忠義水滸全傳小引》，轉引自朱一玄、劉毓忱編：《水滸傳資料彙編》，百花文藝出版社，1981 年版，第 211 頁。

第三節 「及時雨」的草莽底色

一、平民英雄的傳奇色彩

　　從史上其人到《水滸》人生，宋江的形象也經歷一段曲折漫長的「招安」旅程。宋江在史籍中堪稱一代梟雄，在《水滸傳》之前的文學作品中也多被描述爲敢作敢當、快意恩仇，頗具強梁之氣。然而到了《水滸傳》中，宋江劇賊出身的豪俠性格明顯弱化，被塑造成爲生長於社會下層、帶有常人缺點的平民化英雄。

　　《水滸傳》於宋江一出場就介紹他出身於鄉村農家，「排行第三，祖居鄆城縣宋家村人氏，……上有父親在堂，母親喪早，下有一個兄弟，喚作鐵扇子宋清」（第十八回）。又說宋江嫻於刀筆，吏道純熟，自在鄆城縣做押司。與太史公《史記》中人物不同，這宋押司既不如野心勃勃的秦末亭長劉邦，也遠遜扛鼎重眸後爲西楚霸王的項羽，更沒有皇族後裔劉備那樣的政治光環，而是低調至疑似泯然於衆的平庸。例如，《水滸傳》中的天罡地煞多天賦異貌，宋江卻其貌不揚甚至略顯猥瑣。第十八回寫道，「爲他面黑身矮，人都喚他做黑宋江」；第三十三回在清風鎮看燈，「宋江矮矬，人背後看不見」；第三十六回李俊說，「這囚徒莫不是黑矮肥胖的人」；第三十七回張橫說，「卻是鳥兩個公人，解一個黑矮囚徒」。由此可見，宋江之相貌竟兼具李逵之黑、王英之矮、魯達之胖，篤定在中人以下，使人不敢恭維。

　　雖說宋江廣交豪傑，可是那些人物也不過爾爾。晁蓋、孔明、孔亮都在村裏逞英豪，朱仝、雷橫在縣衙當差役，與柴進不過是書信往來，只有小李廣花榮是個在職武官，也不是什麼要員。日常見面最多的是賣糟醃的唐牛兒、賣湯藥的王公、客居鄆城的閻婆母子等市井小民。宋江上山前那些驚心動魄的傳奇故事，說穿了也不過小自朋友犯事、情人打架，大到吃官司逃跑、路遇強盜之類，並未超出市井鄉村生活視野。宋江賴以獲得巨大聲望的「仗義疏財」，也不過對市井鄉民的小恩不惠，可能因其爲雪裏送炭而有了「市義」於民間的效果。但是，宋江這樣做的目的並無政治上的考量，至多不過圖個鄉里稱善而已。至於宋江寧肯發配熬完刑期回家務農而死活不肯上山爲寇，還有一生中最關鍵的兩個詞彙「忠義」和「招安」，也都沒有完全脫離一個普通人自身生存發展的考慮。不僅如此，小說雖時有隱諱粉飾之筆，可有意無意之間，宋江那凡夫俗子氣仍不免偶而流露，使這個來自民間的忠義之士在

讀者心目中並沒有因為得了「天書」而走上神壇，而是保持了他草莽英雄的本色。

比如第二十一回寫宋江殺惜前夜，他從閻婆惜母女處屢次脫身而不得，竟然暗自思量：「且看這婆娘怎地，今夜與我情分如何？」結果被晾了一夜不得親熱，不禁惱羞成怒，口裏罵道：「你這賊賤人好生無禮！」可知動了真氣。而由此可見，這位「不以這女色為念」的好漢宋江，究竟還不是柳下惠！殺惜之後宋江道：「我是烈漢，一世也不走，隨你要怎地。」可是當他被閻婆騙到縣衙前發喊叫道「有殺人賊在這裏」時，卻嚇得慌做一團。第三十七回寫潯陽江邊宋江被人追得惶惶如喪家之犬，頓足捶胸，好不容易逃到船上，但是聽了艄公唱湖州歌，知道上了賊船，他便「酥軟了」；第四十二回藏到玄女娘娘廟裏，他「做一堆兒伏在廚內，氣也不敢喘，屁也不敢放」，簡直就是貪生怕死！更別提在江州裝瘋賣傻弄得滿身屎尿了！

再如，「愛習槍棒，學得武藝多般」（第十八回）的宋江，固然做了孔明、孔亮的師父，可就連閻婆都能將他「一把扭結住」（第二十一回）。祝家莊之戰被扈三娘窮追不捨，差點丟了性命，只見他跑，也沒見還手。自詡「自幼曾攻經史，長成亦有權謀」（第三十九回）的他，每次領兵下山都設誓道：「我若不××，永不××！」可就除了打無為軍，其它鮮有一戰成功者。甚至在東京李師師那裏，「酒行數巡，宋江口滑，撞拳裸袖，點點指指，把出梁山泊手段來」（第七十二回），更是當面出醜，有辱斯文！而無論見誰他都要表白一番忠心，不是下跪就是讓位，也不免讓人覺得虛偽做作。

《水滸傳》寫宋江形象的平民化傾向及其弱點，被很多人認為是對宋江明褒實貶的例證，其實不然。在小說中，宋江這個人物形象既要承載「忠義」主題，又要召集四面八方的弟兄上梁山，即兼具主要角色和情節發展動力源兩重特性。對前者來說，宋江的弱點甚至可憐頗可消解過度崇高造成的審美疲勞，能夠給這位虔誠的朝聖者一點煙火氣，讓大家不吝於感情投入的同時，不自覺之中隨他的命運起伏而或悲或喜，產生引人入勝的藝術效果。對後者而言，如果不是寫宋江放低身段「犧牲」一下形象，以提供點兒情節發展的動力，《水滸傳》這樣結構獨特的一部大書就很難進行到底，更不用說由宋江的缺點反襯場面的驚心動魄、情節的曲折動人了。

《水滸傳》寫宋江其貌不揚，可能是借鑒了《史記·游俠列傳》中大俠郭解的傳奇元素。晚清黃人《小說小話》中即已指出：「耐庵尚論千古，特取

史遷《游俠》中郭解一傳為藍本，而構成宋公明之歷史。」〔註20〕郭解是漢初河內軹（今河南省濟源市有軹城鎮）人，以豪俠之名傾動朝野，因此被朝廷借機誅殺。在司馬遷筆下，郭解就是「短小精悍」，「狀貌不及中人，言語不足採者」。宋江之黑胖矮黃，與郭解形貌正相彷彿。郭解待人謙恭，人有不敬，他反而自責「是吾德不修也」。宋江待人之謙抑類此，乃至時有過之。郭解仗義任俠，名滿天下，「無賢與不肖，知與不知，皆慕其聲，言俠者皆引以為名」（《史記‧游俠列傳》）。而《水滸傳》中宋江更是名揚江湖，天下豪傑慕名與之結交。《游俠列傳》載幫助郭解逃亡的人甘願自殺也不泄露他的行蹤，宋江也得花榮、戴宗等捨命救護。甚至郭解傳中也有儒生某因為指斥「郭解專以奸犯公法」而為郭解報復所殺的事跡，使人想起《水滸傳》中因誣陷宋江而被宋江等所殺的黃文炳。雖然宋江其人在史書記載中的面目模糊，但是不能因此排除其在口頭流傳中可能面目清晰和某種程度上的可信。也許宋江的傳奇人生本來就是這個狀態，事實上生活中也的確不乏這類貌不及中人卻才能出眾的民間豪俠。

　　然而，也許是由於作者沒有能夠很好地整合資料，或者描繪中顧此失彼前後自相矛盾，又或者作者自己也不能完全認可宋江這種素面朝天似的平凡，所以《水滸傳》前後寫宋江的狀貌頗不一致。第十八回寫何濤眼裏的宋押司就非同尋常了：

> 眼如丹鳳，眉似臥蠶。滴溜溜兩耳垂珠，明皎皎雙睛點漆。唇方口正，髭鬚地閣輕盈；額闊頂平，皮肉天倉飽滿。坐定時渾如虎相，走動時有若狼形。年及三旬，有養濟萬人之度量；身軀六尺，懷掃除四海之心機。上應星魁，感乾坤之秀氣；下臨凡世，聚山嶽之降靈。志氣軒昂，胸襟秀麗。刀筆敢欺蕭相國，聲名不讓孟嘗君。

容與堂本此處有評語曰：「太謔，強盜安得如此好相。」然而即使如此，作者也還不滿意，又作一首《臨江仙》贊宋江好處：

> 起自花村刀筆吏，英靈上應天星。疏財仗義更多能。事親行孝敬，待士有聲名。濟弱扶傾心慷慨，高名冰月雙清。及時甘雨四方稱。山東呼保義，豪傑宋公明。

〔註20〕朱一玄、劉毓忱編：《水滸傳資料彙編》，南開大學出版社，2002年版，第358頁。

這般似乎還嫌不夠，第二十一回又有古風一首贊道：

> 宋朝運祚將傾覆，四海英雄起寥廓。流光垂象在山東，天罡上
> 應三十六。瑞氣盤纏繞鄆城，此鄉生降宋公明。神清貌古真奇異，
> 一舉能令天下驚。幼年涉獵諸經史，長為吏役決刑名。仁義禮智
> 信皆備，曾受九天玄女經。江湖結納諸豪傑，扶危濟困恩咸行。
> 他年自到梁山泊，繡旗影搖雲水濱。替天行道呼保義，上應玉府天
> 魁星。

這些讚譽之詞聽起來好像很是誇張，但想想《水滸傳》中的宋江，本是
洪太尉誤走的一百單八個妖魔之首，又應著「耗國因家木，刀兵點水工。縱
橫三十六，播亂在山東」的童謠，此後九天玄女又親自接見並贈與天書，肩
負「替天行道」的重任之宋星主，雖沒含玉而生，但也絕對是天降神奇！即
使沒有這些故弄玄虛的神秘色彩，宋江命運曲折勝過林沖、喜結英雄蓋過柴
進、搭救兄弟超過朱仝、用計次數超過吳用，從小吏到囚犯、又從囚犯到山
賊、再從山賊到朝廷命官，最終被奸臣害死卻獲祠享廟食，成千古忠臣，其
傳奇人生怎能不讓人歎為觀止！

歷來稱梁山泊好漢，但是總有人以《水滸傳》中的宋江算不上好漢，倒
是《宣和遺事》中宋江因情殺人、題詩造反的故事像一件出土文物，激發著
他們對宋江英雄本色的無盡想像和好奇。可是如果宋江一旦真的露出那「梁
山泊手段」（第七十二回）來，如為了逼秦明造反，宋江派人假扮他在青州城
下殺人放火，「殺死的男子婦人，不記其數」，給秦明帶來滅門之禍。秦明後
來責備此計「忒毒些個」，宋江解釋卻很輕巧：「不恁地時，兄長如何肯死心
塌地。」這分明就是土匪行徑和心地！

當然，《水滸傳》並不想也沒有將宋江定位為一個嗜殺者，相反在劇情實
在需要宋江殺戮時，也總是儘量為他做些遮掩。如寫他怒殺閻婆惜實屬無
奈，殺劉高之妻和黃文炳也情有可原，──而且不是親自動手，唯恐宋江手
上沾染太多污血。在秦明一事上，雖是宋江定計，但由燕順、王矮虎執行，
宋江還主動承擔全責並安排善後，又體現了一次「大哥」風範。為賺朱仝而
殺小衙內這件事就更複雜些。按柴進說法是宋江「寫一封密書，令吳學究、
雷橫、黑旋風俱在敝莊安歇，禮請足下上山，同聚大義。因見足下推阻不
從，故意教李逵殺害了小衙內」，是宋江早有預謀，還是吳用臨時起意，沒有
講清楚；吳用、雷橫則說「皆是宋公明哥哥將令分付如此。若到山寨，自有

分曉」（第五十一回）。李逵爲自己開脫的話應該屬實：「晁、宋二位哥哥將令，干我屁事！」（第五十二回）。可知這件事情雖然沒有再去弄個「分曉」，不了了之，但是看來宋江脫不了干係。這些地方應該就是九天玄女所說宋江「魔心未斷，道行未完」的表現了，讀者似不必大驚小怪的。

二、堪託生死的江湖之義

「義」不僅是《水滸傳》「忠義」主題的一個方面，也是《水滸傳》貫穿始終的思想線索。《水滸傳》中的「義」是一個多維交叉的混沌概念，既有情同手足的江湖情義，又有除暴安良的社會正義，還有保國安民的民族大義。雖然「替天行道」的宿命決定了社會、民族的大義是宋江思想的主幹，但是後二者卻是以前者即江湖之義爲基礎作支撐的。所以，《水滸傳》寫宋江作爲聞名遐邇的「及時雨」，其江湖義氣在與諸好漢之交中淋漓揮灑，格外高尚，足顯其的確不愧爲「一會之人」（第七十一回）共尊的「公明哥哥」（第二十二回）。

首先，救晁蓋最顯宋江義之純。第十八回宋江得知晁蓋事發，第一個念頭就是「晁蓋是我心腹弟兄。他如今犯了迷天之罪，我不救他時，捕獲將去，性命便休了」。於是飛馬來見晁蓋，連聲催促：「哥哥，三十六計，走爲上計。若不快走時，更待甚麼！」又說：「你們不可擔閣，倘有些疏失，如之奈何？休怨小弟不來救你。」又說：「哥哥，你休要多說，只顧安排走路，不要纏障。」可謂心急如焚！救晁蓋要擔著殺頭的巨大風險，不僅宋江自言「我捨著條性命來救你」，晁蓋也說：「虧殺這個兄弟，擔著血海也似干係來報與我們！」因而感慨道：「結義得這個兄弟也不枉了。」可當晁蓋派劉唐送來百兩黃金時，宋江卻說：「你們七個弟兄，初到山寨，正要金銀使用。宋江家中頗有些過活，且放在你山寨裏，等宋江缺少盤纏時，卻教兄弟宋清來取。今日非是宋江見外，於內受了一條。」（第二十回）眞是施恩不圖報！

宋江不僅對晁蓋七人有救命之恩，而且爲梁山網羅了大批人才，晁蓋誠心讓位，宋江卻寧死不從。第六十回晁蓋不聽宋江等人苦勸，曾頭市中箭，「宋江等守定在床前啼哭，親手敷貼藥餌，灌下湯散。……宋江見晁蓋死了，比似喪考妣一般，哭得發昏。……山寨中頭領，自宋公明以下，都帶重孝；……把那枝誓箭，就供養在靈前。……宋江每日領眾舉哀，無心管理山寨事務」。孔子曰：「居上不寬，爲禮不敬，臨喪不哀，吾何以觀之？」（《論

語・八佾》）由宋江哀晁蓋之喪正可觀其友道之誠，情義之純。雖然宋江大恩大功於山寨已是眾望所歸，晁蓋之遺囑實為亂命，但是，即使如此，宋江仍謹遵晁蓋遺言，推活捉史文恭的盧俊義為寨主；鑒於眾人反對，又抓鬮分打東平東昌以從天意，直到天降石碣才正式登上寨主之位。《論語》載孔子曰：「三年無改於父之道，可謂孝矣。」唐趙璘《因話錄》曰：「凡人子能遵理命，已是至孝，況能稟亂命而不改者，此則尤可嘉之。」《水滸傳》寫宋江凜遵晁蓋臨終之亂命，正是有過於為人子之「至孝」！金聖歎為證明其「《水滸傳》獨惡宋江」的結論，不惜附會穿鑿甚至篡改文本，竭力誘導讀者揣摩宋江有「架空晁蓋」的野心，無論手法用心都可以說惡劣之至。

其次，送武松最顯宋江義之深。先看二人初見——第二十三回，宋江在柴進莊上偶遇武松，一見如故，「大喜，攜住武松的手，一同到後堂席上，便喚宋清與武松相見。柴進便邀武松坐地。宋江連忙讓他一同在上面坐，……當下宋江看了武松這表人物，心中甚喜，……當夜飲至三更。酒罷，宋江就留武松在西軒下做一處安歇。……過了數日，宋江將出些銀兩來，與武松做衣裳」，等等。固然是惺惺相惜，但宋江顯然更為主動，而一往情深。不久二人分別——武松要去清河探望哥哥，宋江一直送到「紅日平西」。每每武松請他回去，他都說「何妨再送幾步」，「容我再行幾步」，「兀那官道上有個小酒店，我們吃三鍾了作別」。臨別，武松要拜他為義兄，宋江大喜，讓宋清拿出十兩銀子相送，說：「你若推卻，我便不認你做兄弟。」等武松拜辭，「宋江和宋清立在酒店門前，望武松不見了，方才轉身回來。」如此三送而後餞別，感動落難之中柴進尚且「不喜」的「武松墮淚，拜辭了自去」。其待英雄情義之深，豈不令人傾倒！

再看二人重逢——第三十二回，武松醉酒後被捉到孔太公莊上，宋江當時在彼認了出來，叫道：「這個不是我兄弟武二郎？」確認後又喝叫：「快與我解下來！這是我的兄弟。」看到別人疑惑，便道：「他便是我時常和你們說的，那景陽岡上打虎的武松。」此時宋江乃不期而遇，真是驚喜交加！相敘別後經歷時宋江說：「我在柴大官人莊上時，只聽得人傳說道，兄弟在景陽岡上打了大蟲；又聽知你在陽谷縣做了都頭；又聞鬥殺了西門慶。向後不知你配到何處去。兄弟如何做了行者？」期間多少相思相念自不待言！二人旅中又別——宋江與武松同時上路，途中飲酒作別，宋江道：「兄弟，你只顧自己前程萬里，早早的到了彼處。入夥之後，少戒酒性。如得朝廷招安，你便可

攛掇魯智深、楊志投降了，日後但是去邊上，一槍一刀，博得個封妻蔭子，久後青史上留得一個好名，也不枉了為人一世。」到了三岔路口，又叮囑武松道：「兄弟，休忘愚兄之言，少戒酒性。保重，保重！」諄諄勸導，苦苦叮嚀，情真意切，父子兄弟亦不過如此！

第三，待李逵最顯宋江義之寬。第三十八回宋江與李逵在江州初次見面，李逵直呼「黑宋江」，宋江不但不以為忤，還自認「正是山東黑宋江」；對李逵賺他十兩銀子去賭博毫不介意，還說：「若要用時，再送些與他使。我看這人倒是個忠直漢子。」李逵賴賭打人，他還主動出了醫藥費！其後酒樓上李逵打倒賣唱女娘，又讓宋江破費了二十兩。金聖歎據此指責宋江籠絡人心，「惟一銀子而已矣」，貌似中肯，卻不過是書生的高調而已。試想別人正是急用銀子的時候不給銀子給什麼？不捨得為別人花錢還算得什麼義士？所以打虎將李忠不得已才「去身邊摸出二兩來銀子」助人，就被魯智深譏笑為「也是個不爽利的人」（第三回）而在宋江卻能如此，豈不正是真正好漢仗義疏財！況且，宋江待人的慷慨誠懇更體現在周到細緻，如其初見李逵一起吃酒，「宋江分付酒保道：『我兩個面前放兩隻盞子，這位大哥面前，放個大碗。』」又「宋江見李逵把三碗魚湯和骨頭都嚼吃了，便叫酒保來分付道：『我這大哥，想是肚饑。你可去大塊肉切二斤來與他吃。少刻一發算錢還你。』」皆屬發自內心的關懷才如此無微不至。難怪李逵連連稱讚道：「真個好個宋哥哥，人說不差了！便知我兄弟的性格！結拜得這位哥哥，也不枉了！」（第三十八回）

尤其是第七十三回，李逵誤以為宋江強奪了劉太公的女兒，回山先「睜圓怪眼，拔出大斧，先砍倒了杏黃旗，把『替天行道』四個字扯做粉碎。」又「拿了雙斧，搶上堂來，徑奔宋江」，被眾人攔住還破口大罵：「我閒常把你做好漢，你原來卻是畜生！你做得這等好事！」又說：「我當初敬你是個不貪色欲的好漢，你原正是酒色之徒。殺了閻婆惜便是小樣，去東京養李師師便是大樣。你不要賴，早早把女兒送還老劉，倒有個商量。你若不把女兒還他時，我早做早殺了你，晚做晚殺了你。」卻不料是個誤會。待真相大白之後，宋江對負荊請罪的李逵一笑置之，絕非一般在上者所能為！李逵遇到這樣的大哥怎能不為之賣命？何止是李逵！第四十七回寫楊雄、石秀受時遷所累差點被晁蓋斬首，宋江不僅為二人苦苦說情，而且百般安慰道：「賢弟休生異心！此是山寨號令，不得不如此。便是宋江，倘有過失，也須斬首，

不敢容情。如今新近又立了鐵面孔目裴宣做軍政司，賞功罰罪，已有定例。賢弟只得恕罪，恕罪。」試想彼時楊、石二人對宋江的救護與指教該有何等感激！

第四，對朱仝、王英等有信最見宋江義之誠。宋江對結義兄弟推心置腹，信任有加。第二十二回，宋江將家中有事避險藏身的「地窨子」都告訴了朱仝，並請他「有些緊急之事，可來這裏躲避」，可見其視朱仝爲至交無隱之心。第六十七回關勝初降，吳用尚且有疑，宋江卻道：「吾看關勝義氣凜然，始終如一。軍師不必見疑。」這也不是宋江容易輕信，而是不肯以猜忌待人。但是，這完全由於宋江本人以誠信爲本的「忠義」性格。書中寫宋江待人誠信情節頗多，如第三十四回宋江勸降秦明時說把花榮之妹嫁給他，次日就讓秦明過上了洞房花燭之夜，兌現了前言。第三十五回寫宋江阻止了王英強佔劉知寨之妻，曾承諾「日後別娶一個好的，教賢弟滿意」。這事到打下祝家莊後，就有宋江喚王英來說道：「我當初在清風山時，許下你一頭親事，懸懸掛在心中，不曾完得此願。今日我父親有個女兒，招你爲婿。」（第五十一回）此時我們才明白宋江將扈三娘送到太公處原是爲此。

當然，看起來宋江這個義兄爲扈三娘指定婚姻好像天經地義。但如花似玉、武藝不凡的「一丈青」，配身矬貌丑、低級下流的「矮腳虎」確實是亂點鴛鴦譜。況且作者爲促成這椿婚姻顯宋江之義，竟安排李逵殺盡扈氏一門，惟餘此女配給王英，如此煞費苦心，反倒越抹越黑，讓人難以接受。但是，書中又明明寫道：「一丈青見宋江義氣深重，推卻不得，兩口兒只得拜謝了。晁蓋等眾人皆喜，都稱賀宋公明眞乃有德有義之士。當日盡皆筵宴，飲酒慶賀。」（第五十一回）。可見，這和秦明被害死全家接著娶花榮之妹一樣，都是《水滸傳》特有的江湖上邏輯。宋江這個「於女色上不十分要緊」（第二十一回）的好漢，可能確實認爲這就是兩全其美，而絲毫沒有惡意。只是這在今天讀者可能就多不以爲然了。

第五，對晁蓋、劉高等可見宋江義之正。《水滸傳》人物令人不易接受處是往往一講義氣就不講道理，唯宋江不然，是既講義氣，也講道理，從而最得義之正。如「智取生辰綱」沒有寫劉唐獻生辰綱這「一套富貴」與宋江，而是給了晁蓋；又寫晁蓋等密謀「智取」也沒有邀請宋江，都可以見出宋江與晁蓋雖然本來是朋友，但是在對待「生辰綱」一類事上，他們其實是「道不同，不相爲謀」。所以，雖然宋江救了晁蓋之性命，但是這並不意味著宋江

就贊同晁蓋等人「智取生辰綱」的行爲甚而甘願與之同流，後來寫宋江被發配江州過梁山而繞行之，就是表明他與晁蓋等人爲義的距離和不同。比較而言，宋江義不爲利更得義之正。同樣，第三十三回花榮認爲劉高和他的妻子罪大惡極，既被強人擄上山寨，「正好叫那賤人受些玷辱」，但宋江以爲不然，直言：「賢弟差矣。」並以「冤仇可解不可結」、「隱惡而揚善」相勸。雖然後來宋江遭劉妻恩將仇報，似顯示其宅心仁厚近於迂腐，但是比較花榮，宋江的仁厚畢竟更近於義之正。第七十一回菊花會上，武松、李逵這兩個最親近的兄弟反對招安，宋江當即要怒斬李逵，酒醒後又以「是個曉事的人」來責備武松。有人說這話比招安更冷武松的心，可在宋江看來，恰恰因爲把你看做是親兄弟，在原則問題上才必須要求嚴格。第九十回「天子降敕封宋江爲平南都總管，征討方臘正先鋒；封盧俊義爲兵馬副總管，平南副先鋒。其餘也封官加爵、賞賜金銀。」宋江睹胡敲而有感，對盧俊義說：「這胡敲正比著我和你，空有衝天的本事，無人提掇，何能振響。」盧俊義卻道：「兄長何故發此言？據我等胸中學識，雖不在古今名將之下，如無本事，枉自有人提掇，亦作何用？」宋江義正詞嚴地糾正道：「賢弟差矣！我等若非宿太尉一力保奏，如何能勾天子重用，聲名冠世？爲人不可忘本！」盧員外也「自覺失言，不敢回話」，可見宋江一身正氣！

總之，正如天都外臣《水滸傳》序中所說：「如傳所稱吳軍師善運籌，公孫道人明占候，柴王孫廣結納，三婦能擐甲胄作娘子軍，盧俊義以下，俱鷙發梟雄，跳梁跋扈。而江以一人主之，始終如一。夫以一人而能主眾人，此一人者，必非庸眾人也。」〔註21〕宋江之「非庸眾」處，就是他即使在「義」上也處處高於群雄，爲梁山他人所不可及，從而能有梁山上眾星拱月的地位。

第四節　「黑三郎」的士人氣質

一、忠孝爲本、五常俱備

宋江的英雄性格和領袖氣質固然能使英雄豪傑一見傾心，甘願任其驅使，爲其效力，但以儒家孝悌觀念爲基礎的忠義信仰更是宋江持久人格魅力

〔註21〕朱一玄、劉毓忱編：《水滸傳資料彙編》，南開大學出版社，2002 年版，第 168 頁。

的主要源泉。宋江正是作者按照傳統倫理標準塑造的忠孝合璧、仁義禮智信兼備的道德楷模。

同許多中國古代小說一樣，《水滸傳》也是開篇誦孝，由孝子王進引出系列梁山泊好漢；在中心人物宋江身上，更是將「孝」作為「義」和「忠」的基礎。小說寫宋江孝行的內容簡短且散見於各處故事，加上以忤逆出籍和搬老父上山兩個細節，使宋江的「於家大孝」（第十八回）很受爭議。其實第二十二回說得很清楚，以忤逆出籍不僅非為「不孝」，反而是宋江寧可背個「忤逆」的惡名，使的一個「障眼之法」。連眾公人都「明知道這個是預先開的門路，苦死不肯做冤家」；閻婆更是說：「相公，誰不知道他叫做孝義黑三郎！這執憑是個假的，只是相公做主則個。」下文宋江與兄弟宋清辭別老父外出躲避，太公分付道：「你兩個前程萬里，休得煩惱。」宋江、宋清也分付大小莊客：「小心看家，早晚殷勤伏侍太公，休教飲食有缺。」分明是父子情深，哪有什麼忤逆的痕跡！

宋江奔喪一節對宋江之孝有精彩描寫。第三十五回寫宋江見家書竟是報喪之信，「叫聲苦，不知高低，自把胸脯捶將起來，自罵道：『不孝逆子，做下非為，老父身亡，不能盡人子之道，畜生何異！』自把頭去壁上磕撞，大哭起來。燕順、石勇抱住。宋江哭得昏迷，半晌方才蘇醒」。宋江邊哭邊給晁蓋修書一封，「封皮不黏，交與燕順收了。……酒食都不肯沾唇，……恨不得一步跨到家中，飛也似獨自一個去了」。這事如晴天霹靂，真讓宋江震驚之同時痛不欲生！難怪後來罵宋清道：「你這忤逆畜生，是何道理！父親見今在堂，如何卻寫書來戲弄我？教我兩三遍自尋死處，一哭一個昏迷，你做這等不孝之子！」這一段文字不長，但將宋江的孝子心性寫得淋漓盡致！

宋江之孝更表現在聽從父親教導，不肯上梁山為寇。《孝經》開宗明義章曰：「身體髮膚，受之父母，不敢毀傷，孝之始也。」連氣死老母的史進都說：「我是個清白好漢，如何肯把父母遺體來點污了。你勸我落草，再也休題。」（第三回）況且又有宋太公苦苦叮嚀，宋江自然是不會輕易落草。第三十六回面對梁山的挽留，宋江對晁蓋說：「哥哥，你這話休題！這等不是抬舉宋江，明明的是苦我。家中上有老父在堂，宋江不曾孝敬得一日，如何敢違了他的教訓，負累了他？……父親說出這個緣故，情願教小可明吃了官司，急斷配出來，又頻頻囑付；臨行之時，又千叮萬囑，教我休為快樂，苦害家中，免累老父愴惶驚恐。因此父親明明訓教宋江，小可不爭隨順了哥哥，便

是上逆天理，下違父教，做了不忠不孝的人在世，雖生何益。如哥哥不肯放宋江下山，情願只就兄長手裏乞死。」說罷，淚如雨下，便拜倒在地。揭陽嶺上，對李立的挽留亦是如此。甚至第三十七回被張橫逼著跳江時，宋江也仰天歎道：「爲因我不敬天地，不孝父母，犯下罪責，連累了你兩個！」將死之際還自責不已！鬧江州後，太公和宋清被官府監視，危在旦夕，搬取上山實屬迫不得已。宋江考慮「江州申奏京師，必然行移濟州，著落鄆城縣追捉家屬，比捕正犯。此事恐老父受驚，性命存亡不保」（第四十二回），所以不顧個人安危，獨自下山搬取老父。等到父子梁山見面時，宋江「喜從天降，笑逐顏開，再拜道：『老父驚恐。宋江做了不孝之子，負累了父親吃驚受怕！』」拳拳孝心，溢於言表！

儒家文化以孝爲做人之本，所謂「百善孝爲先」。宋江人稱「孝義黑三郎」，「義」前就先有一個「孝」字。孔子曰：「弟子入則孝，出則悌，謹而信，泛愛眾，而親仁。行有餘力，則以學文。」（《論語‧學而》）在「孝」的前提下，「義」其實就是家庭血親倫理中的「兄友弟恭」（司馬遷《史記‧五帝本紀》），擴展開來就是「四海之內，皆兄弟也」（《論語‧顏淵》）。有子曰：「其爲人也孝悌，而好犯上者，鮮矣；不好犯上，而好作亂者，未之有也。君子務本，本立而道生。孝悌也者，其爲仁之本與！」（《論語‧學而》）而孔子又言：「君子事親孝，故忠可移於君」（《孝經》）。《水滸傳》正是遵循了這一儒家思想，濃墨重彩渲染宋江的「孝義」，表現他「全忠仗義」的人生理想。

然而，在君昏臣佞、腐敗黑暗的社會裏，根本就缺失「忠」、「孝」、「義」和諧統一的基礎，孜孜於此百折不回的宋公明必然要面對以「義」害「忠」和因「忠」傷「義」以及忠孝不能兩全的矛盾。儘管他試圖以招安爲兼得兩全的平衡點，但招安帶給他的卻是更爲傷痛的悲劇。《水滸傳》正是選擇這種悖論作爲背景，在激烈複雜的矛盾衝突中揭示人物心靈世界，以悲劇性結局完成了宋江形象內涵的昇華，實現了「孝義黑三郎」向「忠義宋公明」合情合理又有跡可循的轉變。

二、登高能賦的雅士才華

《水滸傳》寫宋江長於文學，前後共有詩詞九首。這些不同境遇中有感而發的即興之作是他一生艱辛坎坷的記錄，從中清晰可見宋江矛盾重重的心

路歷程，使得小說在史詩般粗獷宏闊之外，又平添了許多雅韻幽情，宋江形象因此也多了傳統文人登高能賦，出口成章的風雅特徵。

第三十九回宋江刺配江州，一日病癒後尋友不遇，獨登潯陽樓飲酒。忽感於功業無成，報國無門，反倒刺配他鄉，不得與家人團聚，不禁悲從中來，醉酒揮毫，題詩詞各一首於壁。不料被黃文炳當做謀反的證據告發而鋃鐺入獄，幸虧有晁蓋等梁山泊好漢及時相救才幸免於死。但是，宋江即興而作的這兩首詩和詞何嘗有造反之意？且看《西江月》一首云：

> 自幼曾攻經史，長成亦有權謀。恰如猛虎臥荒丘，潛伏爪牙忍受。不幸刺文雙頰，那堪配在江州。他年若得報冤仇，血染潯陽江口。

又七絕一首：

> 心在山東身在吳，飄蓬江海謾嗟吁。
>
> 他時若遂凌雲志，敢笑黃巢不丈夫。

唯是「詩無達詁」，更由於黃文炳有意的歪曲，這兩首詩和詞竟成了宋江圖謀造反的證據，從而宋江因殺閻婆惜而被發配成了刑事犯之外，又因「文字獄」而增加了更大的「謀逆」之罪，一步步只好就上梁山了。

第七十一迴天降石碣梁山泊英雄排座次後，重陽節前菊花會上，宋江大醉作《滿江紅》一首，一抒招安之志，並命樂和演唱。結果引來武松、李逵、魯智深等激烈反對，經宋江反覆解釋才得以平息。其詞曰：

> 喜遇重陽，更佳釀今朝新熟。見碧水丹山，黃蘆苦竹。頭上盡教添白髮，鬢邊不可無黃菊。願樽前長敘弟兄情，如金玉。
>
> 統豺虎，禦邊幅。號令明，軍威肅。中心願平虜，保民安國。日月常懸忠烈膽，風塵障卻奸邪目。望天王降詔早招安，心方足。

第七十二回宋江借元宵節東京汴梁賞燈之機，意圖通過名妓李師師向宋徽宗表忠心，早日實現招安大計。席間宋江作樂府詞一首寄意，但是李師師反覆觀看，竟未解衷情。宋江正欲一訴委曲，不料徽宗駕臨未得機會。其詞曰：

> 天南地北，問我乾坤何處可容狂客？借得山東煙水寨，來買鳳城春色。翠袖圍香，絳綃籠雪，一笑千金值。神仙體態，薄幸如何消得！
>
> 想蘆葉灘頭，蓼花汀畔，皓月空凝碧。六六雁行連八九，只等

金雞消息。義膽包天，忠肝蓋地，四海無人識。離愁萬種，醉鄉一
夜頭白。

　　第九十回征遼國班師途中，雙林渡燕青學箭，須臾之間射下鴻雁十幾隻。
宋江感於兄弟之情，以雁兼具仁義禮智信五常責之。並於馬上口占一絕；當
晚憶及此事仍難釋懷，又作詞一首，與吳用、公孫勝同觀。其詩曰：

　　　　山嶺崎嶇水渺茫，橫空雁陣兩三行。
　　　　忽然失卻雙飛伴，月冷鳳清也斷腸。

其詞曰：

　　　　楚天空闊，雁離群萬里，恍然驚散。自顧影，欲下寒塘，正草
　　　　枯沙靜，水平天遠。寫不成書，只寄的相思一點。暮日空濠，曉煙
　　　　古壍，訴不盡許多哀怨！揀盡蘆花無處宿，歎何時玉關重見！嘹嚦
　　　　憂愁嗚咽，恨江渚難留戀。請觀他春畫歸來，畫梁雙燕。

　　同回宋江通過宿太尉保奏得准征討方臘，躊躇滿志之際與盧俊義騎馬出
城遊覽，見人持胡敲手牽而響。宋江念及太尉保舉之恩，觸景生情，於馬上
一連作詩兩首。其一曰：

　　　　一聲低了一聲高，嘹亮聲音透碧霄。
　　　　空有許多雄氣力，無人提處謾徒勞。

其二曰：

　　　　玲瓏心地最虛鳴，此是良工巧製成。
　　　　若是無人提挈處，到頭終究沒聲名。

　　第九十五回宋江征方臘損兵折將，聞知劉唐陣亡，痛哭失聲，作詩一首
以哭之：

　　　　百戰英雄士，生平志未降。
　　　　忠心扶社稷，義氣助家邦。
　　　　此日梟鳴纛，何時馬渡江。
　　　　不堪哀痛意，清淚逐流淙。

　　上述宋江詩詞在《水滸傳》和寫宋江的文字中雖非大量，但是於情節發
展、人物性格塑造都有絕大關係，特別是由此見出宋江作為士人形象文采風
流的一面，是《水滸傳》研究從來未受到重視甚至無人提及的。故論列如上，
作為對《水滸傳》寫宋江全人形象介紹的結束。

第五章　《水滸傳》中的濟州

　　《水滸傳》中，濟州是梁山泊的所在地，也是許多梁山泊好漢的家鄉，許多精彩的故事就發生在這裏。「濟州」在《水滸傳》中出現達 127 次之多，是除「梁山」之外出現次數最多的一個地名，在小說中的地位之重要不言而喻。

　　歷史上曾有三個不同的濟州〔註1〕，《水滸傳》裏的這個濟州治所在今天山東巨野。據《中國歷史地名大辭典》：

> 五代周文順二年（952）置，治所在巨野縣（今山東巨野縣南一里）。轄境相當於今山東濟寧市及巨野、金鄉、鄆城等縣地。金天德二年（1150）移治任城縣（今山東濟寧市）。蒙古至元六年（1279）移治今巨野縣，八年（1271）升爲濟寧府，十二年（1275）又改濟州，屬濟寧府。至正八年（1348）廢。〔註2〕

　　濟州在北宋時屬京東西路，州治在今山東省巨野縣，下轄鉅（巨）野，任城，金鄉，鄆城四縣。其中，「鄆城」在《水滸傳》中出現頻率很高，本書前已介紹；「金鄉」只在第七十八回開頭的賦中出現過一次，「東連海島，西接咸陽，南通大冶金鄉，北跨青、齊、兗、鄆」〔註3〕，沒有涉及具體的人

〔註1〕　另外兩個，一個治所在今天山東荏平縣西南，另一個治所在吉林家安縣。參見史爲樂：《中國歷史地名大辭典》，中國社會科學出版社，2005 年版，第 1991 頁。

〔註2〕　史爲樂：《中國歷史地名大辭典》，中國社會科學出版社，2005 年版，第 1991 頁。魏崇山：《中國歷史地名大辭典》，廣東教育出版社，1995 年版，第 852 頁，與此基本相同。

〔註3〕　此段在元高文秀《黑旋風雙獻功雜劇》爲「東連大海，西接濟陽，南通鉅野金鄉，北靠青、齊、兗、鄆」。元無名氏《魯智深喜賞黃花峪雜劇》「東連大海，西接咸陽，南通鉅野金鄉，北靠青、齊、兗、鄆。」分別見傅惜華等編：《水滸戲曲集》，上海古籍出版社，1985 年版，第 1、80 頁。

物或事件；巨野和任城則沒有提及。

第一節　《水滸傳》中的濟州城鄉

一、黃泥岡

「智取生辰綱」是水滸故事的實際開端。傳說《水滸傳》中這段故事的發生地黃泥岡就是今天鄆城縣的黃堆集，如今當地還鐫了「黃泥崗」字樣的巨石立於村頭。小說第十六回晁蓋介紹白勝家在「黃泥岡東十里路，地名安樂村」，第十八回何清又說濟州「北門外十五里，地名安樂村」，黃泥岡大致方位由此可得而知。而當時濟州治在今巨野縣城，黃堆集恰在其北偏西三十里左右，難怪兩地中間的白垓村會有白勝故里的附會傳說，而黃堆集更讓人懷疑就是啓發作者創作靈感的「黃泥岡」。出土於黃堆集的明朝萬曆十九年（1591）「重修五聖廟記」石碑有記曰：

> 細想其集之名，而自見「黃」是取土之色，然而，垈是因地之勢而起。此垈形勢，伏閱北顧比肩梁山之顛，南瞰下卑巨野之陂，東襟通汶河濟水之津，西帶接廩丘之墟。中央垈突坦蕩，四周隱隱伏伏，縱縮廣袤，支連於金線嶺之脈。詳考在宋徽宗崇寧間，環梁山八百里皆水也，垈北距梁山六十里許，爲水滸南岸，古稱黃土崗，即此處也。漁人星散放舟，垂綸執釣聚魚之淵，倦則蟻附土垈爲休息曬網之所。賣魚買酒，酣飲狂呼，眼窄天地，氣傲王侯，徘徊垈上，個個愛其高聳寬闊，構而家居焉。〔註4〕

另據黃堆集當地人回憶，以前這裏的確是一個黃土高岡，當地舊時也有「梁山撒魚，黃堆集曬網」的俗語〔註5〕，亦可與之參證。在《大宋宣和遺事》所記水滸故事雛形裏，晁蓋劫取生辰綱是在南洛縣（今河南省南樂縣）五花營堤上。《水滸傳》爲把現場搬到一百公里外的鄆城黃泥岡，竟然讓押運生辰綱的行進路線由發往目的地的西南向逆轉九十度變東南向，還因而多繞近一半的路程。這樣違背常識的改動，當然主要是爲提高故事各要素的利用效率（譬如何濤的價值就幾乎被挖掘殆盡），這既加大了容量又壓縮了時空，在增強扣

〔註4〕山東省鄆城縣政協文史資料委員會編：《鄆城民俗志》，香港銀河出版社，2005年版，第324頁。
〔註5〕張存金：《古風遺韻黃泥岡》，見 http://www.shuihuwenhua.com/Html/?478.html。

人心弦、緊張刺激的故事性同時，還能突出晁蓋等人的智慧、果敢和義氣。
的確我們不能證明如此精彩的改寫是黃堆集作誘因才得以誕生，但上述碑記
中對漁人生活寥寥數筆即入骨三分的刻畫確實深得《水滸傳》之神韻；尤其
碑記還提到「水滸」一詞，眞讓人不禁浮想聯翩。

不過，《水滸傳》並沒有明確寫黃泥岡是鄆城縣轄地。第十七回老都管等
人首告直接去了濟州府，第十八回何濤對宋江介紹生辰綱的案情則說是「敝
府管下黃泥岡上一夥賊人」，都沒有提到鄆城，好像這發生了劫取生辰綱之事
的黃泥岡並不在鄆城，至少是不一定在鄆城。所以王望如《評論出像水滸傳》
評黃泥岡事發是因爲「鄆城時縣令行保甲之法」〔註6〕，把黃泥岡坐實在鄆城，
就顯得有些武斷了。他很可能是沒有注意到《水滸傳》寫黃泥岡未及其所屬
縣的這一細節。但是，黃泥岡肯定不會是濟州府直轄，所以在書中未寫及其
所屬縣的情況下，讀者以鄆城縣的晁蓋等人在鄆城縣的黃泥岡搶劫，也還算
順理成章。這就是說，以《水滸傳》所寫，認爲今鄆城縣黃堆集的黃泥岡即
是小說中黃泥岡的原型或影子，都多少有些道理。

二、石碣村

在《大宋宣和遺事》中，石碣村本是鄆城管下而且是晁蓋的故里，但爲
給托塔天王的名號找個由頭，《水滸傳》只能安排他住到東溪村，再弄個西溪
村造石塔鎮鬼的事件，讓晁蓋奪塔顯威從而在江湖揚名立萬；而石碣村則被
安排在百里之外的水泊邊上，用來突顯吳用說三阮之功，並作爲「七星聚義」
取生辰綱後上梁山的跳板。

一如寫黃泥岡，《水滸傳》自第十五回起多次提到石碣村，或說「濟州梁
山泊邊石碣村」，或說「離這裏（引按指鄆城縣晁蓋居住的東溪村）只有百十
里以下路程」（第十五回），都沒有寫明其所屬縣份。或認爲石碣村肯定爲鄆
城縣治下，其實也不一定。第十五回吳用說三阮撞籌時說「只此間鄆城縣東
溪村晁保正，你們曾認得他麼？」如果石碣村屬於鄆城縣，則此處說「鄆城
縣東溪村晁保正」，似無必要。再者，一般來說，捉拿「罪犯」應該由當地公
人或有當地公人的參與，像何濤捉拿鄆城縣的晁蓋就需要到鄆城縣衙下書，
並由那裏朱仝、雷橫兩都頭配合；而到石碣村捉拿三阮，卻並無鄆城縣的公
人隨從，可見石碣村不一定屬於鄆城縣了。這一點恐怕連作者心目中也未必

〔註6〕 馬蹄疾：《水滸資料彙編》，中華書局，1980年版，第232頁。

清楚，讀者更不必深究了。

石碣村所在為「石碣村鎮」，鎮上有一個水閣酒店，環境優雅，「前臨湖泊，後映波心。數十株槐柳綠如煙，一兩蕩荷花紅照水。涼亭上四面明窗，水閣中數般清致」，有紅油桌凳，賣「花糕也似好肥肉」（第十五回）。石碣村臨湖湖中有美麗的荷花。蘇轍《欒城集》卷六有《梁山泊見荷花憶吳興五絕》其中兩首寫到了梁山泊的荷花：

> 南國家家漾彩艫，芙蕖遠近日微明。梁山泊裏逢花發，忽憶吳興十里行。
>
> 花開南北一般紅，路過江淮萬里通。飛蓋靚妝迎客笑，鮮魚白酒醉船中。〔註 7〕

梁山泊與石碣湖是相連通的，由蘇轍的詩也可以想見石碣湖荷花之美了。

三、文廟

《水滸傳》中惟一提到的文廟就在濟州。梁山泊好漢中宋江、吳用之外文化水平較高的蕭讓就「只在州衙東首文廟前居住」（第三十九回），而擅長刻石的玉臂匠金大堅也是在文廟旁邊出現的。文廟就是孔子廟。唐朝封孔子為文宣王，稱其廟為文宣王廟。元明以後省稱為文廟。「文廟是路（府）、州、縣地方官學（儒學）與祭祀孔子的廟宇的結合，因而既是供奉孔子靈位和祭祀孔子的神聖場所，又是當地推廣儒家教育文化的中心」〔註 8〕。所以金聖歎於《水滸傳》寫蕭讓住在文廟附近時就評說：「住得是。」〔註 9〕

孔子死後，其故宅改成弟子祭祀先師的廟堂，此為中國文廟的開端。以後對孔子的祭祀一直持續。漢初劉邦親自到曲阜祭祀孔子，成為歷史上第一位親臨孔廟祭孔子的皇帝。到了唐代，唐高祖尊孔子為「先聖」，下詔國學立周公、孔子廟；唐宣宗時又尊孔子為「文宣王」。宋元時期孔子被追諡為「玄聖文宣王」、「至聖文宣王」、「大成至聖文宣王」，文廟也有了較大的發展。明洪武十四年，北京孔廟作為國學孔廟正式建成。到了清代文廟又得到繁榮發展。〔註 10〕

〔註 7〕 〔宋〕蘇轍：《欒城集》，轉引自朱一玄、劉毓忱編：《水滸傳資料彙編》，南開大學出版社，2002 年版，第 1 頁。

〔註 8〕 廖國強：《文廟與雲南文化》，《雲南社會科學》，2006 年第 2 期。

〔註 9〕 施耐庵：《水滸傳》，山東文藝出版社，1995 年版，第 660 頁。

〔註 10〕 本段文廟的歷史參考了柳雯的博士論文：《中國文廟文化遺產價值及利用研究》，山東大學博士學位論文，2008 年，未刊。

據柳雯博士研究，中國的文廟分爲三類：

> 中國文廟按照性質分類，可分爲家廟、國廟和學廟三大類。家廟即孔氏家族祭祀孔子的場所，具有孔氏宗廟的性質；國廟則爲封建帝王爲代表的封建統治者代表國家祭祀孔子的專用場所；第三類學廟，則是古代封建國家以興學爲宗旨將學習儒家經典的學校與祭祀孔子的廟宇相結合，即「廟學合一」的國家行政教育場所和祭祀孔子的場所。〔註11〕

按照這樣的分類，蕭讓所在的文廟只能是第三類學廟了。這種學廟在全國各地多見。

四、土地廟

《水滸傳》寫梁山泊好漢爲了打擊高俅的囂張氣焰，曾經在濟州城內土地廟前發過一張無頭帖子，寫的是「生擒楊戩與高俅，掃蕩中原四百州。便有海鰍船萬隻，俱來泊內一齊休」（第八十回）。這個帖子使把高太尉又氣又怕，心驚膽顫。

土地廟爲民間供奉土地神的廟。土地神俗稱土地爺爺、土地公公、土地老爺等，通常他有一個妻子土地奶奶，又稱爲土地婆婆。就筆者家鄉的土地廟來看，土地廟通常很小，高度比成人略高，這與一般的廟宇高大雄偉不同，它不是用來讓人進廟瞻仰而只是在廟外燒香。農曆二月初二相傳是土地公公的生日，在這一天有給土地公公祝壽的儀式，舉行燒香、燒紙、放鞭炮等儀式。所以至今泰安還流行說「土地老爺還熬個二月二呢」，意思是每人都至少有一天是快樂的、風光的。以前老百姓及官員常在這一天到廟前燒香。金濤先生認爲：

> 崇敬土地神的習俗民風由來已久。成書 2000 多年前的《詩經》就有土地神的記載，《禮記·祭法》云：「士庶成群，聚而居，其群眾滿百家以上，得立社。」這裏所說的「社」即土地神，古代又稱社神，村社守護神之謂也。《孝經緯》云：「社者，土地之神。土地闊不可盡祭，故封土爲社，以報功也。」古代的社日即是起源於祭祀土地，後來發展成農家祭土地神的傳統節日了，有春社、秋社之說。「鵝湖山下稻粱肥，豚柵雞棲半掩扉。桑柘影斜春社散，家家扶

〔註11〕柳雯博士論文：《中國文廟文化遺產價值及利用研究》，山東大學博士學位論文，2008 年，未刊，第 55 頁。

得醉人歸。」這首唐人王駕的《社日》詩，正是古人借春社之際歡
樂聚會的生動寫照。現今在我國廣大城鄉依然盛行不衰的廟會，雖
以娛樂和商貿交易爲主，但追根溯源，仍是出自古代祭祀土地神的
社日。〔註12〕

　　時至今日，中國大陸各地還有廟會存在，不過變成了文化搭臺，經濟唱
戲罷了。筆者的家鄉每年陰曆四月十八還有廟會，雖然是四月十八舉行，不
過卻簡稱「四月八廟會」，現在也變成了物資交流大會。

第二節　現身濟州的各色人等

一、黃泥岡上巧賣酒的白勝

　　白勝是七十二地煞星之一，號爲地耗星，濟州黃泥岡東十里處安樂村人。
在「智取生辰綱」以前，白勝是一個閒漢，也是一個賭徒，已經娶妻成家。

　　第十六回，晁蓋、吳用等七人扮成賣棗子的客人，在黃泥岡等候楊志等
人押送的生辰綱，白勝則扮成一個賣酒的漢子，來引誘楊志等人喝酒。白勝
之所以被選來做這件事，一是上天注定，晁蓋夢見北斗七星墜在他的屋脊上，
斗柄上有一顆小星，化作白光去了，這個白光所應就是白勝。二是因爲白勝
家距離黃泥岡較近，便於裝模作樣挑兩桶醋（其實是酒）上得岡來。第三，
白勝貌不驚人，正適合作這種普通酒家的打扮。

　　白勝出場時挑著一副擔桶，唱著山歌：「赤日炎炎似火燒，野田禾稻半枯
焦。農夫心內如湯煮，公子王孫把扇搖。」（第十六回）這首歌不但寫出了當
時的社會背景，而且也非常符合白勝的身份。〔註13〕金聖歎盛讚這首歌「爲
其恰好唱入眾軍漢耳朵也」〔註14〕。張恨水則評論道：

　　　　此水滸名句。吳用智取生辰綱一役，白勝假扮賣酒人，唱著上
　　　山崗來之曲也。每憶此詩，則恍覺當日松林內賣酒奪瓢一神氣活現
　　　之白勝，如在目前。雖導演者爲吳用，而白勝飾此一角，表演得淋

〔註12〕 金濤：《土地在呼喚：保護人類賴以生存的耗地》，廣西科學技術出版社，1997
　　　　年版，第 7 頁。

〔註13〕 《水滸傳》有兩類人經常唱歌，一類是賣酒人，如魯智深遇到的挑酒人與白
　　　　勝等，一類是漁夫出身的好漢，如阮氏三雄及張橫等。此外飛天夜叉丘小乙
　　　　等人也唱過歌，不過他們只是唱過一首而已。

〔註14〕 施耐庵：《水滸傳》，山東文藝出版社，1995 年第 1 版，第 257 頁。

瀉盡致，即精明如楊志，亦不能不入彀中，則白勝固一勝任愉快，
演技爐火純青之角色也。〔註15〕

在智取生辰綱的過程中，如何讓楊志等人喝下藥酒最關成敗，而這要緊
關節全仗白勝欲擒故縱的出色表演。白勝唱著山歌迤邐而來，像是一個地地
道道的「賣酒人」，不過「偶然」與楊志等人相遇，從前到後絕沒有一點主動
搭理他們的意思；當楊志懷疑他酒裏有蒙汗藥時，他更是裝出一副無辜的樣
子，非常生氣，就連晁蓋等人買酒他也不賣；尤其是吳用下藥一節，白勝的
表演尤為精彩：

> 一個客人把錢還他，一個客人便去揭開桶蓋，兜了一瓢，拿上
> 便吃。那漢去奪時，這客人手拿半瓢酒，望松林裏便走，那漢趕將
> 去。只見這邊一個客人從松林裏走將出來，手裏拿一個瓢，便來桶
> 裏舀了一瓢酒。那漢看見，搶來劈手奪住，望桶裏一傾，便蓋了桶
> 蓋，將瓢望地下一丟，口裏說道：「你這客人好不君子相！戴頭識臉
> 的，也這般羅唣！」（第十六回）

白勝的舉動完全像一個斤斤計較的小生意人，把這齣戲演得活靈活現。果
然「那對過眾軍漢見了，心內癢起來，都待要吃」（第十六回）。而這時白
勝卻以退為進，自稱酒裏有蒙汗藥，真真假假，虛虛實實，就使楊志等人
上了當。

生辰綱事件發生後，白勝被捉入濟州大牢，受到嚴刑拷打。「白勝抵賴，
死不肯招晁保正等七人。連打三四頓，打的皮開肉綻，鮮血迸流」（第十八
回）。後來白勝被打得實在無法忍受，又看到官府早已知道晁蓋是主謀才招
供；儘管如此，他還是聲稱不知道其他幾個；直到濟州府從晁蓋的莊客口中
瞭解到詳情，白勝受到了第二次審訊，才又招出了阮氏三雄等人。如此看來，
雖然白勝被捉住時「面色紅白」（同上）十分狼狽，並且還有出賣同夥的嫌疑，
但總體看來仍是一條鐵骨錚錚的好漢！

晁蓋等人上了梁山後，派人到濟州給白勝疏通關係。後來，白勝從濟州
大牢內越獄而出反上梁山。從上山後直至在杭州得病而死，其間白勝故事不
多，但也有可圈可點之處。第四十一回中，宋江為了報仇，決心殺死仇人黃
文炳，派薛永與白勝先去無為軍中藏了，白勝等人打探好了黃文炳的家及其
它情況，為義軍提供了詳細的信息，為隨後的勝利打下了基礎。在第五十二

〔註15〕張恨水：《水滸人物論贊》，遼寧教育出版社，1998年第1版，第49頁。

回，宋江等攻打高唐州救柴進，但是高廉會妖法，宋江等節節敗退，吳用爲了防備高廉劫營，安排楊林與白勝帶人埋伏在空寨外面的草坡內。當夜高廉來襲時，被白勝等人打得落花流水。在第六十回，晁蓋打祝家莊，被史文恭毒箭射在臉上，「背後劉唐、白勝救得晁蓋上馬，殺出村中來」。在第八十六回，盧俊義等被遼軍圍困，兵陷青石峪，內無糧草外無援兵，情況十分危險。白勝爲了出去送信，鋌而走險，把自己裹進氈包裹，從山頂滾到山腳下，才把情報送到宋江處，解救了盧俊義等人。

虛星是二十八星宿裏的一個星宿，叫「虛日鼠」，白勝的綽號可能與此有關。〔註 16〕我們知道，老鼠一般在夜晚出來活動，而白勝竟然被稱作白日鼠，可見其何等機靈和大膽！白勝名列「梁山泊軍中走報機密步軍頭領四員」（第七十一回）之一，與其白日鼠的綽號正相諧和。並且，白勝綽號白日鼠，以白日鼠而居住在安樂村，不禁使人聯想到《詩經·魏風·碩鼠》的描寫。〔註 17〕這種把人或物的特點結合起來爲所在地方命名是《水滸傳》一個顯著的特點，爲小說營造出濃厚的古典文化氛圍。〔註 18〕

白日鼠白勝參與智取生辰綱，還有更深刻的文化內涵。在古代，見到「白鼠」往往是得到財寶的前兆。《太平廣記》卷四百四十引《錄異記》：

> 白鼠，身毛皎白，耳足紅色，眼眶赤。赤者乃金玉之精。伺其
> 所出掘之，當獲金玉。云鼠五百歲即白。耳足不紅者，乃常鼠也。
> 〔註 19〕

明代李時珍《本草綱目》「金石部」第八卷引《地鏡圖》云：「黃金之氣赤，夜有火光及白鼠。」〔註 20〕明代王圻《稗史彙編》卷五引《葆光錄》有白鼠爬樹而樹下埋有銀子的故事：

> 至夜，見一白鼠雪色，緣其樹。或上或下，久之，揮而不去。
> 陳言於妻子曰：「眾言：有白鼠處即有藏。應不妄言。」遂掘之，果

〔註 16〕作爲天星下凡的三十六天罡星與七十二地煞星與二十八星宿多少有點關係。如郝思文的綽號就是井木犴，而井木犴就是二十八宿之一，此問題並未見有人探討。

〔註 17〕《詩經·魏風·碩鼠》：「碩鼠碩鼠，無食我黍！三歲貫女，莫我肯顧。逝將去女，適彼樂土。樂土樂土，爰得我所。」

〔註 18〕類似的還有魯智深大鬧桃花村，因爲涉及婚姻，金聖歎認爲與《詩經·周南·桃夭》有關，很是。以及秀才蕭讓等住在文廟旁等。

〔註 19〕李昉等：《太平廣記》，中華書局，1961 年第 1 版，第 3586 頁。

〔註 20〕李時珍：《本草綱目》，人民衛生出版社，1977 年版，第 1432 頁。

　　獲金五十笏。〔註21〕

王立先生總結說：「唐代以後，人們則將金銀精靈逐漸歸結爲白鼠。其一，耳足紅色的白鼠，是寶物的標誌。」「其二，白鼠在特定時刻出現往往預示著金銀就埋藏在附近。」〔註22〕「白日鼠」雖然並不等同於「白鼠」，但它們如此接近，實在可讓人有如此之聯想。在民間有把老鼠咬東西說成「老鼠數錢」者，應該也是這種風氣的遺留。

　　生辰綱對晁蓋等人來說是一場「潑天富貴」，如劉唐對晁蓋說「特地送一套富貴來與保正哥哥」（第十四回）；公孫勝說「有十萬貫金珠寶貝」，「此一套富貴，不可錯過！」（第十五回）這在當時頗爲動人。〔註23〕而在籌劃劫取生辰綱時，晁蓋說他做了一個夢，「斗柄上另有一顆小星，化道白光去了」，這道白光就是白日鼠白勝，這不正暗示著晁蓋他們要發財了嗎？

二、濟州漁村豪傑阮氏三雄

　　阮氏三雄是石碣村的嫡親三兄弟，均在梁山三十六員天罡星內，他們分別是：天劍星立地太歲阮小二，天罪星短命二郎阮小五，天敗星活閻羅阮小七。三兄弟都是漁民，在湖裏打魚爲生，偶爾也「在泊子裏做些私商勾當」（第十五回）。

　　阮氏三雄身上固然有賭博等流氓習氣，但更有嫉惡如仇的真性情，痛恨「如今那官司，一處處動撣便害百姓。但一聲下鄉村來，倒先把好百姓家養的豬羊雞鵝，盡都吃了，又要盤纏打發他」（第十五回），希望過上梁山泊好漢「不怕天，不怕地，不怕官司，論秤分金銀，異樣穿綢錦，成甕吃酒，大塊吃肉」（第十五回）的生活。所以當吳用邀請他們劫取生辰綱時，他們毫不猶豫地參加了。生辰綱事發後，何濤帶兵追剿晁蓋到了石碣村，結果被三阮在石碣湖大敗；接著三阮跟隨晁蓋梁山奪泊，做了水軍頭領。

　　三阮武功高強，還精通水性，幾乎參加了梁山的所有戰爭。尤其水戰，更是三兄弟大顯身手的好時機。第四十回阮氏三雄爲救宋江而下水搶船，第

〔註21〕 王圻：《稗史彙編》，《四庫全書存目叢書》子部第 139 冊，齊魯書社影印遼寧省圖書館藏明萬曆刻本，1995 年版，第 597 頁。

〔註22〕 王立：《佛經文學與古代小說母題比較研究》，崑崙出版社，2006 年版，第 277 頁。

〔註23〕 吳越說：「十萬貫，大約就是十萬兩銀子。宋代黃金最貴，黃金與銀子的比價，是一兩黃金大約兌換五十兩銀子。十萬貫，相當於兩千兩黃金。」《吳越品水滸（品事篇）》，東方出版社，2008 年版，第 67 頁。

五十五回阮小二水底擒淩振，第七十回水中擒沒羽箭張清，第七十八回阮氏三雄擒黨世雄，這都顯示了高超的水性。

阮氏三雄很重義氣。吳用稱此三人「義膽包身，武藝出眾，敢赴湯蹈火，同死同生，義氣最重」（第十五回）。第十五回吳用拿話試探三人道：「你們三個敢上梁山泊捉這夥賊麼？」阮小七道：「便捉的他們，那裏去請賞，也吃江湖上好漢們笑話。」第六十四回寫張橫因為偷襲大刀關勝而被擒，同為水軍頭領，阮氏三雄要去救張橫。小說寫道：

> 阮小七聽了，叫將起來，說道：「我兄弟們同死同生，吉凶相救，你是他嫡親兄弟，卻怎地教他獨自去，被人捉了，你不去救，怎見宋公明哥哥？我弟兄三個，自去救他。」張順道：「為不曾得哥哥將令，卻不敢輕動。」阮小七道：「若等將令來時，你哥哥吃他剁做八段！」阮小二、阮小五都道：「說的是。」張順逆他三個不過，只得依他。

儘管去救張橫時三阮被擒，卻也顯示出三阮義氣過人。

三人中，以阮小七的形象最為突出。金聖歎在《讀第五才子書法》中說：「阮小七是上上人物，寫得另是一樣氣色，一百八人中，真是算做第一個快人，心快口快，使人對之，齷齪都銷盡。」〔註24〕縱觀整部《水滸傳》，阮小七當真不愧此評。

第十五回阮小七一出場就盡顯真人本色，說：「人生一世，草生一秋。我們只管打魚營生，學得他們過一日也好。」「若是有識我們的，水裏水裏去，火裏火裏去。若能勾受用得一日，便死了開眉展眼。」「這腔熱血，只要賣與識貨的！」「一世的指望，今日還了願心，正是搔著我癢處。我們幾時去？」真是快人快語，口無遮攔。

第七十五回阮小七在迎接前來招安的欽差陳太尉時，與手下旁若無人地唱起歌來，惹得本就趾高氣揚的李虞候發怒打人。阮小七暗把船上的楔子拔掉，讓船漏水，逼迫陳太尉等轉到了其它船上。阮小七把陳太尉帶來的十瓶御酒喝掉了四瓶，又讓手下人喝掉了剩下的六瓶，再把一些村醪水白酒倒入酒瓶中。後來陳太尉給眾好漢賜酒時才發現這些全是劣酒，引起了眾好漢的憤怒，第一次招安就這樣失敗了。

〔註24〕金聖歎：《讀第五才子書法》，轉引自朱一玄、劉毓忱編：《水滸傳資料彙編》，南開大學出版社，2002年版，第222頁。

當宋江率兵把方臘隊伍剿滅後，阮小七搜出「方臘僞造的平天冠、袞龍袍、碧玉帶、白玉珪、無憂履」（第九十七回），出於好奇，他穿了這身行頭四處「顯擺」，其目的是讓大家一笑而已，結果卻被童貫帶來的大將王稟、趙譚誣爲學方臘的樣子要造反。阮小七大怒，要殺二人，被眾人勸開。

征方臘之役，阮小二和阮小五戰死。宋江等人功成受賞，阮小七授蓋天軍都統制。然而由於奸臣誹謗，不久他就被追奪了官誥，復爲庶民。阮小七帶了老母，返回石碣村，打漁爲生，壽至六十而死。

三、濟州妙手蕭讓、金大堅

在人們的心目中，梁山泊好漢多是打打殺殺的魯莽之輩，但是梁山泊好漢中也有「胸藏錦繡，筆走龍蛇」的高手：一位是書法家蕭讓，一位是雕刻家金大堅。

蕭讓「會寫諸家字體，人都喚他做聖手書生。又會使槍弄棒，舞劍輪刀」（第三十九回），文武兼修。他是因爲書法了得才被「請」上梁山的。宋江因爲寫了所謂「反詩」被誣下在江州牢城，吳用想請蕭讓模仿蔡京的筆跡造一封假書，以便營救宋江。蕭讓做這樣的事情自是輕車熟路，「寫的字體和蔡太師字體一般，語句又不曾差了」（第三十九回）。只可惜因爲吳用一時的疏忽，用錯印章而致營救計劃失敗。

其後蕭讓就留在山寨，做了一名文職將領，負責「設置寨中寨外、山上山下、三關把隘許多行移關防文約、大小頭領號數」（四十四回），「掌管一應賓客書信公文」（第五十一回）。天降石碣之後，奉命用黃紙謄寫的就是蕭讓。在這份名單上，蕭讓是「地文星聖手書生」；山寨最後分工中，蕭讓的主要職責爲「行文走檄調兵遣將」（第七十一回）。

蕭讓不但在書法上造詣深厚，寫文章也是行家裏手。晁蓋在曾頭市中箭身亡，宋江專門教蕭讓作了一篇祭文。後來，北征遼國成功後，宋江又讓蕭讓作文紀念。蕭讓的這兩篇文章，小說中沒有載，不過第八十二回梁山分金買市，他寫了一篇告示，其文采由此也可見一斑：

> 梁山泊義士宋江等，謹以大義，布告四方：昨因哨聚山林，多擾四方百姓，今日幸天子寬仁厚德，特降詔赦，赦免本罪，招安歸降，朝暮朝覲。無以酬謝，就本身買市十日。倘蒙不外，齎價前來，以一報答，並無虛謬。特此告知遠近居民，勿疑辭避。惠然光臨，不勝萬幸。宣和四年三月　日，梁山泊義士宋江等謹請。

　　蕭讓的官話也應該很好。梁山泊好漢來自五湖四海，不同的地方語言不同，這些好漢之間交流起來是不是有困難不得而知，但是每次讀皇帝的詔書都由蕭讓來讀，可能就是因爲蕭讓的官話應該講得比較好，他朗讀時大概都能聽得懂。

　　除此以外，蕭讓還臨時負責過許多事務。像三打祝家莊後，吳用智賺撲天雕李應，就派蕭讓假扮了知府。攻打薊州時，天氣炎熱，軍士多病，宋江就遣蕭讓、宋清前往東京收買藥餌，就向太醫院關支暑藥等等。

　　蕭讓主要是一個文人而不是武將，他的氣質應當比較儒雅（不然也不適合扮作知府）。在眾多的武人中，這種文人的細膩氣質就顯得格外難得。比如面對來梁山招安的張幹辦、李虞候等人的刁難，同去的呂方、郭盛已經大怒了，而蕭讓與裴宣只是好言懇求。同樣，高俅被宋江擊敗，答應到皇帝面前奏知梁山泊衷曲之事，讓宋江派一個精細的人跟他到京師面見皇帝，宋江就派了蕭讓與樂和兩人。還有，遼國請降時，宋江與趙樞密等商量以後，派柴進、蕭讓帶著行軍公文，陪同遼國丞相褚堅前往東京；隨後蕭讓、柴進等又陪同宿太尉同去遼國。由此足以看出蕭讓作爲文人在梁山特殊的作用。

　　文人氣多了有時就顯得軟弱，和阮氏三雄等人比較，蕭讓的反抗性就差得多。蕭讓被騙上梁山時，就自稱「兩個手無縛雞之力，只好吃飯」。（第三十九回）吳用等勸他入夥，他還以家中老小爲辭；但是當看到全家老小都被搬運上山，他也只好認了。對梁山泊好漢是如此，對權臣姦佞也一樣：征方臘之前，蔡太師差府幹到營，索要蕭讓，蕭讓就到蔡太師府中受職，作門館先生。他因此保全了自己的性命，終老牖下。但是，作爲「遲到早退」的「梁山泊好漢」，也減弱了他作爲英雄的光輝。

　　金大堅是梁山上技藝超卓的雕刻家，也是文武兼修。對於他的來歷和特長，在第三十九回吳用有這樣一段介紹：「這人也是中原一絕，見在濟州城里居住。本身姓金，雙名大堅。開得好石碑文，剔得好圖書玉石印記，亦會槍棒廝打。因爲他雕得好玉石，人都稱他做玉臂匠。」

　　金大堅與蕭讓是好朋友，二人的關係如同「孟（良）不離焦（贊），焦不離孟」，往往在《水滸傳》中同時出現。如蕭讓一樣，金大堅也是爲了救宋江而被賺上梁山的。他按照要求刻了「翰林蔡京」的印章，卻幾乎給宋江及戴宗惹來殺身之禍。當然，這責任還是由吳用來負，因爲金大堅雕刻的印章與蔡京的無纖毫差錯，但是吳用把它用在了不該用的地方。

在梁山上，金大堅主要負責「刊造雕刻一應兵符、印信、牌面等項」，有時他與蕭讓「掌管一應賓客書信公文」等。作爲文職人員，金大堅與蕭讓一樣，很少參加山寨的軍事行動，如梁山眾好漢下山到江州劫法場，金大堅與蕭讓就留守山寨。不過金大堅也不是不下山，宋江回鄉搬取老父被困還道村，前來救護的梁山泊好漢中就有蕭、金二人。金大堅也參加過征遼之戰，不過並無顯赫戰功，本來金大堅也不以武功見長。宋江攻克遼國之後，隨即喚令隨軍石匠，採石爲碑，令蕭讓作文，以記其事，金大堅鐫石。

此外，賺李應上梁山時，蕭讓裝扮成知府，而金大堅裝扮成虞候，出色地完成了任務。由於雕刻技藝高超，所以征遼歸來，金大堅被留在皇帝跟前，並沒有參加征方臘之戰。後來金大堅在內府御寶監爲官，屬於梁山泊好漢中少有的得到「善終」的人之一。

四、濟州太守張叔夜

《水滸傳》先後寫到三任濟州太守。首任太守因剿捕梁山人馬兩次失利，被蔡京撤換，派來一名宗姓太守亦即第二任太守，第三任太守是張叔夜。張叔夜史有其人。《宋史》載，「張叔夜，字嵇仲，侍中耆孫也。少喜言兵，以蔭爲蘭州錄事參軍。」〔註25〕張叔夜出身名門，善於用兵。叔夜從弟彈劾蔡京，蔡京遷怒於叔夜，以徽猷閣待制再知海州。北宋亡時隨徽宗、欽宗入金，至白溝，絕食而死，年六十三。後贈開府儀同三司，謚忠文。

據史書記載，歷史上的宋江起義乃爲張叔夜所平定。《宋史》卷三五三《張叔夜列傳》載：

> 宋江起河朔，轉略十郡，官軍莫敢攖其鋒。聲言將至，叔夜使間者覘所向，賊徑趨海瀕，劫巨舟十餘，載擄獲。於是募死士得千人，設伏近城，而出輕兵距海，誘之戰。先匿壯卒海旁，伺兵合，舉火焚其舟。賊聞之，皆無鬥志，伏兵乘之，擒其副賊，江乃降。
> 〔註26〕

宋王偁《東都事略》卷一百八《張叔夜傳》載：

> 張叔夜……以徽猷閣待制出知海州。會劇賊宋江剽掠至海，趨海岸，劫巨艦十數。叔夜募死士千人，距十數里，大張旗幟，誘之

〔註25〕〔元〕脫脫等撰：《宋史》，中華書局，1977年版，第11140頁。
〔註26〕〔元〕脫脫等撰：《宋史》，中華書局，1977年版，第11141頁。

使戰。密伏壯士匿海旁，約候兵合，即焚其舟。舟既焚，賊大恐，

無復鬥志，伏兵乘之，江乃降。〔註27〕

在《水滸傳》中，張叔夜作爲直接管轄梁山泊的濟州太守，卻沒有直接與梁山對陣，而是一個支持並直接參與朝廷對梁山進行招安的地方官員。第七十五回第一次招安時，張叔夜就勸陳太尉對梁山泊好漢加意勸慰，但是由於高俅安排的親信李虞候等人仇視梁山，頤指氣使，結果激怒了梁山泊好漢，無功而返。第七十六回童貫帶兵征剿梁山時，張叔夜向童貫說：「梁山泊好漢雖然是山林狂寇，中間多有智謀勇烈之士，請樞相勿以怒氣自激，引軍長驅；必用良謀，可成功績。」童貫不聽，反而大罵張叔夜「畏懼懦弱匹夫，猥刀避劍，貪生怕死，誤了國家大事，以致養成賊勢」。第八十二回宿太尉招安時，張叔夜是最感欣慰和大力支持的官員之一。他對宿太尉說：「這一般人，非在禮物輕重，要圖忠義報國，揚名後代。若得太尉早來如此，也不教國家損兵折將，虛耗了錢糧。此一夥義士歸降之後，必與朝廷建功立業。」

不僅如此，張叔夜親自到梁山報送招安喜訊，當梁山泊好漢真誠答謝他時，他一兩銀子也不收，讓宋江、吳用等人感慨不已。書中用一首詩來寫他的高風亮節：「風流太守來傳信，便把黃金作餞行。捧獻再三原不受，一簾水月更分明。」（第八十二回）

五、驚魂濟州的權奸高俅和童貫

《水滸傳》寫高俅和童貫是朝廷中曾經親征梁山的兩大權奸。高俅史有其人。據宋代王明清《揮麈後錄》卷七，「高俅者，本東坡先生小史。筆劄頗工」，曾到端王府裏送篦刀子（而非小說中所說的鎮紙獅子）等。〔註28〕

歷史上的高俅與宋江一夥沒有任何關係。不過，高俅確實是一個貨真價實的奸臣。他在當時與蔡京、童貫等六人被稱爲「六賊」。宋無名氏《靖康要錄》卷七載：「高俅初由胥吏遭遇，寅緣幸會，致位使相，檢校三公，不思竭力圖報，乃敢自恃昵幸，無所忌憚。身總軍政，而侵奪軍營，以廣私第；多

〔註27〕 〔宋〕王偁：《東都事略》，轉引自朱一玄、劉毓忱編：《水滸傳資料彙編》，南開大學出版社，2002年版，第3頁。

〔註28〕 〔宋〕王明清：《揮麈後錄》，轉引自朱一玄、劉毓忱編：《水滸傳資料彙編》，南開大學出版社，2002年版，第14頁。

占禁軍，以充力役。」〔註 29〕《大宋宣和遺事》也記載高俅蠱惑宋徽宗，引誘他尋歡作樂。「天子全無憂問，與臣蔡京、童貫、楊戩、高俅、朱勔、王黼、梁師成、李彥等，取樂追歡，朝綱不理。」〔註 30〕

《水滸傳》以歷史上的高俅為原型，寫他本是一個不學無術的浮浪破落戶子弟，偶然因踢球受到後來繼位為宋徽宗的端王寵愛，做到了殿帥府太尉。高俅小人得志，一旦大權在握，不思量如何報效國家，造福百姓，反而假公濟私，瘋狂打擊忠良人士，縱容兒子為非作歹，魚肉百姓。張恨水說：「若高之於宋徽宗，則吾見其一朝權在手便把令來行，第一件事是欲殺王進，第二件事是欲殺林沖而已。」〔註 31〕除此之外，高俅幹的第三件大壞事就是處心積慮地反對朝廷招安梁山泊好漢，想把他們置於死地。

第一次朝廷招安梁山泊好漢的失敗根源在於高俅。朝廷派陳宗善去招安，但高俅卻安排自己的心腹人李虞候也參與進去。李虞候到梁山後出言無狀，態度惡劣，應該是高俅對他面授機宜的影響，結果就是激怒了眾好漢，而未能完成招安。

童貫征梁山失敗以後，高俅便親自出馬，進剿梁山，但是三戰皆北，還使濟州的百姓跟著倒霉，「近山砍伐木植，人家搬擄門窗，搭蓋窩鋪，十分害民」（第七十八回）。另外，高俅還聽了葉春的建言造大船，更是把濟州百姓害得夠苦。第八十回寫道：

> 連日曉夜催並，砍伐木植，限日定時，要到濟州交納。各路府
> 州縣，均派合用造船物料。如若違限二日，笞四十，每三日加一等。
> 若違限五日外者，定依軍令處斬。各處逼迫，守令催督，百姓亡者
> 數多，萬民嗟怨。

「三敗高太尉」即高俅征剿梁山的第三次敗北，還被俘虜上了梁山。幸而宋江等為了實現由朝廷招安的大計，高俅才不僅保住了性命，還被禮送下山回朝。不過這一次高俅在梁山上仍然露了一幅小人相，自吹學得一身相撲天下無對，結果被燕青只一跤，攧翻在地褥上，做一塊半晌掙不起，丟盡臉面。

〔註29〕〔宋〕無名氏：《靖康要錄》，轉引自朱一玄、劉毓忱編：《水滸傳資料彙編》，南開大學出版社，2002 年版，第 17 頁。

〔註30〕〔元〕無名氏：《新刊大宋宣和遺事》，中國古典文學出版社，1954 年版，第 10 頁。

〔註31〕張恨水：《水滸人物論贊》，遼寧教育出版社，1998 年第 1 版，第 68 頁。

後來梁山泊好漢受了招安，但是高俅等人還是仇視他們，宋江、盧俊義最後就是死於高俅等人之手。從某種意義上說，在這場忠奸鬥爭中，是以高俅等奸臣戰勝宋江等忠臣而結束的。

童貫與高俅一樣，也是宋史上的「六賊」之一。《宋史》卷四六八《童貫傳》說其「少出李憲之門。性巧媚，自給事宮掖，即善策人主微指，先事順承」〔註32〕，至少不是什麼正派人物。《水滸傳》則寫他與高俅一樣，是一個嫉賢妒能的小人。童貫為了奉承上司，對武藝超群的宣贊不理不睬，但他的門館先生程萬里，卻因為討他喜歡，做上了東平府太守。程萬里的同僚雙槍將董平就不平說：「程萬里那廝，原是童貫門下門館先生，得此美任，安得不害百姓。」（第六十九回）。在高俅之前，童貫就曾駐紮於濟州，兩度進攻梁山，而均告失敗，掃興而歸。

除了高俅、童貫之外，來濟州與梁山有過交鋒的官軍還有十節度使。分別是河南河北節度使王煥、上黨太原節度使徐京、京北弘農節度使王文德、潁州汝南節度使梅展、中山安平節度使張開、江夏零陵節度使楊溫、雲中雁門節度使韓存保、隴西漢陽節度使李從吉、琅琊彭城節度使項元鎮、清河天水節度使荊忠。其它較為出名的將領還有水軍頭領劉夢龍、高太尉帳前牙將黨世英、黨世雄等。但是這些人或者出面不多，或者僅被提及，這裏就從略了。倒是被高俅禮請為軍前參謀後來留在梁山上的秀才聞煥章，「深通韜略，善曉兵機，有孫、吳之才調，諸葛之智謀」（第七十九回），主動修書幫宋江與徽宗皇帝的近臣宿太尉聯繫，對招安出了大力，值得一提。

六、與梁山作對的小人物

《水滸傳》寫濟州是與梁山對峙的前沿堡壘，所以書中寫到一些濟州地方上與梁山作對的人，主要有何濤、何清兩兄弟、給高太尉出壞主意的王瑾和會造船的葉春等。

何濤是濟州府的三都緝捕使臣，乃宋代一專管緝捕罪犯的低級武官。〔註33〕晁蓋等人智取生辰綱之後，濟州府尹責令何濤負責緝捕。可是何濤

〔註32〕〔元〕脫脫等撰：《宋史》，中華書局，1977年版，第13658頁。

〔註33〕沙先貴：《水滸辭典》「殿帥府太尉」條釋為「使臣為宋代八、九品十等武階官的總稱，在軍中的可任統兵官，或派作偵察、傳遞公文等差使，不在軍中的也可委派各種低級差遣。」（崇文書局，2009年版，第444頁）又，王曾瑜《開拓宋代史料的視野與〈三言〉、〈二拍〉》認為：「緝捕使臣當然是宋代特

找不到破案抓人的線索，愁得一籌莫展。偏偏濟州府尹又是一個無能卻任性的人，爲了逼何濤盡快破案，竟「喚過文筆匠來，去何濤臉上刺下『疊配……州』字樣，空著甚處州名」，並威脅說如果不能按時破案，就把他發配到遠惡軍州。何濤與手下公人商議破案一事，但是公人們也沒有辦法。幸好何濤的弟弟何清知道些線索，何濤據此捉住了白勝，又到鄆城縣捉晁蓋等七人。

何濤辦事小心謹慎，把帶去的公人藏在客店中，隻身一人來到鄆城縣衙門。不巧早衙剛散，何濤遇見了押司宋江。宋江問明了何濤來意，大吃一驚。因爲自己與晁蓋是心腹弟兄，宋江便安排何濤在茶坊喫茶，自己「擔著血海也似干係」，飛馬通知了晁蓋等人逃避，然後若無其事地返回縣衙，陪同何濤把此事報告給知縣。知縣不敢耽擱，馬上派朱全、雷橫去捉拿晁蓋等人，卻只捉到了晁蓋的幾個莊客。何濤回到濟州，重審白勝。白勝受刑不過，供出三阮的家在石碣村，何濤帶人趕到石碣村，結果帶去的公人全部被三阮殺死，他本人也被阮小七割了兩隻耳朵。

何濤是作爲梁山泊好漢的對立面出現的一個小人物。作爲一個下級軍官，他是一個讓人可恨又可憐的人。說他可恨，是因爲他平時騎在老百姓頭上作威作福。阮小二就說他「是濟州一個詐害百姓的蠢蟲」（第十九回），可見平時作惡多端。何濤手下管著二三百個公人，經常拿了錢與他們同吃同喝，何濤也對他手下的公人說「你們閒常時都在這房裏賺錢使用」（第十七回）。可知他們的賺錢與吃喝無一不是民脂民膏，這是可恨處。然而他又是可憐的，他被俘後乞求說：「好漢，小人奉上命差遣，蓋不由己。小人怎敢大膽，要來捉好漢！望好漢可憐見，家中有個八十歲的老娘，無人養贍，望乞饒恕性命則個！」（第十九回）所以，不論其有無老娘，他確實是上命差使，自己就因爲捉不到劫掠生辰綱的人臉上被刺了金印，隨時可以被發配到邊遠之地；又捉拿阮氏兄弟不成，反被割掉了兩隻耳朵。雖然按說何濤既然沒有捉到晁蓋等，就要被府尹「疊配遠惡軍州，雁飛不到去處」了，但是大概被割掉了耳朵救了他，回濟州以後，府尹讓他「自回家將息，至今不能痊」（第二十回）。書中從此以後再沒有提起，可想其官府的鷹犬是做不成了，後半生的日子一定很悲慘。

有的官稱，《永樂大典·吏部條法》第 25 頁就有『臨安府緝捕使臣』。可知這確是宋制。」《四川大學學報》（哲社科版），2005 年第 1 期。

　　與何濤情況近似的，還有後來一個濟州團練使黃安。他也曾經帶領人馬攻打梁山泊，也是被活捉上山，「鎖在後寨監房內」，後來下落不明，想是再無出頭之日。因為，他打梁山的失敗，不僅自己做了俘虜，連他的上司濟州府尹也被累把官弄掉了！

　　何清是何濤的弟弟，平時喜歡賭錢，略懂文墨，靠偶爾給人家抄寫東西過日子。何清與何濤雖係同胞兄弟，但是兩人關係並不好。何濤做公人的收入應該不是很少，但是對他這個弟弟何清在經濟上不曾有多少照顧。所以，何清甚至曾跟隨一個「閒漢」去投奔晁蓋，卻不知什麼原因，晁蓋竟然沒有收留他們。後來「有個一般賭博的」引何清去安樂村王家客店，客店請何清幫忙寫登記簿，「當日是六月初三日，有七個販棗子的客人，推著七輛江州車兒來歇」，還「見一個漢子，挑兩個桶……道：『有擔醋，將去村裏財主家賣。』」並知道那挑桶的叫「白大郎」，從而斷定劫生辰綱的就是晁蓋等人。他就把這些有關生辰綱案的線索告訴了哥哥何濤，把何濤送上了與晁蓋等好漢作對的不歸路。

　　《水滸傳》寫何清筆墨不多，卻活畫出了他作為小市民的狡黠和世故。當他看到自己的親哥哥為生辰綱之事著急如熱鍋螞蟻之時，雖然明明知道此案的線索，卻就是不說，直到吃到了好飯，聽到了好話，擺足了架子，才肯出手幫忙，哪裏還有什麼同胞骨肉之情？而且，他既然曾經投奔過晁蓋，就是對晁蓋心存敬仰。如今卻又將晁蓋出賣給官府，可見也是個唯利是圖的小人。

　　王瑾是濟州府撥在高太尉帥府的一名老吏，「那人平生尅毒，人盡呼為剜心王」（第七十九回）。王瑾窺知高俅不願意招安宋江等，就主動給高俅獻計，改動了詔書的句讀，使朝廷的招安流於失敗。王瑾因此升帥府長史，隨高俅進征梁山，被杜興殺死，獻了首級。

　　葉春是造船的匠人，第八十回寫他原籍為當時屬淮南東路的泗州，因來山東，路經梁山泊過，被那裏的小嘍頭目劫了本錢，流落在濟州，不能夠回鄉。得知高俅下令伐木造船，征進梁山泊，葉春便畫好船模圖紙，面見高俅，建議造大、小海鰍船。這兩種船均有速度快、防護好、載人多的優勢，既能攻擊，又能防守，威力之大，曾讓宋江深為憂慮，說：「似此大船，飛游水面，如何破得？」（第八十回）當然，這些大、小海鰍船最終都被神勇的梁山泊好漢破壞掉了。可是這種破壞並非來自直接的正面進攻，而是採取了水下偷襲

的迂迴進攻方式。從另一種意義上說，梁山泊好漢的船隊與葉春所監造的戰船根本不敢正面交鋒，可見大、小海鰍船在當時技術上的先進性。葉春最後被投充高俅水軍中臥底的李雲、湯隆和杜興殺死。

第三節　《水滸傳》中的濟州故事

一、智取生辰綱

智取生辰綱是《水滸傳》中最為精彩的故事之一。早在《宣和遺事》中就有「智取生辰綱」的雛形：

> 正是宣和二年五月，有北京留守梁師寶，將十萬貫金珠、珍寶、奇巧段物，差縣尉馬安國一行人，擔奔至京師，趕六月初一日為蔡太師上壽。其馬縣尉一行人，行到五花營堤上田地裏，見路傍垂楊掩映，修竹蕭森，未免在彼歇涼片時。撞著八個大漢，擔著一對酒桶，也來堤上歇涼靠歇了。馬縣尉問那漢：「你酒是賣的？」那漢道：「我酒味清香滑辣，最能解暑薦涼。官人試置些飲。」馬縣尉口內飢渴瘦困，買了兩瓶，令一行人都吃些個。未吃酒時，萬事俱休；才吃酒時，便覺眼花頭暈，看見天在下，地在上，都麻倒了，不知人事。籠內金珠、寶貝、段疋等物，盡被那八個大漢劫去了，只把一對酒桶撇下了。直至中夜，馬縣尉等醒來，不見了那擔仗，只見酒桶撇在那一壁廂。〔註34〕

《水滸傳》第十四至十六回就上引文字改造敷衍，踵事增華，人物、情節等更要複雜精彩得多。故事大略曰北京大名府梁中書收買了十萬貫金珠寶貝玩器等，作為禮物安排楊志等押送東京給他丈人蔡太師祝壽，這就是所謂生辰綱。赤髮鬼劉唐得知此事以後，去鄆城縣聯繫托塔天王晁蓋，圖謀攔路劫奪。吳用定計，使晁蓋等聯合了石碣村三阮，還有後來主動加入的公孫勝，計劃在黃泥岡劫取生辰綱。事先這七人還聯合了白勝。白勝住在安樂村，離黃泥岡不遠。六月初三日，晁蓋等七人假扮作賣棗子的客人，到安樂村王家客店安歇，卻被一個叫作何清的人看在眼裏，記在心裏。〔註35〕

〔註34〕〔元〕無名氏：《新刊大宋宣和遺事》，中國古典文學出版社，1954年版，第37頁。
〔註35〕見第十八回何清所說：「當日是六月初三日，有七個販棗子的客人，推著七輛

　　楊志爲「五侯楊令公之孫」（第十二回），這一次受梁中書重託押送生辰綱，一路小心謹慎，唯恐遭遇劫路強人。六月初四日，楊志等一行來到黃泥岡，天氣酷熱難當，眾軍漢不斷地叫苦，隨行的兩個虞候和老都管平時享受慣了，更是吃不得這苦，也希望能夠停頓一下再走，楊志無奈，只好同意在黃泥岡上休息，並在這裡中了晁蓋、吳用等賣酒下藥之計，全都被麻翻了，遂失卻生辰綱。這次事件導致楊志再次流落江湖，而晁蓋、吳用等則攜此「一套富貴」逃上了梁山，在那裏「小奪泊」，結束了水泊梁山的王倫的草創時期，開啓梁山泊好漢「替天行道」的新時代！

二、大戰石碣湖

　　《水滸傳》第十八回寫「智取生辰綱」案發以後，濟州府三都緝捕使臣何濤受命帶人到鄆城縣抓捕晁蓋等人，宋江「擔著血海也似干係」（第十八回）報訊晁蓋逃走，加以鄆城縣的兩個都頭朱仝與雷橫的有意縱放，晁蓋等成功逃脫，而何濤被宋江捉弄空手而回。晁蓋等人連夜趕到石碣村並商議投奔梁山，何濤卻帶領大隊人馬又隨後殺來。於是發生了晁蓋等人與官軍的第一次真正的交鋒。

　　石碣村瀕臨梁山泊，所以梁山泊的這一片水域又叫石碣湖村。〔註36〕「這石碣村湖泊，正傍著梁山水泊，周回盡是深港水汊，蘆葦草蕩」。（第十九回）何濤等人先撲到阮小二家，但已經空無一人；再趕往阮小五家，半路上遇到阮小五嘲歌而來。何濤命令官兵放箭，但阮小五跳入水中輕鬆逃脫；接著遇到阮小七，又沒有捉到，還損失了若干官兵。何濤無奈只好親自上陣，卻不料中了三阮誘敵深入之計，自己也被活捉，更有許多官兵被三阮等搠死在爛泥裏。

　　石碣湖之戰幾乎全殲何濤的人馬，阮小七割掉他的兩隻耳朵，留他一命放回濟州。而晁蓋等七人亦因爲社會上無處存身，只好投奔梁山，並在林沖火併王倫之後，晁蓋坐了梁山第一把交椅。濟州府尹又派團練使黃安並本府捕盜官一員，帶領一千餘人，拘集民船，在石碣村湖蕩等候調用，分成兩路來攻打梁山泊。梁山泊好漢在晁蓋與吳用的指揮下，把黃安打得落花流水，全軍覆沒，並生擒黃安。

　　　江州車兒來歇。我卻認得一個爲頭的客人，是鄆城縣東溪村晁保正。」
〔註36〕《水滸傳》第十八回白勝說阮氏三雄「都在石碣湖村裏住」。

三、兩贏童貫

「兩贏童貫」是梁山反征剿的又一大勝利。此前朝廷雖有多次征剿，但是均以失敗告終，只好改變策略進行招安。於是徽宗差陳宗善爲使，帶著丹詔御酒，到梁山泊招撫眾好漢。雖然招安是梁山上宋江朝思暮想的盼望，但是以蔡京與高俅爲首的奸臣卻不願意朝廷招安宋江等，於是「蔡太師府張幹辦，高殿帥府李虞候」做了陳宗善的跟班同去。來到梁山，「那兩個張幹辦、李虞候，擅作威福，恥辱眾將」（第七十九回），惹得眾怒，結果把好好招安一件事弄砸了。但是，蔡京上奏，卻把這次招安不成的責任一股腦歸於梁山，於是又有童貫奉旨統率大小三軍，八路軍馬並進，大舉殺向梁山泊。而梁山方面也早已得知消息，先派出張清、李逵，分別帶領一隊人馬打探並騷擾官軍。接下來兩軍對陣，童貫排起四門斗底陣，宋江、吳用等排起九宮八卦陣迎敵。這「九宮八卦陣」十分了得，「明分八卦，暗合九宮。占天地之機關，奪風雲之氣象」（第七十六回）。童貫看罷，驚得魂飛魄散。他手下大將陳翥出戰，即被宋江陣中秦明所殺，宋江指揮軍隊乘勝追擊，殺得童貫大敗。

童貫野心不死，乃又排長蛇之陣向梁山搦戰。而宋江等人早就定下十面埋伏計應對。這十面埋伏計第一路是朱全與雷橫，第二路是秦明與關勝，第三路是呼延灼與林沖，第四路是魯智深與武松，第五路是解珍與解寶，第六路是董平與索超，第七路是楊志與史進，第八路是盧俊義、楊雄與石秀，第九路是李逵、鮑旭、項充與李袞，第十路是張清、龔旺與丁得孫。這十路人馬活捉了御前飛龍大將酆美，把童貫打得只顧逃命，不敢再入濟州，引了敗殘軍馬，連夜投東京去了。其實童貫能逃得性命，也是宋江爲求招安而有意縱放，手下留情。否則，童貫就一定是命殞梁山，片甲無回。

四、三敗高俅

《水滸傳》寫梁山發生最大也是最後的戰事是「三敗高俅」，即書中第七十八至第八十的三回書回目所標的「一敗」、「二敗」和「三敗高太尉」。這事發生在童貫失敗後逃回京城，高俅逞能，誇下海口，說若能領兵「親去那裏征剿，一鼓可平」。因蔡太師的保薦，皇上允准高俅領十節度使大舉進攻梁山。爲了萬無一失，高俅還從金陵建康府調來一支以劉夢龍爲首領的水軍，命令心腹人牛邦喜搶奪民間船隻到濟州聽候調用。宋江聽到這個消息，心中

驚恐。但是，吳用卻胸有成竹，與高俅之軍對陣，運籌帷幄之中，決勝山寨之外，水泊之中，三戰三勝，都是大陣仗，即書中所稱的「三敗高俅」或「三敗高太尉」。此外還有兩次小的遭遇，共五次大小戰役，描寫各有精彩，分述如下。

（一）鳳尾坡之戰

《水滸傳》第七十八回寫高俅調遣進攻梁山的十節度使中「有節度使王文德，領著京兆等處一路軍馬，星夜奔濟州來。離州尚有四十餘里。當日催動人馬，趕到一個去處，地名鳳尾坡，坡下一座大林」，在這裏遇到了埋伏在林子背後的董平的伏擊。兩軍混戰，與董平戰到三十合時，王文德發現自己不是他的對手，就想撤退，董平在背後追趕。王文德正逃跑時，迎面來了張清的人馬，張清飛石打中王文德的盔頂，王文德落荒而逃。董平與張清兩支人馬追趕，但這時又一節度使楊溫領兵趕到，救了王文德。董平、張清大勝而歸。

（二）一敗高俅

《水滸傳》第七十八回又寫高俅與十節度使在濟州集合，帶領大小三軍並水軍一齊進發，殺向梁山泊而來。宋江早已統率梁山人馬在山下不遠處拒敵。節度使王煥與豹子頭林沖戰了近八十回合，不分勝負。兩邊鳴金收兵。接著雙鞭呼延灼與另一節度使荊忠廝殺，把「荊忠腦袋，打得腦漿迸流，眼珠突出，死於馬下」。最後是董平與節度使項元鎮放對，被項元鎮一箭射中右臂。林沖等人救了董平回梁山，高俅指揮大軍追趕宋江等人，一直趕到水邊。與此同時，高俅的水軍由劉夢龍與黨世雄率領，也進入梁山泊。但官軍的船隻都被梁山泊好漢事先布置的柴草等雜物堵住水路，根本不能行動。劉夢龍跳水逃生去了，黨世雄駕船逃命，遇見阮氏三雄，跳水逃生時被張橫活捉。高俅步軍雖然損失不多，但水軍折其大半，戰船俱損，所以這次進兵以失敗告終，只好退回到濟州。

（三）二敗高俅

《水滸傳》第七十九回寫高俅第一次進攻梁山失敗以後退回濟州，梁山軍馬追至濟州城下撓戰。高俅提兵來戰，梁山泊好漢在離城十五里外平川曠野中布好陣勢。呼延灼與雲中節度使韓存保交戰，打得難分難解。呼延灼詐敗，引誘韓存保到了一條溪邊再次交戰。後來兩人滾落到溪水中，展開了肉

搏。恰好張清等趕到，活捉了韓存保。當呼延灼、張清押著韓存保趕回本寨時，遇到了兩位節度使梅展與張開，與之血戰，韓存保又被官軍奪回。幸虧秦明、關勝兩路援軍趕到，便又奪了韓存保，高俅大軍只好退回濟州。宋江對活捉的韓存保殷勤相待，向他訴說自己並眾好漢並無反叛朝廷之心，只是被逼上梁山而已，並把韓存保與先前活捉來的黨世雄一併放回濟州。

高俅在濟州拘刷到民船一千五百多隻，統率水軍、馬軍再次攻打梁山。官軍首領牛邦喜、劉夢龍及黨世英從水路殺奔梁山而來。他們靠近金沙灘，只見岸上有幾個牧童。劉夢龍讓悍勇士兵登岸。一聲炮響，左邊出來秦明帶領的紅甲軍，右邊出來呼延灼統領的黑甲軍，把上岸的官兵消滅大半。官兵慌忙逃回船上，這時狂風大作，紅日無光，劉唐帶領義軍駕著裝有燃料的小船鑽入官軍大船當中，放起火來，官兵又遭慘敗。黨世英被亂箭射死，李俊殺死了劉夢龍，張橫殺死了牛邦喜。高俅帶領的隊伍也遭到索超等人的迎頭痛擊，再加上林沖、楊志、朱仝等人的夾擊，高俅等人又慌忙逃回濟州。石秀、楊雄等人率領五百人馬埋伏在濟州城外，放了幾把火，又把高俅嚇得魂不附體。梁山泊好漢第二次挫敗了官兵的征剿。

（四）假招安之戰

「二敗高太尉」中梁山泊好漢活捉的韓存保，是當朝太師韓忠彥的侄子。韓存保把梁山泊好漢如何忠義為國之事報告韓忠彥。韓忠彥勸說蔡京招安梁山泊好漢，蔡京同意了。蔡京奏過天子，天子決定讓聞煥章與天使一齊到濟州招安梁山泊好漢。

高俅得知朝廷又要招安梁山泊好漢的消息，又氣又怕，卻又不敢抗旨。這時濟州有一個老吏叫王瑾，為人刻毒，外號「剜心王」。他得知高俅欲阻止朝廷招安宋江等人，主動獻計篡改詔書的句讀。將原來詔書上寫有「除宋江、盧俊義等大小人眾所犯過惡，並與赦免」，改為讀作「除宋江，盧俊義等大小人眾所犯過惡，並與赦免。」這樣就成了赦免除宋江以外的所有人。王瑾並建議乘機將宋江殺掉，然後再慢慢收拾其餘梁山泊好漢。高俅大喜，接著就升了王瑾的官。聞煥章勸他不要這樣做，可是高俅不聽。

濟州派人到梁山送信，說是天子降詔，赦罪招安。宋江大喜，但是吳用覺得高俅肯定沒安好心，一定會有陰招破壞招安。於是他安排李逵引著一千步軍埋伏在濟州東路，扈三娘引著一千馬軍埋伏在濟州西路。而濟州城內高俅也排好了陣勢，等待宋江等人的到來。梁山泊先派張清帶著五百人馬

來到濟州城偵察了一番，向北去了；接著戴宗作神行法，也來濟州進行偵察。高俅來到濟州月城上女牆邊，左右從者百餘人，大張麾蓋，等候宋江。這時宋江等人全副武裝來到濟州城下，高俅責問宋江等人既然朝廷已經赦免他們無罪，為何還要披甲而來。宋江稱不知道皇帝的詔書意思究竟如何，懇請太尉讓老百姓也來聽詔書，目的是為了作一個證見。高俅只好同意當眾宣讀。

朝廷欽差按照高俅篡改過的文本宣讀詔書，至「除宋江，盧俊義等大小人眾所犯過惡，並與赦免」，軍師吳用便目視花榮，花榮大叫說，不赦免宋江哥哥，我們也不投降。花榮拽弓搭箭，一箭射中誦讀詔書的官員之面門。其它好漢也一齊大叫造反，亂箭向城上射來。濟州城四門突出官軍軍馬，宋江軍隊且戰且退，官軍追趕到五六里時，先前埋伏的李逵、扈三娘等人從東西兩面殺來，官軍急退，宋江等人回身殺敵，把官軍殺得人仰馬翻，大敗而逃。

（五）三敗高俅

高俅命人砍伐大樹，拘刷造船匠人，在濟州城搭起船廠，打造戰船。有一個流落在濟州的造船匠人葉春自報奮勇，為高俅造大、小海鰍船，並稱說這兩種船都有行動如飛、攻擊力強且又抗打擊等優點。高俅大喜，遂委任葉春監造戰船。吳用安排張青、孫新等人扮作民夫混入船廠，孫二娘、顧大嫂等借送飯為名也混入其中，又教時遷、段景住接應，見機行事，破壞船廠。當夜二更時分，張青、孫新在左邊船廠放火，孫二娘、顧大嫂在右邊船廠放火。官軍方面有丘岳、周昂，各引本部軍救火，卻在西草料場遭到張清的伏擊。張清飛石擊中丘岳的面門，周昂等人救著丘岳就走。

葉春監造了海鰍船三百餘隻，船速極快。高俅大喜，命水軍先鋒丘岳、徐京、梅展三個催動船隻向水泊梁山進攻。他們三個先遇到阮氏三雄。官軍剛一逼近，阮氏三雄就跳入水中，官軍只得到三隻空船；官軍又向前行，遇到了孟康等人，孟康等人也跳水而逃。接著官軍又遇到張順等人，張順等人也同樣跳水而走。這時梁山頂上號炮大作，蘆葦叢中鑽出千百隻小船，每只船上有三五個人，官軍大海鰍船要去撞擊小船時，卻發現水車已經踏不動了，原來水底下的車輻板都被塞定，不能動彈。大海鰍船上的弩樓要放箭時，小船上的人卻用木板遮護自己。這時小船都靠近了大船，一人用撓鈎搭住了船，另一人就用板刀砍那踏車的軍士，同時有五六十人已經扒上了官軍的大船。

高俅等人在中軍船裏，聽得有士兵大喊船底漏水了。原來張順領著一夥水軍高手在水下鑿透了高俅的船。高俅驚慌失措，正在這時，張順從水下鑽出，爬上船來，一手揪住高俅的巾幘，一手提住他腰間束帶，把他拋入水中。早有兩隻小船飛駛而來，把高俅捉了。官軍將領丘岳被楊林一刀砍死，徐京、梅展也被或殺或捉。陸地上盧俊義帶領人馬大戰周昂與王煥，兩軍正在激戰時，早已埋伏好的梁山大隊人馬殺奔而來，王煥等人不敢戀戰，逃回濟州城中。

五、「全夥受招安」

《水滸傳》第八十一回寫宋徽宗在李師師家遇到了梁山派來尋求招安門路的浪子燕青，得知宋江等人殺富濟貧、替天行道，只反貪官、不反皇帝，並且獲知童貫、高俅等被梁山泊殺得大敗的真相；第八十二回接寫徽宗臨朝，怒斥奸臣，派宿太尉帶著「金牌三十六面，銀牌七十二面，紅錦三十六匹，綠錦七十二匹，黃封御酒一百八瓶」，到梁山招安眾好漢。

宋江早就得知此事，歡欣鼓舞，派人把梁山泊直抵濟州地面，紮縛起二十四座山棚，上面都是結綵懸花，下面陳設笙簫鼓樂。各處附近州郡，雇倩樂人，分撥於各山棚去處，迎接詔敕。太尉奉敕來梁山泊，先至濟州，太守張叔夜接入，並通知宋江等迎接欽差並接旨。吳用等見到宿太尉，細訴肺腑之言，宿太尉則加以好言勸慰。

第八十二回寫「梁山泊分金大買市，宋公明全夥受招安」，應該是全書中除第七十一回寫「忠義堂石碣受天文，梁山泊英雄排座次」之後的又一高潮。書中寫招安這一天，濟州城裝起香車三座，將御酒用龍鳳盒抬著，由宿太尉帶領向梁山泊進發，張叔夜跟在後面陪著。梁山寨上宋江等也早就在忠義堂上擺好香案，肅立恭候。宿太尉等人一到，儀式開始，蕭讓宣旨已畢，宋江等人山呼萬歲，再拜謝恩。宿太尉等事畢回京，宋江等乃安排下山事宜，於梁山大寨「分金大買市」，一連十日，處分淨盡。接著宋江等人又到濟州城拜謝了太守張叔夜。

需要說明的是，《水滸傳》寫宋江等受招安或有其事，但事情經過及參與招安的人物等皆無實據。尤其是張叔夜，雖然歷史上實有其人，並確實與宋江三十六人事直接相關，但是據《宋史》等載，張叔夜並沒有做過濟州太守，更沒有參加過招安宋江，而是由他率軍抓捕並逼迫宋江等人投降。《宋史·張

叔夜傳》載，張叔夜「進禮部侍郎，又爲（蔡）京所忌，以徽猷閣待制再知
海州」：

> 宋江起河朔，轉略十郡，官軍莫敢攖其鋒。聲言將至，叔夜
> 使間者覘所向，賊徑趨海瀕，劫巨舟十餘，載擄獲。於是募死士得
> 千人，設伏近城，而出輕兵距海，誘之戰。先匿壯卒海旁，伺兵
> 合，舉火焚其舟。賊聞之，皆無鬥志，伏兵乘之，擒其副賊，江乃
> 降。

「海州」即今江蘇連雲港附近。〔註37〕《大宋宣和遺事》所載則與《水滸傳》
比較接近：

> 宋江統率三十六將，往朝東嶽，賽取金爐心願。朝廷無其奈
> 何，只得出榜招諭宋江等。有那元帥姓張名叔夜的，是世代將門之
> 子，前來招誘宋江和那三十六人歸順宋朝，各受武功大夫誥敕，分
> 注諸路巡檢使去也。〔註38〕

這也就是說，上述《水滸傳》寫張叔夜參與招安宋江的一點根據不是來自《宋
史》，而是來自《大宋宣和遺事》。

第四節　濟州的風土人情

一、衣食住行

（一）衣

《水滸傳》寫阮小二出場時，「頭戴一頂破頭巾，身穿一領舊衣服，赤著
雙腳」（第十五回）。古代男女都留長髮，所以阮小二戴一頂破頭巾來籠住頭
髮，防止披頭散髮。那阮小七「頭戴一頂遮日黑箬笠，身上穿個棋子布背心，
腰繫著一條生布裙」（第十五回）。這黑箬笠是用來遮陽避雨的。唐代張志和
《漁歌子》：「西塞山前白鷺飛，桃花流水鱖魚肥。青箬笠，綠蓑衣，斜風細
雨不須歸。」後文阮小七與何濤開戰，「頭戴青箬笠，身披綠蓑衣」，就與張
志和詞寫漁夫的裝束完全一樣了。

〔註37〕史爲樂主編：《中國歷史地名大辭典》，中國社會科學出版社，2005 年版，第
　　　　2214 頁。

〔註38〕〔元〕無名氏：《新刊大宋宣和遺事》，中國古典文學出版社，1954 年版，第
　　　　44 頁。

　　阮小五的穿著與小二、小七有相同之處,「阮小五斜戴著一頂破頭巾,鬢邊插朵石榴花,披著一領舊布衫,露出胸前刺著的青鬱鬱一個豹子來,裏面匾紮起褲子,上面圍著一條間道棋子布手巾」(第十八回)。阮小五插一朵石榴花,顯示出他愛美的天性,紅花之嬌豔與青豹之猙獰融合交匯於一人的形象,彷彿天使與魔鬼的和合,給人突兀矛盾而又不無某種和諧的感覺。三兄弟母親的穿著沒有具體描寫,僅是提到她頭上的一支釵子也被小五拿去賭博了。釵是由兩股簪子交叉組合成的一種首飾,用來綰住頭髮,有時也用它把帽子別在頭髮上。

　　三阮的人生理想中有「異樣穿綢錦」的嚮往,所以在吳用的遊說下就加入了劫取生辰綱的隊伍。上了梁山之後,三阮終於滿足了穿好衣服的夢想,他們「頭帶絳紅巾,都一樣身穿紅羅繡襖」(第二十回),金聖歎評論說:「棋子布背心,不知拋向何處!貧富之際,令人深感。」〔註39〕

　　何清是濟州緝捕臣何濤的弟弟,他穿的衣服外面有一個便袋,後來又說是招文袋,宋江也有一個招文袋,似乎濟州人的衣著大都有一個招文袋。「只見何清去身邊招文袋內摸出一個經折兒來」,應該推斷為類似我們今天用來裝東西的口袋。錢鍾書在《人生邊上的邊上》之《讀小說偶憶》中說:「桂未谷《箚樸》卷四有『昭文事』一則,考訂甚詳,文長不錄,略謂是佩劍之器服。《水滸》『宋江殺閻婆惜』一回中,『昭文帶』是殺機之樞紐,可以未谷此考注釋之。」〔註40〕桂未谷就是清代山東曲阜人桂馥,是清代著名的學者與戲曲家,他在學術筆記《箚樸》中對「昭文帶」的歷史及特點有詳細的描述。〔註41〕錢先生的意思是說,昭文帶既然與劍相聯繫,所以文中多次說「招文袋」,其實已經埋下殺閻婆惜的伏筆。可惜很少有人能看出這一點,就連金聖歎也沒有看出來,可見真知之不易。

(二)食

　　從《水滸傳》第十五至第二十等回對石碣村的描寫來看,濟州是一個魚米之鄉。《宋史》卷四六八《楊戩列傳》載:「梁山濼,古鉅野澤,綿亙數百里,濟、鄆數州,賴其蒲魚之利。」〔註42〕石碣村就好像是一個江南水鄉。

〔註39〕〔元〕施耐庵著:《水滸傳》,山東文藝出版社,1995年版,第321頁。
〔註40〕錢鍾書:《人生邊上的邊上》,三聯書店,2002年版,第91頁。
〔註41〕桂馥:《箚樸》,中華書局,1992年版,第169頁。
〔註42〕〔元〕脫脫等撰:《宋史》,中華書局,1977年版,第13664頁。

由於是水鄉，魚類自然非常豐富，所以吳用就以買魚的名義來到石碣村找三阮。

石碣湖與梁山很近，吳用來買金色鯉魚，說明石碣湖盛產此魚。三阮在小酒店請吳用吃飯，就有五七斤小魚；阮小七自己做好魚，盛做三盤，把來放在桌上。

三阮招待吳用，吃的有葷有素。「店小二把四隻大盞子擺開，鋪下四雙箸，放了四盤菜蔬，打一桶酒放在桌子上」，還有「新宰得一頭黃牛，花糕也似好肥肉」（第十五回）。按當時食葷習吃牛肉，應該是一個風俗。有人認為《水滸傳》寫吃牛肉是「當作者要突出人物的英雄氣或者江湖氣時，就特意點明所吃的是牛肉，因為吃牛肉不是一般百姓所為」〔註43〕，其實不然。如魯智深在五臺山下喝酒時，莊家就說「早來有些牛肉，都賣沒了」。武松打虎之前就是吃得熟牛肉。林沖在火燒草料場之前、石秀在劫法場之前也都是吃牛肉。他們四人所到的都是非常普通的小酒店，可見牛肉是當時酒店飯館常用之物，不是只有英雄才能夠吃得。至於有不少學者說好漢愛吃牛肉與他們的尚武精神有關，因為牛以力大著稱，恐怕也是一種臆測。《水滸傳》寫好漢愛吃牛肉，除了吃得多以外，並不關人物性格，只是與當時社會上供需都較為豐富的經濟情況和風俗有關。

《水滸傳》寫好漢們在濟州除了好吃牛肉與魚之外，還好吃雞。三阮招待吳用，就用吳用給的銀子買了「一對大雞」。阮小七宰了雞，讓他嫂子，也就是阮小二的渾家拿到廚房做好了。梁山泊好漢有的就喜歡吃雞，有時還會因為吃雞惹出大事來，比如時遷偷吃祝家店的報曉雞被捉，惹出梁山泊好漢「三打祝家莊」的事來。《水滸傳》寫濟州也養有「豬羊雞鵝」，這有阮小五說官兵下鄉捕賊，往往先把「好百姓家養的豬羊雞鵝，盡都吃了」（第十五回）為證。從小說還可以看出，當時招待客人，一般有菜有酒，只是有規格的不同。例如何濤之妻招待何清時，「安排些酒肉菜蔬，燙幾杯酒，請何清吃」（第十七回），差不多就是家常便飯了。

《水滸傳》寫濟州的好漢除了喜食魚、肉、雞等之外，還幾乎沒有例外的好酒。他們喝酒不像現在論杯、瓶，而論桶或甕，聽起來駭人。如「酒保打一桶酒來」，「問主人家沽了一甕酒，借個大甕盛了」（第十五回），等等。

〔註43〕王同舟：《〈水滸傳〉與民俗文化》，黑龍江人民出版社，2003 年第 1 版，第 169 頁。

吃酒有時還用椰瓢舀著吃，如智取生辰綱一回就有。

　　除了各種小店的酒，還有白勝在黃泥岡賣的酒。當軍漢等問白勝挑的什麼時，白勝回答是「白酒」。需要注意的是，這裏的白酒不是我們現在的白酒，現在的白酒喝了口乾舌燥，白勝挑的白酒是米酒中的質量較好者。此酒應該就是在《大宋宣和遺事》中出現過的那種，「酒味清香滑辣，最能解暑薦涼」〔註44〕。有人認為是「榨製酒」，並說：

　　　　《水滸傳》中的榨製酒是以各種各樣的名稱出現的。從酒的清濁純度和質量優劣看，有「白」、「清」、「渾」、「老」、「水」等區別。第五回魯智深道：「洒家不忌葷酒，遮莫什麼渾清白酒，都不揀選！」第十二回王倫道：「請到山寨吃三杯水酒。」《水滸傳》中還有「村醪白酒」、「茅柴白酒」、「水白酒」等等。白勝所說的「白酒」，是指優質純正、色澤清白的榨製酒。次之為清酒。渾酒是非專業的農民土製的酒，即所謂「村醪濁酒」。〔註45〕

　　除了酒，還有醋。何清曾經看見白勝挑著兩個桶，白勝自稱是「一擔醋，將去村裏財主家賣」（第十八回）。雖然事後證明白勝挑的是白酒，但無疑說明當時濟州有專門釀醋的。醋是一種酸味的液體調料，以糧食經發酵釀製而成。

　　俗語常說，開門七件事，柴、米、油、鹽、醬、醋、茶。南宋吳自牧著《夢粱錄》卷十六有說：「蓋人家每日不可闕者，柴、米、油、鹽、醬、醋、茶。」〔註46〕《水滸傳》中沒有直接用醋來做飯菜的描寫，不過，醋作為一種文化已經廣泛深入到人們的日常生活並隨時隨地流傳於言談話語中了。如說魯智深、武松的拳頭都是「醋缽兒大小」（第三回、第二十九回）；女藝人白秀英說「頭醋不釅徹底薄」（第五十一回）；笑面虎朱富在梁山上的職責就是負責監造供應一切酒醋，可見在梁山上醋的消耗量也是很大的。

　　棗子。棗樹在北方常見，所以《水滸傳》多寫到棗子。但也不是泛泛地

〔註44〕〔元〕無名氏：《新刊大宋宣和遺事》，中國古典文學出版社，1954年版，第37頁。

〔註45〕李殿元、王珏：《〈水滸傳〉之謎》，中國廣播電視出版社，2006年版，第190頁。

〔註46〕吳自牧：《夢粱錄》，《東京夢華錄》（外四種）本，中華書局，1962年版，第270頁。按，當下許多論文引到吳自牧《夢粱錄》此條，都說是八件事而非七件事「柴、米、油、鹽、酒、醬、醋、茶」，與筆者所引本子不同，不論七件事還是八件事，醋都是其中重要的一件事。

寫到，而是有所謂而寫。最突出的是第十八回寫晁蓋等七人扮成「販棗子」的客人，智取了生辰綱。這裏就有個疑問，即天下幹鮮果多矣，北方多見的也不只是棗子，爲什麼晁蓋等要扮成「販棗子」的客商呢？在我們看來，這也許是由於《水滸傳》中「智取生辰綱」與話本小說《錯認屍》有相似之處。《錯認屍》講大宋時有一個商人喬俊是販棗子客人，由於常年在外，貪戀煙花，家中發生變故，家破人亡。他聽到這個消息後的表現與楊志被劫生辰綱後的表現十分一致。如他思量道：「今日不想我閃得有家難奔，有國難投，如何是好？」楊志也想「如今閃得俺有家難奔，有國難投，待走那裏去？不如就這岡子上尋個死處」（第十六回），最後的結局，喬俊從西湖第二橋上跳入水中死了；〔註 47〕而楊志要從黃泥岡上跳下去自殺，不過最後沒跳。雖然現在不知道兩者之間關係如何，但有一種可能是當時流行這一類販棗子故事，成爲了《水滸傳》寫「智取生辰綱」時的素材或借鑒。拼命三郎石秀也曾經說自己是「山東販棗子的客人」（第四十七回），似乎當時山東販棗子的客商頗多。

（三）住

《水滸傳》第十五至第二十回寫及三阮住的石碣村，雖然貧苦，但是湖光山色，風景旖旎：

> 青鬱鬱山峰疊翠，綠依依桑柘堆雲。四邊流水繞孤村，幾處疏篁沿小徑。茅簷傍澗，古木成林。籬外高懸沽酒旆，柳陰閒纜釣魚船。

這眞有些李清照詞「水光山色與人親，說不盡，無限好」〔註 48〕的意味，還與王士禛《眞州絕句》「江干多是釣人居，柳陌菱塘一帶疏。好是日斜風定後，半江紅樹賣鱸魚」相較，也有些不相上下。〔註 49〕有水就有橋，在小說中我們只看到有一條「獨木橋」：「只見獨木橋邊一個漢子，把著兩串銅錢，下來解船。」（第十五回）這個漢子就是阮小五。此情此景，莫不讓人想到馬致遠「枯藤老樹昏鴉，小橋流水人家」一樣的畫圖嗎？

〔註47〕程毅中輯注：《宋元小說家話本集》，齊魯書社，2000 年版，第 507～520 頁。

〔註48〕李清照著，王仲聞校注：《李清照集校注》，人民文學出版社，1979 年版，第 32 頁。

〔註49〕朱東潤主編：《中國歷代文學作品選》（下編第二冊），上海古籍出版社，1980 年版，第 29 頁。

阮小二的家也在這個漁村中。「只見枯椿上纜著數隻小漁船，疏籬外曬著一張破魚網。倚山傍水，約有十數間草房」（第十五回），這就是小二的家；小七的家「團團都是水，高埠上有七八間草房」（第十五回）。白勝家住在安樂村，屬於農村，書中只寫到何濤帶人從牀上抓了白勝，從牀底下搜出贓物，顯係窄房淺屋，還比不得三阮家有些看相。

（四）行

船是水上的主要交通工具。「吳用看時，只見蘆葦叢中搖出一隻船來」（第十五回），這是阮小七駕船而來。陸地上則有江州車，第十六回寫「楊志趕來看時，只見松林裏一字兒擺著七輛江州車兒」。這是一種手推的獨輪車，便於山地運輸。相傳諸葛亮在巴郡江州縣（屬今四川省重慶市）創制，故稱。〔註50〕

二、風俗習慣

（一）紋面

黃泥岡生辰綱事發後，濟州知府為了逼迫何濤盡快破案，「便喚過文筆匠來，去何濤臉上刺下『疊配……州』字樣，空著甚處州名」（第十七回）。這是由專門的匠人對犯人面上刺字，再加上墨，使其滲入皮膚，這樣就永遠不能褪色，也叫「黥面」，也稱打金印。臉上刻字不僅何濤獨有，第八回說林沖被「喚個文筆匠刺了面頰」；第十二回說楊志被「斷了二十脊杖，喚個文墨匠人，刺了兩行金印，疊配北京大名府留守司充軍」；宋江、朱仝等人也是曾被刺配過的。

「紋面」對犯人的身體狀況實際影響不大，但臉上的刺青會令犯人失去尊嚴。既是刻入肌膚的肉刑，又是使受刑人蒙受恥辱、使之區別於常人的精神懲罰，讓人一眼就可以看出他是罪犯。不過，臉上的金印是可以銷去的。小說第八十二回有神醫安道全用美玉把宋江臉上的「紋面」給修復了。在段成式《酉陽雜俎》卷八中就記有類似的事情：

> 近代妝尚靨，如射月曰黃星一曰是靨。靨鈿之名，蓋自吳孫和
> 鄧夫人也。和寵夫人，嘗醉舞如意，誤傷鄧頰，血流，嬌婉彌苦，
> 命太醫合藥，醫言得白獺髓，雜玉與虎珀屑，當滅痕。和以百金購

〔註50〕胡竹安：《水滸詞典》，漢語大詞典出版社，1989年版，第219頁。

得白獺，乃合膏。虎珀太多，及痕不滅。左頰有赤點如痣，視之，
更益甚妍也。諸婢欲要寵者，皆以丹青點頰，而進幸焉。〔註51〕

（二）文身

刺面是被迫的，而文身則是自願的，以顯示自己的勇敢和嗜好，如阮小
五「露出胸前刺著的青鬱鬱一個豹子來」來。梁山泊好漢中還有燕青、史進、
魯智深、楊雄、解寶及龔旺，或在全身，或在肩膀及腿上各有紋身。「文身」
也叫「刺青」、「雕青」等。文身起源很早。早在《莊子‧逍遙遊》中就有「越
人斷髮文身」的記載。

《孝經》曰：「身體髮膚，受之父母，不敢毀傷，孝之始也。」在《三國
演義》中曹操的馬踏了麥子，他割髮代首，以示懲罰，可見「身體髮膚」的
重要性。而文身卻是對自己身體公然的「踐踏」，有人由此得出「文身」者應
為桀驁不馴的人，他們置傳統社會的觀念於不顧。不過就實際來看，阮小五
們似乎在「文身」時並未想得如此之遠，他們大概只覺得「有趣好玩」罷了，
或者社會風氣如此而已。

（三）客店登記

《水滸傳》第十八回寫何清在王家客店幫忙為來客登記：

> 有個王家客店內，湊些碎賭。為是官司行下文書來，著落本村，
> 但凡開客店的，須要置立文簿，一面上用勘合印信。每夜有客商來
> 歇宿，須要問他那裏來，何處去，姓甚名誰，做甚買賣，都要抄寫
> 在簿子上。官司查照時，每月一次去里正處報名。

看來如近今旅店入住登記一樣，在古代的濟州地面住店也是要登記的，並且
應不限於濟州一處地方。

（四）賭博

梁山泊好漢大都愛賭博，濟州籍的好漢亦是如此。第十五回寫阮小五、
小七都嗜賭：

> 阮小二叫道：「老娘，五哥在麼？」那婆婆道：「說不得。魚又
> 不得打，連日去賭錢，輸得沒了分文。卻才討了我頭上釵兒，出鎮
> 上賭去了。」阮小二笑了一聲，便把船划開。阮小七便在背後船上

〔註51〕段成式著，方南生點校：《酉陽雜俎》，中華書局，1981年版，第78～79頁。

說道：「哥哥正不知怎地，賭錢只是輸，卻不晦氣！莫說哥哥不贏，
我也輸得赤條條地。」

第十七回寫店主人說白勝「也是個賭客」。此外，何清也喜歡賭博。他到
哥哥何濤家，何濤對他說：「你來做甚麼？不去賭錢，卻來怎地？」（第十七
回）看來彼時濟州城鄉賭風甚盛。

（五）祭水神

高俅在第三次攻打梁山之前曾祭禮水神：

　　高俅令有司宰烏牛白馬，果品豬羊，擺列金銀錢紙，致祭水神。
排列已了，眾將請太尉行香。（第八十回）

中國古代人認為江有江神，河有河神，路有路神，橋有橋神，一般逢年
過節或有什麼事情都要祭祀他們，來求得他們的保祐。在第九十五回中，張
順死後就成為水神，曾附體張橫對宋江等人說：

　　小弟是張順。因在湧金門外，被槍箭攢死，一點幽魂，不離水
裏飄蕩，感得西湖震澤龍君，收做金華太保，留於水府龍宮為神。

按照傳說，如果過江、過河不祭祀的話，就會有遭遇大風大浪沉水淹沒
的危險。如《三國演義》卷之十九寫諸葛亮渡瀘水時：

　　前軍至瀘水，忽陰霧黑雲四下布合，狂風沙石從水面而起，兵
不能進，回報孔明。孔明遂問孟獲，獲曰：「此水原有猖神作禍，往
來者必須祭之。」孔明曰：「用何物祭享？」……孔明曰：「吾班師
回國，安可妄殺一人？吾自有主見。」喚行廚宰殺牛馬；和麵為劑，
塑成人頭，內以牛羊等肉代之，名曰「饅頭」。當夜於瀘水岸上設祭，
亮金冠鶴氅，親自臨祭，令董厥讀祭文。〔註52〕

諸葛亮祭祀瀘水之後，「但見雲收霧散，風靜浪平」。與《三國演義》寫諸葛亮不
同的是，《水滸傳》中高俅雖然祭了水神，但水神並沒有保祐他，還是打了敗仗。

（六）嘲歌

《水滸傳》寫濟州的白勝、阮氏三雄都是喜歡唱歌的。在《水滸傳》中
有二十首左右的歌謠，〔註53〕而白勝與阮氏三雄所唱的就有六首。這六首歌

〔註52〕 羅貫中：《三國志通俗演義》，上海古籍出版社，1980年版，第875頁。
〔註53〕 沙先貴：《水滸辭典》「歌謠」類共收有21首（崇文書局，2009年版，第383
　　　　～386頁），但有些並不見於容與堂本。

詞不但有濃鬱的民間氣息，而且反映了深刻的社會內容。最為著名的是白勝
在黃泥岡上所唱：

> 赤日炎炎似火燒，野田禾稻半枯焦。
>
> 農夫心內如湯煮，樓上王孫把扇搖。

此曲非常符合白勝的身份與當時的氛圍，既感情深沉，又明白如話，易讀易
記，所以流傳甚廣。《金瓶梅詞話》第二十七回就全詩引用，〔註54〕近今不少
詩歌選本把它作為民歌收錄。

阮氏三雄共唱了五首。看第十九回阮小五、阮小七與何濤交兵時各自所
唱的歌謠：

> 打魚一世蓼兒窪，不種青苗不種麻。
>
> 酷吏贓官都殺盡，忠心報答趙官家。
>
> 老爺生長石碣村，稟性生來要殺人。
>
> 先斬何濤巡檢首，京師獻與趙王君！

這兩首都是漁歌，即興成篇，引吭高歌，既抒豪情，又顯威風，更有力證明
《水滸傳》中不僅宋江，而且如三阮等也都是「反貪官，不反皇帝」，甚至
「反貪官，保皇帝」的忠義之士。從而有力地配合和突顯了《水滸傳》的忠
義主題。

第六十一回阮氏三雄在捉拿盧俊義時各唱了一首，其一曰：

> 生來不會讀詩書，且就梁山泊內居。
>
> 準備窩弓射猛虎，安排香餌釣鼇魚。

其二曰：

> 乾坤生我潑皮身，賦性從來要殺人。
>
> 萬兩黃金渾不愛，一心要捉玉麒麟。

其三曰：

> 蘆花叢裏一扁舟，俊傑俄從此地遊。
>
> 義士若能知此理，反躬逃難可無憂。

這三首歌一如上列阮氏兄弟先前所唱，風格粗獷豪放，但在強勢之外多了一
分對聽者的顧念與關懷，正是蘊含了宋江等梁山泊好漢欲迫使盧俊義上山入
夥之意，而與阮氏對何濤所唱者宗旨、感情等有迥然的不同。乃謂此人、此

〔註54〕蘭陵笑笑生：《金瓶梅詞話》，人民文學出版社，2000年版，第309頁。

地、此時、此景、此情，此詩，一點都不可挪作他用，是《水滸傳》中詩詞一大特點。由此可見作者苦心經營，妙於說唱散韻的配合，非精於詩文的書會才人莫辦，亦非興來把筆酣暢淋漓之際難得臻於此境。

三、濟州的造船業

濟州管下八百里梁山泊，煙波浩渺，本就舟楫縱橫，加以《水滸傳》多寫水運和水戰，所以寫及各種舟船的文字頗多，而僅「船類就有官船、哨船、龜船、渡船、快船以及大海鰍船、小海鰍等各種戰船」〔註55〕。進而寫及船夫水手特別是好漢中的水上英雄，如阮氏三雄的弄水使舟的工夫，均十分了得。如其在湖上拒捕，對陣何濤，利用自己水功船技，弄之如戲小兒：

> 何觀察並眾人聽了，盡吃一驚。只見遠遠地一個人，獨棹一隻小船兒，唱將來。有認得的，指道：「這個便是阮小五！」何濤把手一招，眾人並力向前，各執器械，挺著迎將去。只見阮小五大笑，罵道：「你這等虐害百姓的贓官！直如此大膽，敢來引老爺做甚麼，卻不是來捋虎鬚！」何濤背後有會射弓箭的，搭上箭，拽滿弓，一齊放箭。阮小五見放箭來，拿著劃楸，翻筋斗鑽下水裏去。眾人趕到跟前，拿個空。（第十九回）

在這場水上大戰中，何濤等人所乘的官船四五十隻，全被晁蓋等人放出的「火船」燒壞了。

為了征剿梁山泊，高俅在濟州設立了造船廠。第七十八回：

> 高俅又奏：「梁山泊方圓八百餘里，非仗舟船，不能前進。臣乞聖旨，於梁山泊近處，採伐木植，命督工匠造船，或用官錢收買民船，以為戰伐之用。」天子曰：「委卿執掌，從卿處置，可行即行，慎勿害民。」

但是，這些民船或按照民船打造的船並不適合「戰伐之用」，於是又有一個叫做葉春的造船匠來見高俅，自報奮勇為官軍造船。他建議說：

> 前者恩相以船征進，為何不能取勝？蓋因船隻皆是各處拘刷將來的，使風搖櫓，俱不得法；更兼船小底尖，難以用武。葉春今獻一計，若要收伏此寇，必須先造大船數百隻。最大者名為大海鰍船，

〔註55〕鄭公盾：《從〈水滸傳〉看宋代造船業》，《水滸傳論文集》，寧夏人民出版社，1983年版，第604頁。

兩邊置二十四部水車，船中可容數百人。每車用十二個人踏動，外用竹笆遮護，可避箭矢。船面上豎立弩樓，另造劄車，擺佈放於上。如要進發，垜樓上一聲梆子響，二十四部水車，一齊用力踏動，其船如飛，他將何等船隻可以攔當！若是遇著敵軍，船面上伏弩齊發，他將何物可以遮護！其第二等船，名爲小海鰍船，兩邊只用十二部水車，船中可容百十人。前面後尾，都釘長釘，兩邊亦立弩樓，仍設遮洋笆片。這船卻行梁山泊小港，當住這廝私路伏兵。若依此計，梁山之寇，指日唾手可平。（第八十回）

這段話雖屬虛構，但是說到的大、小海鰍船卻是宋代實有的一種戰船，並廣泛應用於水上的戰爭。其威力巨大，可說是當時的「航母」。《水滸詞典》本條曰：

> 一種戰船。海鰍，露脊鯨。……《老學庵筆記》卷一：「戰船有車船、有槳船，有海鰍頭。」《金佗粹編》「行在編年」紹興五年記有「大海鰍頭」，「小海鰍頭」。《宋史·虞允文傳》：「官軍亦以海鰍沖敵舟」。〔註56〕

《水滸傳》寫官軍有葉春造船，也寫了梁山上有孟康造船。孟康是飲馬川火眼狻猊鄧飛的同夥，鄧飛向楊林介紹說：

> 我這兄弟，姓孟名康，祖貫是眞定州人氏，善造大小船隻。原因押送花石綱，要造大舡，嗔怪這提調官催並責罰他，把本官一時殺了，棄家逃走在江湖上，綠林中安身，已得年久。因他長大白淨，人都見他一身好肉體，起他一個綽號，叫他做玉幡竿孟康。」

並「有詩爲證」：

> 能攀強弩沖頭陣，善造艨艟越大江。
>
> 眞州妙手樓船匠，白玉幡竿是孟康。

看來孟康不僅是一位造船能手，還是一位身材秀挺的「帥哥」。後來他上了梁山，被安排與三阮和張橫、張順兄弟一起爲水軍頭領，一直負責「監造戰船」，是梁山水軍造船的主管。因此，孟康在梁山一百零八條好漢中雖然不太著名，但實際是一位「獨擋一面」的重要人物。

〔註56〕胡竹安：《水滸詞典》，漢語大詞典出版社，1989年版，第175頁。